Vina Jackson

Tachtig dagen geel

2013 Prometheus Amsterdam

Oorspronkelijke titel *Eighty Days Yellow*
© 2012 Vina Jackson
© 2013 Nederlandse vertaling Uitgeverij Prometheus en Textcase, Utrecht
Omslagontwerp DPS Design & Prepress Studio
Omslagbeeld imageselect.nl
Opmaak binnenwerk ZetSpiegel, Best
www.uitgeverijprometheus.nl
ISBN 978 90 446 2460 1

1

Een meisje en haar viool

HET WAS DE SCHULD van Vivaldi.

Eigenlijk van mijn cd van *De vier jaargetijden* van Vivaldi, die nu op de kop op het nachtkastje lag, naast mijn zachtjes snurkende vriend.

We hadden ruzie gehad toen Darren om drie uur 's nachts thuiskwam na een zakenreis en mij liggend op de houten vloer in zijn woonkamer aantrof, naakt, met het muziekstuk voluit op *surround sound*. Keihard.

Het presto van de 'Zomer', Concerto nr. 2 in G mineur, stond op het punt van losbarsten toen Darren de deur openzwaaide.

Ik merkte pas dat hij terug was toen ik voelde hoe hij zijn zool op mijn rechterschouder zette en mij heen en weer schudde. Ik deed mijn ogen open en zag dat hij over mij heen leunde. Op dat moment merkte ik dat hij het licht had aangedaan en de muziek abrupt was gestopt.

'Waar ben jij verdomme mee bezig?' zei hij.

'Muziek luisteren,' zei ik met een klein stemmetje.

'Dat hoor ik! Ik kon het helemaal aan het eind van de straat horen!' bulderde hij.

Hij was naar Los Angeles geweest en zag er opmerkelijk fris uit voor iemand die net een lange vlucht achter de rug had. Hij had zijn pak nog half aan, een schoon wit overhemd, leren riem en een donkerblauwe broek met een flinterdun krijtstreepje, het bijpassende jasje hing over zijn arm. Hij kneep stevig in het handvat van zijn rolkoffer. Het had blijkbaar geregend, maar dat had ik niet gehoord boven de muziek uit. Zijn koffer glom van de regen, de straaltjes water liepen langs de zijkant en vormden plasjes op de vloer naast mij. De onderkant van zijn broek, waar zijn paraplu hem niet had kunnen beschermen, was nat en kleefde tegen zijn kuiten.

Ik draaide mijn hoofd naar zijn schoen en zag een stukje van de vochtige kuit. Hij rook kruidig, een beetje naar zweet, naar regen, naar schoensmeer en leer. Er vielen een paar druppels van zijn schoen op mijn arm.

Vivaldi had altijd een heel bijzondere uitwerking op me en noch het vroege ochtenduur, noch de geërgerde blik op het gezicht van Darren leidde mijn aandacht af van het warme gevoel dat zich snel door mijn lichaam verspreidde, het zette het bloed in mijn aderen in vuur en vlam, bijna op dezelfde manier als de muziek.

Ik draaide me zodat zijn schoen nog steeds licht op mijn rechterarm drukte en liet mijn linkerhand bij zijn broekspijp omhooggaan.

Hij deinsde meteen achteruit, alsof hij zich had gebrand en schudde zijn hoofd.

'Jezus, Summer...'

Hij rolde de koffer tegen de muur naast het cd-rek, haalde *De vier jaargetijden* uit de speler en liep naar zijn kamer. Ik overwoog op te staan en hem achterna te lopen, maar besloot het niet te doen. Ik zou een ruzie met Darren nooit winnen zonder kleren aan. Misschien kon ik zijn woede bezweren als ik gewoon stil bleef liggen en minder zichtbaar leek. Ik hoopte dat mijn ontklede lichaam met de houten vloer zou versmelten als ik horizontaal lag in plaats van rechtop stond.

Ik hoorde de kastdeur opengaan en het vertrouwde gerammel van houten kleerhangers terwijl hij zijn jas ophing. In het halfjaar dat we met elkaar omgingen, had ik nog nooit gezien dat hij zijn jas over een stoel of de bankleuning gooide, zoals normale mensen doen. Hij hing zijn jas altijd direct in de kast, ging dan zitten om zijn schoenen uit te doen, maakte zijn manchetknopen los, dan zijn overhemd en gooide het rechtstreeks in de wasmand, deed zijn riem af en hing hem over de stang in de kast naast zes andere in verschillende sombere tinten blauw, zwart en bruin. Hij droeg merkondergoed, van het soort dat ik mannen goed vond staan, een kleine boxershort van elastisch katoen met een brede tailleband. Ik hield van de manier waarop het ondergoed hem omhulde, opwindend strak, maar tot mijn eeuwige teleurstelling trok hij altijd een badjas aan en liep nooit alleen in zijn ondergoed door zijn appartement. Darren had een hekel aan naakt.

We hadden elkaar in de zomer ontmoet bij een voordracht. Er hing voor mij nogal wat van af; een van de ingeroosterde violisten had zich ziek gemeld en ik was op het laatste moment opgeroepen om in te vallen, voor een stuk van Arvo Pärt dat ik afschuwelijk vond. Ik vond het geforceerd en monotoon, maar voor een klassiek concert op een echt podium, zij het een klein podium, zou ik Justin Bieber hebben opgevoerd en een manier hebben gevonden om te doen alsof ik ervan genoot. Darren had in het publiek gezeten en had het geweldig gevonden. Hij had iets met roodharigen, en later vertelde hij dat hij mijn gezicht niet had kunnen zien vanwege de ligging van het podium, maar dat hij een prachtig uitzicht op de bovenkant van mijn hoofd had gehad. Hij zei dat mijn haar in het toneellicht oplichtte alsof het in brand stond. Hij had een ijsemmer met champagne gekocht en zijn connecties bij de organisatie gebruikt om me achter de schermen op te zoeken.

Ik houd niet van champagne, maar dronk het toch, hij was namelijk lang en aantrekkelijk en de kans dat ik ooit nog eens een echte groupie tegen het lijf zou lopen was natuurlijk minimaal.

Ik vroeg wat hij zou hebben gedaan als ik geen voortanden had gehad, of om een andere reden zijn type niet was geweest. Hij antwoordde dat hij dan een kansje had gewaagd bij de slagwerker. Zij had dan wel geen rood haar, maar was best aantrekkelijk.

Een paar uur later lag ik dronken, plat op mijn rug in zijn kamer in Ealing en vroeg me af hoe ik in bed was beland bij een man die eerst zijn jas ophing en dan zijn schoenen netjes naast elkaar zette voordat hij boven op me kroop. Hij had echter een enorme penis en een leuk appartement, en hoewel later bleek dat hij alle muziek die ik mooi vond haatte, waren we de maanden daarna de meeste weekenden samen. Jammer genoeg brachten we, wat mij betreft, lang niet genoeg van die tijd door in bed en veel te veel tijd bij snobistische kunsttentoonstellingen waar ik niets aan vond en waar Darren, daar was ik van overtuigd, geen verstand van had.

Mannen die mij bij nette, klassieke concerten hadden gezien in plaats van in cafés of metrostations maakten vaak dezelfde vergissing als Darren. Ze dachten dat ik alle eigenschappen bezat die ze aan een klassiek violiste toedichtten. Ik zou goedgemanierd zijn, netjes, beschaafd, ontwikkeld, elegant en gracieus, met een kast vol eenvoudige, stijlvolle avondjurken voor op het podium, geen van alle ordinair of te bloot. Ik zou kokette hakken dragen en me niet bewust zijn van het effect van mijn slanke enkels.

In werkelijkheid had ik maar één lange, zwarte avondjurk voor concerten, die had ik voor een tientje ergens in een winkel gekocht en laten vermaken door een kleermaker. Hij was van fluweel met een hoge halslijn en een laag uitgesneden rug. De avond dat ik Darren had ontmoet, was die jurk bij de stomerij, dus had ik op mijn creditcard een vervangend jurkje gekocht en het prijskaartje in mijn ondergoed gestopt. Gelukkig was Darren een keurige minnaar en had op mij noch op de jurk gemorst, dus kon ik hem de volgende dag terugbrengen.

Door de week verbleef ik in mijn eigen woning, een deel van een flatgebouw in Whitechapel. Het was eigenlijk geen appartement, maar meer een studio met een vrij groot eenpersoonsbed, een kledingrek dat dienstdeed als kast, een gootsteentje, koelkast en fornuis. Op de gang was de badkamer die ik met vier mensen deelde, die ik zo nu en dan tegen het lijf liep, maar over het algemeen waren ze erg op zichzelf.

Ondanks de locatie en het vervallen gebouw, had ik de huur nooit kunnen opbrengen als ik geen deal had gesloten met de huurder die ik op een avond na een laat bezoek aan het British Museum in een café had ontmoet. Hij had nooit echt uitgelegd waarom hij de kamer voor minder wilde verhuren dan hij zelf betaalde, maar ik vermoedde dat onder de vloer óf een lichaam lag, óf een voorraadje wit poeder en ik lag 's nachts vaak wakker en dacht dan dat ik het arrestatieteam al door de gang hoorde stampen.

Darren was nog nooit bij mij in het appartement geweest, deels omdat ik dacht dat hij het terrein nooit zou willen betreden zonder het gebouw grondig te laten reinigen en deels omdat ik graag een stukje van mijn leven helemaal voor mezelf wilde houden. Ik geloof dat ik diep vanbinnen wel wist dat onze relatie geen stand zou houden en ik wilde niet het risico lopen dat een gewezen minnaar 's nachts stenen door mijn raam ging gooien.

Hij had al, meer dan eens, voorgesteld dat ik bij hem in zou trekken zodat ik het geld dat ik op de huur bespaarde kon besteden aan een betere viool, of meer lessen, maar ik weigerde. Ik vind het niet fijn om bij andere mensen te wonen, vooral niet bij minnaars, en ik verdien liever wat bij als straatmuzikant dan me door een vriendje te laten onderhouden.

Ik hoorde hoe het deksel van het doosje voor de manchetknopen zachtjes dichtklapte, sloot mijn ogen en kneep mijn benen samen in een poging mezelf onzichtbaar te maken.

Hij kwam de woonkamer weer binnen en liep vlak langs me naar de keuken. Ik hoorde de keukenkraan stromen, het zachte gesis van het gas dat werd aangestoken en, even later, het borrelen van de ketel. Hij had zo'n moderne retrofluitketel die op het gas moet blijven staan tot hij fluit. Ik snapte niet waarom hij niet gewoon een elektrische kocht, hij beweerde echter dat het water beter smaakte en een fatsoenlijke kop thee zette je met een fatsoenlijke pot water. Ik drink geen thee. Ik word al misselijk van de geur. Ik drink koffie, maar Darren weigerde na zeven uur 's avonds koffie voor me te zetten omdat ik dan niet kon slapen en hij zei dat hij door mijn rusteloze, nachtelijke gedraai ook wakker lag.

Ik ontspande me tegen de vloer aan, ik stelde me voor dat ik ergens anders was en haalde langzamer adem in een uiterste poging doodstil te blijven liggen, als een lijk.

'Ik heb geen zin om met je te praten als je zo doet, Summer.' Zijn stemgeluid zweefde de keuken uit, afstandelijk. Dat vond ik een van de leukste dingen aan hem, de warme klank van zijn kostschoolaccent, soms zacht en warm en soms koud en hard. Ik voelde een warme gloed tussen mijn dijen, hield mijn benen zo stevig mogelijk tegen elkaar en dacht aan die keer, de enige keer, dat we seks hadden op de kamervloer en Darren een handdoek had neergelegd. Hij haatte rotzooi.

'Hoe bedoel je?' antwoordde ik, zonder mijn ogen te openen.

'Zo! Naakt, uitgestrekt op de vloer als een idioot! Ga staan en trek verdomme je kleren aan.'

Hij dronk zijn laatste thee op en toen ik hem zachtjes hoorde slikken, stelde ik me voor hoe het zou voelen als hij knielde en zijn mond tussen mijn benen zou stoppen. Ik bloosde van de gedachte.

Darren wilde me alleen beffen als ik nog geen vijf minuten geleden onder de douche had gestaan en zelfs dan likte hij heel aarzelend en verving hij zijn tong zo gauw de beleefde gelegenheid zich voordeed door zijn vinger. Hij gebruikte bij voorkeur slechts één vinger en had het niet op prijs gesteld toen ik met mijn hand nog twee vingers bij mij naar binnen wilde leiden.

'Jezus, Summer,' had hij gezegd, 'als je zo doorgaat, ben je straks uitgelubberd als je dertig bent.'

Hij was de keuken in gelopen en had zijn handen met afwasmiddel gewassen voordat hij weer naar bed kwam, zich omdraaide en met zijn rug naar me toe in slaap viel terwijl ik wakker lag en naar het plafond staarde. Aan het luid spetterende water te horen had hij zich helemaal tot aan zijn ellebogen gewassen, als een veearts die op het punt stond een kalf ter wereld te brengen, of een priester die een offer ging brengen.

Daarna had ik hem nooit meer aangemoedigd meer dan één vinger te gebruiken.

Darren zette zijn kopje in de gootsteen en liep langs me naar de slaapkamer. Ik wachtte een paar tellen nadat hij was verdwenen voordat ik ging staan, gegeneerd door de gedachte hoe aanstootgevend hij het zou vinden als ik naakt zou opstaan, hoewel ik nu volledig uit mijn door Vivaldi opgewekte droomtoestand was gehaald en mijn ledematen zeer begonnen te doen en koud werden.

'Kom maar naar bed, als je zover bent,' riep hij achteromkijkend.

Ik hoorde hoe hij zich uitkleedde en in bed stapte, trok mijn ondergoed aan en wachtte tot zijn ademhaling rustiger werd voordat ik naast hem tussen de lakens gleed.

Ik was vier toen ik voor het eerst *De vier jaargetijden* van Vivaldi hoorde. Mijn moeder was met mijn broers en zussen het weekend naar mijn oma. Ik had niet mee gewild zonder mijn vader, en hij kon niet mee omdat hij moest werken. Ik klemde me aan hem vast en brulde toen mijn ouders me in de auto probeerden te krijgen, uiteindelijk gaven ze toe en ik mocht blijven.

Ik hoefde van mijn vader niet naar de kleuterschool en hij nam me in plaats daarvan mee naar zijn werk. Ik rende drie geweldige dagen lang in bijna totale vrijheid door zijn werkplaats, klom op stapels banden en snoof de geur van rubber op terwijl ik toekeek hoe hij de auto van andere mensen opkrikte en eronder gleed zodat alleen zijn middel en benen nog zichtbaar waren. Ik bleef altijd bij hem in de buurt, ik was zo bang dat de krik het opeens zou begeven en de auto boven op hem zou vallen en hem in tweeën zou splijten. Ik weet niet of het arrogantie was of dwaasheid, maar zo jong als ik was, dacht ik dat ik hem wel zou kunnen redden, dat ik met de juiste hoeveelheid adrenaline de carrosserie de paar tellen die hij nodig had om te ontsnappen, wel zou kunnen optillen.

Als hij klaar was, klommen we in zijn vrachtwagen en reden met een omweg naar huis, we haalden onderweg een ijsje, hoewel ik normaal gesproken geen toetje mocht voor het avondeten. Mijn vader bestelde altijd boerenjongens, terwijl ik elke keer een andere smaak wilde of soms van twee verschillende soorten een half bolletje.

Op een avond laat, kon ik niet slapen en was naar de woonkamer gedwaald waar ik hem liggend op zijn rug in het donker vond, het leek alsof hij sliep, maar hij ademde niet zwaar. Hij had zijn platenspeler uit de garage gehaald en ik hoorde de naald zachtjes zoeven elke keer als de plaat draaide.

'Hallo, dochter,' zei hij.

'Wat doe je?' vroeg ik.

'Muziek luisteren,' antwoordde hij alsof het de normaalste zaak van de wereld was.

Ik ging naast hem liggen zodat ik de warmte van zijn lichaam voelde en rook de vage geur van nieuw rubber vermengd met garagezeep. Ik sloot mijn ogen en bleef stil liggen, algauw verdween de vloer onder me en het enige wat overbleef was ik, zwevend in het donker, en de klanken van *De vier jaargetijden* van Vivaldi uit de installatie.

Daarna vroeg ik mijn vader telkens opnieuw of hij de plaat wilde draaien, misschien omdat ik dacht dat ik naar een van de delen was genoemd, een theorie die nooit door mijn ouders is bevestigd.

Mijn jeugdige enthousiasme was zo groot dat mijn vader dat jaar een viool voor mijn verjaardag kocht en lessen voor me regelde. Ik was altijd al een ongeduldig kind geweest, en zelfstandig, het type dat niet geschikt lijkt om buitenschoolse lessen te volgen of een instrument te leren bespelen, maar ik wilde dolgraag, meer dan wat ook ter wereld, iets spelen waardoor ik weg kon zweven net als die nacht dat ik Vivaldi voor het eerst had gehoord. Dus vanaf het moment dat ik met mijn handjes de strijkstok en het instrument vastpakte, oefende ik nagenoeg elk vrij moment.

Mijn moeder was bang dat het een obsessie zou worden en wilde de viool een tijdje van me afnemen zodat ik meer tijd aan mijn andere huiswerk zou besteden en misschien wat vrienden zou maken. Ik weigerde echter pertinent afstand te doen van mijn instrument. Met een strijkstok in mijn hand was het alsof ik elk moment kon opstijgen. Zonder was ik nergens, slechts een lichaam zoals alle andere, aan de grond gekluisterd.

Ik werkte me snel door de eerste muziekboeken van verschillende niveaus heen en toen ik negen was, speelde ik al beter dan mijn verbaasde muzieklerares van school ooit voor mogelijk had gehouden.

Mijn vader regelde nog meer lessen voor me, bij een oudere, Nederlandse meneer, Hendrik van der Vliet, die twee straten verderop woonde en bijna nooit buitenkwam. Het was een lange, pijnlijk dunne man die zich onhandig voortbewoog, alsof hij aan draden vastzat, alsof de substantie waardoor hij zich bewoog dikker was dan lucht, zoals een sprinkhaan die door honing zwemt. Als hij eenmaal zijn viool oppakte, werd zijn lichaam vloeibaar. De bewegingen van zijn arm waren als de golven die opkomen en zich in zee storten. De muziek golfde door hem heen als het tij.

In tegenstelling tot mevrouw Drummond, de muzieklerares van school, die geschokt en wantrouwig was door mijn vorderingen, leek het meneer Van der Vliet niet te interesseren. Hij sprak zelden en lachte nooit. Hoewel er niet veel mensen in mijn dorpje, Te Aroha, woonden, kenden maar weinig mensen hem en, voor zover ik wist, had hij geen andere leerlingen. Mijn vader vertelde me dat hij vroeger bij het Koninklijk Concertgebouworkest in Amsterdam had gespeeld onder Bernard Haitink. Hij had zijn klassieke carrière opgegeven en verhuisde naar Nieuw-Zeeland toen hij bij een van zijn concerten een Kiwivrouw had ontmoet. Ze was verongelukt op de dag dat ik werd geboren.

Net als Hendrik was mijn vader een stille man, maar erg sociaal en hij kende iedereen in Te Aroha. Vroeg of laat kreeg zelfs de auto van de grootste kluizenaar wel eens een lekke band, of de motor, of de grasmaaier. Mijn vader stond erom bekend dat hij zelfs de kleinste klusjes aannam, daarom was zijn dag meestal gevuld met het opknappen van diverse karweitjes voor de verschillende bewoners. Zo ook voor Hendrik die op een dag zijn werkplaats had bezocht voor de reparatie van een fietsband en was vertrokken met een leerling voor vioolles.

Ik voelde me op een merkwaardige manier met meneer Van der Vliet verbonden, alsof ik min of meer verantwoordelijk was voor zijn geluk omdat ik ter wereld was gekomen op de dag dat zijn vrouw was gestorven. Ik voelde me verplicht aan zijn verwachtingen te voldoen en onder zijn begeleiding oefende en oefende ik tot mijn armen pijn deden en mijn vingertoppen rauw waren.

Op school was ik niet echt populair, maar ook geen buitenbeentje. Ik haalde altijd gemiddelde cijfers en blonk nergens echt in uit, behalve dan in muziek. Door de extra lessen en mijn talent had ik een grote voorsprong op mijn leeftijdsgenoten. Mevrouw Drummond negeerde me tijdens de les, misschien was ze bang dat mijn klasgenoten jaloers werden of zich niet goed genoeg voelden.

Elke avond ging ik naar de garage en speelde viool, of luisterde naar muziek, meestal in het donker, en dompelde me onder in het klassieke repertoire. Soms kwam mijn vader ook. We spraken nauwelijks, maar ik voelde me altijd met hem verbonden, misschien omdat we samen naar muziek luisterden, of vanwege onze gezamenlijke merkwaardigheid.

Ik vermeed feestjes en ging niet veel met anderen om. Ik deed dus weinig seksuele ervaring op met jongens van mijn eigen leeftijd. Maar al voordat ik een tiener was, voelde ik vanbinnen een gevoel ontstaan als pril voorteken van wat later zou uitgroeien tot een heftige seksuele drift. Vioolspelen leek mijn zintuigen te stimuleren. Het was alsof elke afleiding in het geluid verdronk en alle waarnemingen verdwenen naar de achtergrond behalve wat ik in mijn lichaam voelde. Aan het begin van mijn tienerjaren begon ik dit gevoel met opwinding te associëren. Ik vroeg me af waarom ik zo makkelijk opgewonden raakte en waarom muziek zo'n grote invloed op me had. Ik was altijd bang dat ik een abnormaal groot libido had.

Voor meneer Van der Vliet was ik meer een instrument dan een persoon. Hij positioneerde mijn armen of legde een hand op mijn rug om hem te rechten alsof ik van hout was in plaats van vlees en bloed. Hij leek zich totaal niet bewust van zijn aanraking, alsof ik het verlengde van zijn eigen lichaam was. Hij gedroeg zich altijd volkomen eerbaar, maar ondanks dat, zijn leeftijd, zijn lichtelijk penetrante lichaamsgeur en benige lichaam, ontwikkelde ik gevoelens voor hem. Hij was bijzonder lang, langer dan mijn vader, misschien wel twee meter en hij torende boven mij uit. Zelfs toen ik volgroeid was, was ik slechts een meter zeventig. Op dertienjarige leeftijd kwam mijn hoofd maar net tot zijn borstkas.

Ik begon naar onze gezamenlijke lessen uit te kijken om andere redenen dan het verbeteren van mijn spel. Zo nu en dan wendde ik een slordige noot of een onhandige polsbeweging voor in de hoop dat hij mijn hand zou pakken om me te corrigeren.

'Summer,' zei hij op een dag rustig, 'als je daarmee doorgaat, stop ik met lesgeven.'

Ik heb nooit meer een mislukte noot gespeeld.

Tot die nacht, een paar uur voordat Darren en ik ruzie kregen over *De vier jaargetijden*.

Ik was in een café in Camden Town aan het improviseren met een tweederangs, zogenaamde bluesrockband toen mijn vingers plotseling blokkeerden en ik een noot miste. Geen van de bandleden had iets gemerkt en met uitzondering van een paar volhardende fans die voor Chris, de zanger en gitarist, kwamen, werden we door bijna al het publiek genegeerd. Het was een woensdagavondschnabbel en het doordeweekse publiek was nog taaier dan de dronkenlappen op zaterdagavond. De klanten, behalve de echte fans, stonden bij de bar wat te kletsen met een biertje, ze luisterden niet naar de muziek. Chris had gezegd dat ik me er niet druk over moest maken.

Naast gitaar speelde hij ook altviool, hoewel hij dit instrument zo'n beetje had opgeofferd in een poging met de gitaar een commerciëler geluid te creëren. Eigenlijk waren we allebei strijkmuzikanten en hadden daarom iets van een band opgebouwd.

'Dat gebeurt ons allemaal, schat,' had hij gezegd.

Maar niet bij mij. Ik was gekrenkt.

Ik was weggegaan zonder na afloop nog iets met de band te drinken en had de trein naar Ealing genomen, naar het appartement van Darren, en had mezelf met de reservesleutel binnengelaten. Ik wist zijn vluchtschema niet meer en dacht dat hij later die ochtend zou landen omdat hij de nachtvlucht had genomen en rechtstreeks naar kantoor zou gaan zonder eerst thuis te komen zodat ik de hele nacht in een lekker bed kon slapen en naar wat muziek kon luisteren. Nog een reden om bij hem te blijven was de kwaliteit van de geluidsinstallatie in zijn appartement en zijn vloer was groot genoeg om op te liggen. Hij was een van de weinige mensen die ik kende die nog een fatsoenlijke stereo-installatie had, inclusief cd-speler, en in mijn appartement was niet genoeg ruimte om op de vloer te liggen tenzij ik mijn hoofd in het keukenkastje stopte.

Na een paar uur Vivaldi op de herhaling, was mijn conclusie dat deze relatie over het algemeen wel aangenaam was, maar mijn creatieve energie verstikte. Na een halfjaar middelmatige kunst, middelmatige muziek, middelmatige barbecues met an-

dere middelmatige stellen en middelmatige seks had ik de neiging het touw dat ik rond mijn nek had laten leggen, een strop die ik zelf had geknoopt, strak te trekken.
Ik moest hieronderuit zien te komen.

Darren was gewoonlijk al een lichte slaper, maar na zijn vluchten vanuit Los Angeles nam hij regelmatig melatonine in tegen de jetlag. Ik zag de verpakking in de anders altijd lege prullenmand glinsteren. Zelfs om vier uur 's nachts had hij plichtsgetrouw zijn rommel opgeruimd in plaats van de lege verpakking tot de volgende morgen op het nachtkastje te laten liggen.
De Vivaldi-cd lag op de kop naast zijn lamp. Voor Darren was een cd niet in het hoesje doen de ultieme vorm van protest. Ondanks de melatonine verbaasde het me dat hij überhaupt kon slapen, met een cd naast hem die bekrast kon raken.
Ik glipte voor zonsopgang uit bed, ik had hooguit een of twee uur geslapen, en legde een briefje voor hem op het aanrecht. 'Sorry,' zei ik, 'voor het lawaai. Slaap lekker. Ik bel je wel, en zo.'
Ik nam de centrale metrolijn naar West End zonder echt te beseffen waar ik heen ging. Mijn appartement was altijd rommelig en ik wilde daar niet zo vaak oefenen omdat de muren dun waren en ik bang was dat de andere huurders de muziek zat zouden worden, hoe aangenaam het hopelijk ook zou klinken. Mijn armen hunkerden om te spelen, al was het alleen maar om de emoties die zich sinds de vorige avond hadden opgestapeld eruit te spelen.
Tegen de tijd dat ik Sheperd's Bush had bereikt, was de metro afgeladen vol. Ik was achter in de wagon gaan staan en leunde tegen een zitting bij de deur, dat was makkelijker dan met een vioolkoffer tussen mijn benen zitten. Nu werd ik geplet door een menigte zweterige kantoormedewerkers, bij elke

halte werden er meer mensen ingestouwd, elk gezicht nog ellendiger dan het vorige.

Ik droeg nog steeds de lange, zwartfluwelen jurk van mijn optreden van de avond ervoor, samen met een paar kersenrode lakschoenen van Dr. Martens. Bij klassieke optredens droeg ik hakken, maar op weg naar huis droeg ik het liefst laarzen, ik vond dat ik er dan vervaarlijker uitzag als ik 's avonds laat door East London liep. Ik stond rechtop, met mijn kin omhoog. Iedereen in de wagon, of ten minste de mensen die me konden zien, dachten waarschijnlijk dat ik zo, in deze kleren, na een wilde nacht op weg was naar huis.

Laat ze lekker. Was het maar waar. Omdat Darren zoveel reisde en ik alle optredens aannam die ik maar kon krijgen, hadden we al bijna een maand lang geen seks gehad. En als we het deden, kwam ik bijna nooit klaar, en als ik kwam was het na wat gehaast en onhandig heen en weer bewegen, terwijl ik wanhopig probeerde een orgasme te krijgen en me dan zorgen maakte dat hij zich tekort voelde schieten als ik mijzelf bevredigde na de seks. Ik deed het toch, ondanks het feit dat ik vermoedde dat hij zich inderdaad tekort voelde schieten, maar het was dat of de hele dag vol opgekropte energie zitten en me ellendig voelen.

Bij Marble Arch stapte er een bouwvakker in. Dit gedeelte van de wagon zat nu echt afgeladen vol en de andere passagiers wierpen hem een boze blik toe terwijl hij zich vlak voor me in de kleine ruimte bij de deur probeerde te persen. Hij was lang, met grote, gespierde ledematen en hij moest een beetje hurken zodat de deuren zich achter hem konden sluiten.

'Opschuiven, graag,' riep een passagier beleefd, maar geforceerd.

Niemand bewoog.

Beleefd als altijd verplaatste ik mijn vioolkoffer om ruimte te maken, waardoor mijn lichaam onbelemmerd tegenover de gespierde man kwam te staan.

De metro trok plotseling op en de passagiers werden uit hun evenwicht gebracht. Hij schoot naar voren en ik rechtte mijn rug om mezelf staande te houden. Even voelde ik hoe zijn bovenlichaam zich tegen me aan drukte. Hij droeg een katoenen overhemd met lange mouwen, een veiligheidsvest en een vale spijkerbroek. Hij was niet dik, maar gedrongen, zoals een rugbyspeler tijdens de winterstop, en in de krappe metrowagon met zijn uitgestrekte arm om de bovenste stang, leek alles wat hij droeg net iets te klein.

Ik sloot mijn ogen en stelde me voor hoe hij er onder zijn spijkerbroek uit zou zien. Ik had geen blik onder de gordel kunnen werpen toen hij instapte, maar de hand om de bovenste stang was groot en stevig, dus ik dacht dat dat dan ook wel voor de bobbel in zijn spijkerbroek zou gelden.

We reden station Bond Street binnen en een tengere blondine, haar gezicht een en al onwrikbare vastberadenheid, wilde zich ertussen wringen.

Vluchtige gedachte – zou de metro weer schokken als hij het station verliet?

Ja hoor.

Tarzan viel tegen me aan, en overmoedig kneep ik mijn dijen samen en voelde hoe zijn lichaam verstijfde. De blondine maakte zich een beetje breder, ze prikte de bouwvakker met haar elleboog in zijn rug terwijl ze een boek uit haar zware tas probeerde te halen. Hij schoof dichter naar me toe om haar meer ruimte te geven, of misschien vond hij het gewoon lekker om zo dicht bij me te staan.

Ik kneep mijn dijen nog steviger samen.

De metro schokte weer.

Hij ontspande zich.

Nu drukte zijn lichaam stevig tegen dat van mij en aangespoord door onze schijnbaar toevallige nabijheid, leunde ik iets achterover, zette me met mijn bekken af tegen de zitting zodat de knoop van zijn broek tegen de zijkant van mijn been drukte.

Hij haalde zijn hand van de bovenste stang en liet hem net boven mijn schouder tegen de wand rusten zodat we elkaar bijna omhelsden. Ik dacht dat ik hoorde hoe hij zijn adem inhield en voelde hoe zijn hart sneller ging slaan, maar elk geluid dat hij had kunnen maken, werd gesmoord door het geluid van de metro die door de tunnel raasde.

Mijn hart bonkte en ik werd plotseling een beetje bang, bang dat ik te ver was gegaan. Wat moest ik doen als hij me zou aanspreken? Of zoenen? Ik vroeg me af hoe zijn tong in mijn mond zou voelen, of hij goed kon zoenen. Of dat hij het type was dat met zijn tong zo vreselijk heen en weer zou gaan, als een hagedis. Of het type dat mijn haar zou pakken en me traag zou zoenen, alsof hij het meende.

Ik voelde dat het heet en vochtig werd tussen mijn benen en besefte met een mengeling van verlegenheid en genot dat mijn ondergoed nat was. Ik was blij dat ik die ochtend de onbedwingbare neiging had kunnen weerstaan geen ondergoed aan te doen en bij Darren een reserveslip had gevonden en aangetrokken.

Tarzan draaide zijn gezicht op dat moment naar me toe, probeerde mijn blik te vangen en ik hield mijn ogen naar beneden en mijn gezicht in de plooi, alsof het helemaal niet ongepast was dat zijn lichaam tegen dat van mij gedrukt stond en ik altijd zo reisde in de ochtendspits.

Bang voor de mogelijke gevolgen als ik nog langer gevangen zou staan tussen de wand van de metro en deze man, dook ik onder zijn arm door en stapte uit bij Chancery Lane zonder achterom te kijken. Even vroeg ik me af of hij me zou volgen.

Ik droeg een jurk; Chancery Lane was een rustig station; na onze uitwisseling in de metro had hij zich allerlei niet nader te noemen, vunzige handelingen in zijn hoofd kunnen halen. Maar de metro was al weg, samen met mijn Tarzan.

Ik wilde eigenlijk linksaf en naar het Franse restaurantje op de hoek gaan waar ze de beste gepocheerde eieren maakten die ik had gegeten sinds ik Nieuw-Zeeland had verlaten. De eerste keer dat ik hier had gegeten, had ik de chef-kok verteld dat hij het heerlijkste ontbijt in Londen maakte en hij had geantwoord: 'Dat weet ik.' Ik snap waarom Britten een hekel hebben aan Fransen – het is een arrogant volkje, maar dat vind ik juist leuk aan hen en ik ging zo vaak als ik kon terug naar hetzelfde restaurant voor gepocheerde eieren.

Nu was ik echter, door alle opwinding, vergeten welke kant ik op moest en rechts afgeslagen in plaats van links. Dat Franse ding ging toch pas om negen uur open. Misschien kon ik een rustig plekje opzoeken in Gray's Inn Gardens en wat spelen voordat ik weer naar het restaurant zou gaan.

Halverwege de straat terwijl ik het naamloze paadje zocht dat naar de tuinen leidde, zag ik dat ik voor een stripclub stond die ik had bezocht toen ik nog maar net een paar weken in Engeland was. Ik was er met een vriendin naartoe gegaan, een meisje met wie ik kort had gewerkt toen ik door het Noorden van Australië reisde en die ik mijn eerste nacht in Londen weer tegen het lijf liep in een jeugdherberg vlakbij. Ze had gehoord dat dansen de makkelijkste manier was om geld te verdienen. Je werkte een paar maanden of zo in van die gore tenten waarna je een baantje kon krijgen in een van de chique bars in Mayfair waar beroemdheden en voetballers massa's valse biljetten in je string stopten alsof het confetti was.

Charlotte had me op sleeptouw genomen om de boel te verkennen en te proberen of ze werk kon krijgen. Tot mijn teleurstelling nam de man die ons tegemoetkwam op de rode loper, ons niet mee naar een ruimte vol schaars geklede dames die zich opmaakten om ertegenaan te gaan, maar door een andere deur aan de zijkant naar zijn kantoor.

Hij vroeg Charlotte naar haar ervaring in dit werk – wat ze niet had, tenzij je op de tafel dansen in een nachtclub meerekende. Daarna bekeek hij haar van top tot teen zoals een jockey op een veiling een paard zou keuren.

Toen liet hij zijn blik over mij gaan.

'Zoek jij ook werk, moppie?'

'Nee, bedankt,' antwoordde ik. 'Heb al een baan. Ik ben alleen mee als chaperonne.'

'Aanraken mag hier niet. We gooien ze er gelijk uit als ze iets proberen,' voegde hij er hoopvol aan toe.

Ik schudde mijn hoofd.

Ik heb wel eens overwogen mijn lichaam voor geld te verkopen, afgezien van de risico's zou ik voor prostitutie kiezen. Dat leek me op een of andere manier eerlijker. Ik vond strippen een beetje gekunsteld. Waarom zó ver gaan, maar niet tot het gaatje? In elk geval besloot ik dat ik mijn avonden vrij wilde houden voor optredens en ik zocht een baan waarbij ik genoeg energie overhield om te kunnen oefenen.

Charlotte hield het een maand vol bij de club in Holborn voordat ze werd ontslagen omdat een van de meisjes had gemeld dat ze twee klanten mee naar huis had genomen.

Een jong stel. Ze zagen er zo lekker onschuldig uit, zei Charlotte. Ze waren op een vrijdagavond laat binnengekomen, de jongen glunderend en zijn vriendin opgewonden en schichtig, alsof ze nog nooit het lichaam van een andere vrouw had gezien. De vriend had aangeboden voor een dans te betalen, zijn vriendin had rondgekeken en Charlotte uitgekozen. Misschien omdat ze nog geen echte stripkleding had gekocht, of nepnagels had zoals de andere meiden. Charlotte onderscheidde zich van de rest. Ze was de enige stripper die er niet uitzag als een stripper.

Binnen de kortste keren was de vrouw duidelijk opgewonden geraakt. Haar vriend bloosde van top tot teen. Charlotte had ervan genoten hun onschuld te bederven en ze was gevleid door hun reactie op haar bewegingen.

Ze leunde voorover en nam de kleine ruimte tussen hen in beslag.

'Willen jullie met mij mee?' fluisterde ze hun in het oor.

Ze bloosden nog wat en gingen toen akkoord, ze stapten achter in een zwarte taxi en reden naar haar appartement in Vauxhall. Charlottes voorstel om naar hun huis te gaan in plaats van naar dat van haar werd direct van de hand gewezen.

Het gezicht van haar huisgenoot sprak boekdelen, zei ze, toen hij de volgende ochtend zonder kloppen haar slaapkamer binnenkwam om haar een kopje thee te brengen en haar in bed aantrof met niet één, maar met twee onbekende gezichten.

Ik had nu bijna geen contact meer met Charlotte. Londen slokte mensen op de een of andere manier op en bovendien was ik nooit goed geweest in het onderhouden van contacten. Toch herinnerde ik me de club nog wel.

De striptent lag niet, zoals je misschien zou verwachten, aan een donker steegje, maar in een zijstraat van een grote weg tussen een afhaalbroodjeszaak en een sportwinkel. Even verderop was een Italiaans restaurant waar ik een keer een onvergetelijk etentje had gehad omdat ik de menukaart boven een kaars hield die midden op tafel stond waardoor hij in brand vloog.

De deuropening sprong een beetje in en de naam stond niet in neonletters op de gevel, maar toch, als je recht naar het gebouw keek, naar de verduisterde ramen en de mierzoete naam

– Sweethearts – kon er geen misverstand over bestaan dat het een striptent was.

Plotseling werd ik heel nieuwsgierig, ik sloeg mijn arm stevig om mijn vioolkoffer, deed een stap naar voren en duwde tegen de deur.

Hij zat dicht. Op slot. Misschien niet zo raar dat ze om halfnegen op een donderdagochtend niet open waren. Ik duwde nog eens tegen de deur en hoopte dat hij mee zou geven.

Niets.

Twee mannen in een wit busje remden af toen ze langsreden en draaiden het raampje naar beneden.

'Kom rond lunchtijd maar terug, moppie,' riep een van hen. Hij keek eerder medelijdend dan geïnteresseerd. In mijn zwarte jurk en met mijn overdreven zware make-up leek ik waarschijnlijk een wanhopig meisje op zoek naar werk. En wat dan nog?

Ik had honger gekregen en mijn mond was droog. Mijn armen begonnen zeer te doen. Ik drukte mijn vioolkoffer stevig in mijn zij, dat deed ik altijd als ik van streek of gespannen was. Ik durfde niet ongewassen en in mijn kleren van gisteren naar het Franse restaurant te gaan. Ik wilde niet dat de chef-kok zou denken dat ik geen manieren had.

Ik nam de metro naar Whitechapel, liep naar mijn appartement, deed de jurk uit en ging op bed liggen. Mijn wekker stond op drie uur 's middags zodat ik in de namiddag weer in de ondergrondse kon optreden voor de forensen.

Zelfs als ik een heel slechte dag had, als mijn vingers onwelwillend aanvoelden als worstjes en mijn hoofd vol zat met watten, vond ik nog wel de energie om ergens te spelen, al was het maar in het park voor de duiven. Het was niet zozeer dat ik zo veel ambitie had, of toewerkte naar een carrière in de muziek, al droomde ik er natuurlijk wel van dat ik ontdekt en gecontracteerd zou worden, of van een optreden in het Lincoln Center of in de Royal Festival Hall. Ik móest gewoon spelen.

Om drie uur werd ik uitgerust wakker en voelde me stukken beter. Van nature ben ik een optimist. Je moest natuurlijk wel een beetje gek in je hoofd zijn, of heel optimistisch, of van allebei een beetje hebben om helemaal naar de andere kant van de aardbol te vertrekken met niets meer dan een koffer, een lege bankrekening en een droom. Een slechte bui duurde bij mij nooit lang.

Mijn kast hangt vol verschillende kleding voor mijn optredens als straatmuzikant, de meesten komen van de markt en van eBay omdat ik niet veel geld heb. Ik draag zelden spijkerbroeken omdat ik broeken passen, met een taille die verhoudingsgewijs veel smaller is dan mijn heupen, vervelend vind. Ik draag dus bijna elke dag een rok of een jurk. Ik heb een paar korte broeken gemaakt van een afgeknipte spijkerbroek voor de cowboydagen, als ik countryliedjes speel, maar vandaag was het voor mijn gevoel een Vivaldidag en Vivaldi vereiste een klassieker uiterlijk. Mijn eerste keus was de zwartfluwelen jurk, maar die lag gekreukeld op de grond waar ik hem eerder die ochtend had achtergelaten en moest weer naar de stomerij. Dus koos ik een zwarte rok tot op de knie, enigszins wijd uitlopend en een roomkleurige zijden blouse met een elegante veterkraag die ik in een tweedehandskledingzaak had gekocht, dezelfde winkel als waar de jurk vandaan kwam. Ik droeg een dikke, donkere panty en enkelhoge rijglaarsjes met een lage hak. Het totale plaatje was, hopelijk, ingetogen, gotisch victoriaans, een uitstraling waar ik van hield en die Darren haatte; hij vond vintage een stijl voor zogenaamde hippies die zich niet wasten.

Toen ik bij Tottenham Court Road aankwam, het station

waarvoor ik een vergunning had om op te treden, begon de stroom forensen net op gang te komen. Ik zocht een plekje tegen de muur onderaan bij de eerste reeks roltrappen. Ik had een onderzoek in een tijdschrift gelezen waarin stond dat mensen vaker geld aan straatmuzikanten gaven als ze even na konden denken of ze wat wilden geven. Dus was het handig dat de forensen mij konden zien als ze naar beneden rolden en de gelegenheid hadden om hun portemonnee te pakken voordat ze bij me langsliepen. Ik stond ze ook niet in de weg, dat vonden Londenaren blijkbaar prettiger; ze hadden graag het gevoel dat ze zelf het initiatief namen om opzij te gaan en geld in mijn koffer te gooien.

Ik wist dat ik de mensen die geld gaven aan moest kijken en hen glimlachend moest bedanken, maar ik ging zo in de muziek op dat ik dat vaak vergat. Als ik Vivaldi speelde, was ik volledig van de wereld. Als het brandalarm afging, zou ik daar waarschijnlijk niets van merken. Ik zette de viool aan mijn kin en binnen een paar tellen waren de forensen verdwenen. Tottenham Court Road verdween. Ik en Vivaldi op de herhaling was het enige wat bestond.

Ik speelde tot mijn armen zeer begonnen te doen en mijn maag begon te knorren, allebei tekenen dat ik langer was gebleven dan ik had gepland. Om tien uur was ik thuis.

Pas de volgende ochtend telde ik mijn verdiensten en ontdekte ik een splinternieuw rood bankbiljet dat netjes in een scheurtje van de fluwelen bekleding was gestoken.

Iemand had me een fooi van vijftig pond gegeven.

2

Een man en zijn verlangens

HET GETIJ VAN HET TOEVAL IS een ondoorgrondelijke stroom. Soms had hij het gevoel dat zijn hele leven voorbij was gestroomd als een rivier, waarvan de meanderende koers maar al te vaak werd bepaald door willekeurige gebeurtenissen of personen. Eigenlijk had hij er nooit echt controle over gehad, hij was slechts van zijn kindertijd meegevoerd naar zijn tienerjaren, van jeugdig verzet naar de rustigere wateren van de middelbare leeftijd gedreven, als een onbestuurbaar schip op onbekende zeeën. Maar dan nog, zat niet iedereen in hetzelfde schuitje? Misschien had hij slechts bewezen een betere zeevaarder te zijn en waren de stormen niet al te ruw geweest onderweg.

Het college was vandaag buiten zijn oevers getreden: te veel vragen van zijn studenten hadden de stroom onderbroken. Niet dat hij dat vervelend vond. Hoe meer ze vroegen, hoe meer ze wilden weten, des te beter. Het betekende dat ze oplecten, in het onderwerp waren geïnteresseerd. Dat was niet altijd het geval. De lichting studenten van dit academische jaar was goed. Precies de juiste verhouding internationale en nationale studenten om tot een uitdagende mix te komen, het hield hem scherp en alert. In tegenstelling tot andere hoogleraren zorgde hij voor veel afwisseling in zijn lezingen, al was het maar om de valkuil van verveling en herhaling te vermijden. Dit semester onderzocht hij met zijn seminars vergelijkende literatuur het terugkerende onderwerp zelfdoding en het thema dood bij schrijvers uit de jaren dertig en veertig. Ze bestudeerden de romans van F. Scott Fitzgerald uit Amerika, de vaak ten onrechte als fascistisch bestempelde Franse schrijver Drieu La Rochelle en de Italiaanse auteur Cesare Pavese. Niet bepaald een vrolijk thema, maar het leek een of andere gevoelige snaar te raken bij een groot deel van zijn publiek, vooral bij het vrouwelijke deel. Die schuld kon hij toeschrijven aan Sylvia Plath, vermoedde hij. Zolang het maar niet te veel studenten ter navolging in de richting van het fornuis dreef, lachte hij bij zichzelf.

Hij had zijn baan niet nodig. Hij had zo'n tien jaar geleden wat geld geërfd nadat zijn vader was overleden, hij had hem een mooi bedrag nagelaten. Daar had hij nooit op gerekend. Hun relatie was zelden ontspannen geweest en hij was er lang geleden van uitgegaan dat zijn broers en zussen, met wie hij noch regelmatig contact, noch veel gemeen had, alles zouden erven. Het was een aangename verrassing geweest. Weer zo'n onverwachtse kruising op zijn levenspad.

Na afloop van het college had hij met een aantal studenten in zijn kantoor afgesproken, toekomstige werkgroepen gevormd en vragen beantwoord waardoor hij in tijdnood was gekomen. Aanvankelijk wilde hij een nieuwe film gaan zien in de Curzon West End, een middagvoorstelling, maar dit lukte nu niet meer. Geen probleem – hij ging wel in het weekend.

Zijn mobiel trilde, piepte en schoof als een krab over zijn gladde bureaublad. Hij pakte hem op. Er verscheen een bericht.

'Zullen we afspreken? C.'

Dominik zuchtte. Zou hij het doen? Of niet?

De relatie met Claudia duurde nu een jaar en hij wist niet meer zo zeker hoe hij dat vond, wat hij van haar vond. Formeel ging hij vrijuit, het was begonnen nadat ze haar colleges bij hem had afgerond. Let wel, net een paar dagen. Ethisch gezien was er dus niets aan de hand, maar hij wist niet meer zeker of hij de relatie wel wilde voortzetten.

Hij besloot niet meteen te reageren. Tijd voor bezinning. Hij pakte zijn versleten zwartleren jas van de haak aan de muur, deed zijn boeken en collegemappen in zijn grote, canvas schoudertas en liep naar buiten. Hij had zijn rits hoog opgetrokken tegen de koude wind die vanaf de rivier waaide, en liep richting de metro. Het werd al donker buiten, de matte, metaalgrijze herfsttinten van Londen. Hij voelde de dreigende menigte van het snel naderende spitsuur, stromen forensen haastten zich in beide richtingen, streken in hun kielzog anoniem bij hem langs. Doorgaans was hij nu het centrum al uit. Het leek wel alsof hij de stad van een andere kant zag, een ongewone dimensie waarin de robotachtige werkende wereld domineerde, zwaar, loodzwaar, niet in zijn hum. Dominik pakte de gratis avondkrant die hem werd toegestoken achteloos aan en liep het metrostation in.

Claudia was Duits, van nature niet roodharig en ze kon fantastisch neuken. Haar lichaam rook vaak naar kokosolie door de geparfumeerde crème die ze regelmatig gebruikte om haar huid te verzorgen. Na een hele nacht met haar in bed te hebben doorgebracht, had Dominik vaak een lichte hoofdpijn van de overheersende geur. Niet dat ze vaak hele nachten met elkaar doorbrachten. Ze vrijden, kletsten wat oppervlakkig en gingen hun eigen weg tot de volgende keer. Zo'n soort relatie was het. Geen verplichtingen, geen vragen, geen alleenrecht. Wederzijdse behoeften bevredigen, bijna klinisch. Het was een relatie waar hij op de een of andere manier gewoon was ingerold; ze had ongetwijfeld signalen afgegeven, al vroeg het groene licht gegeven en hij wist dat hij niet bewust de eerste stap had genomen. Zo gaan die dingen soms.

De metro stopte en hij dagdroomde door. Hier moest hij overstappen op de lijn naar het noorden, weer door een doolhof van gangen. Hij haatte de metro, maar de trouw aan zijn vroegere, minder welvarende jaren weerhield hem er meestal van een taxi te nemen als hij van en naar de universiteit reisde. Hij zou de auto nemen, en schijt hebben aan de spitsheffing, ware het niet dat er een gebrek was aan parkeergelegenheid bij het academiegebouw en in de nabije omgeving, dat en die helse verkeersknelpunten onderweg.

De overbekende luchtjes van het spitsuur – zweet, gelatenheid en depressie – bleven terloops zijn zintuigen kwellen terwijl hij zich voortbewoog richting de roltrap en zwakke flarden muziek zijn oren binnen dwarrelden.

De barista bracht hun de koffie buiten. De gebruikelijke dubbele espresso voor Dominik en een of andere ingewikkelde cappuccinovariant met pseudo-Italiaanse extra's voor Claudia. Ze had een sigaret opgestoken nadat hij had gezegd dat geen bezwaar te vinden, hoewel hij niet rookte.

'Dus, was je tevreden over de colleges?' vroeg hij haar.

'Zeker weten,' bevestigde ze.

'En wat zijn nu je plannen? Blijf je in Londen, verder studeren?'

'Waarschijnlijk.' Ze had groene ogen en haar donkerrode haar was opgestoken in een wrong, als dat tenminste nog steeds zo werd genoemd. Ze fronste licht. 'Eigenlijk wil ik wel een doctoraat doen, maar ik denk dat ik daar nog niet helemaal aan toe ben. Misschien ga ik wel lesgeven. Duits. Ik ben al door verschillende mensen gevraagd.'

'Geen literatuur?' informeerde Dominik.

'Dat denk ik niet,' antwoordde Claudia.

'Jammer.'

'Waarom?' vroeg ze en ze zond hem een plagerig lachje.
'Ik denk dat je daar behoorlijk goed in zult zijn.'
'Denk je?'
'Ja.'
'Dat is aardig van je.'
Dominik nam een slokje koffie. Het was heet, sterk en zoet. Hij had er vier suikerklontjes in gedaan en afwezig geroerd, de oorspronkelijke bitterheid was volledig verdwenen.
'Graag gedaan.'
'Ik vond jouw colleges geweldig,' voegde ze toe. Ze sloeg haar ogen neer en knipperde bijna met haar wimpers, maar misschien kwam dat wel door de koffiedamp. Of hij had het zich verbeeld.
'Je stelde altijd goede vragen, liet zien dat je het onderwerp goed begreep.'
'Ik voelde je sterke passie... voor boeken,' bracht ze snel naar voren.
'Dat hoop ik wel,' zei Dominik.
Ze keek weer op en hij zag dat ze bloosde van haar nek helemaal tot aan haar nogal spectaculaire decolleté, haar witte push-upbeha onthulde de zachte, glanzende, bollende bovenkant van haar ingesnoerde borsten. Ze droeg altijd witte, strakke, getailleerde blouses die haar weelderigheid benadrukten.
Het was een duidelijk signaal. Daarom wilde ze iets met hem gaan drinken. Het had niets meer te maken met academische aspiraties. Dat was nu wel duidelijk.
Dominik hield zijn adem even in terwijl hij de situatie overdacht. Ze was behoorlijk aantrekkelijk en – een vluchtige gedachte – het was al tientallen jaren geleden dat hij met een Duitse naar bed was geweest. Hij was toen nog maar een tiener geweest en Christel bijna tien jaar ouder, wat hij in zijn onwetendheid had afgedaan als een onoverkomelijke generatie-

kloof. Sindsdien had hij met ontzettend veel vrouwelijke nationaliteiten geslapen in een ongeorganiseerde zoektocht naar geografisch genot. Waarom niet?

Hij liet zijn hand langzaam over het houten oppervlak van het tafelblad gaan en raakte lichtjes haar uitgestrekte vingers. Lange, scherpe nagels, scharlakenrood gelakt, twee zware ringen, één met een kleine diamant.

Ze keek naar haar hand en beantwoordde zijn onuitgesproken vraag.

'Ben al een jaar verloofd. Hij is thuis. Komt om de paar maanden langs. Ik weet alleen niet meer zo zeker of het nog wel serieus is. Voor het geval je je dat afvraagt.'

Dominik genoot van de manier waarop haar Duitse accent haar woorden vormde.

'Ik begrijp het.' Haar handen waren warm voor dat jaargetijde.

'Jij draagt geen ringen?' vroeg ze.

'Nee,' zei Dominik.

Een uur later waren ze in haar slaapkamer in Shoreditch, het lawaai van de klanten van nachtclub Hoxton die zich luid pratend buiten op de stoep verzamelden drong door haar open raam naar binnen.

'Laat mij maar,' zei hij.

Ze zoenden. Haar adem was een cocktail van sigaret, cappuccino, lust en hitte die opsteeg vanuit haar buik. Haar adem stokte toen zijn handen over haar middel dwaalden en hij zijn borstkas tegen die van haar drukte, de harde toppen van haar borsten drukten tegen hem aan en verraadden haar opwinding. Haar adem ontsnapte langs de gestrekte huid van zijn nek toen zijn tong subtiel zijn weg zocht in de holte van haar linkeroor, afwisselend knabbelde hij op haar oorlel en likte dan in haar oor, ze reageerde direct en verstrakte van genot en hunkering. Claudia sloot haar ogen.

Hij knoopte haar witte blouse los terwijl ze haar adem inhield. Het dunne materiaal omspande haar zo strak dat hij zich afvroeg hoe ze adem kon halen. Knoop na knoop onthulde de zachtheid van haar huid en bij elke volgende ontknoping viel de blouse bevrijdend verder opzij. Haar borsten hadden een vreugdevolle blijheid over zich. Steile heuvels waar hij zich in kon begraven, hoewel hij onder normale seksuele omstandigheden voor minder omvangrijke exemplaren koos. Claudia was een forse vrouw, van haar persoonlijkheid, haar natuurlijke uitbundigheid tot elke ronding van haar lichaam.

Haar hand talmde aan de voorkant van zijn nu strakgespannen broek. Hij deed een stapje achteruit, hij had geen haast bevrijd te worden.

Dominik strekte een hand uit naar Claudia, haalde een paar vingers door haar vuurrode haar, stuitte op de zwakke weerstand van een handvol haarspelden die het zorgvuldig opgestoken kapsel op zijn plaats hield. Zuchtte. Begon elke haarspeld langzaam, behoedzaam te verwijderen, bevrijdde per keer hele strengen haar, keek toe hoe ze zich losmaakten van de groep en op haar schouders zakten, en rustig over de strakgespannen, dunne behabandjes vielen.

Voor dit soort momenten leefde hij. De stilte voor de storm. Het rituele ontsluieren. De wetenschap dat het keerpunt was bereikt, er was geen weg meer terug, er zou worden geneukt. Dominik wilde van elk moment genieten, wilde stapje voor stapje verder, elke herinnering op zijn grijze cellen laten inwerken, fonkelnieuwe beelden koersten via zijn vingertop door zijn lichaam, langs de stijf wordende schacht van zijn erectie helemaal naar zijn brein en lieten de gezichtszenuw en passant links liggen, ze werden tot in het kleinste detail vervormd en onvergetelijk, onsterfelijk weergegeven. Dit soort herinneringen, daar kon hij zijn hele leven op teren.

Hij haalde diep adem en rook een zwak, onbekend vleugje kokosolie.

'Welk parfum gebruik je?' vroeg hij geïntrigeerd door het ongewone aroma.

'O, dat,' zei Claudia met een verleidelijke glimlach. 'Dat is geen parfum, maar een crème waar ik elke ochtend mijn huid mee insmeer. Dat houdt mijn huid zacht. Vind je het niet lekker?'

'Ik moet toegeven, het is ongewoon,' antwoordde hij en hij voegde er toen snel aan toe: 'Het past bij je.'

Hij zou er snel aan gewend raken. Bizar hoe iedere vrouw een uitgesproken, karakteristieke geur had, een verfijnde zintuiglijke balans tussen natuurlijke geur, kunstmatige geurstoffen en oliën, zoet en zuur.

Claudia haakte haar beha los en haar borsten kwamen tevoorschijn, verrassend hoog en stevig. Dominiks handen dwaalden naar haar harde, donkerbruine tepels. Op een dag zou hij haar haarspelden er met plezier op klemmen en ze stijf zien worden terwijl hij toekeek hoe de pijn en het genot die dat veroorzaakte in haar waterige ogen te lezen zou staan.

'Tijdens colleges betrapte ik je er vaak op dat je me recht aan stond te staren,' merkte ze op.

'Is dat zo?'

'O, ja, echt wel,' lachte ze.

'Als jij het zegt,' voegde hij ondeugend toe.

Hoe had hij haar kunnen missen? Ze droeg altijd heel korte rokjes en zat steevast op de eerste rij van het amfitheater haar in kousen gestoken benen vrolijk en met afleidende nonchalance te kruisen en weer van elkaar af te halen, terwijl ze zijn dwalende blik kalm opnam met een mysterieuze glimlach op haar volle lippen.

'Laat me je dan maar eens bekijken,' zei Dominik.

Hij keek toe hoe ze haar geruite rokje open ritste, hem op de grond liet vallen en eruit stapte, ze had haar kniehoge bruinleren laarzen nog aan. Ze had forse dijen, maar haar lange gestalte was in balans en terwijl ze daar zo stond, met haar ontblote borsten in volle glorie vooruit priemend, slechts gekleed in haar zwarte heupslip, bijpassende kousen en glimmende laarzen, zag ze eruit als een strijdlustige Amazone. Fel, maar plooibaar. Uitdagend, maar bereid tot overgave. Ze hielden elkaar met hun blik gevangen.

'Jij,' beval ze.

Dominik knoopte zijn overhemd los, liet het op de vloerbedekking zakken terwijl ze aandachtig toekeek.

Er gleed een samenzweerderig lachje over Claudia's mond toen Dominik roerloos bleef staan, met zijn ogen dwong hij haar zwijgend zich verder uit te kleden.

Claudia boog voorover, ritste de laarzen open en schopte ze snel achter elkaar uit. Ze rolde de dunne nylonkousen naar beneden tot ze rond haar enkels zaten en trok ze uit. Ze wilde net uit haar slipje glippen toen Dominik zijn hand opstak.

'Wacht,' zei hij. Ze stopte midden in haar beweging.

Hij liep naar Claudia toe, ging achter haar staan, knielde en stak een vinger achter het strakke elastiek van het ondergoed, hij bewonderde de stevige en ronde perfectie van haar billen vanuit zijn nieuwe perspectief, moedervlekjes lagen her en der over het panorama van haar blote achterwerk verspreid. Hij trok in een neerwaartse beweging, onthulde het witte landschap van haar stevige achterwerk. Hij porde tegen haar kuit en ze stapte uit haar slipje, dat hij in zijn vuist verfrommelde en door de kamer smeet.

Hij ging staan, achter haar. Ze was nu helemaal naakt.

'Draai je om,' zei Dominik.

Ze was kaalgeschoren, ongebruikelijk mollig, haar opening

netjes omlijnd, een rechte, geometrische groef van opponerende, dunne huidplooien.

Hij stak zijn vinger uit naar haar kruis. Voelde de hitte die ervan afstraalde. Liet zijn vinger onbeschaamd naar binnen glijden. Ze was behoorlijk nat.

Hij keek haar in haar ogen, zocht de lust.

'Neuk me,' zei Claudia.

'Ik dacht dat je het nooit zou vragen.'

Zwakke flarden van een bekende melodie bereikten hem terwijl hij door de gang beende die naar het perron van de metrolijn naar het noorden leidde, de menigte in het spitsuur begeleidde hem als een gevangene onder strenge bewaking.

Vioolmuziek baande zich een weg door het gedempte avondrumoer van de reizigers en drong langzaam tot hem door, met elke stap werd ze luider. Ineens gaf hij een blijk van herkenning toen Dominik besefte dat iemand in de verte het tweede deel van *De vier jaargetijden* van Vivaldi speelde, zij het alleen de melodie van de eerste viool zonder de bombastische opsmuk van de contrapuntische begeleiding van een heel orkest. Maar de klank stond als een huis en had geen ondersteuning nodig. Hij versnelde, de muziek vloeide langs zijn gevoelige oren.

Op het kruispunt van vier tunnels, in een grotere open ruimte, waar parallelle roltrappen de stroom forensen opslokten en een tweetal tegenhangers ze in de diepten van het transportsysteem weer uitbraakten, bespeelde een jonge vrouw met gesloten ogen haar instrument. Haar vlammende haar viel over haar schouders, stralend als een aureool.

Dominik hield op een ongelukkige plaats stil, belemmerde andere reizigers tot hij in een hoek ging staan waar hij de stroom reizigers niet ophield en bekeek de muzikante eens

37

goed. Nee, ze speelde zonder versterking. Het rijke geluid kon slechts worden toegeschreven aan de akoestiek en het energieke glissando van de strijkstok tegen de snaren.

Mijn god, ze is écht goed, bedacht Dominik.

Het was lang geleden dat hij intensief naar klassieke muziek had geluisterd. Toen hij nog een kind was had zijn moeder een seizoenkaart voor hem gekocht voor een serie zaterdagochtendconcerten in het Théâtre du Châtelet in Parijs, waar zijn vader een zaak was begonnen en het hele gezin tien jaar had gewoond. Het orkest en de gastsolisten, die de ochtendconcerten gewoonlijk gebruikten als repetitie voor het echte optreden 's avonds voor het eigenlijke, volwassen publiek, verzorgden een halfjaar lang een prachtige introductie in de wereld en het repertoire van de klassieke muziek. Dominik had het fascinerend gevonden en kocht sindsdien langspeelplaten van zijn kleine beetje zakgeld – het waren de jaren van het luisterrijke vinyl: Tsjaikovski, Grieg, Mendelssohn, Rachmaninov, Berlioz en Prokofjev stonden vooraan in zijn persoonlijke eregalerij – tot grote verbijstering van zijn vader. Pas meer dan tien jaar later stapte hij over op popmuziek, toen Bob Dylan op elektrisch overging, en ging Dominik zijn haar iets langer dragen – hij was altijd wat aan de late kant geweest als het ging om het volgen van muzikale en sociale tendensen. Ook vandaag de dag nog had hij tijdens het autorijden steevast klassieke muziek opstaan. Het zorgde voor kalmte, maakte de geest leeg, verbande het veel te vaak voorkomende agressieve getoeter dat zijn ongeduld opriep.

De jonge vrouw hield haar ogen gesloten, ze wiegde langzaam heen en weer, terwijl ze met de melodie versmolt. Ze droeg een zwarte rok tot op de knie en een wittige blouse met een victoriaanse kraag die een beetje glinsterde in het ondergrondse kunstlicht, de stof zweefde vormloos rond haar lichaam.

Dominik werd meteen gegrepen door de broze bleekheid van haar hals en de breekbare hoek van haar pols terwijl ze de strijkstok bezeten heen en weer liet gaan en de hals van de viool omklemde.

De viool zelf zag er oud uit, op twee verschillende plaatsen opgelapt met plakband, op haar laatste benen, maar de kleur van het hout harmonieerde perfect met de kleur van de woeste manen van de jonge muzikante.

Dominik stond daar vijf hele minuten, de tijd stond stil, hij negeerde de continue stroom forensen die haastig langsliepen op weg naar hun anonieme levens en activiteiten. Hij keek in extase naar de violiste die de complexe Vivaldi-melodieën zo geestdriftig vertolkte, de omgeving en haar onwillekeurige publiek ontgingen haar volledig – evenals de versleten fluwelen bekleding van haar vioolkoffer aan haar voeten, waar de hoeveelheid muntgeld langzaam groeide. Geen enkele passant had echter een bijdrage gegeven terwijl Dominik daar stond, een en al oor en volledig gebiologeerd.

Niet eenmaal opende ze haar ogen, was verloren in een trance, haar geest ondergedompeld in de wereld van de muziek, vliegend op muzikale vleugels.

Op zijn beurt sloot ook Dominik zijn ogen, in een onbewuste poging haar te ontmoeten in die andere wereld van haar hand, waar melodie elke vorm van realiteit vervaagde. Maar keer op keer opende hij zijn ogen, keek verlangend naar de subtiele, nauwelijks waarneembare bewegingen van haar lichaam, elke pees van haar onzichtbare spieren strekte zich in de betovering van het anders zijn. God, hij zou zijn linkerarm geven om te weten wat de jonge vrouw nu voelde, psychisch, lichamelijk.

Ze stevende op het eind van het 'Winter'-allegro af. Dominik haalde zijn portemonnee uit de linker binnenzak van zijn leren jas op zoek naar briefgeld. Eerder die dag was hij, op weg naar de universiteit, bij de geldautomaat geweest. Hij aarzelde even tussen een biljet van twintig en een van vijftig, keek naar de jonge, roodharige vrouw en volgde de opkomende golfbeweging die door haar lichaam rolde toen haar pols de strijkstok weer eens energiek in een aparte hoek op de snaren van het instrument liet neerkomen. Haar zijden blouse stond zo strak dat hij bijna leek te knappen en trok tegen de zwarte beha die ze er zichtbaar onder droeg.

Dominik voelde hoe zijn kruis zich aanspande en dat had niets met de muziek te maken. Hij pakte het biljet van vijftig en legde het snel in de vioolkist, schoof het vlug onder een hoopje munten zodat het de aandacht van corrupte voorbijgangers niet zou trekken. Dit alles ging aan de jonge vrouw voorbij, die één was met de muziek.

Hij liep weg net toen de muziek zwierig ten einde kwam, de normale geluiden van de metro drongen zich weer op en de gehaaste forensen bleven in alle richtingen voorbij stromen.

Later lag hij thuis op de bank te luisteren naar een opname van de Vivaldi-concerten die hij ergens op de plank had gevonden, een cd die hij al jaren niet uit het hoesje had gehaald. Hij wist niet eens meer wanneer hij hem had gekocht; misschien had hij hem wel gratis bij een tijdschrift gekregen.

Hij haalde zich de gesloten ogen van de jonge vrouw voor de geest (welke kleur zouden ze hebben?) terwijl ze door de muziek in vervoering was, de draaiing van haar gelaarsde enkel, vroeg zich af hoe ze zou ruiken. Zijn gedachten raasden voort, hij haalde zich Claudia's kut voor de geest, haar diepte, zijn verkennende vingers, zijn kloppende pik tegen haar aan, die keer dat ze hem had gevraagd haar met zijn vuist te neuken en hoe hij zo lekker en nat in haar had gepast, haar gekreun, de kreet op het puntje van haar tong, de manier waarop haar nagels zich met een woeste uithaal in de gevoelige huid van zijn rug hadden geboord. Hij hield zijn adem in, besloot dat hij deze muziek zou draaien de volgende keer dat hij met Claudia zou neuken. Zeker weten. Maar in zijn gedachten neukte hij niet met Claudia.

De volgende dag had hij geen college; zijn rooster was zo opgesteld dat al zijn lezingen in twee dagen van de week waren geperst. Desondanks ging hij in een opwelling van huis toen het spitsuur werd en reisde naar station Tottenham Court Road. Hij wilde de jonge muzikante weer zien. Misschien ontdekken welke kleur ogen ze had. Achterhalen welke muziekstukken ze nog meer op haar repertoire had. Of ze andere kleren droeg, afhankelijk van de dag of van de muziekkeuze.

Maar ze was er niet. Er stond alleen een kerel met lang, vet haar op haar plek. Hij paradeerde zelfingenomen, speelde een slechte versie van 'Wonderwall' en drong de ongevoelige forensen toen een nog slechter uitgevoerde versie van 'Roxanne' van The Police op.

Dominik vloekte binnensmonds.

De volgende vijf avonden ging hij naar het station terug. Hoopvol.

Alleen maar om een serie straatmuzikanten te zien die Bob Dylan of de Eagles speelden met wisselend succes, of operaliederen zongen met een orkestband. Geen violiste. Hij wist dat straatmuzikanten een plek en tijd toegewezen kregen, maar hij kon er niet achter komen wat haar schema was. Ze kon evengoed een illegale artieste zijn en dan was het onwaarschijnlijk dat ze daar nog eens zou optreden.

Uiteindelijk belde hij Claudia.

Het voelde als vergeldingsneuken, alsof hij haar wilde straffen omdat ze niet iemand anders was, hij dwong haar op handen en knieën en nam haar ruiger dan hij was gewend. Ze zei niets, maar hij wist dat ze het niet fijn vond. Hij hield haar armen achter haar rug, greep haar polsen wreed vast en drong met geweld zo ver mogelijk bij haar naar binnen, negeerde de droogheid, koesterde zich in de brandende hitte van haar binnenste terwijl hij met metronomische precisie bleef stoten, keek verdorven toe hoe haar kont bezweek onder de intense druk die hij beneden uitoefende, een pornografische voorstelling waar hij schaamteloos in zwolg. Als hij nog een derde hand had gehad, zou hij daar tegelijkertijd wreed mee aan haar haar hebben getrokken. Waarom werd hij soms toch zo ontzettend kwaad? Claudia had niets verkeerd gedaan.

Misschien werd hij haar zat en was het tijd om verder te gaan. Naar wie?

'Vind je het fijn om me pijn te doen?' vroeg ze hem later toen ze in bed wat dronken, bekaf, bezweet, bezwaard.

'Soms wel,' antwoordde Dominik.

'Je weet toch dat ik dat niet erg vind?' zei Claudia.

Hij zuchtte. 'Weet ik. Misschien doe ik het daarom wel. Maar betekent dat dat je het lekker vindt?' vroeg hij.

'Ik weet het eigenlijk niet.'

De gebruikelijke postcoïtale stilte die hen vaak scheidde kwam terug en ze gleden weg in de slaap. Ze vertrok vrij vroeg in de ochtend, liet een verontschuldigend briefje achter over een of ander interview, alleen een rode haar op het kussen herinnerde Dominik eraan dat ze de nacht bij hem had doorgebracht.

Een maand lang luisterde Dominik niet meer naar klassieke cd's als hij alleen thuis was. Het voelde gewoon niet goed. Het einde van het academische jaar naderde snel en hij voelde de drang weer te gaan reizen. Amsterdam? Venetië? Een ander continent? Seattle? New Orleans? Op een of andere manier hadden al deze bestemmingen waar hij altijd naar hartenlust van had genoten, hun bekoring verloren. Hij was daardoor van zijn stuk gebracht, een gevoel dat hij maar zelden ervoer.

Claudia was een paar weken in Hannover bij haar familie en hij had gewoonweg geen energie om iemand anders te zoeken voor zijn pleziertjes en genot, er was ook niemand uit zijn verleden waar hij weer tijd mee wilde doorbrengen. Dit was evenmin een tijd voor vrienden of familie. Er waren dagen dat hij zelfs tot de conclusie kwam dat zijn verleidingskunst waarschijnlijk met onbekende bestemming was vertrokken.

Op weg naar een filmvertoning in het National Film Theatre op de South Bank nam hij een gratis krant aan van een venter die buiten bij de toegang naar station Waterloo stond. Hij vouwde het gratis krantje op, stopte het in zijn draagtas en vergat het tot halverwege de middag van de volgende dag.

Binnen in de krant zag Dominik een kort artikel met plaatselijk nieuws dat de ochtendeditie van *The Guardian* niet had gehaald, in een rubriek die 'Ondergronds nieuws' heette en waarin vaak verhalen over bijzondere verloren voorwerpen stonden of rare verhalen over huisdieren en forensenfrustratie.

Een vioolspelende straatmuzikante was blijkbaar de vorige dag onbedoeld in een opstootje terechtgekomen toen ze optrad bij station Tottenham Court Road. Een groep plaatselijke, dronken voetbalsupporters op weg naar een wedstrijd in Wembley was betrokken geraakt bij een groot gevecht en de Londense metrobeambten hadden zich gedwongen gezien met geweld in te grijpen. Hoewel ze er niet direct bij betrokken was, was ze flink in het gedrang gekomen en had haar instrument laten vallen, een van de mannen was op de viool terechtgekomen en blijkbaar was deze volledig verwoest.

Dominik las het korte stukje twee keer snel door, haastte zich naar het einde. De vrouw heette Summer. Summer Zahova.

Ondanks haar Oost-Europese achternaam, bleek ze uit Nieuw-Zeeland te komen.

Ze móest het wel zijn.

Tottenham Court Road, viool... wie kon het anders zijn?

Het was onwaarschijnlijk dat ze weer zou optreden nu ze geen viool had. De kans dat hij haar weer zou zien, laat staan naar haar muziek zou kunnen luisteren, was nu dus totaal verkeken.

Dominik leunde achterover, onbewust verkreukelde hij de krant in zijn vuist en gooide hem kwaad op de grond.

Hij wist nu tenminste haar naam: Summer.

Hij probeerde zijn gedachten op een rijtje te zetten, herinnerde zich hoe hij enige jaren geleden een ex-minnares min of meer had gestalkt op internet, alleen maar om te zien wat er van haar was geworden en hoe haar leven er zonder hem uitzag. Het bleek eenzijdig speurwerk, zij had nooit iets van zijn heimelijke zoektocht gemerkt.

Hij liep naar zijn studeerkamer, startte zijn computer op en googelde de naam van de jonge muzikante. Hij vond bijzonder weinig hits, maar ze stond wel op Facebook.

De foto op haar Facebook-pagina was ongekunsteld en zeker een paar jaar oud, maar hij herkende haar direct. Misschien was hij in Nieuw-Zeeland genomen, hij begon te speculeren over hoe lang ze al in Londen, in Engeland, was.

Haar mond was felrood gestift, ontspannen en niet vertrokken door de heftige bewegingen van haar vioolspel, Dominik kon er niets aan doen en vroeg zich af hoe het zou voelen als die vurige, zinnelijke lippen zich om zijn erectie zouden sluiten.

De pagina van Summer Zahova was gedeeltelijk afgeschermd, hij kon haar prikbord niet bekijken, zelfs haar vriendenlijst niet. Haar persoonlijke gegevens, afgezien van haar naam, geboorteplaats en Londen als woonplaats, leverden weinig op.

Een openlijke belangstelling voor zowel mannen als vrouwen, klassieke componisten, evenals een aantal popartiesten op haar 'vind ik leuk'-lijst. Geen vermelding van boeken of films – ze was duidelijk niet vaak op Facebook te vinden.

Maar hij had een ingang, voor zover je het dat kunt noemen.

Later die avond, na de vele voors en tegens te hebben afgewogen, keerde Dominik terug naar de oorverdovende stilte van zijn laptopscherm, logde in op Facebook en maakte een nieuw account aan onder een fictieve naam, met zó weinig persoonlijke gegevens dat de pagina van Summer bijna gezellig was. Hij aarzelde over de foto die hij zou kiezen, overwoog een te downloaden van iemand met een extravagant Venetiaans masker, maar liet de foto uiteindelijk achterwege. Het zou een beetje te melodramatisch zijn. De tekst op zich was intrigerend en mysterieus genoeg, vond hij.

Nu typte hij, in zijn nieuwe rol, een bericht aan Summer:

Beste Summer Zahova,
Ik vond het spijtig om te horen van uw tegenslag. Ik ben een groot bewonderaar van uw muzikale vakmanschap en om het mogelijk te maken dat u kunt blijven oefenen, ben ik bereid u een nieuwe viool te schenken.
Aanvaardt u mijn uitdaging en voorwaarden?

Hij ondertekende het bericht opzettelijk niet en klikte op 'verzenden'.

3

Een meisje en haar achterwerk

MET EEN ZONDERLING EN ONWERKELIJK gevoel staarde ik naar wat er was overgebleven van mijn viool.

Zonder dit instrument in mijn handen was het alsof ik niet echt bestond, alsof ik het hele tafereel van bovenaf aanschouwde. Dissociatie had de decaan op mijn middelbare school het genoemd, toen ik probeerde uit te leggen hoe ik me voelde als ik mijn viool niet vasthield. Ik bestempelde mijn bijzondere mentale vlucht, zowel de muziek in als uit, liever als een soort magie, hoewel ik vermoedde dat mijn aanleg om in de muziek te verdwijnen eigenlijk alleen maar een verhoogd bewustzijn was in een deel van mijn brein, voortkomend uit een bijzonder gericht verlangen.

Als ik een huilerig type was geweest, had ik misschien wel gehuild. Ik raakte wel eens van streek, maar daar ging ik gewoon op een andere manier mee om, mijn gevoelens verspreidden zich door mijn lichaam en vonden een uitweg óf door mijn strijkstok, óf door een andere lichamelijke uiting, bijvoorbeeld boze, emotionele seks of woedend baantjes trekken in een van de openluchtzwembaden van Londen.

'Sorry mop.' Een van de zatlappen strompelde lispelend bij me langs, zijn van alcohol doordrenkte adem schroeide mijn gezicht.

Ergens in de stad was vandaag een voetbalwedstrijd en twee groepen supporters uitgedost in de gebruikelijke clubkleuren van tegen elkaar strijdende partijen, waren elkaar in het station op weg naar de wedstrijd tegen het lijf gelopen. De pleuris was een paar meter verderop uitgebroken. Zoals gewoonlijk ging ik zo in de muziek op dat ik niet had gehoord welke opmerking de lont in het kruitvat was geweest. Ik had niet eens door dat er werd gevochten tot er een zwaar lichaam tegen me op knalde, mijn viool werd tegen de muur gekwakt en mijn koffer omvergegooid, de munten vlogen alle kanten op, als knikkers op een schoolplein.

Het is altijd druk op Tottenham Court Road en er loopt altijd genoeg personeel rond. Een tweetal potige Londense metrobeambten trok de vechtende supporters uit elkaar en dreigde de politie te bellen. Het vuur doofde algauw bij de mannen, ze verdwenen als ratten in de diepten van het station, renden de roltrappen op en de gangen door. Ze hadden waarschijnlijk in de gaten dat ze te laat zouden komen voor de wedstrijd, of zouden worden gearresteerd als ze bleven rondhangen.

Ik liet me tegen de muur zakken waar ik eerder 'Bittersweet Symphony' had gespeeld en drukte de brokstukken van mijn viool tegen mijn borst alsof ik een kind troostte. Het was geen dure viool, maar ze had een prachtige klank en ik wilde haar niet kwijt. Mijn vader had hem vijf jaar geleden gekocht bij een tweedehandswinkel in Te Aroha en met kerst aan mij gegeven. Ik heb een voorkeur voor tweedehandsviolen en mijn vader had er oor voor, het vermogen om in een berg rommel het instrument te vinden dat een belofte met zich meebracht. Hij kocht altijd mijn instrumenten, net zoals mijn moeder en zus altijd kleren en boeken voor me kochten als ze dachten dat ik iets leuk vond en het was altijd perfect. Ik stelde me graag voor wie het instrument vóór mij had bespeeld, hoe diegene hem had vastgehouden, door hoeveel warme handen hij was gegaan – iedere eigenaar liet een stukje van zijn eigen verhaal in het instrument achter; soms van liefde, van verlies, van krankzinnigheid, emoties die ik er door de snaren aan wist te ontlokken.

Deze viool was met me meegereisd door Nieuw-Zeeland en daarna naar de andere kant van de wereld. Oké, ze liep op haar laatste benen – ik had haar op twee plaatsen met tape moeten oplappen als gevolg van beschadigingen die ze vorig jaar op de lange reis naar Londen had opgelopen. Maar de klank was nog zuiver en ze lag precies goed in mijn armen. Het zou een nachtmerrie worden om vervanging te vinden. Hoewel Darren erover had gezeurd, was ik er nooit aan toegekomen hem te verzekeren. Ik kon me geen nieuw instrument van enige kwaliteit veroorloven, zelfs geen oud instrument van enige kwaliteit. De markten afstruinen voor een koopje kon weken duren en ik kon mezelf er niet toe zetten een viool op eBay te kopen zonder haar te kunnen voelen of horen.

Ik leek wel een zwerfster toen ik door het station kroop en de munten opraapte die overal lagen verspreid, met mijn gehavende viool in mijn hand. Een van de metrobeambten vroeg mij wat ik had gezien voor het rapport en hij ergerde zich duidelijk aan het feit dat ik zo weinig informatie kon geven over wat er was gebeurd.

'Geen talent voor waarnemen zeker?' sneerde hij.

'Nee,' antwoordde ik en ik keek naar zijn lompe vingers terwijl hij door zijn notitieboekje bladerde. Elke vinger was vaal en log en leek op iets teleurstellends aan een prikkertje op een schaal bij een feestje. Het waren de handen van iemand die geen muziekinstrument bespeelde, of regelmatig gevechten suste.

Eigenlijk heb ik een hekel aan voetbal, hoewel ik dat nooit tegen een Engelsman zou zeggen. Voetballers zijn, over het algemeen, te mooi naar mijn smaak. Tijdens rugbywedstrijden kon ik de sport tenminste vergeten en me concentreren op de sterke, gespierde dijen van de aanvallers in hun kleine, opkruipende sportbroekjes die prachtige, stevige billen dreigden te onthullen. Ik doe zelf niet aan teamsport, houd meer van individuele sporten zoals zwemmen of hardlopen, of krachttraining alleen in de sportschool zodat mijn armen in conditie blijven voor de lange perioden dat ik mijn instrument moet vasthouden.

Toen ik al mijn verdiensten eindelijk had verzameld stopte ik de kapotte viool in mijn koffer en ontsnapte ik aan de nauwlettende blik van de Londense metrobeambten.

Ik had niet meer dan tien pond aan muntgeld verzameld voordat die horken mijn viool hadden gemold. Het was een maand geleden dat de mysterieuze voorbijganger het briefje van vijftig in mijn koffer had gestopt. Ik had het biljet nog steeds, veilig verstopt in mijn la met ondergoed, hoewel ik het geld verdomd goed kon gebruiken. Ik draaide meer uren in het restaurant waar ik parttime werkte, maar had al weken geen betaald optreden gehad. Ondanks het feit dat ik op cafémaaltijden en potjes kant-en-klare noedels leefde, had ik mijn spaargeld aan moeten spreken om de huur te kunnen betalen.

Ik had Darren nog maar één keer gezien sinds onze ruzie over de Vivaldi-plaat en ik had hem, waarschijnlijk niet goed genoeg, uitgelegd dat het voor mij niet werkte, dat ik tijd voor mezelf nodig had om me op de muziek te kunnen concentreren.

'Je maakt het uit voor een viool?'

Darren had ongelovig gekeken. Hij was welgesteld, knap en had de leeftijd om kinderen te verwekken – niemand had het ooit met hem uitgemaakt.

'Heb alleen wat tijd nodig.'

Ik staarde naar een glimmende poot van zijn roestvrijstalen designbarkruk. Ik kon hem niet recht in de ogen kijken.

'Niemand heeft zomaar wat tijd nodig, Summer. Heb je iemand anders? Chris? Van de band?'

Hij had een van mijn handen vastgepakt. 'God, je hebt koude handen,' zei hij.

Ik keek naar mijn vingers. Mijn handen zijn altijd mijn favoriete lichaamsdelen geweest. Mijn vingers zijn bleek, lang en heel slank, pianovingers noemt mijn moeder ze.

Ik voelde een plotselinge genegenheid voor Darren opkomen en draaide me naar hem om, ging met mijn hand door zijn dikke haar, trok even aan zijn lokken.

'Au,' zei hij, 'niet doen.'

Hij boog vooover en kuste me. Hij had droge lippen, zijn aanraking was aarzelend. Hij trok me niet tegen zich aan. Hij smaakte naar thee. Ik werd meteen misselijk.

Ik duwde hem van me af en ging staan, wilde mijn vioolkoffer pakken en de tas met extra ondergoed, een tandenborstel, een paar dingen die ik bij hem in een la bewaarde.

'Wat, bedank jíj voor seks?' had Darren gespot.

'Ik voel me niet zo lekker,' zei ik.

'Nou, dat is dan voor het eerst dat mevrouw Summer Zahova hoofdpijn heeft.'

Hij stond nu met zijn handen op zijn heupen, zoals een moeder die haar dwarse kind een standje gaf.

Ik pakte mijn tas en mijn koffer, draaide me op mijn hakken om en vertrok. Ik droeg zijn minst favoriete ensemble: rode enkellaarzen van Converse, een korte spijkerbroek over een dikke panty en een T-shirt met een schedel, en toen ik de voordeur openduwde, voelde ik me meer mezelf dan in maanden, alsof er een last van mijn schouders was gevallen.

'Summer…' Hij liep me achterna en greep mijn arm terwijl

ik naar buiten stapte, en ik draaide me om zodat ik hem aankeek. 'Ik bel je, oké?' zei hij.

'Prima.' Ik liep weg zonder om te kijken, stelde me voor hoe hij me nakeek terwijl ik langs de trap uit het zicht verdween. Ik hoorde de deur in het slot vallen net toen ik om de hoek van de volgende trap verdween, buiten zijn gezichtsveld.

Sindsdien had hij me regelmatig gebeld, eerst elke avond en daarna nog maar twee tot drie keer per week en ik negeerde alle boodschappen. Twee keer belde hij me zelfs om drie uur 's nachts op, dronken, en sprak dan lispelend mijn voicemail in.

'Ik mis je, schatje.'

Hij had me nog nooit schatje genoemd – hij had zelfs beweerd dat hij dat woord haatte – en ik vroeg me af of ik hem eigenlijk ooit wel echt had gekend.

En nu ging ik Darren zéker niet bellen, hoewel ik wist dat hij de kans om een nieuwe viool voor me te kopen met beide handen zou aangrijpen. Hij had een hekel aan mijn oude viool, vond haar kitscherig en niet geschikt voor een klassiek violiste. Hij vond het ook niets dat ik als straatmuzikant optrad, vond het beneden mijn stand, maar eigenlijk maakte hij zich zorgen over mijn veiligheid. En terecht, zou hij nu zeggen.

Ik stond bij het kruispunt buiten het station, het verkeer raasde voorbij en voetgangers dromden alle kanten op, en bedacht wat ik zou doen. Ik had niet echt veel vrienden in Londen, behalve dan de stelletjes waar Darren en ik mee optrokken, mee uit eten gingen en naar galerieopeningen, en hoewel ze aardig waren, waren het allemaal zijn vrienden en niet die van mij. Zelfs als ik contact had willen opnemen, dan had ik nog geen telefoonnummers. Darren had onze uitjes altijd georganiseerd, ik vergezelde hem alleen maar. Ik haalde mijn telefoon uit mijn zak en liep het adresboek langs. Ik overwoog Chris te bellen. Hij was muzikant, hij zou het begrijpen en boos zijn als hij later zou ontdekken dat ik hem niet had gebeld, maar ik had geen behoefte aan medeleven, of medelijden. Ik zou onder dat soort emoties bezwijken, dan zou ik nutteloos zijn en niet in staat zijn iets te regelen.

Charlotte. Van de stripclub.

Ik had haar al een jaar niet gesproken en al die tijd niets van haar gehoord, behalve een paar berichten op Facebook, maar ik wist zeker dat Charlotte mij als geen ander op zou kunnen vrolijken zodat ik het ongeluk met de viool uit mijn hoofd kon zetten.

Ik drukte op 'bellen'.

De telefoon ging over. Er nam een man op, hij klonk zwoel, loom, alsof hij net bijzonder prettig was ontwaakt.

'Hallo?' zei hij.

Ik kon hem bijna niet verstaan boven het verkeer uit. 'Sorry,' zei ik, 'ik heb waarschijnlijk een verkeerd nummer. Ik ben op zoek naar Charlotte.'

'O, die is er wel,' zei de man. 'Ze heeft het alleen een beetje druk op dit moment.'

'Kan ik haar spreken? Zeg maar dat Summer aan de lijn is.'

'Ah... Summer, Charlotte wil je dolgraag spreken, echt waar, maar ze mag niet met volle mond praten.'

Ik hoorde gegiechel, wat geschuifel en toen de stem van Charlotte.

'Summer, lieverd!' zei ze. 'Dát is lang geleden!'

Nog meer geschuifel, toen zacht gekreun door de hoorn.

'Charlotte? Ben je er nog?'

Nog meer gekreun. Nog meer geschuifel.

'Wacht, wacht,' zei ze, 'momentje.' Het gedempte geluid van een hand over de hoorn en, op de achtergrond, het lage, hese gegrinnik van een man. 'Kappen,' fluisterde ze. 'Summer is een vriendin.' Toen was ze er weer. 'Sorry, lief,' zei ze. 'Jasper probeert me alleen maar af te leiden. Hoe gaat het met je, meis? We hebben elkaar te lang niet gesproken.'

Ik stelde me voor hoe ze samen in bed lagen en voelde een steek van jaloezie. Charlotte was het enige meisje wiens seksuele aanleg die van mij leek te evenaren. En ze was er zo open over, dat was ik nooit geweest. Ze had iets springlevends. Ze was net zo intens als de lucht na een tropische storm, een en al vochtige hitte en rijpe overvloed.

Ik herinnerde me hoe we een vibrator gingen kopen in Soho een paar uur voor het sollicitatiegesprek bij de stripclub in Chancery Lane. Ik geneerde me een beetje, stond ongemakkelijk naast haar en keek hoe ze zelfverzekerd dildo's van allerlei soorten en maten pakte en tegen de zachte huid aan de binnenkant van haar pols wreef om het gevoel te testen.

Ze had de verveeld kijkende man achter de toonbank zelfs aangesproken en batterijen gevraagd, ze stopte de batterijen met een ervaren beweging in de onderkant van twee soortgelijke, maar iets van elkaar verschillende, Rabbits. De ene had een platte voorkant, de andere een soort vertakking aan het eind, die om de klit van de gebruiker cirkelde. Ze liet het ene vibrerende speeltje rustig langs haar arm omhooggaan en vervolgens de andere, toen draaide ze zich om naar de man achter de toonbank.

'Welke zou u adviseren?' vroeg ze hem.

Hij staarde haar aan alsof ze van een andere planeet kwam. Ik voelde de aarde onder mijn voeten bewegen en hoopte dat ik door de grond zou zakken.

'Weet. Ik. Veel,' zei hij en hij benadrukte elk woord voor het geval ze hem niet zou begrijpen.

'Wat dan?' antwoordde ze, in het geheel niet onder de indruk van zijn barse toon. 'U werkt hier.'

'Ik heb geen vagina.'

Charlotte pakte haar creditcard en kocht ze allebei, in de veronderstelling dat ze als stripper al snel genoeg geld zou verdienen om de rekening te kunnen betalen.

We liepen naar buiten en ze stopte abrupt bij een van die ruimteschipachtige openbare toiletten, het soort dat met een knop aan de zijkant openging en die, vermoedde ik, niet vaak werden gebruikt waarvoor ze waren bedoeld.

'Je hebt toch geen bezwaar?' zei ze, en ze ging naar binnen en deed de deur op slot voordat ik kon reageren.

Ik stond buiten met een vuurrood hoofd terwijl ik me inbeeldde hoe ze daar in het hokje stond met haar slipje op haar knieën, eerst de vibrator inbracht en toen het topje rond haar klit liet draaien.

Binnen vijf minuten stond ze, lachend, weer buiten.

'De platte is beter,' merkte ze op. 'Wil je ook? Ik heb reinigingsmiddel en tissues gekocht. En glijmiddel.'

'Nee, dank je,' antwoordde ik en ik vroeg me af wat de mensen op straat zouden denken als ze ons hoorden. Tot mijn verbazing was ik opgewonden geraakt van de gedachte dat Charlotte in het toilet aan het masturberen was. Ik zou het haar niet vertellen, maar glijmiddel was totaal overbodig.

'Wat jíj wil,' zei ze vrolijk en ze stopte de vibrators in haar tas.

Ondanks de kapotte viool in mijn koffer en de pijn in mijn hart als ik eraan dacht, werd ik opgewonden van de gedachte dat Charlotte waarschijnlijk naakt aan de andere kant van de lijn lag, haar lange, bruine benen onverschillig over het bed gespreid onder de oplettende blik van Jasper.

'Het gaat goed,' loog ik en ik vertelde haar wat er in het station was gebeurd.

'O, mijn god! Arm kind. Kom maar langs. Voor jou gooi ik Jasper het bed uit.'

Ze sms'te het adres en binnen een uur zat ik opgerold op een schommelstoel in de woonkamer van haar appartement in Notting Hill en nipte aan een dubbele espresso uit een fijn porseleinen kop en schoteltje. Charlotte had goed geboerd sinds ik haar voor het laatst had gezien.

'Het gaat dus goed met het dansen?' vroeg ik terwijl ik het ruime interieur, de glanzende houten vloer en de grote flatscreen aan de muur in me opnam.

'Echt niet,' zei ze terwijl ze het koffiezetapparaat uitzette. 'Dat was verschrikkelijk. Ik verdiende niets en ben ook weer ontslagen.'

Ze stak haar vinger door het oor van haar eigen kopje en liep naar de bank. Ik vermoedde dat ze extensions in haar lange, steile, bruine haar had, maar was blij dat ze nog steeds geen nepnagels droeg. Charlotte was allesbehalve bescheiden, maar ze had wel klasse.

'Ik speel online poker,' zei ze en ze knikte in de richting van het bureau en een grote iMac in de hoek van de kamer. 'Heb een vermogen verdiend.'

In de gang ging een deur open en er dreef stoom naar buiten, vermoedelijk uit de badkamer. Er gleed een trage glimlach over Charlottes gezicht toen ze zag hoe ik mij omdraaide in de richting van het geluid.

'Jasper,' zei ze. 'Hij staat onder de douche.'

'Hebben jullie al lang wat met elkaar?'

'Lang genoeg,' antwoordde ze grijnzend toen hij de woonkamer in slenterde.

Het was een van de knapste mannen die ik ooit had gezien. Dik, donker haar, nog nat van de douche, pezige dijen in een wijde spijkerbroek – zijn casual overhemd met korte mouwen hing open en onthulde zijn gebeeldhouwde buikspieren en het mooie spoor haartjes dat naar zijn kruis liep. Hij stond stil bij de keuken en droogde zijn haar met één hand, alsof hij ergens op stond te wachten.

'Ik zal het lekkere ding even uitlaten,' zei Charlotte knipogend tegen me en ze ging staan.

Ik zag hoe ze een aantal bankbiljetten uit een envelop van de boekenplank haalde en ze in zijn hand drukte. Hij vouwde de biljetten op en schoof ze, zonder te tellen, discreet in zijn achterzak.

'Bedankt,' zei Jasper. 'Het was een waar genoegen.'

'Ik heb er zelf ook van genoten,' zei ze. Ze opende de voordeur, kuste hem licht op beide wangen en liet hem uit.

'Dat heb ik altijd al eens willen zeggen,' zei ze tegen me en ze plofte weer op de bank neer.

'Is hij een…?'

'Escort?' maakte ze mijn zin af. 'Ja.'

'Maar jij kunt toch zeker…?'

'Wel iemand krijgen?' zei ze weer. 'Vast wel. Maar ik betaal er graag voor. Dan zijn de rollen ook eens omgedraaid als je begrijpt wat ik bedoel, en ik hoef me niet druk te maken over al dat andere gezeik.'

Ik zag er het voordeel wel van in. Toen, maar eigenlijk bijna altijd wel, zou ik een moord doen voor een potje neuken zonder schuldgevoel, verwikkelingen en pijn.

'Heb je plannen voor vanavond?' vroeg ze plotseling.

'Nee,' zei ik hoofdschuddend.

'Goed. Ik neem je mee uit.'

Ik protesteerde, zei dat ik niet in de stemming was, geen geschikte kleren had en geen geld. Bovendien had ik een hekel aan nachtclubs, vol jonge meiden knipperend met hun valse wimpers voor een gratis drankje, en slonzige types die aan je probeerden te plukken.

'Je kunt wel wat afleiding gebruiken. Ik trakteer. Je kunt

wel kleren lenen. En deze tent is anders. Je vindt het vast geweldig.'

***

Een paar uur later stond ik aan boord van een grote boot aan de oever van de Thames die eens per maand in de herfst dienstdeed als nachtclub met een fetisjthema.
'Wat bedoel je eigenlijk met "fetisj"?' vroeg ik nerveus aan Charlotte.
'O, eigenlijk niets bijzonders,' zei ze. 'De mensen dragen minder kleren, maar dan alsof ze het menen. En ze zijn aardiger.'
Ze grinnikte en zei dat ik me moest ontspannen op een manier waardoor ik precies het tegenovergestelde deed.
Ik droeg nu een lichtblauw keurslijfje met baleinen, een slip met kanten roesjes en blauwe naadkousen die vanaf mijn dijen tot mijn enkels liepen en daar in een paar zilveren hakken verdwenen. Charlotte had mijn haar getoupeerd, het was een enorme massa krullen geworden, wel twee keer het normale volume van mijn rode lokken en op mijn kruin had ze zwierig een hoge hoed gezet. Ze had voorzichtig vloeibare eyeliner aangebracht op mijn oogleden, dik en donker, had mijn lippen glanzend felrood gestift en een beetje zilverglitter met vaseline op mijn wangen geplakt. Het lijfje was een paar maten te groot en moest flink worden ingesnoerd zodat het om mijn middel bleef zitten, de schoenen waren iets te klein, het liep wat moeilijk, maar ik hoopte dat het totale plaatje me aan zou staan.
'Wauw,' zei Charlotte. Ze bekeek me van top tot teen toen ze me helemaal had opgedirkt. 'Je ziet er te gek uit.'
Ik liep moeizaam naar de spiegel. Mijn god, wat zouden mijn voeten pijn doen tegen het eind van de avond. De schoenen knelden nu al.

Tot mijn genoegen zag ik dat Charlotte helemaal gelijk had, hoewel ik dat nooit hardop zou zeggen, volgens de ongeschreven regels van fatsoen, en ik reageerde bescheiden. Het meisje in de spiegel leek niet op mij. Ze was een rebelse, oudere zus in een pikant kostuum. Hoewel het lijfje niet aansloot, dwong het me toch rechterop te staan en hoewel ik vanbinnen nerveus was om het appartement zo, in mijn nieuwe huid, te verlaten, vond ik dat ik er wel zelfverzekerd uitzag, met mijn schouders naar achteren en blote hals, net als een danseres.

Charlotte kleedde zich vlak voor me helemaal uit en wreef haar lichaam in met glijmiddel, daarna vroeg ze of ik haar wilde helpen terwijl ze zich in een piepklein, felgeel rubberen jurkje wurmde met op elke zijkant een rode bliksemflits. Het jurkje was van voren erg laag uitgesneden, haar volle boezem drukte stevig tegen de ronde hals en was bijna helemaal zichtbaar, evenals een verleidelijk randje van haar tepels. Het glijmiddel rook naar kaneel en even kwam ik in de verleiding om haar te likken. Ik zag dat ze geen slipje droeg terwijl het jurkje haar billen nauwelijks bedekte.

Charlotte kende geen schaamte, dat was duidelijk, maar ik bewonderde haar zelfvertrouwen en na een dag in haar gezelschap, begon ik eraan te wennen. Ze was een van de weinige mensen die ik kende die precies deed wat ze leuk vond zonder zich aan andere mensen te storen.

We moesten elkaar ondersteunen, ik op mijn te kleine hakken van twaalf centimeter en Charlotte op haar enorme, rode plateauzolen – we giechelden en schuifelden onzeker langs de steile helling naar de boot en klommen aan boord.

'Maakt niet uit,' zei Charlotte, 'voor je het weet, lig je op je rug.'

Echt waar?!

We arriveerden rond middernacht en het feest was al in volle gang. Ik vond het een beetje ongemakkelijk om mijn jas uit te doen en me bij de menigte te voegen terwijl ik meer vlees in de etalage had dan gebruikelijk, maar Charlotte hield vol dat ik niet uit de toon zou vallen. We lieten ons kaartje zien bij de receptie in ruil voor een stempel op de pols, gaven onze jassen af en wankelden de trap op, door de dubbele deuren naar de grote bar.

Mijn zintuigen werden meteen overspoeld. Overal zag ik mannen en vrouwen gekleed in outfits waar je ogen van uitpuilden. Overwegend latex, maar ook lingerie in vintagestijl, hoge hoeden en jacquets, militaire uniformen, er was zelfs een man die alleen een penisring droeg – zijn slappe penis ging vrolijk heen en weer als hij liep. Een kleine vrouw droeg een wijde rok en verder niets, haar grote borsten hingen vrij, ze liep door de menigte en hield een riem vast met daaraan een heel dunne, lange man, hij liep zo kromgebogen dat ze hem mee kon nemen zonder te trekken. Hij deed me aan meneer Van der Vliet denken.

Op een bank zat een tengere man alleen, of misschien wel een androgyne vrouw, gekleed in een rubberen pak dat het hele lichaam bedekte en een gezichtsmasker. Charlotte had niet helemaal gelijk gehad toen ze zei dat de fetisjmenigte minder kleren droeg. Veel mensen droegen natuurlijk bijna niets, en het stond ze geweldig, maar een groot aantal droeg ingewikkelde kostuums die elke centimeter vlees bedekten – toch zagen ze er seksueel uit. Goedkope kostuums en straatkleren waren verboden, een subtiel detail waardoor de opvarenden het ordinaire en theatrale ontstegen.

'Wat wil je drinken, meis?' vroeg Charlotte en ze leidde mijn aandacht af van de menigte. Ik probeerde uit alle macht niet naar de mensen te staren, maar ik had het gevoel dat ik op een

59

filmset voor meerderjarigen terecht was gekomen, of door een gang een parallel universum had betreden waar iedereen net zo was als Charlotte, waar het ze geen reet kon schelen wat de rest van de wereld van hen vond.

Ze had wel gelijk gehad over mijn kleding. Ik viel niet uit de toon en was zelfs een van de wat bescheidener uitgedoste feestgangers. Ze dachten waarschijnlijk dat ik gewoon preuts was. Ik ontspande me. Normaal gesproken, bij vrienden of op een feestje, was ik vaak bang dat ik de vreemde eend in de bijt was, met mijn ongedwongen houding tegenover seks en relaties. Ik was nog nooit preuts genoemd.

'Iets van water, graag,' antwoordde ik.

Ik wilde geen misbruik maken van haar gulheid en helder blijven, zodat ik morgen niet wakker zou worden en denken dat ik het allemaal had gedroomd.

Charlotte haalde haar schouders op en kwam even later terug met onze drankjes.

'Kom mee,' zei ze. 'Ik zal je rondleiden.'

Ze pakte mijn hand en leidde me door een andere dubbele deur, die naar de open voorsteven van het schip leidde waar een handjevol rokers en mannen met dikke, warm uitziende militaire jasjes stonden te roken of af te koelen, of beide. De vrouwen hadden over het algemeen veel minder kleren aan en stonden op een kluitje rond twee gaskachels in het midden van de ruimte. Twee droegen latexrokjes waarvan de achterkant ontbrak en hun bleke billen schenen in het gaslicht als een laaghangende tweelingmaan.

Ik liep naar de reling en bleef daar even staan, ik hield Charlottes hand vast en staarde naar de Thames die zich in de nacht als een lang, zwart lint uitstrekte en zich behaaglijk tussen de twee helften van de stad vlijde. Het water zag er dik en stroperig uit, het klotste zachtjes tegen de romp van de boot. Waterloo

Bridge verbond de twee oevers achter ons, Blackfriars Bridge voor ons, de lichten van de Tower Bridge waren op de voorgrond nauwelijks te onderscheiden, als een donkere belofte van dingen die nog staan te gebeuren.

Ik voelde Charlotte huiveren.

'We gaan,' zei ze. 'Het is koud buiten.'

We liepen weer door de dubbele deuren naar de grote bar, toen weer door een stel deuren naar de dansvloer. Ik keek met open mond hoe een donkerharige, beeldschone, verleidelijke vrouw zichzelf met gasoline insmeerde en toen boven haar hoofd in de lucht vuurspuwde, terwijl ze rond een paal kronkelde op de maat van een stevig rocknummer. Ze rook naar seks. In gezelschap van Charlotte en de aanwezigheid van zo veel anderen die zich niet voor hun lichaam leken te schamen en zelfs trots waren op hun seksualiteit, voelde het, voor het eerst in mijn leven, niet alsof ik abnormaal was, ik had gezelschap.

Ik kreeg een lange man aan de rand van de dansvloer in het vizier. Hij droeg een strakke, felblauwe legging met lovertjes, lange rijlaarzen, een rood-met-goudgekleurd militair jasje en een bijpassende hoed. Hij had een rijzweep in zijn ene hand en een drankje in de andere en kletste gezellig met een gothic-achtig meisje in hotpants van latex. Ze had lang, zwart haar met aan de voorkant een witte lok. De legging van de man wist maar nauwelijks de grote bobbel in zijn kruis te verbergen, ik bleef even gebiologeerd staan. Ik meende dat ik net zo'n legging in de etalage van een vrouwenmodezaak had gezien, maar het stond hem uitgesproken mannelijk.

Charlotte trok me mee. 'Later,' fluisterde ze in mijn oor terwijl ze naar de man in de legging keek. 'De show is bezig. Dat betekent dat het beneden rustig is.'

Ze leidde me door een kleine gang met roodfluwelen gordijnen, vervolgens door een kleinere bar vol gelijksoortig geklede feestgangers en toen via de trap naar beneden.

'Dit is de kerker,' zei ze.

De ruimte zag er niet uit zoals ik me zo'n kerker voorstelde, hoewel ik geen idee had hoe een hedendaagse kerker eruit zou moeten zien of dat zoiets daadwerkelijk bestond. Ik hield mijn pas in en keek rond, absorbeerde alles, voor het geval ik nooit weer zoiets zou zien.

De inrichting was hetzelfde als in de bar boven, maar dan met een paar extravagant uitziende meubelstukken. Er was een groot, rood gestoffeerd kruis dat meer op een x leek dan op een crucifix. Een naakte vrouw leunde ertegenaan met haar armen en benen gespreid, terwijl een andere vrouw haar sloeg met een voorwerp dat Charlotte een gesel noemde. Ik kon het handvat niet zien omdat de vrouw hem stevig vasthield, maar in plaats van één streng, zoals bij een zweep, zaten er verschillende strengen zacht uitziend leer aan. De vrouw die aan het geselen was, sloeg om de beurt met de gesel en streelde dan met haar hand het achterwerk van de vrouw en liet de strengen leer soms zacht over haar lichaam glijden. De incasserende vrouw kreunde van genot en schokte de hele tijd ongecontroleerd. De vrouw met de gesel boog zich vaak voorover en fluisterde waarschijnlijk lieve woordjes in haar oor. Ze glimlachte, lachte en leunde met haar lichaam voorover naar haar partner op het kruis. Er stond een groepje geïnteresseerde toeschouwers om hen heen, maar ze leken in hun eigen wereld te verkeren, bijna alsof er een onzichtbaar scherm was opgetrokken tussen hen en de mensen die toekeken.

Op een foto, of in een prikkelend artikel in een krant, zou ik het beeld schokkend hebben gevonden. Ik wist natuurlijk wel dat het bestond, maar stopte dit soort dingen weg, op dezelfde plaats waar ik verhalen opborg over mensen die snel naar het ziekenhuis moesten na een ongelukkig voorval met een hamster en een stofzuigerslang – sommige mensen zijn er misschien voor in, maar ik schreef het meestal toe aan een broodje aap, óf de voorkeur van bijzonder eigenaardige mensen. De mensen hier zagen er allemaal aardig normaal uit, hoewel ze waren uitgedost in dezelfde opvallende kostuums als de mensen op de rest van de boot. Ik ging wat dichterbij staan om het beter te kunnen zien.

Ja, de geselende vrouw vermaakte zich uitstekend. Ik had er op dat moment heel wat voor over om dat gevoel te ervaren. En de afranseling zelf, het stijgen en dalen van de gesel, zag er nauwkeurig uit, ritmisch, vakkundig gearrangeerd. Het zag er allemaal eigenlijk best mooi uit.

Charlotte zag mijn belangstelling en liep naar een man die bij het kruis stond, tikte hem op zijn schouder en gebaarde toen naar mij.

'Mark,' zei ze tegen hem, 'dit is Summer. Ze is hier voor het eerst.'

Mark bekeek me van top tot teen, maar eerder waarderend dan roofzuchtig.

'Mooi korset!' zei hij en hij kuste me op beide wangen, zoals op het continent. Hij was aan de kleine kant, een beetje dik en kalend, maar had een vriendelijk gezicht en een aantrekkelijke schittering in zijn ogen. Hij droeg zware, platte laarzen, een rubberen schort en een vest. Het schort had allemaal zakken met daarin diverse voorwerpen, ze leken op het eerste gezicht allemaal op de gesel die bij het kruis werd gebruikt.

'Dank je,' antwoordde ik. 'Kom je hier vaak?'

'Lang niet zo vaak als ik zou willen,' antwoordde hij lachend toen ik bloosde.

'Mark is de meester van de kerker,' merkte Charlotte op.

'Het komt erop neer,' zei hij, 'dat ik ervoor zorg dat alles goed gaat, dat niemand zich hufterig gedraagt.'

Ik knikte en ging van de ene op de andere voet staan. Charlotte was langer dan ik, maar ze had kleinere voeten en die van mij begonnen nu echt zeer te doen.

Ik keek rond en zocht een lege stoel, maar zag niets, behalve een metalen constructie met een gecapitonneerd middendeel zo'n beetje ter hoogte van het middel en ik vermoedde dat dat geen stoel was.

'Kan ik daar gaan zitten?' vroeg ik en ik wees naar de constructie.

'Nou nee,' zei Charlotte. 'Je mag niet op de toestellen zitten. Voor het geval iemand hem wil gebruiken.' Toen klaarde haar gezicht op. 'Ooo!' zei ze en ze grinnikte ondeugend, gaf Mark een por in zijn ribben. 'Je kunt haar wel spanken, Mark. Dan kunnen haar voeten uitrusten.'

Mark keek naar me. 'Met alle plezier,' zei hij, 'als de dame het wil.'

'O, nee... Bedankt, maar ik denk het niet.'

Mark antwoordde beleefd: 'Geen probleem.'

Maar tegelijkertijd drong Charlotte aan: 'Toe maar – waar ben je bang voor? Hij is een vakman. Probeer het maar.'

Ik tuurde weer naar de vrouw op het kruis die nu helemaal in extase leek, ze maakte zich niet druk over wat de toeschouwers ervan zouden zeggen.

Ik zou willen dat ik zo was, dacht ik, zo moedig en onverschillig. Als ik me minder aan zou trekken van andere mensen, was ik waarschijnlijk nooit langer dan een nacht bij Darren gebleven.

'Ik blijf bij je,' zei Charlotte. Ze zag ongetwijfeld dat mijn vastberadenheid wankelde. 'Waar maak je je zorgen om?'

Wat maakt het ook uit. Niemand hier zou anders over me denken en ik zou even kunnen liggen, bovendien was ik nieuwsgierig. Als het allemaal zo erg was, zouden al deze mensen het niet doen.

'Oké,' zei ik en ik glimlachte zwakjes. 'Ik probeer het.'
Charlotte wiebelde opgetogen.

'Welke wil je proberen?' vroeg Mark en hij zwaaide met zijn hand langs de werktuigen die in zijn schort zaten.

Ik volgde zijn hand. Hoewel hij niet lang was, had hij grote, stevige handen. Ze zagen er sterk uit, als handen die de hele dag gewend waren zwaar werk te doen, geen handen die boven een toetsenbord zweefden, typten en week werden.

Charlotte volgde belangstellend mijn blik. 'Ik denk dat ze meer een type is voor blote handen,' zei ze.

Ik knikte.

Charlotte pakte mijn hand weer en leidde me naar de bank.

Mark draaide me rustig naar zich toe. 'Goed,' zei hij. 'Ik begin heel, heel voorzichtig. Als je het ook maar even niet meer prettig vindt, steek je je hand omhoog en dan stop ik meteen. Charlotte blijft de hele tijd naast je staan. Heb je dat begrepen?'

'Ja,' zei ik.

'Oké, mooi,' antwoordde hij. 'Dit werkt niet echt met een slipje met roesjes. Zal ik hem maar uitdoen?'

Mijn adem stokte. Jezus. Waar was ik aan begonnen? Maar ik wist dat dit eraan zat te komen, het zou niet hetzelfde zijn met een dikke, kanten onderbroek aan en de hele ruimte was gevuld met naaktheid, ik zou echt niet opvallen.

'Oké.'

Ik draaide me om naar de bank en leunde voorover tegen de beklede constructie, mijn gewicht rustte niet langer op mijn voeten en het gaf eindelijk verlichting. Mijn middel en romp lagen op het platte, gestoffeerde middendeel en er waren nog twee gestoffeerde delen waar ik mijn armen op kon leggen met handvaten die ik vast kon pakken.

Ik voelde hoe een vinger zich achter het taillebandje van mijn kanten slipje haakte en hem rustig over mijn dijen en in kousen gestoken benen trok. Mark pakte eerst één voet en daarna de andere en hielp me uit mijn slip. Mijn benen waren wijd gespreid en ik bedacht dat hij, gehurkt aan mijn voeten, alles kon zien. Mijn wangen begonnen te gloeien, maar ik voelde al hoe ik me overgaf, en een plezierige, tintelende hitte verspreidde zich door mijn onderlichaam. Hij ging staan en Charlotte kneep in mijn hand.

Eerst voelde ik niets, slechts de lichte streling van de lucht over mijn blote billen en de veronderstelde onbekende blikken op mijn naakte huid.

Toen pakte een stevige hand mijn rechterbil en streelde rustig met de klok mee, ik voelde een heel klein briesje toen de hand zich terugtrok en met een klap weer neerkwam, eerst op mijn ene bil, toen op de andere.

Een scherpe steek.

Nu de zachte aanraking van zijn koele hand op mijn hete huid, troostend, strelend.

Weer een zuchtje wind toen de hand weer werd weggehaald.

En een schok toen de hand op mijn kont terechtkwam, dit keer harder.

Ik greep de metalen handvaten vast, kromde mijn rug, drukte mijn dijen in de kussens, voelde weer een blos over mijn gezicht trekken toen ik besefte dat ik kletsnat was en stelde me voor dat Mark mijn opwinding kon zien, kon ruiken. Hij zou voelen dat mijn lichaam zich overgaf onder zijn aanraking, ik kromde mijn rug nog verder zodat ik me dichter naar hem toe kon duwen.

Nog een klap, dit keer veel harder, echt pijnlijk. Door de scherpe steek sprong ik op en even overwoog ik hem te vragen te stoppen, maar toen lag zijn hand alweer op me, op de bil die hij net had bewerkt, de stekende pijn verdween en werd vervangen door een apart soort warmte die langs mijn ruggengraat omhoogliep helemaal naar mijn nek.

Hij liet een hand op me liggen en ging met de andere rustig over mijn rug naar mijn nek, door mijn haar, hij spreidde zijn vingers, trok toen zacht aan mijn haar, daarna harder.

Nu was ik ergens anders. De ruimte verdween; de veronderstelde blikken van onbekenden vervaagden; Charlotte was weg; er was niets, behalve ik en de hand die aan mijn haar trok terwijl mijn lichaam op de bank schokte en ik kreunde terwijl hij bleef slaan.

Toen was ik weer terug. Er lagen twee handen op mijn stekende billen, ze lagen stil, rustig en Charlotte kneep in mijn hand. Het geroezemoes drong langzaam weer tot me door. Stemmen en muziek, dansende ijsblokjes in glazen en het geluid van iemand anders die een pak slaag kreeg.

'Gaat het, meis? Ben je er nog? Wauw,' zei ze, volgens mij tegen Mark, 'ze ging als een raket.'

'Ja,' zei hij, 'het is een natuurtalent.'

Ik deed mijn hoofd achterover, lachte naar hen en wilde toen opstaan, maar ik kon niet lopen. Ik wankelde als een pasgeboren veulen en ik was overduidelijk opgewonden, mijn benen waren glibberig. Ik geneerde me om mijn heftige reactie, maar noch Mark, noch Charlotte, noch de toeschouwers leken zich daar druk om te maken of daar verbaasd over te zijn. Dit was een normaal weekend (of normale dag) voor hen.

'Rustig aan, tijger,' zei Mark. Hij sloeg zijn arm stevig om mijn middel en leidde me naar een stoel die onder de gezamenlijke blikken van Mark en Charlotte snel werd vrijgemaakt door degene die erop zat.

Ik liet me op de stoel glijden en Mark streelde mijn haar,

drukte mijn hoofd voorzichtig tegen zijn dijbeen. Het rubberen schort voelde koel en bizar tegen mijn gezicht en een van zijn peddels drukte ongemakkelijk in mijn arm.

Ik voelde hoe ik weer weggleed terwijl hij zijn hand door mijn haar liet gaan en het was alsof ik hun stemmen door een tunnel hoorde klinken.

'Ik denk dat je haar maar naar huis moet brengen,' zei hij tegen Charlotte. 'Heeft ze te veel gedronken?'

'Helemaal niets. Heeft de hele avond mineraalwater gezopen. Je hebt een maagd ingereden.'

'Geniaal,' grinnikte hij.

'Volgens mij heeft ze zich prima vermaakt,' merkte Charlotte op, 'en ik heb haar de parenkamer nog niet eens laten zien.'

In de taxi op weg naar haar appartement viel ik op de schouder van Charlotte in slaap, de volgende ochtend werd ik wakker met het lichtblauwe korset nog aan, hoewel Charlotte de veters wel had losgemaakt. Het kussen zat onder de glitters en vegen zwarte make-up. Het voelde alsof ik een kater had, hoewel ik geen druppel had gedronken.

'Goedemorgen schone slaapster,' riep Charlotte vanuit de keuken. 'Heb koffiegezet.'

Ik strompelde naar de keuken, direct wakkerder door het vooruitzicht van cafeïne.

'Wauw,' zei Charlotte, 'die kleren stonden je gisteren beter.'

'Bedankt,' antwoordde ik. 'Kan ik van jou niet zeggen.'

Charlotte stond midden in de keuken, hield een porseleinen schoteltje in haar ene en een kopje espresso in haar andere hand. Ze was poedelnaakt.

'Als het even kan, draag ik geen kleren,' zei ze.

'Wanneer dan wel?' vroeg ik.

'Bij het frituren,' antwoordde ze, 'of als ik herenbezoek heb.

Dan trek ik kleren aan zodat zij ze weer uit kunnen trekken. Daar houden kerels blijkbaar van.'

Toen ze kerels zei, bedacht ik me dat Charlotte uit Alice Springs kwam en verbaasde me er weer over dat zo'n wereldburger als zij was opgegroeid in het binnenland van Australië.

'Jij hebt een goede bui.'

'Heb al wat geld verdiend vandaag,' zei ze en ze keek naar haar computer, 'en ik heb goed geslapen in de wetenschap dat ik jouw horizon heb verbreed gisteravond.'

Ze grinnikte, maar ik voelde me een beetje raar over alles. Alleen muziek had mij ooit zo in vervoering kunnen brengen – de openbaring dat zowel vervreemding als genot zich een weg door de pijn baande. Ik zette het gevoel uit mijn hoofd.

'Je telefoon ging constant. Misschien moet je eens een betere ringtone nemen.'

'Dat is Vivaldi, cultuurbarbaar,' zei ik. Ze haalde haar schouders op.

Ik viste mijn telefoon uit mijn tas en liep de lijst van gemiste oproepen door. Darren. Gisteravond tien keer, vanochtend nog een aantal keren. Hij had waarschijnlijk op een of andere manier van de viool gehoord. Ik keek naar de klok boven de oven. Het was drie uur 's middags. Ik had bijna de hele dag geslapen.

'Blijf nog een nacht,' zei Charlotte. 'Dan kook ik voor je. Ik heb de oven hier nog nooit gebruikt.'

Ze liet me achter in het appartement om te douchen en uit te rusten terwijl zij naar de winkel ging voor boodschappen. Ik ging in bad en had een halfuur nodig om de knopen uit mijn haar te kammen. Op het laatst was ik het wachten zat, ik sms'te Charlotte of ik haar computer mocht gebruiken.

'Natuurlijk,' antwoordde ze. 'Er is geen wachtwoord.'

Ik bewoog de muis tot het scherm oplichtte. Controleerde

mijn Gmail-account. Negeerde de berichten van Darren en de onvermijdelijke spam. Logde in op Facebook. Een bericht in mijn postvak. Ik bewoog de muis behoedzaam over het scherm van het postvak, verwachtte weer een epistel van Darren, maar het bericht was van een profiel dat ik niet herkende, er was geen foto bij.

Ik klikte een beetje nieuwsgierig op het bericht.
Een beleefde inleiding.
Toen:

Ik ben bereid u een nieuwe viool te schenken.
Aanvaardt u mijn uitdaging en voorwaarden?

Ik klikte op het profiel, maar dat was bijna helemaal blanco, alleen als locatie 'Londen' bij de persoonlijke gegevens. Er stond alleen een initiaal op het profiel: D.

Ik dacht natuurlijk meteen aan Darren, maar dit was niet zijn stijl.

Waar kon die 'D' nog meer voor staan? Derek? Donald? Diablo?

Ik nam in mijn hoofd het adressenbestand door van mensen die konden weten dat ik mijn viool kwijt was en er misschien iets aan wilden doen – het leverde niets op. De enige die alles van het voorval afwist was de Londense metrobeambte met zijn dikke vingers en hij kwam net zo romantisch over als zijn beroep – absoluut niet, dus. Als de viool was gestolen, of erger, gewurgd op mijn stoep was achtergelaten, moest ik misschien bang zijn dat ik een internetstalker had, maar het bericht klonk niet boosaardig.

Er was een vonkje aangestoken en probeer dat dan maar weer eens uit te krijgen.

Ik staarde nog eens tien minuten naar het scherm, maar

werd er niet wijzer van, tot Charlotte naar binnen stormde, haar armen vol boodschappentassen.

'Hopelijk ben je geen vegetariër,' riep ze, 'want ik heb alleen maar vlees gekocht.'

Ik verzekerde haar dat ik een onvoorwaardelijke liefde had voor biefstuk en gebaarde dat ze de e-mail moest komen lezen.

Charlotte keek naar het scherm, trok een wenkbrauw op en grijnsde.

'Welke uitdaging?' vroeg ze. 'En welke voorwaarden?'

'Geen idee. Zal ik antwoorden?'

'Dat is in elk geval een begin. Doe maar – schrijf hem terug.'

'Hoe weet je dat het een hij is?'

'Natuurlijk is het een hij. Het straalt aan alle kanten alfaman uit. Waarschijnlijk iemand die je heeft zien spelen – voor je is gevallen.'

Ik aarzelde, drukte toen op 'beantwoorden'. Ik liet mijn vingers op het toetsenbord rusten en antwoordde:

Goedenavond,
Bedankt voor uw vriendelijke woorden.
Wat is de uitdaging? Wat zijn de voorwaarden?
Groeten,
Summer Zahova

Binnen enkele minuten had ik antwoord.

Ik wil uw vragen graag uitgebreid beantwoorden.
Laten we afspreken.

Een vraagteken ontbrak opvallend genoeg.

Tegen beter weten in en met Charlotte die me aanspoorde,

maakte ik een afspraak met de onbekende – om klokslag twaalf uur 's middags de volgende dag.

Ik kwam tien minuten te laat.

Zijn voorstel was om elkaar in een Italiaans koffiehuis op St Katharine Docks te ontmoeten. Ik had gedaan alsof ik wist waar het was, dat was niet zo, maar zo hoefde ik zelf geen locatie te bedenken.

Toen ik aankwam, zag ik dat het midden in het water lag. Toen ik langs de ene kade over de promenade liep, zag ik dat het pad wegens reparatie was gesloten en ik moest omkeren en de andere kant op lopen. Ik was de enige die als een verdwaald schaap over de steiger heen en weer liep en bedacht dat de mysterieuze onbekende mij al die tijd kon observeren vanuit het gerieflijke koffiehuis. Ik droeg de minst sexy outfit van Charlotte die ik had kunnen vinden om geen verkeerde indruk te wekken. Ik had me verslapen en geen tijd meer gehad naar mijn eigen appartement te gaan om me te verkleden.

Charlotte had een donkerblauwe jurk van wol met stretchstof gevonden, die had ze nog van de korte periode dat ze als receptioniste op een advocatenkantoor had gewerkt voordat ze haar online pokercarrière was begonnen. Hij was gevoerd, viel net over de knie en had een bescheiden uitgesneden ronde hals met vier knopen evenwijdig op de borst, een beetje als een uniform. Hij zat een beetje strak om de heupen, maar los rond de middel en ik droeg hem met een dunne roomwitte riem, mijn enkelhoge rijglaarsjes, die ik gelukkig op de dag van de metrorel had gedragen en een paar huidkleurige kousen. Op het doosje stond: 'Licht geolied – blote beneneffect'.

'Hij denkt vast dat ik met hem wil neuken als hij ziet dat ik deze draag,' zei ik tegen Charlotte.

'En misschien wil je ook wel met hem neuken,' antwoordde ze.

Ze zei vervolgens dat ik me niet moest aanstellen omdat ik me helemaal voorover zou moeten buigen voordat de split achter in de jurk zou onthullen wat ik eronder droeg. De split was gelukkig niet zo lang, dat betekende dat het een beetje moeilijk liep, maar ook dat niemand hopelijk kon zien dat ik geen ondergoed droeg. Omdat de afdruk van mijn slip direct door de stof te zien was, had Charlotte geweigerd mij met mijn slip aan de deur uit te laten gaan. Ik overhandigde hem bij de deur zoals een soldaat een vlag overhandigde.

Ze leende me ook haar roomkleurige wollen jas, met de waarschuwing hem niet te vergeten omdat het een dure jas was. De jas rook sterk naar parfum, een kruidige geur waar ik niet van hield en naar glijmiddel met kaneelgeur van de nacht dat ze hem over haar latexjurk had gedragen.

Toen ik aankwam, was ik blij met de jas want het regende pijpenstelen. Charlotte had me ook haar rode paraplu meegegeven en ik voelde me een vrouw van lichte zeden toen ik hem openklapte, alsof ik de aandacht op me wilde vestigen, het enige beetje kleur in een zee van zwart en grijs.

Ik bekeek het interieur van het koffiehuis aandachtig. Niet echt bijzonder, maar aan de Italiaanse man achter de bar te zien, serveerden ze lekkere koffie. De koffie die op luchthavens in de rest van Europa wordt geserveerd, is nog altijd beter dan in Engeland. Nog iets wat ik niet tegen een Brit zou zeggen. Het land van theedrinkers.

Een bar, een paar tafels en stoelen. Een losse trap die naar boven naar een tweede ruimte leidde. Ik keek door het raam naar buiten. Een goed uitzicht op de steigers. Hij had me ongetwijfeld aan zien komen, als hij er was. Ik zag niemand beneden, dus nam ik de trap naar boven. Ook hier niemand, alleen een oudere vrouw met een krant en een restje cappuccino. Mijn mobiel trilde. We hadden onze nummers uitgewisseld voor het geval dat.

'Ik ben beneden,' was de boodschap.

Shit. Ik liep weer naar beneden, probeerde geen gejaagde indruk te wekken en zag een tafel achter de trap met van onderen een goed uitzicht door de open houten treden. De man aan de tafel had, afhankelijk van de juiste hoek en de juiste interesse, waarschijnlijk een prima kijkje onder mijn jurk kunnen werpen. Bij die gedachte voelde ik een steek van opwinding – dat ik een volkomen onbekende de gelegenheid had geboden te zien dat ik helemaal niets onder mijn jurk droeg. De schaamte volgde snel. Ik moest mezelf zien te beheersen, en rap ook.

Hij glimlachte zonder zijn ongenoegen te laten blijken over mijn oponthoud of de indruk te wekken dat hij de bovenkant van mijn kousen had kunnen bewonderen terwijl ik onhandig naar boven liep.

'Jij moet Summer zijn.' Het was geen vraag. Zijn ogen glinsterden, maar verraadden niets.

'Ja,' antwoordde ik en ik stak zakelijk mijn hand uit om die van hem te schudden. Ik herinnerde me dat het korset me zo veel zelfvertrouwen had gegeven en rechtte bewust mijn schouders.

Hij stak zijn hand uit en schudde mijn hand kort en formeel. Hij had een stevige greep.

'Ik heet Dominik. Bedankt voor je komst.'

Zijn handen waren warm en stevig, nog groter dan die van Mark van gisteravond. Ik bloosde door die gedachte en ging snel zitten.

'Wat wil je drinken?' vroeg hij.

'Een koffie verkeerd graag, als ze dat hebben. Of een dubbele espresso,' antwoordde ik en ik hoopte dat ik niet al te nerveus klonk.

Hij liep bij me langs naar de bar en terwijl hij dat deed, ving ik een vleugje van hem op. Hij rook totaal niet naar aftershave, alleen een zwakke kruidige geur, de geur van een warme huid. Ik vind een man zonder aftershave iets mannelijks hebben, een zuivere huid zonder producten en luchtjes. Hij zou het soort man kunnen zijn dat sigaren rookte en zich met een ouderwets scheermes schoor.

Ik keek toe hoe hij onze koffie aan de bar bestelde.

Dominik was middellang, ongeveer een meter tachtig schatte ik en stevig, maar niet te gespierd. Hij had de sterke armen en rug van een zwemmer. Een ontzettend lekkere vent, ondanks zijn zelfverzekerde houding. Of misschien wel juist daarom. Ik had altijd al een voorkeur voor mannen die niet zelfvoldaan lachten of te hard hun best deden om indruk op me te maken.

Hij vroeg de barista heel beleefd om een suikerpot.

Hij had een lage, warme stem, kostschoolachtig, mijn favoriete klank, maar met een ongewoon zangerig accent en ik vroeg me af of hij eigenlijk wel Engels was. Ik heb echt iets met accenten, misschien een logisch gevolg van het feit dat ik ergens anders vandaan kom. Ik probeerde de gedachte te verdringen, niet te laten blijken dat ik hem aantrekkelijk vond en hem daarmee een voorsprong te geven.

Hij droeg een donkerbruine ribtrui met een kol die eruitzag alsof hij lekker zat en zacht was, kasjmier misschien, een donkerblauwe spijkerbroek en net gepoetste, geelbruine leren schoenen. Er viel helemaal niets bijzonders op te maken uit zijn kleding of manier van doen, behalve dat hij er aardig genoeg uitzag en niet gevaarlijk. Tenminste, niet psychotisch gevaarlijk. Misschien wel op een andere manier.

Ik viste in mijn tas en sms'te Charlotte dat ik nog niet in mootjes was gehakt.

Hij kwam terug met een dienblad en ik ging staan om hem met de kopjes te helpen, maar dat wuifde hij weg, hij hield het dienblad op één hand en zette een kopje koffie voor me neer.

Terwijl hij dat deed, leunde hij iets dichterbij dan strikt noodzakelijk om me suiker aan te bieden en streek met zijn hand langs mijn arm, de aanraking duurde bijna lang genoeg om een reactie, goedkeurend of afkeurend, aan me te ontlokken, maar hij haalde zijn hand weg en ik deed of ik niets had gemerkt.

Ik schudde mijn hoofd, nee, wachtte tot hij het onvermijdelijke 'Je bent al zoet genoeg van jezelf' zou zeggen, maar dat deed hij niet.

De stilte tussen ons was onbekend, maar niet ongemakkelijk. Hij roerde rustig eerst een, nog een, nog een en toen nog een suikerklontje door zijn koffie. Hij had keurig verzorgde nagels, recht afgeknipt, zodat het resultaat mannelijk was in plaats van verwijfd. Zijn huid was een beetje olijfkleurig, of dat door afkomst kwam of door een vakantie, kon ik niet zeggen. Hij haalde het lepeltje voorzichtig uit zijn kopje, legde hem netjes op het schoteltje en keek ondertussen naar zijn handen, alsof hij met zijn blik kon voorkomen dat er druppels van zijn lepeltje op het tafelkleed zouden vallen. Hij had een zilverkleurig horloge om zijn rechterpols, een ouderwetse, geen digitale. Ik vond het altijd moeilijk om leeftijden te schatten, vooral bij mannen, maar ik vermoedde dat hij in de veertig was, waarschijnlijk niet ouder dan vijfenveertig tenzij hij er jong uitzag voor zijn leeftijd.

Als hij al een viool had, stond die niet bij de tafel.

Hij leunde achterover. Weer een moment van stilte.

'Dus, Summer Zahova.' De lettergrepen rolden door zijn mond alsof hij ze proefde, één voor één. Ik keek naar zijn lippen. Ze leken erg zacht, hoewel zijn mond er strak uitzag. 'Je vraagt je waarschijnlijk af wie ik ben en wat dit allemaal te betekenen heeft.'

Ik knikte en nam een slokje koffie. Het smaakte nog beter dan ik had gedacht.

'Lekkere koffie,' zei ik.
'Ja,' antwoordde hij. Hij keek verward.
Ik wachtte tot hij verder zou gaan.
'Ik wil jouw viool graag vervangen.'
'In ruil waarvoor?' vroeg ik en ik leunde belangstellend naar voren.

Hij reageerde door ook naar voren te leunen, zijn handen lagen plat op tafel, zijn vingers gespreid, ze raakten die van mij bijna aan, een gebaar dat me uitnodigde mijn handen in die van hem te leggen. Ik rook een vleugje koffie in zijn adem en net als toen Charlotte zichzelf met kaneelglijmiddel had ingesmeerd, voelde ik de plotselinge behoefte verder voorover te leunen en hem te likken.

'Ik wil dat je voor me speelt. Vivaldi misschien?'

Hij leunde weer achterover, loom, er speelde een glimlachje om zijn lippen, alsof hij had gemerkt dat ik me tot hem aangetrokken voelde en me daarmee plaagde.

Dit was een spel voor twee spelers. Ik rechtte mijn schouders weer en keek hem recht aan, deed net alsof ik me niet bewust was van de broeierige sfeer die er ontstond en keek alsof ik in gedachten was verzonken, zijn bizarre aanbod overwoog als een willekeurig zakelijk contract.

Ik herinnerde me de laatste keer dat ik *De vier jaargetijden* had gespeeld, de middag na de ruzie met Darren. De dag dat iemand het briefje van vijftig in mijn koffer had gestopt. Waarschijnlijk Dominik, bedacht ik me nu.

Ik voelde hoe hij zijn gewicht verplaatste onder de tafel en zag zijn ogen opvlammen. Voldoening? Verlangen? Misschien zag ik er niet zo beheerst uit als ik hoopte.

Er gleed een blos over mijn wangen toen mijn been langs dat van hem streek en ik besefte dat ik onder de tafel met mijn benen wijd had gezeten, als een man. Ik had al meer dan een maand geen seks gehad en was ertoe in staat een van de poten te berijden, maar dat hoefde hij niet te weten.

Hij ging verder. 'Slechts één keer, om te beginnen, dan krijg je je viool. Ik bepaal de locatie, maar je zult je begrijpelijkerwijs zorgen maken om je veiligheid. Je kunt dus rustig een vriendin meenemen, als je wilt.'

Ik knikte. Ik had nog helemaal niet besloten dat ik akkoord zou gaan met zijn plan, maar ik moest wat tijd zien te winnen, het overdenken. De onderliggende suggesties waren duidelijk en zijn arrogantie ergerde me, maar – mijn beste bedoelingen ten spijt – ik vond Dominik aantrekkelijk en ik had wanhopig een viool nodig.

'Dus, Summer Zahova, betekent dit dat je akkoord gaat?'

'Ja.'

Ik zou er later over nadenken en zo nodig per e-mail bedanken voor het aanbod.

Hij bestelde nog twee koffie, zonder te vragen of ik wel wilde. Zijn aanname stond me tegen en ik wilde protesteren, maar eigenlijk had ik best zin in meer koffie. Het zou gek zijn als ik zijn bestelling afsloeg en vervolgens zelf koffie zou bestellen voor onderweg. We dronken samen koffie, praatten over het weer, bespraken kort de bijzonderheden van ons dagelijks leven. Niet dat mijn leven normaal was op het moment, zo zonder viool.

'Mis je haar? De viool?'

Ik voelde een eigenaardige, plotselinge golf van emotie, alsof ik zonder strijkstok en instrument om al mijn gevoelens te kunnen uiten, van binnenuit werd verscheurd, explodeerde, in vlammen opging.

Ik zweeg.

'Dan moeten we maar snel afspreken. Volgende week misschien. Ik neem wel contact op om de locatie te bevestigen en zal een instrument voor de gelegenheid regelen, en als alles naar tevredenheid verloopt, kopen we samen een blijvend instrument.'

Ik ging akkoord, negeerde weer zijn bijna oneerbiedige, arrogante toon en hield mijn bedenkingen nu nog even voor mezelf, pakte mijn jas van de stoel. We liepen samen naar buiten tot onze wegen zich scheidden en namen beleefd afscheid.

'Summer,' riep hij me achterna.

'Ja?' vroeg ik.

'Trek een zwarte jurk aan.'

4

Een man en zijn strijkkwartet

DOMINIK WAS ALTIJD EEN FERVENT lezer geweest van spionagethrillers en herinnerde zich de basisprincipes van spionage uit de vele boeken die hij gretig verslonden had. Als gevolg daarvan was hij in een duister hoekje van het koffiehuis op de begane grond gaan zitten, in een hoek bij de trap waar hij een goed zicht had op de ingang. Hij was zelf echter niet direct zichtbaar door de weerkaatsing van het buitenlicht. In dit geval had hij geen vluchtroute nodig.

Hij zag haar binnenkomen. Ze was slechts een paar minuten te laat en enigszins buiten adem. Plichtmatig keek ze het bijna verlaten koffiehuis rond. Er hing een verleidelijke, zware koffiegeur en het espressoapparaat stond te pruttelen. Ze merkte zijn aanwezigheid in de verborgen nis achter de trap niet op. Ze nam de trap naar de eerste verdieping. Bij elke stap omhoog spande haar strakke blauwe jurkje om haar heupen en werd hem een blik onder haar rok gegund totdat de donkere vlek tussen haar benen verdere verkenning onmogelijk maakte. Dominik was stiekem altijd al een voyeur geweest en deze ongeoorloofde, vluchtige glimp van haar geheimen was een heerlijke belofte van wat nog zou komen.

Zonder haar viool en het hypnotiserende effect van haar muziek kon hij zich concentreren op haar fysieke verschijning.

Haar vurige bos haar, haar wespentaille en de bijna mannelijke allure van haar bewegingen. Ze was niet zo lang als hij zich herinnerde, maar die keer stond ze onder het lage plafond van de drukke metrohal. Ze was geen traditionele schoonheid in de zin van een perfect model, maar ze viel wel op, of ze nu in een menigte of alleen was, of ze nu het koffiehuis kwam binnenstormen of kwam aanlopen over de steigers. Ja, ze was anders en dat vond hij erg aantrekkelijk.

Hij stuurde haar een berichtje vanaf zijn mobiel, en informeerde haar waar hij was zodat ze terug zou komen. Ze kwam de trap af, met een lichte blos op haar gezicht van schaamte dat ze hem de eerste keer niet had gezien.

Ze keek hem aan.

'Jij moet Summer zijn,' zei hij, en hij stelde zichzelf voor. Hij wees op de stoel tegenover hem.

Ze ging zitten.

Hij rook een vleugje van kaneel. Dat was niet de geur die hij van haar verwachtte. Hij zou de bleekheid van haar huid eerder geassocieerd hebben met een geur met een sterke, groene ondertoon, droog, discreet, geslepen. Maar goed.

Hij keek in Summers ogen. Zij hield zijn blik vast, uitdagend maar nieuwsgierig, sterk en een beetje geamuseerd. Zij had duidelijk een sterke eigen wil. Dit kon nog interessant worden.

Ze bestelden koffie terwijl ze elkaar zwijgend in zich opnamen. Ze observeerden elkaar, vormden zich een oordeel, maakten afwegingen en speculeerden. Zoals schaakspelers voor het begin van een partij doen, zochten zij naar de zwakke plek van de tegenspeler, het breekpunt waardoor de tegenpartij verslagen schaakmat gezet kon worden.

Dominik stond op om het dienblad aan te pakken waar de barista hun espresso's op had neergezet, terwijl zij snel een sms'je stuurde. Waarschijnlijk stelde ze een bekende gerust dat ze veilig was en dat de man op het eerste gezicht geen seriemoordenaar met dwangneurose was of een griezel van wereldklasse. Dominik stond zichzelf een vage glimlach toe. Het leek erop dat hij de eerste test had doorstaan. Nu was hij aan zet.

Hij bevestigde zijn voorstel en schetste de grove lijnen voor een ogenschijnlijk onomwonden uitnodiging, terwijl langzaam een complexer plan groeide in zijn hoofd. Hij begon te fantaseren en beelden kwamen tot leven als een polaroid uit een donkere wolkenmassa. Hoe ver kon hij gaan? Hoe ver kon hij haar meevoeren?

Toen ze een halfuur later het café verlieten was de sfeer tussen hen ongemakkelijk omdat niet alles uitgesproken was. Dominik realiseerde zich dat hij een stijve had en dat zijn erectie tegen zijn gulp stuwde. Hij keek hoe ze heupwiegend wegliep over de kades van St Katharine Docks richting Tower Bridge. Ze draaide zich niet meer om, maar Dominik wist dat ze zich ervan bewust was dat hij haar nakeek.

O, dit zou absoluut een interessante uitdaging worden... Riskant en opwindend, maar...

Voor iemand die het grootste deel van zijn leven in het koninkrijk der boeken had doorgebracht, was Dominik zowel een bron van kennis – hoe theoretisch dat soms ook mag lijken – als een man van daden. In zijn studietijd had hij uren in bibliotheken doorgebracht, om vervolgens moeiteloos over te schakelen naar de renbaan waar hij aan atletiekwedstrijden deelnam. Hij had bewezen een goede hoog- en verspringer te zijn en een uitzonderlijk goede loper op de middellange en lange afstand. Hij was minder succesvol bij teamsporten, en wist op de een of andere manier niet goed met anderen samen te werken of op één lijn te zitten. Hij zag niet in waarom die twee verschillende aspecten van zijn leven niet samen konden gaan.

Zijn seksleven was jarenlang behouden en gewoontjes geweest. Hij had nooit om bedpartners verlegen gezeten, zelfs toen hij jong was en hij geneigd was om vrouwen te idealiseren en altijd verliefd werd op onbereikbare vrouwen. Als minnaar beschouwde hij zichzelf niet als superfantasierijk, maar wel teder. Hij was vrij introvert en was er niet op uit om zich te bewijzen bij de vrouwen waar hij mee sliep. Seks was gewoon een van zijn vele bezigheden, een noodzakelijk deel, maar slechts een onderdeel van de drukke raders van het leven. Het stond op één lijn met boeken, kunst en eten.

Tot hij Kathryn ontmoette.

Natuurlijk had hij de Marquis de Sade en andere moderne klassiekers in het erotische genre gelezen. Hij keek naar pornografie (dit resulteerde regelmatig in orgasmen) en was bekend met BDSM, overheersing, onderwerping en het hele palet van perversiteiten zoals de attributen van het fetisjisme, maar hij had er in het dagelijks leven nooit iets mee gedaan. Het was iets anders, iets abstracts, dat ver van hem af stond, iets wat anderen deden. Hij nam het waar met intellectuele belangstelling, maar die parallelle wereld trok hem niet zodanig dat hij er actief aan wilde deelnemen.

Zij was ook een academicus, echter in een andere discipline. Ze hadden elkaar op een conferentie ontmoet: een uitwisseling van geheimzinnige blikken bij een van zijn belangrijkste lezingen, gevolgd door een ongemakkelijk gesprek in de overvolle bar. Terug in Londen waren ze minnaars geworden, hoewel zij getrouwd was en Dominik een vaste relatie met iemand anders had.

De meeste seksuele ontmoetingen vonden overdag plaats, in hotelkamers of op de vloerbedekking van zijn kleine kantoor op de universiteit, tussen happy hour en de laatste trein vanuit Charing Cross naar de zuidelijke buitenwijken.

Elke minuut telde en de seks was een eyeopener voor zowel Dominik als Kathryn. Het was alsof al hun eerdere seksuele ervaringen naar dit moment hadden geleid. Gehaast, hard, wanhopig, dwangmatig als een verslaving.

Knieën schuurden langs het dikke, taupekleurige tapijt. Haar lichaam lag onder het zijne en ze waren beiden buiten adem, bijna in ademnood, terwijl zijn erectie bij elke stoot harder en dieper in Kathryn pompte. Haar ogen waren gesloten in wellustige extase. Dominik had een mentale pauze ingelast en het moment bevroren. Hij sloeg het als herinnering op. Hij vroeg zich af of hij ooit (en wanneer?) dit beeld op zou moeten roepen om zich te troosten in zijn eenzaamheid.

Hij bestudeerde de roze blos die zich van haar hals naar de aanzet van haar kleine borsten verspreidde, luisterde naar de ongeremde geluiden van hun liefdespel, de lichamelijke spanning die tot een absurd niveau groeide in het verlaten kantoor. De kreunen die van haar samengeknepen lippen kwamen terwijl ze de adem staccato uit haar longen stootte. Het zweempje zweet op haar voorhoofd, de zweetdruppels die uit zijn eigen poriën over zijn borst, armen, benen en alle bekende en actieve delen van zijn lichaam stroomden, terwijl hij bezonnen op haar en in haar bezig was.

'Jezus,' kreunde ze.

'Ja,' bevestigde Dominik en hij stootte ritmisch met zijn heupen. De hijgende fluisteringen van Kathryn waren een gewillige aanvaarding van de gevolgen van hun lust. Ze sloot haar ogen en zuchtte diep.

'Alles goed?' vroeg hij en hij ging bezorgd langzamer stoten.

'Ja. Ja...'

'Wil je dat ik rustiger aan doe? Voorzichtiger?'

'Nee,' zei Kathryn met schorre en opgewonden stem. 'Ga door. Meer, alsjeblieft.'

Dominik veranderde van positie om de druk op haar knieën te verlichten, verloor even zijn evenwicht en viel bijna op haar, waarbij hij instinctief zijn handen naar voren bracht ter ondersteuning. Zijn vingers streken langs Kathryns polsen. Hij pakte ze vast.

Er ging een verwachtingsvolle siddering door haar lichaam alsof ze een elektrische schok kreeg bij dit contact.

'Mmm...'

'Wat is er?'

'O... niets...'

Maar haar ogen vertelden een ander verhaal. Ze keek naar hem, was diep in zijn ziel op zoek naar antwoorden. Nee, het was een verzoek, een smeekbede? Een verzoekschrift genageld aan het kruis van deze neukpartij.

Hij antwoordde erop door haar polsen zo hard als hij kon vast te grijpen, en bracht haar armen boven haar hoofd. Zijn heupen stootten nog steeds in haar en drukten haar tegen de vloer als een geplette vlinder. Haar wangen waren nu vuurrood. Ik doe haar nog pijn, dacht hij, maar haar zachte kreetjes van genot leken hem juist uit te nodigen om meer druk op haar lichaam te zetten en haar verder te misbruiken.

Ze keek hem weer diep in de ogen, zwijgend maar met een duidelijke boodschap. Het betekende 'meer'.

Hij haalde zijn duimen van haar dunne polsen uit angst dat ze blauwe plekken zou krijgen, en liet ze omlaag glijden tot ze tegen haar hals drukten. Zijn handen omringden de huid als een ketting, een halssnoer. Haar hartslag schoot omhoog, en van haar huidoppervlak naar zijn harde vingertoppen. Het was een teken van leven.

Ze ademde diep in en riep: 'Harder!'

Hij was zowel bang als opgewonden om in haar te stoten met zijn harde penis, die nog steeds groeide tot abnormale proporties, duwend tegen haar zachte, natte binnenwand. Zijn vingers duwden nu tegen haar hals, en haar bloedsomloop werd afgesloten. De kleur op haar bleke gezicht sloeg door en nam alle kleuren van de regenboog aan.

Kathryn kwam klaar met een luide kreun laag in haar keel, een bijna mannelijk triomferend geluid. Hij had de grip op haar hals losgelaten en met het beestachtige geluid kwam een woeste ademstoot vrij.

Hij was haar de hele tijd blijven penetreren en stootte zijn penis machinaal, genadeloos, gevoelloos, ongeremd in haar. Hij sloot zijn ogen en stond zichzelf uiteindelijk toe om klaar te komen – het voelde alsof zijn hele wezen in vlammen opging. Elementair. Primair. Dit was mogelijk de meeste intense neukpartij in zijn leven.

Een tijd later baadden hun lichamen nog steeds in het zweet. Ze keken met een half oog op hun horloges en dachten aan de vertrektijd van de laatste trein. Toen zei ze: 'Weet je, ik heb me altijd af gevraagd hoe het was om met geweld genomen te worden, zoals daarnet. Jij weet hoe je dat moet doen.'

'Ik heb het nooit eerder gedaan. Er natuurlijk wel over gelezen, maar dat was alleen theorie, alleen woorden, ideeën op papier.'

'Ik wist dat ik je kon vertrouwen, dat je niet te ver zou gaan.'

'Ik wilde je geen pijn doen. Dat zou ik nooit doen.'

Ze leunde dichter naar hem toe en liet haar hoofd op zijn nog bezwete schouder rusten en fluisterde: 'Dat weet ik.'

Het was het begin van wekenlange seksuele experimenten, waarin Kathryn langzaam haar innerlijke verlangens blootgaf, haar meest basale fantasieën. Uit het vuur dat ze erin legde bleek haar onderworpenheid. Ze was geen masochist, verre van dat, maar het verlangen naar pijn en het overschrijden van grenzen zat duidelijk in haar. Het zat er al jarenlang, sluimerend onder de oppervlakte van beschaving en opvoeding. Ze had nooit de kans gekregen eraan toe te geven. Dominik was de eerste die deze eigenschap in haar herkende, en kanaliseerde deze instinctief in de juiste richting, zodat hij haar aan zich onderwierp en haar bevrijdde.

Hij had er boeken over gelezen en kende de verhalen. Dit was echter niet iets als meester en onderdanige – een dom-en-subverhouding volgens de standaardregelgeving. Dit was iets van hen samen, ze pelden laag voor laag van elkaar af om terug te keren tot de fundamenten van lust en seksuele aantrekkingskracht. Zij hadden de attributen die met dit nieuwe land van heerlijke overdadigheid geassocieerd worden niet nodig: latex, leer, de barokke en sadistische hulpmiddelen.

Het had hun ogen geopend en Dominik wist dat hij ze nooit meer zou sluiten.

Het vormde echter ook het begin van het einde van hun geheime relatie. Hoe dichter ze bij het onomkeerbare punt kwamen, hoe meer ze improviseerden en zich verder verwijderden van conventionele vormen van seks, hoe meer hij merkte dat Kathryn twijfels had – bang was waar dit toe zou leiden.

Uiteindelijk bezweek Kathryn voor de druk van de realiteit: een academische graad in literatuur in Cambridge en een saai huwelijk met een vriendelijke maar fantasieloze man. Ze koos ervoor Dominik te verlaten. Ze spraken elkaar nooit meer en zorgden ervoor dat ze elkaar bij plechtigheden of evenementen niet tegenkwamen. Ten slotte ging ze met haar man buiten de stad wonen en stopte met lesgeven.

Dominik had echter de doos van Pandora geopend en de wereld om hem heen was nu een ongerept woud vol heerlijke verleidingen. Hij wist dat hij met Kathryn een nieuw niveau bereikt had en dat er meer in het leven was dan hij daarvoor had aangenomen.

Dominik wist dat hij Summer eerst moest toetsen, om erachter te komen of ze bereid was om het spel mee te spelen. Hij was zich er al van bewust dat ze een sterke eigen wil had en dus niet op ruwe manipulatie of chantage zou reageren. Hij wilde dat ze het avontuur, de uitdaging, aanging in de volledige wetenschap van de risico's en gevolgen. Hij was niet op zoek naar een marionet die hij naar eigen inzicht kon bespelen, een gelaten deelnemer. Hij wilde een medeplichtige partner, wiens passie overeenkwam met de zijne.

Uit de korte duur van hun ontmoeting en de vele onuitgesproken woorden had ze ongetwijfeld opgemaakt dat de viool slechts een lokaas was en dat hij op den duur meer van haar zou vragen dan alleen haar muziek. Misschien geen overeenkomst met de duivel – hij zag zichzelf niet in een machiavelliaanse rol – maar een spel waarin beide deelnemers elkaar de eindstreep hielpen bereiken. Niet dat hij enig idee had wat die eindstreep was. Ja, er was iets duisters wat hij wilde onderzoeken, maar hij wist niet hoe ver hij kon gaan.

Hij belde een kennis, die op een muziekschool in de stad werkte, met een nogal duistere reputatie. Deze was bereid Dominiks vragen te beantwoorden. Ja, er was een winkel waar hij een viool van redelijk goede kwaliteit per dag, per week of per maand kon huren. Dezelfde kennis wist ook wat de beste plaats was om te adverteren voor klassieke musici op zoek naar een snabbel.

'Houd in gedachte dat het voor een zeer besloten feestje is,' zei Dominik. 'Zouden ze er iets op tegen hebben om geblinddoekt te spelen?'

Aan de andere kant van de verbinding barstte zijn gesprekspartner in lachen uit. 'Mijn god! Ik zou maar wat graag te gast zijn op zo'n feest!' antwoordde hij. Waarna hij bedachtzamer vervolgde: 'Als ze het stuk dat ze moeten spelen kennen en ze goed betaald worden, weet ik zeker dat je mensen bereid zult vinden. Maar misschien is het beter om die speciale eis niet in de eerste advertentie te plaatsen.'

'Dat begrijp ik,' zei Dominik.

'Laten me weten hoe het is gegaan,' zei de ander. 'Ik ben nu wel erg benieuwd.'

'Ik houd je op de hoogte, Victor. Dat beloof ik.'

De volgende dag bezocht hij de muziekwinkel die Victor hem had aangeraden. Het was halverwege Denmark Street in West End, een zijstraat van Charing Cross Road. Net zoals bij de meeste winkels in deze straat – die ooit Tin Pan Alley werd genoemd – leek het een groothandel in elektrische gitaren, basgitaren en versterkers te betreffen: in de etalage waren geen andere instrumenten uitgestald. Dominik dacht dat hij verkeerd was ingelicht en zette voorzichtig een stap naar binnen. Daar zag hij een glazen vitrinekast waarin een aantal violen lagen.

Een jonge vrouw achter de toonbank begroette hem. Haar gitzwarte, duidelijk geverfde haren hingen los tot op haar middel en ze droeg een skinny spijkerbroek die als een tweede huid strak om haar heen zat. Ze was dik opgemaakt en droeg opzichtige, vuurrode lippenstift. In haar neus zat een grote piercing en in haar oren ontelbare oorringen van verschillende materialen. Even bleef Dominik haar geamuseerd aankijken en hij stelde zich voor wat voor piercings ze nog meer had. Hij had altijd al eens naar bed gewild met een vrouw met een genitale piercing of een of twee tepelpiercings, maar hij had tot nu toe alleen navelpiercings meegemaakt. Die waren naar zijn smaak niet erotisch genoeg. Navelpiercings hadden iets goedkoops, en bovendien associeerde hij ze met laagopgeleiden.

'Ik heb gehoord dat u ook instrumenten verhuurt,' zei hij.

'Dat klopt, meneer.'

'Ik heb een viool nodig,' zei hij.

Ze wees naar de kast met de glazen deur. 'Kies maar uit.'

'Zijn ze allemaal te huur?'

'Ja, maar we vragen wel een borg in contant geld of via creditcard, en een geldig legitimatiebewijs.'

'Uiteraard,' bevestigde Dominik. Zijn paspoort zat altijd in de binnenzak van zijn jas, een oude gewoonte van hem. 'Mag ik ze wat beter bekijken?'

'Natuurlijk.'

Het gothicmeisje maakte een sleutel los van de lange ketting die aan de kassa vastzat en deed de vitrine open.

'Helaas weet ik weinig van violen. Ik ben hier om een kennis van me te helpen. Die overigens meestal klassieke muziek speelt. Weet jij toevallig iets van violen?'

'Niet echt. Ik ben meer een type voor rock en electric,' antwoordde ze lachend. Haar lippen waren als lichtbakens.

'Ik snap het. Wat wordt gezien als het beste instrument?'

'Dat zal de duurste zijn.'

'Daar zit wat in,' beaamde Dominik.

'Het is geen hogere wiskunde,' zei de winkelbediende met een flirterige lach.

'Precies.'

Ze reikte hem een van de violen aan. Het instrument zag er oud uit. Het hout was oranje verkleurd door het gebruik van vele generaties eigenaren, gepolijst en glanzend, en weerspiegelde het felle neonlicht van de winkel.

Dominik dubde even met de viool in zijn hand. Ze voelde zoveel lichter aan dan hij had verwacht. Hij bedacht dat de kwaliteit zou afhangen van degene die haar bespeelde. Hij was even uit zijn doen door eigen toedoen. Hij had beter zijn huiswerk moeten doen en iets over violen op moeten zoeken voordat hij hierheen was gegaan. Nu kwam hij vast over als een volkomen amateur.

Zijn vingers streelden langs de zijkant van de viool.

'Speelt u een instrument?' vroeg hij de jonge vrouw met het gitzwarte haar. Haar T-shirt was van haar rechter schouder gegleden en hij zag de vage omtrek van een grote tatoeage.

'Gitaar,' antwoordde ze, 'maar toen ik klein was moest ik op celloles. Misschien begin ik daar ooit weer mee.'

Dominik dwaalde van haar denkbeeldige piercings snel af naar een privéfilm van haar op het podium met een cello tussen haar benen. Hij lachte bij die gedachte en zei abrupt: 'Ik neem hem. Zullen we zeggen voor een week?'

'Top,' zei de winkelbediende. Ze haalde een notitieblok tevoorschijn en maakte een berekening terwijl Dominik naar haar blote schouder bleef staren. Hij volgde de zwarte, groene en rode bloemen van haar tatoeage, en zag toen dat ze een minuscule tatoeage van een traan had onder haar linkeroog.

Terwijl hij op haar wachtte stroomden andere klanten de winkel in en uit, geflankeerd door een mannelijke winkelbediende in dezelfde zwarte gothickleding en met een minimalistisch, geometrische haardracht.

Na een tijdje keek ze op en wierp een laatste blik op haar rijtje met cijfers.

'Wat is de schade?' vroeg Dominik.

De viool zat in een koffer.

Thuisgekomen legde hij het kostbare instrument op een van de zitbanken en bekeek hij het weerbericht voor de komende week op zijn laptop. Het eerste deel van het avontuur dat hij in gedachten had, wilde hij liever niet binnen laten afspelen. Dat zou moeten wachten tot later, wanneer discretie de moeder der wijsheid zou zijn en het gebeuren zou kunnen uitlopen op onwettige uitspattingen in het openbaar.

Het zag er goed uit. Er werd geen regen voorspeld voor de komende vier dagen.

Hij stuurde een berichtje naar Summer en informeerde haar over de dag, tijd en plaats van hun volgende ontmoeting.

Hij kreeg binnen een halfuur antwoord. Ze was beschikbaar en stond nog steeds open voor zijn voorstel.

'Moet ik een partituur meenemen?' vroeg ze.

'Dat denk ik niet. Je speelt Vivaldi.'

In Hampstead Heath scheen de zon al en was het geluid van tsjilpende vogels te horen die kriskras rondvlogen tussen de bomen. Het was nog vroeg in de morgen en de lucht was bijtend. Summer was uitgestapt bij de metro in Belsize Park en liep de heuvel af, langs het Royal Free Hospital, de Marks & Spencer die op de plek van een oude bioscoop gebouwd was, de kleine winkelstraat in South End Road en het fruit- en groentestalletje dat bij de ingang van het bovengrondse treinstation stond. Uiteindelijk kwam ze bij de parkeerplaats waar ze hadden afgesproken. Ze was daar al eens eerder geweest voor een picknick met vrienden.

Er stond slechts één metaalgrijze BMW geparkeerd, en ze herkende het silhouet van Dominik op de bestuurdersplaats. Hij was een boek aan het lezen.

Zoals Dominik had geïnstrueerd droeg Summer haar zwartfluwelen jurk die haar schouders bloot liet, en Charlottes jas – die ze nog niet had teruggevraagd – tegen de kou.

Hij zag haar naderen, opende het portier en ging naast de auto staan wachten. Op haar hakken deed ze er eindeloos over om door het mulle zand en over het stenen oppervlak het geïmproviseerde gemeentelijke parkeerterrein over te steken. In de vakanties werd er een kermis gehouden.

Hij keek naar haar voeten en zag de hoge hakken. Het was haar gebruikelijke formele schoeisel als ze optrad. Hij was volledig in het zwart gekleed. Een kasjmier trui met ronde hals en zwarte broek met een scherpe plooi aan de voorkant.

'Misschien had je beter laarzen aan kunnen doen,' merkte hij op. 'We moeten ook nog een stuk grasveld over.'

'Het spijt me,' zei Summer.

'Rond deze tijd 's ochtends ligt er nog vrij veel dauw op het gras. Je schoenen worden nat en misschien gaan ze zelfs kapot. Doe ze maar uit tijdens de wandeling. Ik zie dat je een panty of kousen draagt. Is dat een probleem?'

'Nee, hoor. Het zijn overigens kousen.'

'Mooi.' Hij lachte. 'Zelfophoudend of jarretels?'

Summer voelde hoe haar wangen gloeiden. Een vleugje schaamteloosheid zette haar ertoe aan om te antwoorden: 'Wat zou je liever hebben?'

'Briljant antwoord,' antwoordde Dominik, maar hij ging er verder niet op in terwijl hij de deur achter het bestuurdersportier opende en een donkere, glanzende vioolkoffer van de achterbank haalde. Summer huiverde.

Hij klikte met zijn sleutel de BMW op slot en wees naar het grasveld achter de lage omheining van de parkeerplaats.

'Volg mij maar.'

Summer deed haar schoenen uit en ze liepen door het gras. Hij had gelijk: het was nat en sponzig onder haar bijna blote voeten. Binnen een paar minuten werd het een fijn gevoel. Dominik leidde haar langs vijvers, over een kleine brug die uitkeek op het zwemgebied en toen via een pad omhoog. Hier moest ze haar schoenen weer aandoen omdat de kiezels in haar voetzolen prikten. Het doorweekte nylon gaf een raar gevoel tegen het soepele leer, maar al snel kwamen ze weer op gras terecht en kon ze weer op kousenvoeten verder lopen. Ze liep stevig en vastberaden door en hield haar schoenen bij de bandjes in één hand. Ze vroeg zich af waar ze heen gingen. Ze kende dit deel van de heide niet, maar iets maakte dat ze Dominik vertrouwde. Een onderbuikgevoel. Ze geloofde niet dat hij haar naar een donker hol in het bos bracht om haar te misbruiken. Niet dat dat heel vervelend zou zijn...

Een paar honderd meter lang schermden de bladerdaken van de bomen hen af van de blauwe lucht en de warmte van de zon en daarna stapten ze het licht in. Ze stonden op een rond, open veld. Oneindig groen, als een eiland dat oprijst uit een wilde zee. Op de top van een kleine heuvel stond een muziektent. Ouderwetse victoriaanse smeedijzeren pilaren, zitplaatsen die uitkeken op een heerlijk open vergezicht.

Summer snakte naar adem. Dit was prachtig. Het decor was absoluut perfect, bijzonder verlaten en luguber. Ze begreep nu waarom hij de vroege morgen gekozen had om hier te komen. Er zouden geen toeschouwers zijn, of in elk geval niet veel, tenzij haar vioolspel ze van verder op de heide aan zou trekken.

Dominik maakte een buiging en wees haar de muziektent aan. Bestemming bereikt.

'We zijn er.' Hij reikte haar de vioolkoffer aan en liep de stenen trap van het podium op.

Dominik ging in een hoek staan en leunde nonchalant tegen een van de ijzeren pilaren.

Even voelde Summer zich opstandig in een opwelling. Waarom volgde ze verdorie zijn orders op en was ze zo volgzaam en gehoorzaam? Een deel van haar wilde met haar voeten stampen en 'Nee!' of 'Daar komt niets van in!' schreeuwen, maar een ander deel van haar – waarvan ze tot op heden niet wist dat het bestond – fluisterde haar in om met het spel mee te doen. 'Ja' te zeggen.

Ze verstilde.

Summer hernam zichzelf en liep naar het midden van het podium. Ze opende de vioolkoffer. Het instrument zag er volmaakt uit, zoveel mooier dan haar oude, gehavende en nu vruchteloze instrument. Ze kruiste zijn blik en liet haar vingers gretig langs het glanzende hout, de hals, en de snaren glijden.

'Dit is slechts een tijdelijk instrument,' zei Dominik. 'Als we eenmaal naar wederzijdse tevredenheid een overeenkomst hebben opgesteld, zorg ik dat je een eigen viool krijgt van betere kwaliteit.'

Summer kon zich op dit moment geen beter instrument dan deze viool voorstellen. Het gewicht, de balans en de vormgeving ervan leken haar perfect.

'Speel voor me,' beval hij.

Ze liet Charlottes jas van haar schouders op de grond vallen. De kilte van de ochtend op haar onbedekte schouders voelde slechts nog aan als een zacht briesje terwijl ze naar dat andere gebied reisde. Ze kwam los van de plek waar ze stond, van die onnatuurlijke en ongewenste situatie en de dreiging van een relatie – ja, ze wist dat het een relatie zou worden – met deze merkwaardige en gevaarlijke man.

Ze boog vooFrover om de stok uit de koffer te pakken die ze op de vloer van de muziektent had neergezet. Ze was zich ervan bewust dat Dominik een vluchtige glimp van haar borsten opving. Ze droeg nooit een beha onder de zwarte jurk.

Summer keek naar hem, hoe hij geduldig en uitdrukkingsloos stond te wachten, en begon de viool te bespelen. Het geluid was zo vol en rijk dat het op het podium weergalmde. Elke noot dreef omhoog naar het dak en kaatste terug als een stille echo.

Ze zette Vivaldi in.

Ze kende de concerto's inmiddels uit haar hoofd. Het was haar favoriete stuk, of ze nu op straat speelde, voor vrienden optrad of aan het oefenen was. De eeuwenoude muziek deed haar hart jubelen, en terwijl ze speelde – altijd met gesloten ogen – kon ze landschappen uit de Italiaanse Renaissance oproepen die ze vaak op schilderijen had gezien, de afwikkeling van de natuur en de elementen. Er kwamen op de een of andere manier zelden personen voor in de muzikale fantasieën die gestoeld waren op Vivaldi – ze had eigenlijk nooit echt gezocht naar een verklaring voor dit wonderlijke feit, deze mogelijk freudiaanse nalatigheid.

De tijd leek stil te staan.

Ze ontlokte prachtige klanken aan de viool en besefte dat ze een geheel nieuwe dimensie in de muziek ontdekte. Ze had nog nooit zo goed, zo ontspannen gespeeld. Ze vond de waarheid in het hart van de melodie, deinsde mee op de golven, verloor zichzelf in de maalstroom. Het was bijna net zo goed als lekkere seks.

Toen ze bij het derde concerto aankwam, opende ze even haar ogen om te controleren of Dominik er nog was. Hij stond er nog, op dezelfde plaats, doodstil en bedachtzaam, met zijn ogen gebiologeerd op haar gericht. Ze herinnerde zich dat iemand haar eens had gezegd dat haar lichaam op een viool leek: een smalle taille met wulpse heupen. Zag hij haar ook zo, onder de golvende vouwen van haar zwartfluwelen jurk?

Ze merkte dat een groepje voorbijgangers aan de rand van de open plek stond te luisteren, ongetwijfeld aangetrokken door de muziek. Anonieme luisteraars.

Summer haalde diep adem, zowel gevleid als teleurgesteld dat het niet meer een besloten concert was. Ze speelde het derde concerto uit en stopte met spelen. De betovering was verbroken.

Een aantal vrouwen in joggingpak applaudisseerden in de verte.

Een man stapte weer op zijn fiets en vervolgde zijn weg over de heide.

Dominik kuchte beleefd.

'Het vierde concerto is technisch iets lastiger,' zei Summer. 'Ik weet niet zeker of me dat lukt zonder bladmuziek,' excuseerde ze zichzelf.

'Geen probleem,' zei Dominik.

Summer wachtte op zijn oordeel, maar hij bleef haar aanstaren.

De stilte woog zwaar. Ze voelde de ochtendkilte op haar blote schouders. Ze huiverde. Hij reageerde niet.

Dominik zag dat Summer steeds nerveuzer werd. De muziek en haar spel waren subliem geweest. Precies zoals hij had gehoopt. Het was een briljant idee geweest om haar voor hem te laten spelen, en het solo-optreden had zo veel sterke gevoelens in hem losgemaakt: het gevoel van intieme verbinding. Nu wilde hij weten hoe haar huid zou voelen, de zachte ronding van haar blote schouder beroeren met zijn vingers, zijn tong, de miljoenen geheimen onder haar jurk verkennen. Hij kon de vorm van haar lichaam al in zich oproepen. Hij had altijd spijt gehad dat hij niet kon musiceren, dat hij geen instrument had leren bespelen toen hij jonger was, en hij wist dat het nu te laat was om ermee te beginnen. Dominik voelde echter dat Summer een instrument was: een instrument dat hij urenlang kon bespelen. En dat zou hij dan ook niet nalaten.

'Je hebt erg mooi gespeeld.'

'Dank u wel, vriendelijke heer.' Ze kon het niet laten hem te plagen. Misschien was dat wel omdat ze zich supergelukkig voelde.

Dominik fronste zijn wenkbrauwen.

Hij zag de opluchting op haar gezicht toen hij zijn oordeel uitsprak, maar ze was nog steeds gespannen. Dat zag hij aan haar strakke schouderlijn en de harde vorm van haar kaak. Misschien wist ze dat dit pas het begin was. Er zou nog veel meer volgen.

'Je hebt je viool verdiend,' zei hij.

'Weet je zeker dat ik deze niet mag houden?' protesteerde ze en ze streelde de lange, gladde hals met een bezitterig gebaar. 'Het is een prachtig instrument.'

'Dat geloof ik best, maar zoals ik al zei, ga ik nog een betere viool voor je vinden. Je verdient het.'

'Weet je dat zeker?'

'Ja.' zei Dominik vastbesloten. Hij duldde verder geen tegenspraak.

Hij liep naar Summer toe, pakte de jas van de grond en hielp haar erin. Ze liepen terug naar de auto, waar ze hem de viool teruggaf.

Summer wilde hem van alles vragen, maar wist niet waar te beginnen.

Hij wees naar de passagiersstoel.

'Kom even naast me zitten,' gebood hij.

Summer gehoorzaamde.

Ze was bang geweest dat de auto naar tabak zou ruiken – op een of andere manier leek Dominik haar een roker – maar dat was niet zo. Het rook kruidig maar niet onaangenaam.

Dominik voelde haar nabijheid terwijl hij achter het stuur ging zitten. Ze rook niet meer naar kaneel en het enige wat hij kon onderscheiden was de geur van de zeep waar ze zich die ochtend mee had gewassen. Zoetig, hygiënisch en geruststellend. De warmte van haar lichaam in de jas straalde van haar af.

'De volgende keer dat je voor me speelt, speel je op je eigen viool. Daar ga ik nu naar op zoek. Een viool die jou op het lijf geschreven is, Summer. Geld speelt geen rol,' zei hij.

'Oké,' zei ze beduusd.

'Vertel me nu eerst eens over je eerste keer, seks bedoel ik.'

Even leek ze te schrikken van de abruptheid van zijn vraag,

en Dominik dacht dat hij het niet goed had ingeschat; misschien wilde ze het hier niet over hebben.

Summer zweeg, verzonken in gedachten en herinneringen. Ze had vanaf het begin een intiem contact met deze man gehad, op een nieuwe manier, en ze had geen reden om nu terughoudend te zijn.

De voorruit van de auto was een beetje beslagen en Dominik zette de airconditioning aan.

Ze vertelde hem haar verhaal.

Het instrument was in 1900 in Parijs gebouwd, door een man genaamd Pierre Bailly. Dominik had er ongeveer 50.000 dollar voor betaald. In eerste instantie was zijn oog erop gevallen in een catalogus van verkoopspecialisten. Het hout neigde meer naar geel dan oranje of bruin – een rustige schaduw die kalmte en geduld uitstraalde, maar de patinalaag verraadde meer dan een eeuw melodieën en ervaring. De verkoper in de kleine boetiek in Burlington Arcade was verbaasd dat Dominik de viool niet wilde bespelen voordat hij haar kocht, en leek hem niet te geloven toen hij zei dat hij de viool voor een kennis kocht. Hij wist dat hij de lange vingers van een musicus had. Veel vrienden en ook vrouwen die hij gekend had was dat opgevallen. Maar had hij ook het uiterlijk van een musicus, van een violist?

Bij de kostbare, antieke viool hoorde een herkomstcertificaat waarin alle eigenaren van de afgelopen honderdentwaalf jaar vermeld stonden. Dat waren er slechts vijf, en de meesten van hen hadden buitenlandse namen die deden denken aan oorlogen en intercontinentale reizen door de geschiedenis heen. De laatste eigenaar heette Edwina Christiansen. De verkoper vertelde hem dat haar erfgenamen het instrument na haar overlijden op een veiling verkochten. Daar was het door de dealer gekocht, samen met andere – minder bijzondere – instrumenten. Toen Dominik vroeg om meer informatie over de wijlen jongedame Christiansen, was zijn antwoord dat dit niet op zijn plaats was.

De Bailly-viool had geen koffer. Dominik kocht een gloednieuwe koffer online omdat hij dacht dat het beter was dat Summer niet met de antieke status van haar instrument te koop liep. Dominik was altijd uitzonderlijk praktisch en voorzichtig geweest.

Toen hij de koffer ontvangen had, legde hij de geelachtige, roestkleurige viool in haar nieuwe onderkomen en verpakte deze zorgvuldig. Vervolgens droeg hij haar over aan een koerierservice. Het pakket zou worden bezorgd bij Summer Zahova, op haar adres. De instructies waren duidelijk: ze moest persoonlijk tekenen voor ontvangst. Hij liet haar weten dat de viool bezorgd zou worden en vroeg om een ontvangstbevestiging.

Haar sms bestond uit slechts één woord: 'Prachtig.'

Bij het kostbare pakket had hij een begeleidende brief geschreven. Daarin had hij erop aangedrongen dat ze zoveel mogelijk op de viool zou spelen en oefenen, totdat hij haar van een nieuwe uitdaging zou voorzien. Bovendien had hij de nadrukkelijke instructie gegeven om er nog niet mee in het openbaar te treden, en dus ook niet in de metro te spelen.

Wat hem nog restte was alles te organiseren en een aantal dingen uit te zoeken.

Hij plaatste een oproep voor freelancers op het mededelingenbord van de muziekschool, waarin hij zocht naar drie musici – bij voorkeur onder de dertig jaar oud – die ervaring hadden met het spelen in een strijkkwartet en die bereid waren om eenmalig op te treden met een zeer korte voorbereidingstijd en in ongebruikelijke omstandigheden. De vereiste discretie zou rijkelijk beloond worden. Bij de sollicitatie diende een foto gevoegd te worden.

Eén reactie voldeed aan alle eisen: die van een groepje tweedejaars studenten die in hun eerste jaar samen kwartet gespeeld hadden maar nu één lid misten, omdat de tweede violiste een paar weken naar haar geboorteland Letland terug was. De twee jonge mannen die viool en altviool speelden zagen er representatief uit, terwijl de celliste, een jonge vrouw met een dikke bos krullend blond haar, er zelfs best leuk uitzag.

Alle andere aanmeldingen die in zijn postvakje kwamen als reactie op zijn oproep, waren van solisten die minimale ervaring hadden met samenspel. De beslissing was dus snel genomen.

Voordat hij een formeel gesprek organiseerde stuurde Dominik hun een vragenlijst toe, die hij voor de gelegenheid had opgesteld. Toen alles naar tevredenheid beantwoord was – en hij had niet anders verwacht gezien de aanzienlijke geldsom die hij hun geboden had – sprak hij met het trio af op Skype en beantwoordde hij hun overige vragen. Zo beoordeelde hij hun reacties op zijn ietwat ongewone vragen en vereisten.

Ze zouden alle drie in het zwart gekleed gaan en slechts kort met de vierde musicus mogen repeteren. Tijdens de uitvoering zouden ze geblinddoekt zijn. Ze moesten een document met clausules ondertekenen die van kracht zouden worden als informatie over de besloten voordracht uit zou lekken. Ze zouden geen contact met Dominik of de anonieme violiste zoeken tijdens en na de uitvoering.

De drie musici waren verbaasd over het aanbod, maar de royale vergoeding dreef hun argwaan naar de achtergrond.

De blonde celliste stelde zelfs een locatie voor die hij voor de repetitie kon huren: een crypte in een geseculariseerde kerk met een perfecte akoestiek voor strijkinstrumenten. 'Het biedt absolute privacy voor wat u ook in gedachten hebt,' zei ze. Alsof ze wist dat Dominiks huis niet geschikt was voor de gelegenheid.

Hoe kan zij nou weten wat ik in gedachten heb? vroeg hij zich af, en hij zag een geamuseerde twinkeling in haar ogen.

Het repertoire was vastgelegd, hij noteerde hun contactgegevens en sloot het gesprek af. Nu had hij alle elementen verzameld en kon hij een datum prikken. Hij pakte zijn telefoon.

'Summer?'

'Ja?'

'Met Dominik. Volgende week speel je weer voor me,' zei hij en hij noemde de locatie en tijd. Hij gaf haar ook het repertoire door en vertelde haar dat ze als tweede violiste in een kwartet zou spelen. Ze mocht twee uur lang repeteren met de andere musici voor aanvang van de besloten voordracht.

'Twee uur is niet bijzonder veel tijd,' zei ze.

'Dat weet ik, maar het is een stuk dat de andere drie musici al goed kennen. Dat maakt het makkelijker voor je.'

'Oké,' gaf Summer toe. En ze voegde eraan toe: 'De Bailly zal hemels klinken in een crypte.'

'Ongetwijfeld,' zei Dominik. 'En dan nog iets...'

'Wat?'

'Je speelt naakt.'

5

Een meisje en haar herinneringen

DOMINIK HAD NAAR MIJN eerste keer gevraagd.
Later bedacht ik dat het best wonderlijk was dat ik hier gewoon in meeging, maar na het spelen van *De vier jaargetijden* was ik in een droomtoestand geraakt, zoals gebruikelijk.
Daar wijt ik het nu aan.
Dit is het verhaal dat ik hem vertelde.

'Mijn eerste seksuele ervaringen beleefde ik alleen. Masturberend. Ik begon toen ik nog jong was. Ik denk dat ik jonger was dan mijn vrienden. Ik sprak er eigenlijk met niemand over. Ik schaamde me er altijd een beetje voor. Ik wist eigenlijk niet goed waar ik mee bezig was. De eerste jaren kwam ik overigens nooit klaar.
Misschien heb je het gemerkt toen ik stond te spelen. Op een bepaald moment in de muziek raak ik een soort van in trance – mijn eigen wereldje – maar zodra ik stop met spelen keer ik terug in deze wereld. Vioolspelen heeft altijd een fysiek effect op mij gehad. Een soort ontlading, maar ook intense gevoelens.'
Ik keek naar Dominik om zijn reactie te peilen.
Hij had de rugleuning van de bestuurdersstoel omlaag geklapt en leunde ontspannen achterover. Ik deed hetzelfde en

snoof de geur van zijn auto in me op – een schone, frisse geur. Typerend voor BMW-bestuurders als je het mij vraagt. Het interieur was smetteloos en onpersoonlijk. Er lagen geen resten van recente tussendoortjes, geen pistoolhouder of verdachte pakketjes. Op het dashboard lag alleen een boek waar hij eerder in had zitten lezen. Een voor mij onbekende auteur.

Dominik keek niet naar me maar staarde recht voor zich uit door de voorruit. Hij zag er ontspannen uit, bijna alsof hij mediteerde. Ondanks het feit dat de situatie ongewoon was, vond ik zijn reactie, of gebrek daaraan, geruststellend. Ik deelde geheimen met hem die ik nooit eerder met iemand had gedeeld, maar door de manier waarop hij in de auto zat leek het bijna alsof ik tegen mezelf sprak.

Ik ging verder. 'Soms speelde ik naakt, met het raam open, en genoot van de koude lucht op mijn lichaam. Ik liet de lichten aan en de gordijnen open, en stelde me voor dat de buren me naakt konden zien spelen. Als ze me al zagen, zeiden ze daar nooit iets over.

Dit ging een tijdje zo door. Toen ik naar de middelbare school ging was ik zoveel alleen dat mijn moeder bezorgd was dat ik onevenwichtig en obsessief zou worden, en ze wilde me bij een sportclub of een toneelgroep hebben. Ze wilde dat ik iets "normaals" deed. We maakten er ruzie over en uiteindelijk won zij. Ik mocht wel de sport kiezen.

Ik koos zwemmen, met name om mijn moeder dwars te zitten. Ik wist dat ze wilde dat ik een teamsport ging doen, zoals hockey of volleybal, maar ik overtuigde haar ervan dat mijn vioolspel er baat bij had als ik mijn armspieren versterkte.'

Er verscheen een kleine glimlach op het gezicht van Dominik bij het horen van dit detail, maar hij bleef zwijgend luisteren en wachtte geduldig tot ik verderging.

'Het bleek dat zwemmen vrijwel hetzelfde effect op mij had

als vioolspelen. Ik hield van het gevoel van het water, en de manier waarop de tijd stilstond terwijl ik het ene baantje na het andere trok. Ik was nooit erg snel, maar had een enorm uithoudingsvermogen. Ik zwom zo makkelijk lang door dat mijn zwemleraar me op de schouder moest tikken om me te zeggen dat de training voorbij was en ik naar huis mocht.

Het was een knappe vent. Hij was een voormalig topatleet en had in zijn schooltijd regionaal voor onze regio gezwommen. Hij was gestopt toen hij niet meer won. Hij was begonnen met lesgeven, maar had nog steeds het sportieve lichaam. Hij zag eruit als een standaardbadmeester: een korte zwembroek met een T-shirt en een fluitje. Ik negeerde hem meestal. Ik vond hem arrogant en dat misstond hem op de een of andere manier. Alsof hij alleen voor de buitenwereld autoritair was. Alle andere meisjes vonden hem leuk. Ik weet niet hoe oud hij was. Ouder dan ik in elk geval.

Uiteindelijk deed ik het met hem. Met mijn zwemleraar. De eerste keer.'

Ik keek weer naar Dominik. Zijn uitdrukking bleef onbeweeglijk, star.

'Vertel verder,' zei hij.

'Op een middag waarschuwde hij me niet. Hij liet me doorzwemmen. Na ik weet niet hoeveel baantjes merkte ik dat het al donker was en dat ik de enige in het bad was. Iedereen was verder al weg. Toen ik het bad uit kwam, zei hij dat hij had willen testen of ik echt door bleef zwemmen tot hij me kwam roepen.

Ik pakte mijn handdoek en ging naar de kleedruimte. Ik begon me af te drogen en ontdekte dat ik... nou ja, geil was. Ik weet niet zeker waarom en wat het was, maar het was zo'n sterk gevoel dat ik niet kon wachten tot ik thuis was. Ik was mezelf aan het vingeren toen ik hem in de deuropening van de kleedkamer zag staan kijken. Misschien was ik vergeten om hem dicht te doen. Ik had niet gezien dat hij hem opendeed.

Ik stopte niet. Dat had misschien wel gemoeten, denk ik, maar de manier waarop hij naar me keek... maakte dat ik doorging. Dat was de eerste keer dat ik klaarkwam. Terwijl hij naar me keek.

Na mijn orgasme kwam hij de kleedruimte binnen. Hij haalde zijn penis tevoorschijn en ik kon mijn ogen er niet van afhouden.

"Je hebt zeker nog nooit eerder zo'n ding gezien?" vroeg hij.

Ik zei van niet.

Toen vroeg hij of ik hem in me wilde, en ik zei volmondig ja.'

Ik draaide me naar Dominik, om te zien of ik verder moest gaan met vertellen.

Hij schrok op uit zijn gepeins.

'Mooi,' zei hij en hij bracht zijn stoel in de rechte positie. 'Dat is alles wat ik wilde weten. Misschien kun je me een andere keer meer vertellen.'

'Ja hoor,' zei ik en ik trok aan de hendel om mijn eigen stoel weer rechtop te zetten. Misschien had ik me ongemakkelijk moeten voelen terwijl ik mijn verhaal aan deze man vertelde, maar dat was niet zo. Ik voelde me een beetje lichter, nu het gewicht van mijn geheime herinneringen van mijn hoofd naar dat van Dominik was verplaatst.

'Kan ik je ergens afzetten?'

'Bij het station, graag.'

'Geen probleem.'

Hij was nu dan wel op de hoogte van de details van mijn seksuele verleden, maar dat betekende nog niet dat ik Dominik wilde laten zien waar ik woonde, en ik wist ook niet zeker of hij dat überhaupt wel wilde.

Het was eigenlijk de moeite niet waard om mijn privacy zo te beschermen. Binnen een week had Dominik mijn huisadres gevraagd en gezegd dat ik op een bepaalde datum en tijd thuis moest zijn om te tekenen voor een pakket. Ik aarzelde voor ik hem het adres gaf. Naast de pizzabezorger in de buurt zou hij de enige man in Londen zijn die mijn persoonlijke gegevens had, en dat wilde ik graag zo houden. Maar hij moest me iets opsturen, en ik zou onbeleefd of paranoïde overkomen als ik hem niet wilde zeggen waar ik woonde.

Het pakket, maar dat vermoedde ik al, was de viool die Dominik me had beloofd. Uitgaande van de kwaliteit van de viool die hij voor de voordracht van Vivaldi gekozen had, verwachtte ik wel dat hij iets moois uitgezocht had, maar dat hij me zo'n prachtig instrument zou geven had ik niet zien aankomen. Het was een antieke Bailly, van zachtgeel, bijna karamelkleurig hout: de kleur van een pot bloemenhoning als je die tegen het licht houdt. Het deed me aan thuis denken, aan de zachte goudkleurige schakeringen van de rivier Waihou als de zon op het water speelde.

Volgens de bijgesloten certificaten was de laatste eigenaar ene juffrouw Edwina Christiansen geweest. Nieuwsgierig als ik altijd was naar de geschiedenis van mijn violen, googelde ik haar, maar vond niets. Tja, dan moest ik mijn fantasie maar de vrije loop laten.

De koffer was gloednieuw – zwart met een dieprode fluwelen voering. Een beetje te sober naar mijn smaak, en het paste niet bij de warmte van de Bailly. Dominik leek me echter een slimme vent – en niet romantisch in de zin van roekeloos – dus ik nam aan dat deze nieuwe koffer puur bedoeld was om de aandacht af te leiden van de waarde van de inhoud.

Hij had instructies bijgevoegd: dat ik de ontvangst moest

bevestigen en er dan zoveel mogelijk op moest spelen, maar niet in het openbaar. Oefenen en wachten.

Het was een genot om op de Bailly te spelen. Ze paste perfect bij mij, alsof mijn lichaam speciaal ontwikkeld was om haar vast te houden. Ik had een straatoptreden afgezegd en gezien de omstandigheden, na de metrorel, was het gezelschap erg begripvol. Ik speelde voortdurend op de Bailly, beter dan ik ooit gespeeld had. De muziek stroomde uit mijn vingers alsof de melodieën in mij zaten en Dominiks viool de sleutel tot het slot was die ze vrijliet.

Het wachten was een ander verhaal. Ik ben van nature geduldig en heb altijd van duursporten gehouden. Toch wilde ik nu precies weten waar ik in verzeild raakte. Ik ben er vurig van overtuigd dat voor niets de zon opgaat, dus nam ik aan dat Dominik een tegenprestatie voor zijn investering verwachtte. Tot ik wist wat de betalingsvoorwaarden waren besloot ik de viool als een lening en niet als een geschenk te beschouwen. Hij had ten slotte een overeenkomst voorgesteld, een soort contract van wederzijdse goedkeuring, en niet aangeboden mijn suikeroom te zijn. Dan had ik hem meteen de deur gewezen. Maar toch kon ik, tot ik wist wat hij wilde, niet beslissen of ik er wel of niet mee akkoord kon gaan.

Ik was niet uit op een relatie, zo snel na mijn breuk met Darren. Ik hoopte erop een tijdje vrijgezel te zijn. En Dominik leek me niet het type man dat op zoek is naar een vriendin. Hij was gereserveerd, een eenling – hij had niet die wanhopige uitstraling van iemand die op zoek is naar een partner. Ik dacht terug aan ons eerste e-mailcontact. Misschien was hij wel een beetje een sulletje, iemand met een grote, artistiekerige pornocollectie op zijn computer, maar niet iemand die een profiel op Relatieplanet heeft.

Als hij geen verhouding met me wilde, wat wilde hij dan van me?

Ik keek weer naar de viool, en liet mijn handen over de ranke lijn van haar hals glijden. Ik schatte dat hij enkele tienduizenden dollars waard was.

Van welke omvang en aard zou de tegenprestatie zijn die Dominik verwachtte? Wat zou zo'n man eigenlijk willen?

Seks? Dat lag voor de hand. Maar, bedacht ik, dat was niet het juiste antwoord.

Een man die seks wilde had me gewoon mee uit eten gevraagd. Een vermogend liefhebber van klassieke muziek die een goed doel wilde steunen had me de viool gewoon gestuurd zonder alle poespas eromheen.

Er was iets bijzonders aan de manier waarop Dominik het had aangepakt. Hij leek me geen psychopaat, maar hij genoot in elk geval met volle teugen van het spel dat hij speelde. Ik vroeg me af of hij een doel, een eindspel, had of dat hij gewoon rijk was en zich verveelde.

Ik had de viool natuurlijk terug kunnen sturen, en misschien was dat het beste geweest. Maar het was niet alleen de viool die me intrigeerde. Eerlijk gezegd was ik gewoon nieuwsgierig.

Wat zou de volgende stap van Dominik zijn?

Een paar dagen later ging mijn mobiele telefoon.

Hij stak van wal voordat ik ook maar iets had kunnen zeggen. Onder andere omstandigheden had ik me daaraan geërgerd, maar ik besloot hem aan te horen.

'Summer?'

'Ja.'

Hij informeerde me op koele toon dat ik de week daarna 's middags het Strijkkwartet nr. 1 van de Tsjechische componist Smetana voor hem zou spelen. Gelukkig vond ik het een mooi stuk en kende ik het redelijk, omdat het een favoriet van meneer Van der Vliet was. Ik zou samenspelen met drie leden van een kwartet die het stuk goed beheersten. De violist en altviolist hadden het naar het scheen al eerder uitgevoerd. Ik hoefde me geen zorgen te maken over mijn privacy of de discretie van de andere betrokken musici, want die hadden gezworen niets over het optreden naar buiten te brengen.

Een prettig vooruitzicht, want ik zou naakt optreden.

De andere musici zouden geblinddoekt worden voordat ik me ontkleedde, zodat alleen Dominik me naakt zou zien.

Zodra hij dat gezegd had, kolkte een hete golf door mijn lichaam. Waarschijnlijk had ik hem ook hier moeten afwijzen. Zonder er doekjes om te winden had hij me gevraagd me voor hem uit te kleden. Maar als ik hem afwees, zou ik er nooit achter komen waar hij op uit was. En, hield ik mezelf voor, technisch gezien was het ons derde afspraakje. Ik ging soms op een eerste date al met mannen mee naar huis, dus dit was niet wezenlijk anders, behalve dan dat ik nu vooraf toegezegd had het te doen.

Of had ik dat niet?

Dominik had niet gezegd dat hij met me wilde neuken.

Misschien wilde hij alleen naar me kijken.

Ik huiverde bij die gedachte, probeerde het gevoel te negeren maar voelde dat ik opgewonden en nat was.

Niet héél verrassend – ik was helemaal opgegaan in het verlies van mijn viool, mijn geldgebrek en daarna in het oefenen op de Bailly. Ik had geen tijd gehad om met iemand te daten en mijn laatste keer seks was met Darren geweest. Het ergerde me wel dat de gedachte aan Dominik dit effect op mij had. Daar zou hij vast zijn voordeel mee doen bij de onderhandelingen die hij in gedachten had.

Ik was bang dat als hij mij naakt zou zien, hij zou ontdekken wat voor effect hij op mij had. Nadat ik die dag op Hampstead Heath in de auto mijn verhaal aan hem had verteld, betwijfelde ik of hij verrast zou zijn. Waarschijnlijk zou ik hem precies dat antwoord geven waar hij op hoopte.

Als dit een machtsstrijd zou worden, dan had ik hem de nodige wapens in handen gegeven.

**

Een week later was ik op weg naar de locatie die Dominik had afgehuurd: de intieme crypte in hartje Londen. Ik kende de plek niet, maar was niet verrast dat deze bestond. Londen is een stad vol verrassingen. Hij had het adres telefonisch doorgegeven, maar vroeg de locatie niet vooraf te bezichtigen om de uitvoering spontaan te houden. Ik had overwogen dit toch te doen, maar voelde me gek genoeg gedwongen om zijn instructies letterlijk op te volgen. Hij had de viool gekocht, dus het optreden was uiteindelijk zijn feestje.

De crypte bevond zich in een zijstraat en de enige verwijzing naar zijn aanwezigheid was een klein bronzen plaatje aan de linkerkant van de houten deur. Ik duwde de deur gretig open en stapte naar binnen. Ik zag een trap die omlaag leidde en in de duisternis verdween.

Ik had een straat terug mijn platte schoenen verruild voor hakken, die nu bleven steken in de oneven stenen vloer, zodat ik mijn evenwicht verloor en bijna languit van de trap viel. Ik taste zonder succes de muur rechts van me af op zoek naar een leuning.

Mijn adem stokte in mijn keel. Ik was niet bang. Toch zei mijn gezonde verstand me dat ik zenuwachtig had moeten zijn, iemand had moeten laten weten waar ik heen ging en een telefonische veiligheidscheck had moeten regelen. Ik had niemand, zelfs Charlotte niet, iets verteld over de Bailly of de crypte. Deze nieuwe wending in mijn leven leek te bizar om met anderen te kunnen delen. Daarnaast bedacht ik dat als Dominik me had willen vermoorden, hij daar allang de mogelijkheid voor had gehad.

De samentrekking van mijn maag en het snelle kloppen van mijn hart kwamen niet alleen voort uit zenuwen. Ik was opgewonden. Het zou een uitdaging zijn om met drie nieuwe musici te spelen, maar ik had het stuk geoefend totdat ik het perfect kon spelen onder welke omstandigheid dan ook. En ik wist dat Dominik niet blij zou zijn als alles niet perfect verliep. Wat hij ook in zijn schild voerde, ik wist zeker dat hij alles perfectionistisch tot in detail gepland had, inclusief mijn optreden.

Daar kwam nog bij dat ik naakt zou zijn, maar de gedachte om naakt voor Dominik op te treden wond me meer op dan dat het me beangstigde. Ik was altijd een exhibitionist geweest. Dat gegeven had hij vast opgeslagen toen ik hem over mijn eerste seksuele ervaring vertelde.

Toch was ik een beetje terughoudend en dat kwam deels omdat ik me in het openbaar bloot moest geven. Ik voelde me er goed bij om in mijn eigen woonkamer naakt rond te lopen, maar om me nou gewillig uit te kleden voor een vrijwel onbekende was een ander verhaal. Ik betwijfelde of ik het wel aankon. Ik voerde een innerlijke tweestrijd. Als ik weigerde liet ik hem zien dat hij een gevoelige snaar had geraakt, dat hij me van mijn stuk had gebracht, als ik accepteerde was hij nog steeds degene die de touwtjes in handen had. En dan was er die gedachte in mijn achterhoofd die ik maar niet van me af kon zetten. Ik werd opgewonden van de hele situatie. Maar waarom? Wat was er met me aan de hand?

Ik besloot me in elk geval voor te bereiden op de mogelijkheid dat ik uit de kleren moest. Dan kon ik op het moment zelf een beslissing nemen.

Afgezien van het instuderen van het muziekstuk, had ik intensief voorbereidingen getroffen voor die avond. Ik had die morgen een lange douche genomen, zorgvuldig mijn benen geschoren en mijn bikinilijn bijgewerkt. Scheren of niet scheren? De hamvraag. Darren had me het liefst helemaal kaal, en daarom had ik mijn schaamhaar juist rebels laten groeien. Hij was toch niet zo'n liefhebber van orale seks.

Wat had Dominik het liefst? Ik vroeg het me af.

Hij was een bijzondere man en had tot nu toe een voorkeur voor overvloedigheid en detail getoond, dus ik vermoedde dat zijn seksuele voorkeur exotisch was. Misschien vond hij mijn schaamhaar opwindend. De zachte kruidige geur, de donslaag. Mijn gedachten dwaalden af over donkere paden, de gedachten scherp afgeschermd door mijn verstand. Ik bande de beelden uit mijn hoofd. Dominik wist al genoeg van me. Gelukkig zou de rest van het kwartet geblinddoekt zijn en niets zien.

Uiteindelijk besloot ik mijn schaamhaar alleen een beetje bij te werken, zodat het me enigszins bedekte en ik nog iets van privacy bewaarde. Ik zou niet geheel naakt voor hem staan. Nog niet.

Onder aan de trap was weer een houten deur. Ik duwde hem open en werd meteen overweldigd door de bedompte, dikkere lucht van de crypte en het gevoel onder de grond te zijn, in een tombe. Het plafond was hoog, maar de ruimte smal en een serie bogen maakte dat het gesloten, claustrofobisch aandeed. Even dacht ik aan de kerker in de fetisjclub waar ik met Charlotte was geweest. Deze crypte voldeed beter aan mijn voorstelling van een kerker.

De muren werden verlicht door een zachte lichtbron, die ongewoon contrasteerde met de antieke uitstraling van de ruimte en de geur van pas aangestoken kaarsen. Het was er een beetje koud. Ik wist zeker dat als er een lichtknop was, er ook verwarming moest zijn. Misschien had Dominik die uit laten zetten zodat de sfeer authentieker was. Of misschien wilde hij zien hoe mijn huid reageerde op de koele lucht. Ik pakte de koffer van de Bailly steviger vast en bande de gedachte uit mijn hoofd.

Ik ontwaarde de drie musici op een verhoging en ik liep naar ze toe. Mijn hakken tikten op de stenen vloer zodat een muzikaal echoënd geluid te horen was. Ineens maakte mijn angst plaats voor blijdschap: de akoestiek was inderdaad geweldig en de Bailly zou hier fantastisch klinken. Dominik zou hier de voorstelling van zijn leven krijgen. Daar was ik zeker van.

De rest van het kwartet zat al opgesteld en wachtte op mij. Dominik was nergens te bekennen, zoals vooraf aangekondigd. Ik stelde mezelf aan de anderen voor. De communicatie verliep een beetje moeizaam, maar de situatie was voor ons allemaal ook nogal ongewoon.

Mijn medespelers waren allemaal gekleed in smoking en een wit overhemd met een zwarte vlinderdas. De twee mannen, de violist en de altviolist, waren nogal stil. De celliste, die zich voorstelde als Lauralynn, leek de aanvoerder en nam het woord. Ze was zelfverzekerd maar niet op een vervelende manier. Ze was Amerikaanse, afkomstig uit New York, en studeerde muziek in Londen. Ze was lang, had lange benen en een figuur als een amazone. Ze was net zo gekleed als de mannen: hemd en das en een getailleerde, zwarte smoking die haar taille en heupen accentueerde. Met haar bos blonde haren en haar verfijnde gelaat vormde ze een bijzondere mengeling van mannelijke en vrouwelijke uiterlijke kenmerken, en dat maakte haar erg aantrekkelijk.

'Ken jij Dominik?' vroeg ik.

'Jij?' antwoordde ze fijntjes.

De geamuseerde uitdrukking die vluchtig over haar gezicht trok maakte dat ik me afvroeg of Dominik haar meer over zijn plannen had verteld dan ik wist. Ze bleef mijn vragen ontwijken. Uiteindelijk gaf ik het op en richtte me op de repetitie. We hadden niet veel tijd. Het was een nogal intensief stuk, een beetje somber, maar een uitstekende keuze voor deze omgeving. En Dominik had gelijk: Lauralynn en haar twee verlegen partners kenden het goed.

Ik hoorde Dominiks voetstappen voordat ik hem zag aankomen omdat zijn schoenen hard op de stenen vloer ketsten: een staccato geroffel dat contrasteerde met de harmonieuze e van de laatste noot die ik uit de Bailly tevoorschijn toverde. Hij kwam naar het podium toe.

Hij knikte me goedkeurend toe en gaf de musici de opdracht hun blinddoeken voor te doen.

Ze gehoorzaamden.

Hij had hun duidelijk niet verteld dat ik naakt zou zijn tijdens de uitvoering, want hij stapte het podium op en fluisterde een zachte instructie in mijn oor. Zijn lippen raakten bijna mijn oorlel en mijn gezicht begon te gloeien.

'Je mag je uitkleden.'

Deze keer had ik mijn korte zwarte jurkje aan, dat voor een optreden overdag minder opzichtig was dan mijn lange fluwelen jurk. Het was er zo een met één ontblote schouder die strak om mijn lichaam zat met een verborgen rits aan de zijkant. Ik droeg bewust geen beha, zodat er geen strepen op mijn naakte lichaam te zien zouden zijn. Om dezelfde reden had ik geen slipje aan willen doen, maar ik was uiteindelijk van gedachten veranderd. Daar was ik dankbaar voor geweest toen de korte jurk omhoog kroop bij de overstap van het metroperron naar de wagon op station Bank.

Dominik stapte van het podium af en ging zitten in de leunstoel die er recht voor was geplaatst. Hij staarde me uitdrukkingsloos aan, onder zijn altijd aanwezige façade van beleefdheid, met dat beetje gereserveerdheid waarvan ik vermoedde dat er een wildere aard onder verborgen lag dan het scheen.

Ik zou er alles voor overhebben te weten te komen wat er voor nodig was om die aard in hem los te maken.

Ik haalde diep adem en legde me erbij neer.

Ik bracht mijn hand naar de rits terwijl ik Dominiks blik vasthield.

De rits bleef hangen.

Dominiks ogen lichtten op terwijl ik worstelde met mijn jurk. Shit. En was dat nou een grijns op het gezicht van Lauralynn? Kon ze me door die dikke blinddoek zien?

Mijn wangen gloeiden bij het idee dat zij mij ook zag.

Ik had inmiddels een vuurrode kleur. Ik had gehoopt dat ik in elk geval mijn jurk in één gracieuze beweging van me af zou gooien, zoals vrouwen in films doen. Ik had thuis moeten oefenen. Het laatste wat ik wilde was hulp vragen aan Dominik. Eindelijk had ik de jurk uit en ik werd nog roder toen ik besefte dat ik me voorover moest buigen om mijn slipje uit te doen. Ik draaide me iets om, om mijn blote borsten te bedekken. Toen realiseerde ik me hoe klungelig ik bezig was, met name omdat ik straks toch naakt voor hem zou staan spelen.

Ik pakte mijn viool, en vocht tegen een opwelling om nog even mijn algehele naaktheid met het instrument te bedekken, draaide me om, plaatste de Bailly onder mijn kin en begon te spelen. Mijn blote lijf én Dominik konden me echt gestolen worden. Een vlaag irritatie overviel me tot de muziek bezit van me nam.

De volgende keer, als er een volgende keer kwam, zou ik niet zo onzeker zijn als ik me uitkleedde.

Eindelijk stierf de muziek weg en ik verslapte mijn grip op de hals van de viool. Ik haalde haar van mijn nek, bracht haar omlaag en legde haar tegen mijn flank, maar niet voor me. Ik keek naar Dominik terwijl hij beheerst en langzaam in zijn handen klapte met een raadselachtige glimlach op zijn gezicht. Ik merkte dat mijn rechterarm trilde en dat ik een beetje buiten adem was. Mijn voorhoofd voelde vochtig aan, alsof ik net hardgelopen had. Ik moest alles gegeven hebben, al had ik me dat niet gerealiseerd terwijl ik speelde. Ik had gedacht aan Oost-Europa, Edwina Christiansen en de rijkdom van de verhalen die met de Bailly verbonden waren.

Ik vroeg me af wanneer ik me weer eens een *citytrip* kon veroorloven. Door mijn financiële problemen had ik niet half zoveel in Europa gereisd als ik had gewild.

Dominik onderbrak mijn dagdroom met een beleefd kuchje.
'Dankjewel,' zei hij.
Ik knikte erkentelijk.
'Je mag gaan. Ik zou je naar de uitgang willen begeleiden, maar ik moet je medespelers groeten en betalen. Ik vertrouw erop dat je de uitgang zelf veilig weet te vinden?'
'Natuurlijk.'
Ik schoot weer in mijn jurk, met gespeelde nonchalance deze keer, hoewel ik me totaal niet zo voelde. Ik negeerde zijn scherts over veilig de weg naar buiten vinden.
Misschien had hij aangevoeld dat ik op de heenweg ongeveer van de trap gelanceerd was.
'Bedankt,' zei ik tegen mijn drie medespelers die nog steeds geblinddoekt zaten te wachten op Dominiks volgende instructie. Het was duidelijk dat hij hun allemaal heel precieze instructies had gegeven over de volgorde van de gebeurtenissen en hun gedragingen.
Ik wenste voor de zoveelste keer dat ik wist wat hij had gedaan om hun vertrouwen te winnen. Wat wás dat effect dat hij op anderen had? Met name het meisje.

Lauralynn leek me niet bepaald een volgzaam type. Eerder het omgekeerde.

Ik had gemerkt hoe ze haar cello tussen haar dijen klemde, en herinnerde me dat hoewel ze de hals van het instrument zacht vasthad, ze het instrument bijna boosaardig bespeelde, alsof ze de melodieën eruit perste tegen de wil van het instrument in.

Daar was die spottende glimlach weer – deze keer wist ik zeker dat ze bij het spel betrokken was of dat ze me door haar blinddoek heen kon zien.

Ik pakte mijn koffer, draaide me om en liep zo zakelijk als ik maar kon naar de uitgang. We hadden beiden ons aandeel in deze transactie vervuld. Ik had mijn viool gekregen en hij had zijn naakte optreden.

Ik duwde tegen de deur die van de crypte naar de voet van de trap leidde en bleef stilstaan. Ik leunde tegen de koele stenen en raapte mezelf bij elkaar.

Was dit écht alles, was de transactie zo rond? Ik zou blij moeten zijn, maar kon een spijtig gevoel niet onderdrukken. Alsof ik hem niet genoeg gegeven had in ruil voor het instrument. Charlotte zou zeggen dat ik er goed vanaf gekomen was, maar ik voelde me toch niet compleet.

Ik ademde diep in en liep de trap op zonder om te kijken.

Ik kwam thuis in mijn appartement en tot mijn vreugde waren de hal en de gedeelde badkamer leeg. Mijn buren waren uit. Mooi. Dan hoefde ik niet eerst een beleefd praatje te maken of me zorgen te maken dat ze zouden vermoeden wat ik van plan was. Ik verdween in mijn slaapkamer om me te bevrijden van de bijna pijnlijke opwinding die me de hele weg naar huis verteerd had.

Ik had mijn hand al tussen mijn benen toen ik mijn slaapkamerdeur dichtschopte, en stak mijn wijsvinger diep in mijn vagina om die iets te bevochtigen. Vervolgens bewoog ik mijn vinger snel in rondjes met de klok mee. Ik keek even naar mijn laptop en overwoog om op YouPorn te kijken om sneller klaar te komen.

Darren had er een hekel aan als ik porno keek. Hij had me een keer betrapt met een tijdschrift dat ik onder zijn matras gevonden had, en hij was er de hele avond chagrijnig over geweest. Toen ik hem vroeg waarom hij zo van streek was, zei hij dat hij wist dat vrouwen masturbeerden maar dat hij niet dacht dat ze dít deden. Ik heb nooit begrepen of hij jaloers was of mij onvrouwelijk vond, maar sinds we uit elkaar waren genoot ik intens van de vrijheid om te doen en laten wat ik wilde. Zoals ik me nu voelde, zou ik in rap tempo klaarkomen, en het zoeken naar een doeltreffend filmpje zou onnodig veel tijd kosten. In plaats daarvan liet ik alle gebeurtenissen van die middag in gedachten nog een keer de revue passeren.

Ik herinnerde me dat mijn tepels stijf waren geworden als reactie op de koude lucht in de crypte. Of was het Dominiks blik geweest? En die van Lauralynn? Ik schoof de grendel van mijn raam omhoog met mijn linkerhand, zonder de druk van de vingers van mijn rechterhand weg te nemen. Ik ritste mijn jurk open en trok hem uit. Deze keer ging dat soepel. Dat zul je altijd zien! Ik had mijn slipje in mijn tas gestopt om dat niet weer aan te hoeven doen voor de ogen van Dominik en was nu volledig naakt, op mijn hoge hakken na. Ik genoot van het koele briesje dat door het open raam naar binnen kwam en mijn lichaam streelde. Ik sloot mijn ogen en in plaats van me terug op het bed te laten vallen zoals ik altijd deed, spreidde ik mijn benen en vingerde mezelf voor een denkbeeldig publiek voor het raam.

Mijn orgasme kwam toen ik terugdacht aan Dominiks laatste bevel en de toon waarop hij die woorden uitsprak, terwijl ik me vooroverboog om de enkelbandjes van mijn schoenen los te maken.

'Nee. Laat ze aan.'

Het was niet eens een uitdaging; het was geen vraag, het kwam niet in hem op dat ik hem niet zou gehoorzamen, ook al vond ik mezelf niet bepaald een mak type. Dat gevoel van overheersing bracht me om onverklaarbare reden volledig in extase.

Ik raakte in een roes. Heerlijke stuiptrekkingen gingen door mijn vagina en de naschokken verwarmden daarna de rest van mijn lichaam.

Nu ik erover nadacht, was ik eigenlijk altijd al zo geweest. Ik herinnerde me hoe meneer Van der Vliet me opwond, het genoegen dat ik erin schepte om zijn lessen nauwgezet te volgen – en toch vond ik hem aan de buitenkant geen knappe man. Hoe opgewonden ik was geweest toen mijn zwemleraar zei dat hij getest had hoe lang ik door zwom als hij me niet vroeg te stoppen. Hoe ik me voelde toen de meester van de kerker me had gespankt bij de fetisjclub. Wat betekende dat? Ik lag op bed en probeerde deze gedachten uit mijn hoofd bannen, terwijl ik insluimerde.

Ik werd pas 's avonds laat wakker, nog steeds verward. Nog steeds geil. Ik probeerde het idee van me af te zetten, maar kon nergens anders aan denken. Zelfs opnieuw masturberen hielp niet tegen mijn frustratie.

Herinneringen aan Dominiks dominante toon en zijn gewoonte om precieze instructies te geven schoten door mijn hoofd. Zelfs de manier waarop hij me het adres van de crypte had gegeven wond me op. Ik overwoog hem te bellen, maar verwierp dat idee meteen weer. Wat moest ik zeggen?

Alsjeblieft, Dominik, zeg me wat ik moet doen?

Nee. Dat was belachelijk en ik had meer macht als ik hem niet liet merken hoe erg hij was binnengedrongen in mijn systeem. Ik wist dat hij mij uiteindelijk zou bellen door de honger die door zijn ogen flitste. Hij zou de verleiding niet kunnen weerstaan om met een of ander nieuw plan te komen. En hoewel ik het vervelend vond om achter de feiten aan te lopen, hoopte ik dat hij dat zou doen.

Nu moest ik alleen een manier vinden om die aanhoudende drang te bevredigen.

Ik overwoog opnieuw om Charlotte te bellen, maar ik was nog niet klaar om dit deel van mijn leven te delen.

De fetisjclub. Het was een idiote gedachte, maar misschien kon ik alleen gaan, gewoon om even rond te kijken. Ik wist niet wat er met me gebeurde, waar dit nieuwe stoutmoedige gevoel vandaan kwam. Het was angstaanjagend en fascinerend tegelijk. Ik kon altijd weggaan als het niks was.

Ik had me daar veilig gevoeld. Niet dat ik niet voor mezelf kon zorgen, maar de clubs in West End waren zo saai, vol dronken mannen die handtastelijk waren, die meisjes insloten op hun weg naar de bar of het toilet.

Desondanks, of misschien juist wel om die reden, had het publiek bij de fetisjclub een open mentaliteit. De eigenaren leken me respectvol en niet goedkoop.

Ja, het was een gelegenheid waar ik best alleen heen kon.

Ik keek snel op Google en zag dat de club waar ik met Charlotte was geweest alleen de eerste zaterdag van de maand open was. Het was nu donderdagavond. Geen van de grotere fetisjclubs was geopend, maar ik vond een link naar een kleine club bij mij in de buurt, waar ik met de taxi heen kon. Ze hadden een kerker, vaag klinkende 'speelruimten' en de sfeer zou er intiem en vriendelijk zijn. Hier moest ik het mee doen. De kledingvoorschriften deden vermoeden dat men zich er aan strikte regels moest houden. Ik moest passende kleding zien te vinden. Ik wilde voorkomen dat ik me niet op mijn plaats zou voelen.

Het was elf uur, dus het feest kon elk moment beginnen. Ik bestelde een taxi en spitte mijn garderobe door. Ik vond iets wat me geschikt leek, deed het aan en bekeek mezelf in de spiegel. Ik had een strak, donkerblauw rokje gekozen met een hoge taille. Aan de voor- en achterzijde zaten grote witte knopen, die brede banden op hun plek hielden. De banden waren over de rug gekruist en liepen aan de voorkant in een rechte lijn over mijn borsten. Ik had het jurkje in de uitverkoop gekocht in een winkeltje met jarenvijftigkleding op Holloway Road in het noorden van Londen. Het jaar daarvoor had ik het met een witte blouse met hoge halssluiting, een goedkope maar niet armoedige zeemanspet en rode, fluwelen pumps gedragen naar het verkleedfeest ter ere van de verjaardag van mijn buurman, dat als thema uniformen had.

Vanavond had ik een rode beha aan die paste bij de schoenen, en geen blouse. Zou dit ermee door kunnen als fetisjkleding? Ik herinnerde me de bizarre outfits van de nacht dat ik met Charlotte was uit geweest en dacht van niet. Ik wilde de club binnenkomen en in dit geval zou ik minder de aandacht trekken als ik minder aanhad. Ik keek nog een laatste keer in de spiegel en trok de beha uit. De banden van het jurkje zaten strak tegen mijn borsten geklemd, drukten die plat en bedekten mijn tepels. En ik had immers toch al een groot deel van de dag naakt rondgelopen.

In de taxi hield ik mijn jas aan en voelde een rebelse, woelige roes van vrijheid bij de gedachte dat ik daaronder halfnaakt was.

*_**

Een jong, vriendelijk donkerharig meisje met een neuspiercing regelde de kaartverkoop bij de ingang. Toen ze me vroeg mijn pols uit te steken zodat ze er een stempel op kon zetten, merkte ik op dat ze een minuscule tatoeage van een traan onder haar linkeroog had. Ik vroeg me af wat voor andere geheimen ze verborgen hield onder haar smoking-achtige latex jas met lange mouwen.

Latex. Misschien moest ik sparen en een investering doen, als dit een gewoonte zou worden. Hoewel... ik wist niet of het wel iets voor mij was. Charlotte had het vreselijk lastig gevonden om in en uit haar jurk te komen, en ik realiseerde me dat moeilijkheden bij het uitkleden een probleem zou zijn voor mij en mijn verlangens.

In nieuwe en onzekere situaties ben ik het liefst nuchter, maar dit keer ging ik de bar in om me moed in te drinken.

Met een perfect gekruide bloody mary in mijn hand stak ik recht de dansvloer over. Niemand danste, er stonden alleen een paar gasten te praten. Ik liep rechtstreeks door naar de kerker. De ingang was open. De ruimte zat verborgen achter de bar, en had geen deur. Hij was vanaf de dansvloer niet zichtbaar omdat er een aantal groene, medische schermen eromheen hingen, zoals je ze wel rond ziekenhuisbedden ziet. Intrigerend.

De meeste gasten bevonden zich in de kerker. Sommigen zaten rond de uitgang en praatten zachtjes met elkaar. Anderen stonden dichter bij de scène, een paar passen verwijderd van de deelnemers. Op de muren van de ruimte waren een aantal instructies geplakt, geprint op wit A4-papier. VERBODEN SPELLEN TE ONDERBREKEN, stond op één bord te lezen, en op een ander: EERST VRAGEN. Gek genoeg stelden de borden me gerust.

Verschillende 'spelers' en één trio waren bezig met scènes van uiteenlopende aard, waarvan ik vermoedde dat het geweld met wederzijds goedvinden was. Ze gebruikten daarbij diverse instrumenten en hulpmiddelen. Mijn aandacht werd onmiddellijk getrokken door de geluiden in de ruimte: het ritmische gemep van een roede, de zachtere slag van een zweepje zoals Mark die ook had gebruikt, en de manier waarop het geluid en het ritme veranderden afhankelijk van de bewegingen van de hanteerder en de gewelddadigheid van elk individu.

Ik had me niet eens gerealiseerd dat ik zo dicht bij het trio stond. Twee mannen sloegen een derde persoon waarvan ik eerst dacht dat het een man was, omdat diegene een rechthoekig lichaam had en een kaal hoofd. Toen dacht ik dat ik de rondingen van borsten zag, tegen de bekleding van het kruis aan gedrukt, en hoorde ik het hogere en scherpere gekreun van een vrouwenstem. Man, vrouw, misschien geen van beiden, misschien een mix van beiden. Een prachtig mens. Wat deed het geslacht er eigenlijk toe? Hier niet veel. Ik vergat de borden aan de muur en sloop nog dichterbij. Ik vond het nog steeds choquerend, maar op hetzelfde moment heel fascinerend.

Ik voelde hoe een hand vanachter mij naar me reikte, en zacht mijn schouder aanraakte. Ik hoorde een stem in mijn oor.

'Ziet er mooi uit, vind je niet?' fluisterde de stem.

'Ja.'

'Niet te dichtbij komen, dan haal je ze uit hun concentratie.'

Ik keek weer naar het trio. Ze leken verdwaald in een andere dimensie, een plaats die zich nog wel in die ruimte bevond, maar er niet echt deel van uitmaakte. Alsof ze allemaal opgingen in hun eigen persoonlijke reis.

Waar het ook was, ik wilde met hen mee.

Misschien wakkerde de eigenaar van de stem mijn verlangen aan.

'Wil je spelen?' vroeg de stem.

Ik aarzelde even. We hadden ons nog niet eens voorgesteld,

en hij – of zij – was wel heel direct. Maar misschien was dit precies wat ik nodig had, en niemand zou er ooit van af weten.

'Ja, dat wil ik.'

Een hand pakte de mijne en leidde me naar het enige apparaat in de ruimte dat nog vrij was, ook een kruis.

'Uitkleden.'

Mijn lichaam reageerde meteen op dit bevel – het was dezelfde instructie als Dominik had gebruikt, en lust overspoelde me – pure lust, maar ook het verlangen naar iets meer dan dat. Ik wist niet zeker wat.

Ik maakte de banden los en bevrijdde mijn borsten, liet mijn rokje zakken. Het wond me op dat vreemden naar me keken en genoten van de show. Ik spreidde mijn armen en benen op het kruis, en was voor de derde keer die dag volledig naakt. Het begon een gewoonte te worden.

Een leren band werd rond mijn polsen vastgemaakt en strak aangehaald. Het voelde niet ongemakkelijk. Dit keer kreeg ik geen stopwoord of gebaar. Ach, mijn onbekende partner leek ervaren genoeg, als je tenminste op zelfvertrouwen af kon gaan. Als het te veel werd zou ik gewoon 'stop' roepen. Ik had maar één drankje op en mijn geestelijke vermogens werkten prima. Bovendien bevond ik mij in een ruimte vol mensen die konden ingrijpen, mocht dat nodig zijn.

Mijn lichaam ontspande zich tegen het kruis aan, en ik wachtte op de eerste slagen die op me neer zouden regenen.

Dat duurde niet lang.

Het was harder deze keer, veel harder dan mijn laatste 'spanking', en zonder de geruststellende streling over mijn billen die Mark bij elke slag gaf, zodat een deel van de pijn werd weggenomen. Ik snakte naar adem, mijn lichaam schokte bij de klappen, die niet alleen op mijn billen terechtkwamen, maar ook aan de zijkant van mijn rug. Hij, of zij, ik wist het niet en probeerde dat ook niet te achterhalen zodat we beiden anoniem zouden blijven, had waarschijnlijk een hulpmiddel, maar ik wist niet wat het was. Het klonk als een zweepje maar voelde stevig en hard aan, veel harder dan de zachte, slappe stroken leer die aan het korte handvat bevestigd waren.

Mijn ogen werden vochtig en de tranen stroomden over mijn gezicht. Ik realiseerde me dat hoe meer ik mijn lichaam aanspande en tegen de impact vocht, hoe intenser de pijn was.

Dus ontspande ik. Ik probeerde die plek te vinden, waar die ook was, waar anderen heen gingen. Ik stelde me voor dat mijn lichaam samensmolt met de zweep, of wat het ook was waar ik mee gespankt werd. Ik luisterde naar de regelmatige slagen, de ritmische maat van de muziek van mijn partner. Uiteindelijk zwakte de pijn af en maakte een vredig gevoel zich van mij meester. Ik was nu onderdeel van de dans van mijn meester, niet het slachtoffer.

Toen werden de banden rond mijn polsen losgemaakt. Ik voelde zachte strelingen over de bewerkte delen van mijn huid. Bij elke aanraking prikte het.

Een zachte lach en weer een fluistering in mijn oor, en toen was de stem weer verdwenen in de menigte.

Ik bleef een tijdje bewegingsloos op het kruis liggen, tot ik erin slaagde overeind te komen en een taxi naar huis te bellen.

Ik had gekregen waar ik voor gekomen was.

Toch?

Dat vredige gevoel van opgaan in een andere dimensie, dat andere bewustzijn dat mijn toevluchtsoord was geweest, mijn thuisbasis al zolang ik me kon herinneren.

Thuisgekomen liet ik me op bed vallen en sliep, ondanks mijn kloppende huid, beter dan ik in weken geslapen had.

De volgende ochtend, toen ik in de badkamer in de spiegel keek, merkte ik de blauwe plekken op.

Het patroon van blauwe plekken dat in verschillende kleuren over mijn onderrug en flanken liep was bijna mooi te noemen. Bij nadere inspectie in de passpiegel van mijn slaapkamer zag ik een vage handafdruk op een van mijn billen.
Shit.
Ik hoopte maar dat Dominik een paar dagen voorbij liet gaan voordat hij weer belde.

6

Een man en zijn lusten

DOMINIK REED VERDWAASD ROND, terwijl hij in gedachten het tafereel van die middag opnieuw beleefde. Hij stuurde de BMW op de automatische piloot door het doolhof van wegen rond Paddington, en vervolgde traag zijn weg richting de Westway.
De kleur van haar huid.
De bovennatuurlijk bleekheid. De duizenden schakeringen die op supersonische snelheid overgingen van wit naar wit, met microscopische tinten roze, grijs en een aparte kleur beige die tegelijkertijd opgeroepen waren om aan het licht te komen. De ingewikkelde ligging van moedervlekken en kleinere vlekjes uitgespreid over het landschap van haar huid. De manier waarop het kunstmatige licht van de crypte haar rondingen benadrukte en over haar huidoppervlakte danste zodat de donkere gebieden geaccentueerd werden, de sluimerende spieren onder de dunne beschermlaag van haar vlees, de pezen in haar kuiten terwijl ze zich golvend verplaatste om weer een noot te halen. De manier waarop de afgeronde hoek van de viool tegen haar hals lag, de snelheid waarmee haar vingers over de snaren gleden terwijl haar andere hand krachtig de rechte stok hanteerde, waarmee ze het instrument aanviel als een krijger.
Hij miste op een haar na de afrit en moest zijn gedachtestroom kortstondig onderbreken om een scherpe bocht te ma-

ken. De bestuurder van een Fiat toeterde afkeurend naar hem vanwege zijn onverwachte manoeuvre.

Dominik was altijd verteld dat hij zijn gezicht ontzettend goed in de plooi kon houden. Hij uitte zijn gevoelens zelden, en al helemaal niet in intieme situaties. Hij had de voordracht bekeken alsof hij in gebed verzonken was. Zijn gezicht was als een masker en hij had aandachtig naar de subtiele nuances in de muziek geluisterd. Hij herinnerde zich de bewegingen van de musici terwijl ze hun hemelse programma afwerkten, gekleed in zwart-wit en, natuurlijk, naakt. Summer.

Het was als een ritueel geweest. Een symfonie van contrasten tussen de donkere smokings en formele witte overhemden en de brutale naaktheid van Summers lichaam. Om elke noot, elke scherf van de melodie uit de viool te halen was ze letterlijk in gevecht geweest met het instrument; ze bereed het en temde het. Op een gegeven moment rolde een kleine zweetdruppel langs haar neus naar beneden, over een van haar harde, lichtbruine tepels, en viel ten slotte op de hardstenen vloer van de crypte, net naast haar schoenen: de hoge hakken die hij haar bevolen had aan te houden.

Misschien was het ritueel nog opwindender geweest, dacht Dominik, als hij haar had gevraagd om zelfophoudende kousen te dragen. Zwarte, uiteraard. Of misschien ook niet.

Hij had de voorstelling bekeken met een onderhuids gevoel dat een mengeling was van vurig verlangen en een beheerst leerproces. Als groot onderzoeker bij een speciale gelegenheid leek hij voor een denkbeeldige toeschouwer uitermate afstandelijk maar was daarentegen juist koortsachtig betrokken, terwijl zijn geest alle kanten op schoot en zijn gedachten een vormeloze brij waren: hij staarde, bestudeerde, onderzocht en verwonderde zich. En dit alles onder de elegante begeleiding van het geïmproviseerde kwartet dat geweldig speelde. Ze riepen zowel beelden als woorden in hem op, zoals alleen de beste muziek dat kan.

De vorm van haar borsten, hun verfijnde afmetingen, de vallei die hen van elkaar scheidde en de donkere schaduw die onder hen lag, als een belofte van verdere geheimen. De kleine inham van haar navel, waarvan de verticale holte als een pijl naar haar schaamstreek wees.

Hij vond het heerlijk dat ze niet, zoals veel jonge vrouwen, helemaal kaalgeschoren was, maar dat haar dunne laag schaamhaar bijgewerkt, gekortwiekt was. De donkere schaduwen van haar roodbruine schaamhaar vormden zo een onontkoombare barrière voor haar meest intieme bezit. Hij had direct besloten dat hij haar een keer zou scheren. Persoonlijk. Maar dat zou hij voor een speciale gelegenheid bewaren. Een plechtigheid. Een feest. De oversteek van de Styx, de rivier die hen scheidde van de onderwereld waar ze nog naakter zou zijn voor hem. Geopend. Ontbloot. Van hem.

Haar stevige dijen, haar lange kuitspieren, de bijna onzichtbare littekens op een van haar knieën – ongetwijfeld een schaafwond uit haar kindertijd – haar verrassend smalle wespentaille die deed vermoeden dat ze als vloeistof uit een victoriaans korset was gegoten en in het zachte omhulsel van haar vlees geperst.

De weg vervolgde nu heuvelopwaarts richting Hampstead en de auto reed onder een baldakijn van overhangende bomen die op de heidevlakte groeiden. Dominik ademde diep in en sloeg alle geluiden en opwindende beelden in zich op, zodat hij een album vol herinneringen aan emoties had dat hij op regenachtige dagen kon openslaan.

Nu hij op bekende wegen kwam, herinnerde hij zich verstrooid de dunne glimlach rond de lippen van de blonde celliste wiens naam hij zich niet kon herinneren, toen zij haar zwarte blinddoek had omgedaan. Ze had hem nog één blik toegeworpen voordat het donker werd voor haar ogen. Haar ogen sprankelden, alsof ze wist wat er zou gaan gebeuren, en hij begreep dat ze de aard van zijn plannen had doorgrond. Hij had zelfs even gedacht dat ze ondeugend naar hem geknipoogd had, als een medeplichtige.

Hij dacht ook aan Summers gezicht. Daarop was het complete spectrum van roodtinten te zien geweest toen hij haar gevraagd had zich uit te kleden, nadat de andere musici waren geblinddoekt. Hij dacht aan de manier waarop ze zich van hem had afgewend om haar slipje uit te doen, zodat hij de rondingen van haar blanke billen in volle glorie kon bewonderen, en haar bilspleet, een vallei die in schaduw gehuld ging toen ze zich vooroverboog. Daarna had ze zich weer omgedraaid en had de viool snel voor haar geslachtsdeel geschoven om zich voor Dominik te verbergen. Ze wist echter best dat ze staand zou moeten spelen en dat ze haar intieme delen dan niet meer kon bedekken.

Dominik wist dat hij lange tijd op deze herinneringen kon teren. Terwijl hij op zijn oprit parkeerde, keek hij omlaag naar zijn broek. Hij had een erectie.

Dominik schonk zichzelf een glas bruisend mineraalwater in en zonk neer in zijn zwartleren kantoorstoel. Hij dacht aan Summer.

Hij zuchtte en nam een slokje uit zijn glas. Het water was heerlijk koel op zijn tong.

Beelden van een naakt optredende Summer kwamen langs, vermengd met beelden van Kathryn die onder hem op bed lag, op de grond, tegen een muur. Hij dacht eraan hoe ze de liefde bedreven, neukten, aan de schittering van zweetdruppels op de huid. Herinneringen, pijn en genot.

Hoe ze één keer een diep keelgeluid maakte, zowel van afschuw als van verwachting toen hij van achteren zijn penis in haar stootte. Zoals altijd richtte hij zich op pornografische wijze op haar bloemvormige anus. Gedachten aan anale seks overheersten nu zijn al vertroebelde geest. Het geluid had hem zo opgewonden dat hij twee keer hard op haar billen had geslagen, zo hard dat een paar seconden later de rode afdruk van zijn hand verscheen op de gevoelige blanke huid van haar achterste, als een polaroid die tot leven kwam. Ze schreeuwde het uit van schrik. Hij herhaalde de aanval, maar nu op haar andere bil en hij voelde hoe de spieren van haar vaginawand zich als een bankschroef aanspanden rond zijn pik; een overduidelijk bewijs dat ze genoot van zijn spanking.

Het punt was dat hij nog nooit eerder een vrouw had geslagen, niet voor de grap en ook niet uit woede. Hij had er nooit de behoefte toe gevoeld, of zelfs met de gedachte gespeeld. Hij was zelf ook nooit geslagen als erotische activiteit of met kinky bedoelingen. Hij wist dat het een populaire bezigheid was. De doktersromannetjes van het heer-en-dienstmeisje-achtige soort stonden er vol van. Het was hem niet ontgaan dat doorgewinterde pornoacteurs regelmatig de anus van hun partner betastten als voorbereiding op het neuken, maar hij had altijd gedacht dat dat allemaal uiterlijk vertoon was, dat velen van hen dat deden om de monotone, zuigende in- en uitbeweging van hun strijdende geslachtsdelen te onderbreken.

Later had hij Kathryn gevraagd: 'Deed het pijn?'
'Absoluut niet.'
'Echt? Vond je het lekker?'
'Ik… weet het niet. Ik ging op in het moment, denk ik.'
'Ik weet niet waarom ik het heb gedaan,' gaf Dominik toe. 'Ik deed het gewoon. Het was een opwelling.'
'Het geeft niet,' zei Kathryn. 'Ik vond het niet erg.'
Ze lagen nog op de vloer van zijn werkkamer, uitgespreid op het tapijt, uit te hijgen.
'Draai je om,' vroeg hij. 'Laat me eens kijken.'

Ze draaide zich op haar zij, zodat hij goed zicht had op haar vorstelijke ronde bilpartij. Dominik bestudeerde Kathryn. De afdruk van zijn hand op het maanlandschap van haar huidoppervlak was bijna vervaagd. Afdrukken van seks blijven maar kort zichtbaar op het lichaam. Als iemand eenmaal is aangekleed en zijn gewone burgerlijke, standaardpersoonlijkheid aanneemt, weet je nooit wat hij in zijn privéleven uitspookt. Hier had Dominik zich altijd over verbaasd. Alsof hij diep vanbinnen wenste dat mensen gebrandmerkt zouden worden door de seks die ze met anderen hadden gedeeld, zodat hun ervaringen altijd op hun gezicht te lezen waren. Nu was de omlijning van zijn gespreide vingers slechts een herinnering op Kathryns achterwerk.

'De afdruk van mijn hand is bijna weg.'

'Mooi,' zei ze, 'want het was best lastig geweest om dat aan mijn man uit te leggen!'

Later in hun kortstondige relatie slaagde hij er een keer in om Kathryn een heel weekend voor zichzelf te hebben. Ze hadden een smoesje bedacht om een kamer in Brighton te huren, in een hotel aan zee, waar ze echter nooit het daglicht of de zee zagen. Daar had hij haar billen nog harder aangepakt en klaagde ze over een zeurende, aanhoudende pijn toen ze zat tijdens het eten in het nabijgelegen restaurant met zeezicht. Dominik was verrast geweest door de dwangmatige manier waarop hij haar gespankt had, en schaamde zich ervoor – in principe walgde hij van agressie tegen vrouwen. Het was nog nooit in hem opgekomen om een partner te slaan. Meester en slavin, was dat wat ze zouden worden? Waar kwam die dwang om te domineren, om zijn diepste verlangens uit te drukken in agressie, vandaan?

Maar Kathryn had zich er nooit tegen verzet.

Het bleef hem bezighouden nog lang nadat ze uit elkaar waren. De onbeantwoorde vraag wat zij eigenlijk voelde als hij dit met haar deed bleef in zijn hoofd rondspoken.

Hij ritste zijn broek open en bevrijdde eindelijk zijn penis. Hij zag het dunne aderpatroon dat over de lengte van zijn keiharde geslacht liep, de rand onder zijn eikel, het litteken van zijn besnijdenis als kind en donkere schaduwen van huidplooien die op de bovenkant van zijn lengte lagen. Hij dacht aan de vage glimp die hij had opgevangen van Summers goedgevormde, broze billen terwijl ze zich uitkleedde en voordat ze zich op de muziek stortte.

Hij legde zijn vingers rond zijn penis en bewoog op en neer. Op en neer.

Hij stelde zich voor hoe zijn ballen tegen Summers stevige kont aan stootten, en het geluid dat zijn handen zouden maken bij elk scherp, droog contactmoment, de manier waarop haar lichaam zou schokken onder elke klap, en welke melodieën ze uit haar longen zou stoten via haar samengeknepen lippen.

Hij sloot zijn ogen. Zijn verbeelding was nu goed op gang en nam de afmeting aan van een bioscoopscherm.

Hij kwam.

Dominik wist zeker dat hij Summer Zahova, de violiste van deze parochie, op een gegeven moment zou spanken. Uiteindelijk doe je dat alleen met vrouwen waar je nog steeds naar verlangt na de eerste neukpartij. Met de vrouwen waar je naar smacht. Met speciale vrouwen.

Dominik wachtte slechts achtenveertig uur voordat hij opnieuw contact zocht met Summer. Hij overdacht hun voorgaande ontmoetingen keer op keer. Zijn gevoel zei hem dat ze dit vage avontuur niet puur en alleen was aangegaan vanwege de viool – de kostbare, antieke Bailly die hij haar had geschonken en waarvan de kristalheldere klanken die namiddag in de crypte gekleurd hadden, met een ongelofelijk intense en melodieuze zuiverheid. Dit avontuur, of in elk geval datgene waar dit avontuur toe zou leiden, was niet slechts een transactie tussen weldoener en begunstigde, tussen klant en afnemer, tussen een geile man en een meisje met een flexibele moraal. Hij had sinds hun eerste ontmoeting iets in haar ogen gezien. Nieuwsgierigheid, een onuitgesproken uitdaging, de bereidheid om roekeloze besluiten te nemen in de zoektocht om het vuur in haar binnenste brandend te houden. Dat was althans de manier waarop Dominik haar woorden en haar spontane vervulling van zijn onconventionele aanvragen interpreteerde. Ze was niet een of ander amateurhoertje dat dit voor het geld deed, of voor de viool.

Natuurlijk wilde hij haar. Hij smachtte naar haar. De manier waarop ze naakt voor hem had gespeeld. Het lichte blosje dat op haar wangen was verschenen toen ze zich had uitgekleed. De goddelijke klank van de muziek die haar aanvankelijke gereserveerdheid weggenomen had zodat ze daar met exhibitionistische trots had staan spelen. Het was onmiskenbaar. De zwakke glimlach op haar lippen had dat verraden. Ze had zich op haar gemak gevoeld. Ze zweefde in een wonderlijke eigen geestelijke ruimte, en was zich niet bewust van haar omgeving en toehoorders. Ze was er opgewonden van geraakt.

Dominik wist nu dat hij meer wilde dan alleen met haar naar bed gaan.

Dit zou nog maar het begin van het verhaal zijn.

Uiteindelijk belde hij tegen het einde van zaterdagochtend, op het moment dat hij wist dat ze aan het werk was bij haar parttimebaan bij het restaurant in Hoxton. Hij wilde dat het gesprek kort zou zijn, zodat ze geen verdere vragen kon stellen. Het was daar ongetwijfeld druk.

De telefoon ging verschillende keren over voordat Summer opnam.

Ze klonk gehaast.

'Ja?'

'Ik ben het.' Dominik wist dat hij zijn naam niet meer hoefde te noemen.

'Weet ik,' zei ze kalm. 'Ik ben aan het werk. Ik kan niet lang bellen.'

'Dat begrijp ik.'

'Ik verwachtte je telefoontje al.'

'Echt?'

'Ja.'

'Ik wil dat je weer voor me speelt.'

'Dat begrijp ik.'

'Zorg dat je maandag vrijhoudt. Laten we zeggen begin van de middag.' Dominik, die er niet aan twijfelde dat ze tijd had en wilde, had de crypte al gereserveerd. 'Op dezelfde locatie.' Ze spraken een tijd af. 'Deze keer speel je solo.'

'Oké.'

'Ik zie ernaar uit.'

'Ik ook.'

'Moet ik een bepaald stuk voorbereiden?'

'Nee. Jij mag kiezen. Ik wil betoverd worden.'

'Prima. Wat moet ik aan?'

'Dat mag jij beslissen, maar draag er zwarte kousen onder. Zelfophoudend.'

'Zal ik doen.'

'En je zwarte hakken.'

Hij zag het al helemaal voor zich.

'Uiteraard.'

De avond ervoor had hij de sleutels van de crypte opgehaald en de conciërge omgekocht met een royaal bedrag om ervoor te zorgen dat er tijdens hun verblijf geen personeel op wacht zou staan achter de gesloten deur.

Dominik rende de steile en smalle trappen af, duwde de deur open, waarbij de muffe, onderaardse geur hem overspoelde.

Die werd gevolgd door een zachte ondertoon van was – vervaagde herinneringen aan uitgebrande kaarsen en lang vergeten toewijding. Hij staarde in het duister en veegde langs de koude, stenen muur met zijn linker- en toen met zijn rechterhand. Uiteindelijk vond hij de lichtschakelaar. Hij was vergeten dat de schakelaar aan de verkeerde kant van de deur zat. Hij duwde de plastic knop omhoog in de smalle koker tot de crypte omhuld werd door een verfijnde sluier van licht. Niet op volle sterkte, maar discreet en fluweelachtig. Precies het goede licht voor deze gelegenheid. Dominik was altijd een opgeruimd iemand geweest, precies, met aandacht voor details. Dit ritueel had hij eindeloos in gedachten herhaald sinds zijn korte telefoongesprek met Summer.

Hij keek op zijn horloge – een kostbare, zilveren Tag Heuer. Hij sleepte snel een aantal stoelen weg die her en der verspreid stonden door de crypte en duwde die naar de achterwand. Alles moest perfect zijn. Hij keek naar het plafond en zag een rij kleine spotlampen. Hij liep terug en pakte een van de stoelen. Hij plaatste die in het midden van de crypte en ging erop staan. Hij was zich bewust van de onstevige grip van de stoel op de onregelmatige stenen vloer en stelde de positie van de middelste spot bij zodat die een bepaald gebied verlichtte. Om het effect nog verder te benadrukken schroefde hij twee van de overige lampen aan beide zijden van de rail iets los. Kijk, dit was vele malen beter.

Hij wierp een blik op zijn horloge. Summer was een paar minuten te laat.

Hij speelde even met de gedachte om haar hierop aan te spreken en met de mogelijkheid om haar te bestraffen voor deze overtreding, maar hij besloot daarvan af te zien toen hij haar zachte tred op de houten vloer hoorde.

'Kom binnen,' riep hij.

Ze had hetzelfde korte zwarte jurkje aan, met een grijze wollen top die haar schouders en armen bedekte. Ze had het handvat van haar vioolkoffer stevig vast. Door de hakken leek ze langer dan ze werkelijk was.

'Sorry,' bracht ze uit. 'De metro had vertraging opgelopen.'

'Geeft niet,' zei Dominik. 'We hebben alle tijd van de wereld.'

Hij keek in haar ogen. Ze hield zijn blik vast en trok haar top uit. Ze keek om zich heen waar ze die neer kon leggen, wilde hem niet op de grond laten vallen.

'Geef maar,' stelde Dominik voor en hij strekte zijn armen uit.

Summer reikte hem de top aan. De wol was nog warm van het langdurige contact met haar lichaam. Hij bracht hem schaamteloos naar zijn neus, snuffelde eraan op zoek naar haar geur, iets groens en doordringends, ver op de achtergrond. Ze keek toe hoe hij zich van haar af draaide en het lichte kledingstuk neerlegde op een van de stoelen die tegen de achterwand van de crypte stonden.

Hij stapte op haar af. 'Wat speel je?'

Ze antwoordde aarzelend: 'Het is eigenlijk een improvisatie, gebaseerd op de ouverture "Fingal's Cave". Ik ben een fan van Mendelssohns vioolconcerto, maar het is een vrij technisch stuk en ik heb nog niet alle passages in mijn vingers. Dit stuk heeft ook prachtige soortgelijke melodieën, dus door de jaren heen ben ik het blijven spelen, hoewel het gecomponeerd is voor een volledig orkest en niet voor een solist. Ik hoop dat je het niet erg vindt dat ik afwijk van een strikt klassiek repertoire?'

'Geen probleem,' zei Dominik.

Summer glimlachte. Ze was de hele dag in twijfel geweest over haar muziekkeuze.

Ze stond nog steeds vlak bij de houten toegangsdeur van de crypte en keek om zich heen. Ze merkte op hoe Dominik de verlichting afgestemd had, de manier waarop de spot een cirkel wit licht wierp op de stenen vloer. Ze realiseerde zich dat dit haar 'podium' was, waar hij wilde dat ze vandaag speelde.

Ze deed een paar stappen in die richting. Dominik volgde haar met zijn ogen, was alert op haar bewegingen, hoe haar benen zich elegant voortbewogen over de grond, ondanks het feit dat haar schoenen totaal ongeschikt waren voor het ruwe stenen oppervlak van de crypte.

Net toen Dominik zijn mond open wilde doen om de volgende instructies te geven, zette Summer de vioolkoffer voorzichtig op de grond en ritste haar jurkje open.

Dominik glimlachte. Ze was hem voor geweest. Ze had geweten dat hij haar weer naakt wilde zien spelen, ook al speelde ze deze keer solo. Deze keer was hij de enige die gekleed was.

De jurk gleed omlaag, en liet haar bovenlichaam ontbloot. Met een snelle heupbeweging liet Summer hem via haar benen op de grond vallen.

Ze droeg geen slipje.

Alleen de zwarte kousen die tot halverwege haar crèmekleurige dijen kwamen.

En torenhoge designerhakken. Hij schatte in dat Summer een behoorlijke collectie nette schoenen bezat.

Ze keek op, recht in de ogen van Dominik.

'Dit is wat je bedoelde.'

Het was geen vraag maar een constatering.

Hij knikte.

Ze stond in het licht, met rechte rug, zelfbewust, trots dat ze zichzelf volledig blootgaf.

Meer op haar voorwaarden dan de zijne.

Net als de vorige keer huiverde ze toen de koude lucht van de stenen crypte vat op haar lichaam kreeg. Haar tepels werden stijf en haar vagina vochtig.

Dominik hield zijn adem in.

'Kom hier,' beval hij.

Summer aarzelde heel even en stapte uit de smalle lichtcirkel waar ze zo overduidelijk in het zicht stond en kwam naar hem toe. Ze bewoog langzaam en terwijl Dominik in het halfduister naar haar staarde merkte hij een dunne lijn op, die over haar flank liep. Een rood spoor, dat de ronding van haar romp met haar slanke taille verbond. Hij kneep zijn ogen samen en dacht eerst dat het misschien een schaduw was, doordat ze net uit de schijnwerper was gestapt die hij eerder op een rustige halfschaduwstand had ingesteld. Nee, het was duidelijk een onregelmatigheid op haar huid. De vorige keer, toen ze zich van hem af had gewend om haar jurk uit te doen, toen de andere musici hun blinddoeken hadden omgedaan, had hij die wellicht niet opgemerkt. Vandaag stond ze de hele tijd recht voor hem.

Dominik fronste zijn wenkbrauwen. 'Draai eens rond,' zei hij. 'Ik wil je achterkant zien.'

Summer hield haar adem in. Ze wist dat er nog steeds zichtbare afdrukken op haar billen te zien waren van de club. Ze had ze in de spiegel gezien eerder die dag toen ze aan het douchen was in voorbereiding op de voordracht. Ze had zich niet gerealiseerd dat ze niet voor het optreden weg zouden zijn. Hierom was ze zo voorzichtig geweest om haar billen niet aan hem te laten zien toen ze zich uitkleedde. Ze was bezorgd over zijn reactie, hoewel een deel van haar ongegeneerd de sporen van haar zelfkastijding wilde laten zien.

Ze zuchtte en gehoorzaamde.

'Wat zijn dat?' vroeg hij.

'Blauwe plekken,' zei ze.

'Wie heeft dat gedaan?'

'Iemand.'

'Heeft die iemand ook een naam?'

'Ik heb geen idee. Zou je dat dan iets zeggen? Ik heb mezelf niet voorgesteld. Dat wilde ik niet.'
'Deed het pijn?'
'Een beetje, maar niet lang.'
'Ben je een masochist?'
'Normaal gesproken niet, ik...' Summer stopte, hakkelde en dacht na. 'Het ging niet om de pijn.'
'Wat dan wel?' vroeg Dominik door.
'Ik had de... kick... nodig.'
'Wanneer?' vroeg hij, hoewel hij het antwoord al dacht te weten.
'Direct nadat ik voor jou had gespeeld, met het kwartet,' bevestigde ze.
'Dus je bent een pijnslet?' vroeg hij.
Summer lachte om die beschrijving. Ze had Charlotte die omschrijving horen gebruiken, toen ze een van haar kennissen bij de club op de boot beschreef.
Ze stopte, dacht na. Was zij een 'pijnslet'? Ze had pijn soms getolereerd en er soms zelfs van genoten, maar op dat soort momenten was pijn slechts een voertuig geweest, een transportmiddel dat haar naar de andere dimensie bracht, en niet de motivatie voor haar ervaring.
'Nee.'
'Dus gewoon een slet?'
'Misschien.'
Terwijl ze dit zei, zelfs al was het deels als scherts bedoeld, voelde Summer dat ze de metaforische grens, de Rubicon, was gepasseerd en dat Dominik daar hetzelfde over dacht. Instinctief rechtte ze haar rug, zodat haar stevige borsten volledig naar voren kwamen. Ze voelde hoe hij het dunne raamwerk van lijnen en vervaagde blauwe plekken op haar billen bekeek; de tijdelijke tatoeage die haar innerlijke buitensporigheid verraadde.

Dominik dacht na. Het gestage ritme van zijn ademhaling weerklonk als een zacht gesis in de zware atmosfeer van de crypte.

'Dat was meer dan alleen een spanking,' merkte hij op.

'Dat weet ik,' zei Summer.

'Kom eens dichterbij.'

Summer deed een paar stapjes verder achteruit totdat ze recht voor hem stond, en ze de warmte van zijn lichaam door zijn kleren heen kon voelen.

'Buig voorover.'

Ze gehoorzaamde, zich bewust van het schouwspel dat ze hem daarmee bood.

'Spreid je benen.'

Nu zag hij niet alleen de striemen maar ook haar intieme delen.

Ze voelde hoe hij haar linkerbil aanraakte, eerst een zachte streling terwijl hij de oppervlakte van haar huid verkende. Als een ruwe handschoen die over haar rondingen gleed. Zijn hand voelde heet aan.

Maar goed, dat was haar huid ook.

Hij treuzelde even en volgde de parallelle roze lijnen die dwars over haar billen liepen, onderzocht de geïsoleerde eilandjes van lichtbruine en gele plekken.

Vervolgens liet hij een vinger omlaag glijden langs haar bilspleet, cirkelde rond haar blootliggende en kloppende sluitspier terwijl ze haar adem inhield. Hij gleed langs haar bilnaad, zodat ze schokte en bereikte langzaam maar vastberaden haar vagina. Ze wist hoe nat ze daar al was en schaamde zich niet om zich zo overduidelijk geestelijk en lichamelijk bloot te geven. Als Dominik zou merken dat zijn streling, zijn woorden, en zijn manier van doen haar opwonden, wat dan nog?

Hij trok zijn hand terug.

Even was het contactverlies ondragelijk. Hij stopte toch niet? Kon hij zo gemeen zijn? Smachtte zij daarnaar?
'Je vindt dit écht lekker, of niet?'
Summer zweeg, en streed tegen het verlangen om hem te vertellen hoe lekker ze het vond.
'Zeg het,' drong hij aan, zijn stem niet meer dan een zachte fluistering in haar oor.
'Ja,' zei ze ten slotte. 'Ja, ik vind het lekker.'
Dominik stapte achteruit en liep om haar heen. Deze keer nam hij de tijd. Hij nam haar lichaam nauwgezet in zich op, en merkte de rauwe hitte die ervan af droop. Ondanks de kou zweette ze bijna. Hij merkte dat zijn woorden een uitwerking op haar hadden.
Intrigerend, dacht Dominik.
'Waarom?'
'Weet ik niet.'
Hij ging verder.
'Vertel me waar je naar verlangt.'
Summers benen begonnen pijn te doen, maar ze verroerde zich niet. Ze bleef in dezelfde positie staan en genoot van de zachte luchtstromen die haar lichaam streelden terwijl Dominik om haar heen bleef lopen, zonder haar huid ooit aan te raken.
'Waar verlang je naar, Summer?'
'Ik wil dat je me aanraakt.'
Ze sprak zachtjes, maar Summer wist dat Dominik haar hoorde.
Ging hij haar echt laten smeken?
'Harder. Zeg het harder.'
Ja, daar leek het wel op!
Haar lichaam reageerde onzichtbaar op zijn woorden. Kleine, maar onmiskenbare tekenen van opwinding, dacht hij. Ze zou hem vragen haar te neuken.

Daar was hij vrijwel zeker van. En hij had geen haast. Dominik wachtte.

'Raak me aan. Alsjeblieft.'

Eindelijk.

Hij stapte naar achteren, tevreden met de wanhoop, het verlangen in haar stem.

'Eerst ga je spelen.'

Summers lichaam sidderde van onbevredigde verlangens. Ze rechtte langzaam haar rug, in de wetenschap dat hij haar bewust kwelde, maar niet in staat om zichzelf te verdedigen.

Ze bewoog terug naar de lichtcirkel en keek hem opnieuw aan.

'Een improvisatie op de thema's van Mendelssohns "Fingal's Cave",' zei ze en ze maakte een kleine buiging naar hem. Toen boog ze haar knieën en zo elegant mogelijk nu ze naakt was, pakte ze de vioolkoffer van de grond. Ze knielde, opende de koffer en haalde de Bailly eruit.

Ze wist dat zijn blik op haar geslachtsdeel rustte, alsof de voyeur in hem hoopte dat terwijl ze knielde, haar schaamlippen zich lichtjes zouden openen zodat hij kon zien hoe nat ze al was. Bij de gedachte hieraan brak het zweet haar uit, en verbande de kou in de crypte.

De geeloranje laklaag van het kostbare instrument lichtte op onder de lichtstraal waarin Summer baadde. Ze pakte de stok stevig vast en stortte zich met gesloten ogen op het stuk.

Telkens als ze dit stuk speelde beeldde ze zich golven in die tegen de rotsige kust van de Scandinavische fjorden stuksloegen, zodat schuim als regen in de lucht opspatte, tegen een achtergrond van een grijze en winderige horizon. Voor Summer had elk muziekstuk zijn eigen landschap en tijdens haar vioolspel reisde ze vaak naar bestemmingen die ontstonden in exotische windvlagen tijdens denkbeeldige reizen. Ze wist dat de daadwerkelijke Fingal's Cave betrekking had op de Giant's Causeway, maar ze had beide plaatsen nooit echt bezocht. Soms kon een fantasie volstaan.

Ze ademde nu regelmatiger en haar lichaam ontspande zich. De tijd kwam stil te staan.

Achter de hypnotiserende muur van de muziek en haar zelfverkozen blindheid – daar had ze geen blinddoek voor nodig – voelde ze Dominiks aanwezigheid. Het kabaal van zijn stilte, het gedempte verre geluid van zijn ademhaling. Ze wist dat hij haar bekeek, dat hij niet alleen luisterde naar de noten die zij tot leven bracht. Ze was zich ervan bewust dat zijn indringende blik langs de vorm van haar lichaam reisde zoals een ontdekkingsreiziger een land verkent dat nog niet in kaart is gebracht. Hij prikte haar op zijn denkbeeldige kaart zoals een lepidopterist een vlinder bij zijn collectie voegt, genietend van de kwetsbaarheid van haar naaktheid en het geschenk van haar lichaam.

Summer eindigde haar improvisatie met een grootse, dramatische polsbeweging. Het geluid stief niet meteen weg omdat de echo van de melodie weerkaatste tussen de stenen muren. Daarna keerde de stilte terug: zo'n intense stilte dat ze even dacht dat ze alleen in de crypte was. Toen ze haar ogen opende zag ze Dominik staan, op dezelfde plek als waar ze hem het laatst gezien had. Een kleine, geamuseerde glimlach speelde rond zijn lippen.

Hij hief zijn handen en klapte langzaam en beheerst, dankbaar.

'Bravo,' zei hij.

Summer knikte en aanvaarde zijn compliment alsof ze op een podium stond.

Ze boog zich voorover om de viool terug in de koffer te leggen. Ze wist dat haar borsten daarbij heen en weer zouden bewegen, tot leven zouden komen.

Ze keek weer naar Dominik, in afwachting van of hij nog iets zou zeggen, maar hij zweeg.

Haar lippen waren droog en ze bevochtigde ze met haar tong. Ze stelde zich voor dat de hitte die van haar lichaam afstraalde een soort aura om haar heen vormde, zoals bij een buitenaards wezen in een sciencefictionfilm of een nucleaire wetenschapper die zojuist bestraald is door radioactief afval van een of andere kernramp.

'Fantastisch,' merkte Dominik eindelijk op.

'Ik, of de muziek?' vroeg Summer uitdagend.

'Beide.'

'Dat is aardig van je,' zei ze. 'Kan ik me weer aankleden?'

Hij vertrok geen spier. 'Nee.'

Met de elegantie en dreiging van een panter die zijn prooi benadert, bewoog Dominik zich naar haar toe. Summer keek op en ontmoette zijn blik. Nu ze elkaar aankeken weigerde ze haar positie op te geven, en voelde hoe een folterende hitte haar verteerde nu hij zo dichtbij stond.

Dominik greep haar schouder vast, draaide haar op haar plek om en duwde haar naar voren zodat ze naar de muur van de crypte keek. Hij legde een hand in de holte van haar rug om de hoek te accentueren die door haar bekken en haar uitstekende achterwerk werd gevormd.

Zijn aanraking lanceerde een raket van genot door haar lichaam heen.

Ze wilde haar hoofd omdraaien om hem aan te kijken, maar wist dat hij dat af zou keuren. Daarom bleef ze strak naar de stenen vloer kijken en zag uit haar ooghoeken een vaag omgekeerd beeld van de delta van haar gespreide benen en haar uitpuilende schaamlippen.

Ze hoorde een schuivende beweging en probeerde die te plaatsen. Voordat ze wist wat er gebeurde voelde ze de hitte van zijn penis bij haar opening, zo dichtbij dat hij haar bijna aanraakte – een kwestie van millimeters.

Als Summer haar positie iets bijstelde, ook al was het maar een beetje, als ze een fractie terugduwde, dan kon ze hem in zich voelen. Maar hij had haar niets gevraagd.

'Is dit wat je wilt?' vroeg Dominik. 'Zeg het.'

'Ja,' fluisterde ze. Ze vreesde dat ze een kreunend geluid niet kon onderdrukken als ze luider zou spreken.

'Wat ja?'

Summer kon niet langer wachten. Ze duwde haar lichaam tegen hem aan, maar zodra ze zijn eikel tegen haar opening voelde pakte Dominik in één snelle beweging haar haren vast en duwde haar ruw naar voren, weg van zijn schacht.

'Nee,' zei hij schor. 'Ik wil dat je erom vraagt. Zeg wat je verlangt.'

'Neuk me. Neuk me alsjeblieft. Ik wil dat je me neukt.'

Zijn hand greep haar haren vast en trok haar terug naar achteren. In één snelle beweging kwam hij in haar. Doordat ze vanbinnen al helemaal nat was, kon hij meteen diep in haar stoten.

Ze gaf zich over aan het gevoel en genoot ervan dat hij in haar was. Ze vroeg zich af of hij zijn maximale grootte al had bereikt of dat hij nog groter en harder in haar zou groeien, zoals sommige mannen dat deden. In elk geval voelde hij nu al heel groot aan.

Hij begon te stoten.

Hij paste perfect in haar, bedacht ze. Ze gaf zich over aan het gevoel dat langzaam haar hele lichaam overspoelde, terwijl zijn hand rond haar middel haar overeind hield.

'Zeg het nog eens,' zei Dominik en hij voelde hoe haar vagina strakker werd rond zijn penis als antwoord op die instructie. Hij beukte in haar met één harde, bijna beestachtige stoot, zodat hij als een stormram tegen haar binnenwand stootte.

'O,' was het enige wat ze uit wist te brengen.
'We zijn aan het neuken,' zei hij.
'Ja,' zuchtte ze, 'dat weet ik.'
'En wilde je dit ook?'
Ze knikte zwijgend met haar hoofd, juist toen een harde stoot haar bijna met haar voorhoofd tegen de stenen muur van de crypte sloeg.
'Geef antwoord,' zei hij.
'Ja.'
'Ja, wat?'
'Ja, dat wilde ik.'
'En wat wilde je?'
Ja, hij groeide in haar, rekte haar verder op, vulde haar. Hij dwong haar binnenwand om verder uit te rekken.
'Ik wilde dat je me zou neuken.'
'Waarom?'
'Omdat ik een slet ben.'
'Mooi.'
Zijn intensieve ritme versnelde. Deze neukpartij was verre van subtiel, dat wisten ze allebei: het was primitieve, beestachtige lust, maar dat paste prima bij het moment.
Het was hun eerste keer.
De drang, het verlangen dat de afgelopen weken tussen hen in had gestaan, kwam eindelijk naar buiten, toonde zichzelf.
Hij greep haar haren weer met één hand vast en trok ze hard naar achteren, en bereed haar zoals je een paard berijdt. Summer snakte naar adem. Ze werd overspoeld door onbekende gevoelens, vol verwarring en een vorm van paniek. Hun ontmoeting was beangstigend en tegelijk begeerd. Even realiseerde ze zich dat hij geen condoom om had. Hij gebruikte zijn rauwe vlees, ongezadeld. Zelfs met Darren had ze er altijd op gehamerd dat hij een condoom omdeed. Maar daar was het nu te

laat voor en ze had het zien aankomen, ze had de naakte huid van zijn penis voelen wachten op haar respons. Ze zou dit later wel oplossen. Daar bestonden gewoon pillen voor.

Ze voelde hoe Dominiks adem versnelde en onregelmatig werd.

Terwijl hij als een stortvloed in haar klaarkwam, gaf hij met zijn vrije linkerhand een afschuwelijk harde klets op haar billen. Het gevolg van de klap was direct en pijnlijk voelbaar, waarna dat gevoel zich meteen stabiliseerde. Ze wist dat de afdruk van zijn vingers op haar blanke billen nog uren zichtbaar zou zijn.

Hij bleef nog een minuut of wat in haar en trok zich toen uit haar terug. Summer had het gevoel dat ze hol was in plaats van binnengedrongen en gevuld. Niet verzadigd zelfs. Ze wilde zich oprichten maar voelde hoe zijn hand die stevig in haar rugholte lag aangaf dat Dominik wilde dat ze in dezelfde positie bleef staan. Nog steeds volledig ontbloot en goed zichtbaar.

Summer glimlachte vanbinnen: Dominik kwam in stilte klaar. Summer maakte een duidelijke onderscheiding tussen stille en luidruchtige mannen. Het eerste type had altijd haar voorkeur gehad. Op het hoogtepunt van de lust was niet elk moment een goed moment om wat te roepen.

Op dat moment zei Dominik: 'Ik kan mijn sperma uit je zien druipen, over de binnenkant van je dijen. Het druppelt op je schaamhaar, je huid glimt ervan... het meest opwindende beeld dat er is.'

'Ziet het er niet ranzig uit?' vroeg Summer.

'Integendeel, het is schitterend. Ik zal het nooit vergeten. Als ik nu een camera had, dan zou ik er een foto van maken.'

'Om me dan later te kunnen afpersen? Met blauwe plekken en al?'

'Die zijn een welkome bijkomstigheid,' constateerde Dominik.

'Had je me... ook gewild als ik die blauwe plekken niet had laten zien?' vroeg Summer.

'Absoluut,' zei hij. 'Kom overeind. Pak je spullen en de viool bij elkaar. Ik neem je mee naar mijn huis.'

'En als ik nu eens andere plannen had?' vroeg Summer en ze pakte haar jurk.

'Die heb je niet,' zei Dominik en vanuit haar ooghoek zag Summer hoe hij de zwarte riem van zijn broek vastgespte. Ze was geneukt maar had nog steeds zijn pik niet gezien.

****

Dominiks huis rook naar boeken. Summer volgde hem door de hal achter de voordeur, waar langs de hele wand boekenkasten stonden. Alles wat ze zag waren evenwijdige rijen samengepakte boeken en de regenboog van kleuren van de kaften waar ze langsliep. Ze kwamen langs een opeenvolging van open deuren aan beide zijden van de gang, en ze merkte op dat bijna elke ruimte vol boekenplanken hing. Ze had nog nooit zo veel boeken op één plek gezien, behalve dan in boekwinkels. Ze vroeg zich af of hij ze allemaal gelezen had.

'Nee,' zei hij.

'Nee, wat?'

'Nee, ik heb ze niet allemaal gelezen. Dat vroeg je je toch af?'

Kon hij haar gedachten lezen, of was dat de eerste vraag die iedereen die dit huis betrad meteen stelde?

Voordat ze hier langer over na kon denken, voelde ze een arm onder haar benen en nog één in haar onderrug. Dominik tilde haar op. Hij bracht haar door de hal naar zijn studeerkamer, sloeg de deur open en liep recht op zijn bureau af. Hij zette haar neer in het midden van het grote, houten oppervlak.

Het blad was leeg, op een pennenbakje, een stapeltje papieren in de hoek en een verstelbare bureaulamp na.

Ze zat zenuwachtig voor hem. De geur van de crypte en hun primitieve neukpartij omhulde haar lichaam nog steeds onder de verkreukelde stof van haar zwarte jurkje.

'Trek je jurkje omhoog,' zei hij, 'en spreid je benen.'

Summer gehoorzaamde en was zich ervan bewust dat ze met haar blote kont op zijn bureau zat, dat ze ongewassen was en dat ze afscheiding in haar vagina had die ze nog niet weg had kunnen vegen.

Hij pakte de achterkant van haar dijen vast en trok haar naar zich toe, zodat haar billen precies op de rand van het bureau lagen. Hij draaide zich naar het lage bed achter hem, dat tegen de muur stond (een bed in the werkkamer, wonderlijke man, dacht Summer) en pakte een kussen. Hij tilde zachtjes haar hoofd op en plaatste het onder haar. Hij trok de lamp bij, zette hem aan en plaatste hem direct boven haar kut.

Summer ademde diep in. Ze was nog nooit zo kwetsbaar, zo bloot geweest. Ze was niet preuts, iemand die direct alle lichten uitdoet, maar dit was een compleet ander niveau van exhibitionisme.

Hij trok zijn bureaustoel bij en ging zitten. Hij staarde naar haar vochtige vagina, die nog steeds geopend en ontspannen was door zijn eerdere verwennerij.

'Speel met jezelf,' zei hij. 'Ik wil toekijken.'

Summer aarzelde. Dit was oneindig veel intiemer, persoonlijker dan neuken. Ze kende deze man nauwelijks, maar het wond haar enorm op. Daar zat ze dan, met haar benen vunzig wijd gespreid, een lamp gericht op haar meest intieme delen.

Dominik leunde achterover. Zijn uitdrukking was een combinatie van concentratie en interesse, terwijl haar vakkundige vingers de intieme golven van haar binnenste en buitenste schaamlippen betastten, stevige, snelle cirkelbewegingen maakten over haar clitoris. De beweging van haar hand dirigeerde haar vagina bedreven en met precisie, alsof die haar viool was.

Hij keek geïnteresseerd toe terwijl ze zijn bevelen en instructies opvolgde, zijn vragen sneller of langzamer te gaan, beloften van wat hij met haar ging doen. Het was een van die beloften waardoor ze plotseling klaarkwam, een zachte kreun liet ontsnappen aan haar lippen terwijl haar lichaam sidderde. Met zijn perfecte uitzicht kon hij zien hoe de spieren van haar vagina zich samenbalden. Hij kon niet met zekerheid zeggen of haar orgasme gespeeld was, maar hij dacht van niet.

Hij tilde haar weer op in een omhelzing, sloeg haar benen rond zijn middel. Haar natte vagina brandde tegen zijn geklede lichaam.

'Kus me,' zei hij.

Ze vond dat zijn lippen ongebruikelijk zacht waren voor een man.

Zijn tong zocht zachtjes een opening tussen haar lippen, streek langs haar tanden en bereikte toen haar tong. Ze voelde hoe hun tongen zich verstrengelden, hoe zijn hand aan de rits van haar zwarte jurkje trok en deze losmaakte. De kus duurde voort en nu proefde ze hem, een gemengde cocktail van impressies zonder dominante toon, ze proefde de smaak van TicTac's in zijn adem, en zijn mannelijke kracht dichtbij. Er was geen parfum of aftershave dat haar neus prikkelde. Alsof ze een nieuw territorium betrad, een exotisch land dat ze nooit eerder had verkend.

'Armen omhoog,' zei hij. Hij trok de jurk over haar hoofd, waarbij haar haren in de war raakten. Toen legde hij haar achterover zodat ze haar benen omlaag moest brengen om weer op de vloer te gaan staan. Hij liet zijn handen over haar nu naakte huid glijden, streelde en verkende haar. Hij liet geen centimeter onaangeroerd op haar rug, haar schouders en haar beurse kont.

Terwijl hij haar streelde hield hij haar kin in zijn andere hand, bracht haar lippen weer op de zijne voor een tweede kus, maar was die eerste zoen ooit beëindigd, onderbroken? Ze had het niet gemerkt.

Hij duwde haar op het bed.

Summer leunde achterover en keek hoe hij zich ontkleedde. Eerst zijn overhemd, toen zijn broek, die hij wegschopte, en toen zijn zwarte boxershorts. Summer ving een glimp op van zijn penis, dik, lang en geaderd.

Hij trok haar naar de hoek van het bed, knielde neer, spreidde haar benen in een scherpe hoek, en gleed met zijn vingertop langzaam van de binnenkant van haar enkel omhoog langs haar dijbeen en verleidelijk dicht bij haar vagina. Ze sidderde bij zijn aanraking. Dominik plaatste zijn lippen op de zachte huid van haar bovenbeen en plaagde haar door overal kusjes te plaatsen, behalve waar ze die wilde hebben. Summer kreunde van verlangen en krulde haar lichaam naar hem toe. Hij trok zich terug, liet haar even kwellend wachten. Toen begroef hij zijn gezicht in haar vagina. Ze zuchtte van ongegeneerde extase en sidderde toen zijn tong haar lippen begon te verkennen.

Even werd ze afgeleid van zijn hartstocht. Ze was vies, was net geneukt, ze had zich nog niet gewassen. Toen bedacht ze dat hij het was die haar bereden had, en als het hem niet kon schelen, waarom háár dan wel?

Ze dacht nu alleen nog maar aan het gevoel dat zijn tong haar gaf. Alle het overige viel daarbij in het niet. Ze dreef, vloog, ongecontroleerd, tussen nacht en dag, leven en dood, in het gebied waarin alleen gevoelens tellen, waar genot en pijn samengaan in heerlijke vergetelheid.

Toen hij eindelijk zijn gezicht ophief uit de donkere driehoek van haar vulva, hing hij boven haar op het bed en plaatste zijn pik boven haar opening.

'Ja,' zei ze, en Dominik drong zwijgend naar binnen. Ze was weer tot op de rand gevuld, de harde omvang van zijn penis rekte haar schaamlippen op en kneusde haar wand met zijn stevige stoten. Hij bleef hiermee doorgaan terwijl zijn handen schaamteloos haar lichaam bleven verkennen – elk hoekje en gaatje, aan de binnen- en buitenkant. Hij hield de regie van hun verlangens in handen. Hij liet zijn tong even in haar oor glijden, en toen weer in het holletje van haar hals, terwijl hij zachtjes op een oorlel beet, een vinger door haar losse haren streek. Met zijn andere hand greep hij één bil vast, en toen allebei (hoeveel handen had hij wel niet?) en trok haar twee bilhelften uit elkaar. Hij bewoog in en uit haar, en elke streling was weer een stap dichter bij een onbekende maar aanlokkelijke bestemming.

Dominik was ongetwijfeld erg ervaren. Hij kon haar ruig nemen, maar haar ook langzaam verwennen zoals nu. Hoeveel verschillende gezichten zou hij nog aan haar blootleggen?

Uiteindelijk kwam Dominik klaar. Hij gromde luid. Het geluid leek afkomstig uit een oerwoud hier ver vandaan, zonder specifieke woorden.

Summer zuchtte terwijl hij langzaam stopte met in en uit haar bewegen en zijn ademhaling weer onder controle kreeg.

Dominik was de stilte voorbij…

7

Een meisje en een dienstmeid

HET LIEP TEGEN DE AVOND EN de het late zonlicht gaf Dominiks gezicht een warme gloed, het baadde hem in een licht dat niet bij hem paste. Met zijn onnatuurlijke aura door de laatste zonnestralen die uit de snel donker wordende lucht prikten, wekte hij de indruk dat hij niet helemaal in de normale wereld thuishoorde, hoewel ik uit ervaring spreek als ik zeg dat hij het er prima deed. Misschien pasten zijn donkere, aardse trekken gewoon beter bij een koeler weertype. Dominik was aantrekkelijk, dat leed geen twijfel, maar hij had er naar mijn mening beter uitgezien in het bleke schijnsel van de crypte.

Hij stond achteloos tegen de deurstijl geleund, zijn lichaam wierp een lange schaduw over de veranda, waar ik stond, een treetje lager dan hij, klaar om te vertrekken. Ik had hem verteld dat ik die avond moest werken, wat niet waar was, in een poging om een ongemakkelijke situatie te vermijden, als hij me zou vragen om te blijven slapen. Of als hij me juist niet zou vragen om te blijven slapen.

Er waaide een zacht briesje over het gazon en elke zucht wind prikkelde mijn neus met een vleugje van alle boeken die de hal vulden, en de rest van zijn huis. Ze maakten zozeer deel van hem uit dat ik me voorstelde hoe zijn huid zou aanvoelen als perkament, maar natuurlijk voelde die hetzelfde als de huid van alle andere mannen, hoewel zijn lippen aangenaam zacht waren geweest.

De boeken, hoewel ze bij hem pasten, waren niet wat ik had verwacht. In gedachten had ik boekenverzamelingen altijd geassocieerd met rommelige mensen, met dwaze geleerden en van die overdreven academische types. Ik had verwacht dat Dominik een hoge pief zou zijn in de City, een beurshandelaar, een financiële bobo, niet een professor aan de universiteit, zoals hij me had verteld toen ik hem vroeg waarom zijn huis eruitzag als een bibliotheek.

Te oordelen naar het glimmen van zijn schoenen, en zijn veronderstelde rijkdom, waardoor hij de viool had kunnen kopen en al die andere dingen had kunnen regelen, had ik verwacht dat hij me mee zou nemen naar zo'n kil hypermodern appartement in Bloomsbury of Canary Wharf, met roestvrijstalen inrichting in diverse tinten grijs en zwart, zoals zijn auto. Dit had ik niet verwacht, een echt huis, een thuis zelfs, met een studeerkamer en een echte keuken en overal boeken, in alle kleuren en maten, een literaire caleidoscoop die de muren bedekte. Eerst dacht ik dat hij ook wel een kat zou hebben, die ergens opgekruld zou liggen, mij observerend vanaf de veilige boekenplanken, maar kort na aankomst kwam ik tot de conclusie dat Dominik geen man was voor huisdieren. Hij zou niet kunnen omgaan met een dier dat zich ongecontroleerd gedroeg, dat langs zijn benen streek, zelfs een zo onafhankelijk wezen als een katachtige.

Hij deed niet echt geheimzinnig, het leek niet alsof hij bewust dingen achterhield – toch had hij maar weinig details over zijn leven verteld, over zijn dagelijkse bestaan buiten onze ontmoetingen. Hij was gehecht aan zijn privacy, vermoed ik, en dat kon ik goed begrijpen, zelf was ik ook terughoudend om iemand in mijn eigen huis uit te nodigen. Ik was verbaasd dat hij me hiernaartoe had meegenomen. Hoewel zijn boeken hem op de een of andere manier menselijker maakten. Als hij dan geen eigen verhaal had, leek hij er genoegen in te scheppen om de verhalen van anderen te verzamelen. Misschien was dat te vergelijken met de manier waarop ik me de verhalen voorstelde achter mijn instrumenten, of in de muziek die ik speelde, waarbij elk stuk zijn eigen specifieke beeldspraak en geschiedenis had.

Door die gedachte vond ik hem steeds leuker worden. We waren niet zo verschillend, deze man en ikzelf, hoewel dat voor iemand van buitenaf wel zo moest lijken.

Ik herinnerde me hoe kundig hij me had betast, nadat hij erop had gestaan om toe te kijken hoe ik masturbeerde. Ik rilde weer bij de gedachte. Ik had met een behoorlijk aantal mannen seks gehad, dat was waar – ik had meer dan genoeg ongebonden ontmoetingen en internetdates gehad, omdat ik toevallig behoefte had aan seks of gezelschap – maar niemand had me ooit zo bestudeerd, zo intensief gestaard naar de manier waarop ik met mijn vinger langs mijn clitoris ging, onder de stralende warmte van zijn bureaulamp, als een dokter, maar dan zonder de medische desinteresse in zijn voorkomen. Hij kende geen schaamte, Dominik, en hij leek ervan te genieten om mijn schaamte af te pellen, laagje voor laagje. Het leek alsof hij naar een demonstratie keek die hij later nog eens precies wilde naspelen. Hij had me gevraagd om langzamer of sneller te gaan, om de druk te verhogen of te verminderen. Niet om me op te winden dit keer, maar zodat hij mijn reactie kon peilen, kon zien waar mijn lichaam goed op reageerde en wat niet zo goed werkte. Ik lag daar voor hem zodat hij me kon bestuderen, zoals een wetenschapper een monster onderzoekt. Ik had bijna verwacht dat hij er notities van zou maken.

'Een van deze dagen,' had hij gezegd, 'ga ik weer toekijken

hoe je dit doet en dan zal ik je opdragen om je eigen vinger in je anus te steken.'

Dat was wat me uiteindelijk over het randje bracht. Ik kom niet zo heel makkelijk klaar, zeker niet met een nieuwe partner, maar het idee dat hij toekeek, en de richting waarin zijn brein kennelijk ging, het vunzige van zijn verzoeken... Dominik wist knoppen te vinden waarvan ik niet eens wist dat ik ze had.

Hij had gezegd dat hij geen instrument bespeelde, maar ik bedacht me dat hij er waarschijnlijk erg goed in zou zijn.

Ja, dacht ik, ik zou hem zeker weten nog een keer willen zien.

Ik verplaatste mijn gewicht naar mijn andere voet en hield mijn vioolkoffer iets minder stevig vast. Hij leek er nog niet klaar voor om me te laten gaan. Ik wachtte geduldig tot hij iets zou zeggen.

'Ik denk dat ik het aan jou overlaat om de volgende keer te plannen,' zei Dominik.

Ik stond een poosje in stilte, dacht na. Weer een wijziging van tactiek. Net nu ik dacht dat ik hem doorgrond had.

'En wat als ik iets plan waar jij niet van houdt?' antwoordde ik.

Dominik haalde zijn schouders op. 'Zou jij kunnen genieten van iets waar ik geen plezier aan beleef?'

Daar moest ik even over nadenken. Nee, dat zou ik niet kunnen. Als we elkaar weer zouden zien, zou ik natuurlijk willen dat we er allebei plezier aan beleefden. Zou dat niet voor iedereen gelden? Maar ik was er nog steeds niet helemaal zeker van wat hij nu precies van mij verwachtte, of wat ik van hem verwachtte, en dat zou het lastig maken om de volgende keer te plannen.

Ik schudde mijn hoofd, stond even met mijn mond vol tanden.

'Precies,' voegde hij eraan toe. 'Ik wacht op je telefoontje.'

Ik knikte, zei hem gedag en draaide me om om te gaan.

'Summer,' riep hij me achterna, toen ik bij net het hek was.
'Ja?'
'Jij kiest de datum en de plek – het mag ook hier, als je dat wilt – maar ik kies de tijd en verzorg de details.'
'Akkoord.'
Ik veroorloofde mezelf een glimlachje toen ik me weer omdraaide om te gaan.
Hij kon het niet laten om de touwtjes in handen te nemen.
En het verbaasde me dat ik daar de voorkeur aan gaf.

***

De hele weg naar huis was mijn brein een grote draaikolk. Het zou al snel donker worden, dus een wandeling door Hampstead Heath om mijn hoofd leeg te maken was misschien niet zo'n goed idee, hoewel ik wat beweging en frisse lucht goed kon gebruiken.

De seks was geweldig geweest. Lekker geil. Mijn spieren protesteerden wel een beetje, met name mijn kuiten. Waarschijnlijk omdat hij me in de crypte zo vooover had gebogen. Ik had daar ontzettend lang gestaan met brandende benen, terwijl hij om me heen gelopen was voordat we neukten. Mijn beloning, neem ik aan, om zo eigenwijs te zijn, om niet te willen laten merken dat ik er ongemakkelijk bij stond.

En daarna hoe hij me met zijn mond had bevredigd, direct nadat ik mezelf had klaar gevingerd, met zijn sperma nog steeds in me, voordat ik de kans had gehad om te douchen. Ik had niet eens even naar het toilet gekund om mezelf een beetje schoon te vegen. Ik herinnerde me hoe hij me had opgetild en me naar zijn studeerkamer had gedragen zodra we bij de voordeur waren aangekomen, hoe hij me op zijn bureau had gedumpt en mijn benen had gespreid. Ik had mijn lachen moeten inslikken toen ik me realiseerde dat hij me daadwerkelijk over de drempel droeg.

Ironisch genoeg was het de meest romantische seks die ik ooit heb gehad, hoewel we geen condooms hadden gebruikt, iets waar ik normaal gesproken altijd nogal panisch over ben. Ik zou me moeten laten testen. Er trok even iets van schaamte door me heen, toen ik mezelf aan de dienstdoende dokter of zuster zag vertellen dat ik onbeschermde seks had gehad. Het was echt stom om dat te doen, maar de hitte van zijn pik en de manier waarop hij me keihard had geneukt, als een bezetene, terwijl hij aan mijn haar bleef trekken alsof hij op een paard reed, had alle heldere gedachten uit mijn hoofd gebannen.

Geen wonder dat ik spierpijn had.

Dominik mocht dan een beetje zelfingenomen zijn, hij was fantastisch in bed, en zorgde niet alleen voor zichzelf. Zijn gedrag in de slaapkamer had niet die typisch arrogante kenmerken die je zo vaak zag in dat soort mannen.

Zodra ik binnen was, ging ik richting douche, en ik bleef erover nadenken terwijl ik alle sporen van de gebeurtenissen van de dag van me af spoelde.

Nou ja, bijna alle sporen dan, dacht ik, terwijl ik in de spiegel een glimp opving van vaag zichtbare blauwe plekken.

Had Dominik daar zelf nog iets aan toegevoegd?

Er was gelukkig – de hemel zij dank voor kleine graties – niets te zien op mijn polsen of bovenarmen, alleen op delen die ik de meeste tijd kon bedekken, en geen ervan zag er zo gewelddadig uit dat onhandigheid – een verhaaltje over hoe ik tegen een deur was aangelopen of gevallen – niet zou werken als een uitvlucht.

Ik vroeg me af hoe dit werkte bij de mensen die ik had gezien in de fetisjclubs. Hoe slaagden zij erin om hun nachtelijke (en misschien daagse) hobby's in te passen in hun normale leven? Voor sommigen was het gewoon een avondje uit, daar was ik van overtuigd, maar op basis van wat Charlotte had gezegd gold dat niet voor hen allemaal. Als ik haar moest geloven, waren er overal in Londen mannen en vrouwen die met hun eigen partners thuis voor de buis zaten, met in de ene hand een bord eten en in de andere hand een zweep.

Zou ik daar binnenkort ook bij horen?

Niet met Dominik, verwachtte ik. Tot nu toe had hij geen peddels of handboeien tevoorschijn gehaald, hoewel ik een vermoeden had dat het zou gebeuren, omdat hij zo veel interesse had getoond in mijn blauwe plekken. Ik was lichtelijk teleurgesteld geweest toen hij me niet had vastgebonden, me niet aan het plafond had opgehangen of me aan een of ander apparaat had bevestigd dat hij in huis had liggen. Ik had tot nu toe alleen zijn studeerkamer gezien en de keuken, niet zijn slaapkamer. Vreemd dat hij een bed in zijn studeerkamer had staan. Hij had gezegd dat dat was om te kunnen nadenken. Waarover dan? Over nog meer manieren om mij te verwarren en op te winden, veronderstelde ik.

Hoe meer ik erover nadacht, hoe meer ik erin verstrikt leek, zonder duidelijke uitweg. Naast de problemen die ik had om mijn persoonlijke seksuele revolutie te begrijpen, en uit te vinden wat mijn plek was in deze nieuwe wereld vol afwijkingen waarin ik beland was, wist ik niet wat ik met Dominik aan moest.

Het idee dat ik hem zou moeten bellen voor onze volgende afspraak, bezorgde me hoofdbrekens. Zo moeilijk kon het niet zijn, maar hoe meer ik erover nadacht, hoe meer ik tot de conclusie kwam dat ik, ondanks zijn onvoorspelbare gedrag tot nu toe, ervan had genoten dat hij me had gecommandeerd. Ik had genoten van de eenvoud van zijn instructies en het verrassingselement dat het met zich meebracht. Ik miste de prikkeling van het niet weten wat hij met me van plan was. Zelfs toen ik dat voor mezelf durfde toe te geven, kon ik me voorstellen hoe onze oerfeministen zich in hun graf omdraaiden. En dan had ik het nog niet eens over mijn ervaringen met zweepjes en spanken.

Ik kwam geen steek vooruit.

Ik overwoog om Chris te bellen, van de band. Hij had dag en nacht gewerkt aan de opnamen voor de eerste EP van ons ensemble en ik had hem in geen maanden gezien, hoewel we wel een aantal keer hadden gemaild. Darren was altijd jaloers geweest op onze vriendschap, en om de lieve vrede te bewaren had ik het contact langzaam verminderd. Daar had ik nu spijt van. Bij Chris kon ik altijd terecht, hij stond altijd voor me klaar als ik iemand nodig had die begreep hoe ingewikkeld en lastig het was om een creatieve koers te volgen.

Toch kon ik dit allemaal nooit aan hem uitleggen. Hij wilde me beschermen; ik wist dat hij wantrouwig zou zijn tegenover een man die me dure geschenken gaf en me vroeg om me voor hem uit te kleden op een geheime, ondergrondse locatie. Ik zou ook wantrouwig zijn tegenover Dominik, als ik het verhaal van iemand anders te horen zou krijgen.

In plaats van Chris belde ik daarom Charlotte. Dit was een probleem dat precies in haar straatje paste.

'Hé wijffie,' zei ze. 'Hoe gaat het?'

Ze was deze keer alleen. Mooi. Het was al lastig genoeg om mijn verhaal aan één persoon over te brengen. Ik had daar geen toehoorders bij nodig.

'Weet je nog die man die me een e-mail gestuurd had? Die van de uitdaging en voorwaarden?'

'Echt wel…' zei ze, en ze was er meteen helemaal bij.

Ik vertelde haar het hele verhaal, over de Bailly, de crypte, de naaktheid, alles. Ik beschreef Dominik en al zijn verwarrende instructies.

'Niet heel verrassend dus,' zei Charlotte.

'Hoe bedoel je, niet verrassend? Het is toch te bizar voor woorden?'

'Nee, niet bizar; hij is gewoon een dom.'

'Een dom?'

'Ja hoor. Die zijn allemaal zo – vol zelfvertrouwen, willen alles onder controle hebben. Jij lijkt er overigens totaal geen probleem mee te hebben.'

'Hmm.'

'Hoe heette hij ook alweer, zei je?'

'Dominik.'

Charlotte moest lachen. 'Nou ja, dat is ook sterk,' zei ze. 'Dat verzin je niet zomaar.'

'Wat moet ik nou tegen hem zeggen? Over het afspraakje?'

'Dat hangt er helemaal van af wat je er zelf van verwacht.'

Daar dacht ik even over na. Ik wist werkelijk niet wat ik van hem verwachtte. In elk geval íets. Ik kon hem niet uit mijn gedachten zetten, maar waarom niet?

'Ik weet het niet goed,' antwoordde ik. 'Daarom heb ik jou gebeld.'

'Nou,' zei ze, pragmatisch als altijd. 'Je moet erachter komen wat je wilt, anders zul je het nooit krijgen.'

Dat klonk erg aannemelijk.

Charlotte ging verder. 'Het kan geen kwaad om hem te laten wachten. Misschien een week of twee. Stel voor dat je nog een keer voor hem speelt, naakt uiteraard, omdat dat hem zo opwindt, en in zijn huis – dan hoef je hem niet bij jou thuis uit te nodigen. Bovendien denkt hij dan dat je de bal weer bij hem hebt neergelegd. En dat heb je niet, natuurlijk.'

Ik kon bijna horen hoe er een grijns over haar gezicht trok.

'Oké,' antwoordde ik.

'En in de tussentijd kun je mij mooi helpen in de bediening op een klein feestje dat ik volgende week organiseer, als je wilt.'

'Bediening?'

'Als serveerster. Een dienstmeid. De gasten houden van allerlei soorten fetisjismen. Dan kan ik je bij een paar mensen introduceren en kun je kijken of je het inderdaad prettig vindt om gedomineerd te worden. Ik zal iedereen laten weten dat je het gewoon voor een avond wilt proberen en als het niet bevalt, kun je je schortje weer uitdoen en gewoon meefeesten. Er komen ook een paar echte slaven. Zij doen het zware werk. Je hoeft alleen maar wat bordjes rond te brengen en er geil uit te zien.'

'Hoezo geil? Wat moet ik dan aan?'

'O, dat weet ik niet. Gebruik je voorstellingsvermogen maar. Waarom bel je je rijke vriendje niet op, en vraag je hem om iets voor je te kopen?'

'Het is mijn vriendje niet! En ik ga hem zeker niet om iets vragen.'

'Laat je toch niet zo van de wijs brengen, meisje. Ik plaag je maar. Je bent ook zó gevoelig.'

'Goed dan,' zei ik hooghartig. 'Ik doe het.'

'Geniaal,' zei Charlotte. 'Misschien moet je het wel tegen hem zeggen, trouwens, om te zien hoe hij reageert. En dan zie ik je zaterdag. Neem je dan ook mijn jas mee terug?'

Op advies van Charlotte wachtte ik drie dagen voordat ik Dominik belde.

'Summer,' zei hij, nog voordat ik de kans kreeg om hem te zeggen wie er aan de lijn was.

'Onze afspraak,' zei ik. 'Is volgende week woensdag een idee?'

Hij reageerde niet meteen en ik hoorde het geritsel van papier. Waarschijnlijk bladerde hij in zijn agenda.

'Geen probleem. Ik ben vrij. Wat had je in gedachten? Dan kan ik de nodige maatregelen treffen.'

'Ik zal nog een keer voor je spelen, in jouw huis.'

'Een uitstekend idee, als ik het mag zeggen.'
Ik ontspande toen het leek alsof hij blij was met mijn voorstel. We spraken nog wat over de keuze van de muziek. Ik had overwogen om iets anders uit te proberen, omdat hij de improvisatie in de crypte zo op prijs had gesteld. Ik had bedacht om iets onbekends voor hem te spelen van Ross Harris, de Nieuw-Zeelandse componist. Of misschien iets van buiten het klassieke repertoire, misschien Daniel D., maar dat durfde ik toch niet aan en ik ging akkoord met zijn keuze, het laatste gedeelte uit het vioolconcert van Max Bruch.
'Dan zie ik je dan,' zei ik geforceerd opgewekt. Ik heb een hekel aan telefoongesprekken.
'Summer,' zei hij weer, toen ik net wilde ophangen, hij moest zoals gewoonlijk het laatste woord hebben.
'Ja?'
'Ben je zaterdagavond beschikbaar?'
'Nee sorry, dan heb ik al plannen.'
'Oké. Geen probleem.'
Hij leek teleurgesteld, en ik vroeg me af of hij had gehoopt me eerder te zien. Ik herinnerde me de suggestie van Charlotte, dat ik hem moest vertellen van haar feestje.
'Eigenlijk,' zei ik, 'zal ik aanwezig zijn bij een wat ongebruikelijk feestje.'
'Hmm. Wat bedoel je met ongebruikelijk?'
Hij klonk geamuseerd, niet geërgerd, dus ik ging verder.
'Mijn vriendin Charlotte geeft een feestje, degene die me heeft geïntroduceerd bij die fetisjclubs.'
'Ze klinkt als een interessante vriendin.'
'Dat is ze ook. Ze is... eh... ze heeft me gevraagd om die avond als dienstmeid te werken.'
'Als dienstmeid? Niet als serveerster? Onbetaald, neem ik aan?'

'Dat denk ik wel. We hebben het eigenlijk niet over geld gehad.'
'Dus alleen voor de kick, zoals jij het noemt?'
'Ja, ik denk het wel, ja.'
'Wat apart.'
Ik was er niet zeker van of dat betekende dat hij het goedkeurde, of niet.

Die vrijdag kwam er weer een pakketje. Van Dominik. Ik moest weer voor ontvangst tekenen, maar deze keer had hij niet van tevoren gecontroleerd of ik thuis was.

Hij moest hebben aangenomen dat ik thuis zou zijn, of het risico hebben genomen, maar voor mij was het een beetje verontrustend. Ik was er niet helemaal gerust op dat hij zoveel van mijn geheimen kende.

In de gewone, onopvallende kartonnen doos zat een ander, kleiner pakje, ingepakt in wit papier met een zwart lint. Ik opende het voorzichtig, vouwde het papier op en legde het zorgvuldig aan de kant. In het papier zat een zwart satijnen tasje en in het tasje zat een zwart korset. Het was schitterend, absoluut niet zoals die smakeloze dingen die ik had zien hangen in goedkope lingeriewinkels. Volledig voorzien van baleinen, met breed uitwaaierende heupen en een fluwelen ruitvorm bij het middenrif, om de vormen van de draagster goed te laten uitkomen. Subtiele fluwelen banen van een paar centimeter breed liepen over de zijkanten van de bredere satijnen delen, een patroon dat geometrisch aandeed, art deco, het soort dat niet zou misstaan bij een filmster uit de jaren dertig. Het was een onmiskenbaar chic, zeker niet sletterig, kledingstuk. Het leek me echter wel een beetje aan de korte kant. Toen ik het voor me hield en in de spiegel keek, realiseerde ik me dat het onder de borsten viel, in plaats van over de borsten heen. Als de draagster geen beha droeg, of bijpassende tepellapjes, zouden haar borsten in volle glorie te zien zijn.

Dat idee wond me op, en omdat ik graag wilde zien hoe het me stond, begon ik aan de veters te trekken. Ik realiseerde me ineens dat het niet waarschijnlijk was dat Dominik wilde dat ik gedeeltelijk gekleed voor hem zou spelen, niet als hij me al eens naakt had gezien. Hij leek er trouwens helemaal niet zo in geïnteresseerd wat ik aanhad, hoewel ik dacht dat hij het prettig vond om te kijken naar de subtiele variaties in elk ensemble dat ik uitkoos, afhankelijk van de situatie. Het korset was meer mijn stijl dan die van hem. Ik onderzocht de doos op verdere aanwijzingen en vond nog twee kleinere pakjes onder het vloeipapier dat de inhoud van de doos moest beschermen, en een briefje.

Op het briefje stond: 'Draag dit voor me, D.'

Een van de andere twee pakjes bevatte een wit broekje met franje, een verpakking met kousen en jarretels. De kousen waren echte nylons, met een naad. Ik had wel gehoord van nylon kousen, natuurlijk, maar ik had nog nooit een paar gezien. Ze waren glad, een beetje ruw tegen mijn huid en niet elastisch. Het leken net dunne, lange parachutes, in plaats van de gewone zachte, elastische panty's die ik normaal droeg.

Het andere pakje bevatte een klein schortje van witte katoen met een zwart-witte, geschubde kanten rand. Een bijpassend mutsje, ongeveer het formaat van een schoteltje, zat er ook nog bij.

Een dienstmeidenkostuum. Voor zaterdag. Voor het feest van Charlotte.

Er zaten geen schoenen bij. Dominik was dat detail vergeten, wat me onwaarschijnlijk leek, of hij had terecht verondersteld dat ik zelf wel een paar had. Ik had inderdaad een paar zwarte naaldhakken met een plateauzool en een wit randje, die ik tweedehands had gekocht van een voormalige kooidanseres in Hackney. Ze had het dansen opgegeven om zich te concentreren op het maken van hoeden en verkocht daarom al haar schoenen. Die zouden perfect zijn, al waren ze wel ongemakkelijk hoog. Maar goed, ik wilde me wel opofferen, niet zozeer vanwege de glamour, maar wel om de juiste 'look' te bereiken.

Ik vond nog wel iets anders, verborgen op de bodem van de doos. Een kleine bel. De vorm en de stijl leken op een kerkklok, maar de klepel was niet veel groter dan mijn pink. Toen ik ermee schudde, maakte hij een opvallend helder geluid. Meer de diepe galm van een percussie-instrument dan het lichtere gerinkel van de halsband van een dier of van een fietsbel.

Het leek me wel zo beleefd om hem te laten weten dat ik het pakketje had ontvangen, maar ik wilde hem niet aanmoedigen om mij cadeautjes te geven. Ik stond toch al bij hem in het krijt, vanwege de viool. Maar toen ik er nog eens over nadacht, had ik sterk de indruk dat hij me de outfit had gegeven voor zichzelf, niet voor mij, zodat hij zich kon voorstellen hoe ik erin rondliep. Hij zou zich helemaal geweldig voelen als ik voedsel zou serveren met mijn borsten op een presenteerblaadje, zoals een serveerster van Hooters, al was het dan in beter gezelschap. De bel, zo veronderstelde ik, was voor de gasten op het feest, zodat ze me attent konden maken op hun behoeften.

Uiteindelijk heb ik hem niet laten weten dat ik het ontvangen had. Meer omdat ik gewoon niet wist wat ik zou moeten zeggen dan omdat ik hem even in zijn sop gaar wilde laten koken. Het zou overigens ook geen kwaad kunnen als hij zich even zou afvragen of hij verkeerd gegokt had dat ik thuis zou zijn als het bezorgd werd, zodat het pakje weer teruggestuurd zou zijn naar de winkel.

Ik stuurde een sms'je naar Charlotte, om te horen of de kleding wel geschikt zou zijn en haar gasten niet zou beledigen.
'Is het goed als ik topless ga?'
'Tuurlijk. Ben benieuwd.'
Ik stopte alles weer terug in de doos waarin het bezorgd was, deed het deksel er weer op en liet de doos in een hoek van mijn slaapkamer staan. Daar stond hij me aan te staren, verwijtend, alsof er een eenzaam wezen in gevangenzat, dat niet kon wachten tot ik het vrij zou laten.

Om mijn gedachten los te maken van de kleding en van Charlottes feest, ging ik de volgende ochtend verwoed baantjes trekken in het zwembad. Ik werd voortgestuwd door mijn onderwater-koptelefoon, met Emilie Autumn op de herhaalstand. Daarna slenterde ik wat langs de etalages op Brick Lane en genoot ik van koffie en ontbijt bij mijn favoriete café in dit deel van de stad, aan de toepasselijk genaamde Bacon Street. Het café is tegelijkertijd ook een vintagekledingwinkel, met rekken vol kleding die teruggaat tot 1900. Daardoor hangt er een zoete, bijna stoffige geur van oude dingen – het doet een beetje denken aan de geur van de boeken van Dominik.

Het was nog steeds redelijk vroeg, veel vroeger dan dat ik normaal opsta, maar buiten op straat was het al behoorlijk druk. Op de stoepen stond het vol met kledingrekken, antiek en curiosa stonden uitgestald op dekens, een ligstoel met luipaardprint stond naast kantoormeubelen, kraampjes verkochten alles van varkensribbetjes tot fruitdrankjes die werden geserveerd in een kokosnoot. De lucht tintelde gewoon van de samengebalde energie van de marktverkopers en de opgewonden toeristen die hier voor de eerste keer waren. Ik had me gerealiseerd, terwijl ik me een weg baande door de hindernisbaan van overijverige verkopers en koopjesjagers, dat mijn recente seksuele avonturen mijn ogen ook op andere manieren geopend hadden. Voorheen had ik naar de kramen met militaire petten, jassen en gasmaskers gekeken en me voorgesteld dat die gekocht werden door verzamelaars van oorlogssouvenirs die regelmatig markten als deze zouden afstruinen, omdat dit soort dingen daar te vinden waren.

Maar nu zag ik waar ik ook keek geen verzamelaarsspullen, maar fetisjkleding – jasjes en petten die gedragen werden door mensen die Charlotte 'doms' noemde, bij de clubs waar ik was geweest. De maskers werden vooral gedragen door onderdanige types, die hun hoofden bedekten, of door het punkachtige type zonder duidelijk herkenbare seksuele eigenaardigheden, die een duidelijk interesse hadden voor fetisjmode. Dat ik deze dingen herkende op een manier waarop andere voorbijgangers dat vast en zeker niet deden, gaf me het plezierige gevoel dat ik was toegelaten tot een geheime club, een genootschap van mensen die op het randje leefden, buiten het zicht van alle anderen. Ik realiseerde me ook, enigszins ongerust, dat ik die dingen nooit meer uit mijn geheugen zou kunnen wissen. Zonder dat ik dat zo bedoeld had, was ik een weg ingeslagen die ik nooit meer zou kunnen verlaten, zelfs niet als ik dat zou willen.

Het grootste deel van de dag zat ik in het café, ik observeerde het komen en gaan van de andere gasten en vroeg me af wie van hen lid waren van die geheime wereld. Ik vroeg me af of ze in mij een gelijkgestemde zouden herkennen, of we als buitenstaanders naar elkaar toe getrokken zouden worden, zoals een vlucht ganzen die onvermijdelijk naar het zuiden trekt, of dat ik er net zo gewoon uitzag als iedereen als ik mijn alledaagse kleding droeg.

Het was dit gevoel van acceptatie van het pad dat mijn voeten kennelijk voor me hadden gekozen, dat me ertoe bracht om de outfit aan te trekken die Dominik me voor die avond had geschonken, en om die te dragen zoals hij het bedoeld had, met mijn borsten volledig ontbloot.

Het kostte me ongeveer een uur, met het instructieboekje bij de hand, worstelend met de veters voor de spiegel. Uiteindelijk lukte het me om het aan te trekken, maar niet zo strak als het had moeten zitten, en ik vertrok naar Charlotte. Ik droeg mijn lange rode regenjas eroverheen, genietend van het idee dat ik onder mijn buitenlaag een volkomen andere persoon was, mijn eigenlijke ik, die zich niet hield aan de gebruikelijk regels van de samenleving, zoals het dragen van een beha in het openbaar.

Toen ik bij Charlotte aankwam en het tijd werd om mijn jas uit te trekken, was ik niet meer zo dapper. Ik was expres vroeg gekomen, zodat ik nog even kon wennen en mijn zenuwen onder controle kon krijgen voordat de andere gasten zouden arriveren. Uiteindelijk haalde ik een keer diep adem en deed de jas uit, alsof ik helemaal niet zenuwachtig was voor het feest. Charlotte zou me alleen maar geplaagd hebben, als ze had gezien hoe verlegen ik was.

'Gaaf korset!' zei ze.

'Dank je.' Ik zei er niet bij dat het een geschenk van Dominik was.

'Je kunt de veters wel wat strakker aantrekken, kom eens hier.'

Ze draaide me om naar de muur en legde toen haar hand onder aan mijn rug en duwde me naar voren.

'Zet je handen tegen de muur.'

Ik moest denken aan de seks met Dominik in de crypte, de manier waarop hij me in bijna precies dezelfde houding had geduwd. Ik wilde dat hij hier was, dat hij me weer op die manier zou neuken. Mijn tepels werden harder bij die gedachte en daarna nog harder toen ik me realiseerde dat het waarschijnlijk was dat ik mijn 'dienst' van vanavond opwindend zou vinden, en als mijn tepels zo stijf zouden blijven, was het onwaarschijnlijk dat ik dat verborgen zou kunnen houden. Had Dominik daarover nagedacht? Hij was opmerkzaam en ik wist dat hij wist wat mij opwond, maar ik wist niet zeker of het zijn bedoeling was dat ik het dienstmeid spelen, en dan met name het dragen van de outfit die hij voor me had gekozen, opwindend zou vinden. Wilde hij dat ik vanavond geil werd, zonder hem? Met de mogelijke gevolgen van dien? Of wilde hij gewoon zijn controle over mij bevestigen, om te zien of ik zijn steeds vrijpostiger wordende instructies zou opvolgen? We hadden het niet gehad over exclusiviteit. Daar was het nog veel te vroeg voor. Ik wist niet eens zeker of we officieel iets hadden.

'Je geniet ervan, of niet?'

Ik was zo diep in gedachten verzonken, dat ik niet merkte dat Charlotte mijn veters strakker had getrokken.

'Inademen.'

Ik snakte naar adem toen ze haar voet tegen mijn rug zette en toen uit alle macht trok.

Het korset was nu bijna helemaal tot boven toe geregen, op een klein stukje van de rug na. Het gevoel was volkomen anders dan bij het korset dat ik een keer van Charlotte had geleend. Dat had te los gezeten en voelde alleen een beetje stijfjes. Dominik had precies de juiste maat uitgekozen, hoewel ik wist dat de maat iets kon worden aangepast door de veters. Nu het strak dichtgeregen was, werd mijn adem enigszins beperkt en mijn rug was perfect recht. Ik vond het verrassend prettig aanvoelen, een beetje alsof je in een stevige omhelzing zat. Ik was blij dat ik mijn bijpassende hakken al eerder had aangetrokken, omdat ik nu absoluut niet meer voorover kon buigen. Als ik vanavond iets van de vloer zou moeten oprapen, zou ik op de een of andere manier moeten neerhurken, met een rechte rug. Dat vond ik een opwindend idee, ik was er zeker van dat Charlotte mijn opwinding kon ruiken, zoals ze op haar hurken voor me zat om mijn kousen recht te trekken.

∗

Het grootste deel van de avond was ik in de keuken bezig met borden opmaken. Ik genoot ervan dat ik nu eens de kans had om creatiever te zijn dan ik op mijn werk was – mijn chef stond erop dat ik zijn instructies precies opvolgde. Als het belletje klonk, reageerde ik meteen en elke keer dat ik naar het eetgedeelte liep en vervolgens weer terug naar de keuken, zag ik hoe het feest zich ontwikkelde. De kleurrijke gasten van Charlotte stonden steeds dichter op elkaar en bevonden zich in voortschrijdende stadia van ontkleding, elke keer dat de glazen werden bijgevuld. Er waren ongeveer evenveel mannen als vrouwen aanwezig, die zich ongeveer net zo gekleed hadden als de feestgangers op de boot, meestal een mix van latex en lingerie. Een van de mannen was gekleed als dienstmeid, in een kort kauwgomballenroze rokje met een geplooid schortje ervoor, hoewel uit zijn houding bleek dat hij zich niet onderdanig gedroeg. Ondanks de verzekering van Charlotte dat ik niet alleen zou zijn in de keuken en dat ik geen zware arbeid zou hoeven verrichten, was ik de enige gast die aan het werk was.

De hele avond, elke keer dat ik moeite had met ademhalen of dat ik moeizaam moest bukken of hurken, tegengewerkt door de strakke grip van het korset, voelde het aan alsof Dominik mijn bewegingen beïnvloedde, alsof hij macht had over hoe mijn borst op en neer ging, omdat die beweging ingeperkt werd door de strakke satijnen panden en stalen baleinen die mijn borstkas omsloten. Elke keer dat de bel ging, en ik me haastte om een bord af te ruimen of een wijnglas bij te vullen, stelde ik me voor dat Dominik degene was die de bel liet rinkelen. Allerlei beelden tuimelden door mijn brein, beelden van alle manieren waarop ik hoopte dat hij me zou nemen en gebruiken, alsof er een stortvloed van gewelddadige verlangens in mijn hoofd was losgebarsten.

Charlotte keek me nieuwsgierig aan.

'Ik heb straks nog een verrassing voor je,' fluisterde ze in mijn oor, toen ik haar drankje bijvulde. Ze had de bel vaker voor me gehanteerd dan ieder ander die avond.

'Echt?' antwoordde ik, met een zekere desinteresse. De fantasieën die zich in mijn hoofd afspeelden waren eerlijk gezegd veel interessanter dan wat zij voor mij bedacht kon hebben.

Het diner was inmiddels voorbij, en ze zat op schoot bij een man die ik herkende. Het duurde een paar minuten voordat ik me kon herinneren waar ik hem had gezien. Hij was degene met de legging vol lovertjes en de militaire pet die me was opgevallen bij de fetisjclub op de boot, voordat we de kerker in waren gegaan. Charlotte wist dat ik me tot hem aangetrokken voelde, dat wist ik zeker. Ik vroeg me af of ze hem met opzet had uitgenodigd, en of ze alleen bij hem op schoot zat om mij te plagen. Een beetje flauw misschien – ik had niet eens met die vent gesproken – maar Charlotte had in het verleden vaker met mannen gespeeld die ik leuk vond. Ik denk dat ze het gewoon leuk vond om mijn reactie te zien, dus ik deed mijn best om niets te laten merken.

Ik was in de keuken bezig om het dessert in schaaltjes te scheppen, toen ik vanuit de woonkamer het heldere geluid van een altviool hoorde. De stemmen van Charlottes gasten verstomden, ze luisterden naar de muziek. Het was een cover van Black Violin, maar dan zonder de gebruikelijke viool die de altviool begeleidt. Chris. Het was een van de covers die we samen speelden, eentje die we gespeeld hadden op de avond dat ik hem aan Charlotte had voorgesteld. Ze had daarna iets met hem gehad, wat mij boos maakte en hem verlegen, hoewel onze vriendschap nooit ook maar iets van een seksuele vonk had gehad. Dat had ik altijd vreemd gevonden: ik had met bijna iedereen een seksuele vonk, zelfs met de melkboer. Maar het was fijn om een man als vriend te hebben bij wie ik me kon ontspannen, zonder me bezorgd te maken over de gevolgen.

Wat zou hij nu van mij denken?

Het lied kwam ten einde en toen hoorde ik het doordringende geklingel van de bel, dat dwars door het enthousiaste applaus mijn oren bereikte. Ongetwijfeld Charlotte die wilde dat het dessert werd opgediend. Ik pakte snel zo veel schaaltjes als ik kon dragen en nam ze mee naar de woonkamer – deels omdat Dominiks bel me riep als het lied van een sirene, waar ik niets anders dan gevolg aan kon geven, en deels omdat ik wist dat Charlotte me aan het uitdagen was en ik haar niet wilde laten winnen. Ik zou me niet in de keuken blijven verstoppen, en Chris moest er maar mee om zien te gaan.

Zijn ogen sperden zich open toen ik verscheen. Ik keek snel naar hem en keek toen naar beneden, in de hoop dat hij mijn stille gebaar zou begrijpen en niets zou zeggen. Dat was niet het geval.

Het was Charlotte die als eerste sprak. 'Wat vind je van onze dienstmeid?' zei ze tegen Chris.

'Ze ziet er geweldig uit, vind ik,' antwoordde hij, zonder haperen.

Toen begon hij weer te spelen, zodat er geen verdere conversatie mogelijk was. Ik haalde opgelucht adem en verdween weer in de keuken. Godzijdank voor goede vrienden. Ik nam me voor om Chris nooit meer in de steek te laten – wat een eventuele toekomstige geliefde ook mocht vinden van onze platonische vriendschap.

Hij sloot zijn optreden af en dreef me in het nauw in de keuken, op weg naar buiten. Hij was duidelijk geschokt door het gedrag van Charlottes gasten, die zich in de woonkamer nu gedroegen alsof ze Romeinen waren aan het einde van een Romeins banket. Er hing een heftige seksuele spanning in de lucht en ik vermoedde dat er een orgie op het menu stond – direct na het dessert.

'Sum,' zei hij, terwijl hij me vastberaden diep in mijn ogen bleef kijken, zonder ook maar een blik op mijn naakte torso, 'ken je deze mensen?'

'Nou nee, niet echt, alleen Charlotte.'

Dat was ook zo. Ze had me niet voorgesteld aan haar gasten, dat hoorde bij mijn positie voor die avond. Het was raar, nu ik erover nadacht, dat ik helemaal was opgegaan in de rol waarmee ze me had opgezadeld, vanaf het moment dat ik het schortje voorhad en de bel voor het eerst hoorde rinkelen.

'Vind je het allemaal niet een beetje vreemd? Ik bedoel,' voegde hij er fluisterend aan toe, terwijl hij nerveus opzij keek naar waar een nu topless meisje aan de eettafel openlijk met haar hand over de dij van de man in het roze rokje streelde, 'als je zo hard geld nodig hebt, had ik je wel kunnen helpen, lief. Je had me gewoon even moeten bellen.'

Ik schaamde me. Hij dacht dat ik dit deed voor het geld. Ik kon mezelf er niet toe zetten om hem te vertellen dat ik, in deze outfit, onbetaald aan het werk was. Hoe kon ik die idiote situatie ooit uitleggen?

Ik knikte, zonder iets te zeggen, te beschaamd om hem aan te kijken. Hij kneep zachtjes in mijn schouder.

'Ik moet weg, schatje. Ik heb straks nog een laat optreden. Ik zou je een knuffel willen geven, maar... nou ja... dat is nu een beetje gek.'

Mijn ogen vulden zich met tranen. Chris was altijd de enige persoon geweest die me echt begreep. Ik wist niet wat ik zou moeten als ik hem hierdoor kwijt zou raken.

Hij boog zich voorover, zorgvuldig mijn borsten vermijdend, en gaf me een kusje op mijn wang. 'Bel me, oké? Of kom straks naar me toe, als je wilt, als je hier eh... klaar bent.'

'Oké,' antwoordde ik. 'Tot straks dan.'

Hij liep naar buiten en de bel rinkelde weer.

Het duurde even voordat Charlotte me duidelijk kon maken wat ze wilde, omdat ze druk bezig was, geknield op de vloer, naakt, met haar gezicht in de vulva van een ander meisje. Ze wachtte totdat ik goed had bekeken wat er gaande was en vroeg me toen om haar een lepel te brengen en nog een schaal met roomijs.

'Blijf erbij,' zei ze. 'Ik wil dat je toekijkt.'

Ik stond aan de grond genageld, maar niet alleen omdat ze me had opgedragen om daar te blijven staan. Charlotte lepelde voorzichtig roomijs in de vagina van haar partner en liet vervolgens haar hoofd zakken om het eruit te zuigen. De vrouw kronkelde bij elke wisseling van heet en koud, maar het was duidelijk dat ze ervan genoot. De man uit de club, bij wie Charlotte eerder op schoot had gezeten, keek ook toe, zijn pik zwoegde tegen het kruis van zijn spijkerbroek. Ik wilde hem openritsen en hem eruit trekken, maar mijn armen wilden niet meewerken aan dat idee, uit loyaliteit aan Dominik, omdat ik nog steeds ingesnoerd was in zijn korset, of omdat het niet passend leek, vanuit mijn positie als dienstmeid, om zo brutaal te zijn.

Charlotte draaide haar hoofd om, om de man achter haar aan te kijken, knikte even instemmend en spreidde haar lange benen. Hij stroopte zijn spijkerbroek af en zijn pik sprong recht naar voren, ongehinderd door ondergoed. Hij had een buitengewoon mooie penis, perfect recht, mooi van kleur, en met een veelbelovende lengte en omvang. Je zou verwachten dat je zoiets zou zien, uitgehouwen in marmer, in een kunstgalerie. Hij stopte heel even, pakte zijn broek op en zocht in de zak naar een condoom.

Hij boog zijn knieën net genoeg zodat hij zijn pik van achteren bij haar naar binnen kon stoten. Toen hij dat deed, gleed er een uitdrukking van puur genot over Charlottes gezicht, een bijna religieuze extase. Ze dacht niet meer aan mij, was compleet verloren in de sensatie van die dikke schacht die in haar stootte.

Op dat moment vergaf ik haar. Charlotte was net zozeer een gevangene van haar verlangens als ik en ze zag er overigens schitterend uit in de stuiptrekkingen van de passie.

Ik raapte de lege schaal en de vergeten lepel op en ging weer terug naar de keuken. De bel rinkelde niet meer, maar ik bleef wachten, opgesloten in mijn korset en naaldhakken, terwijl mijn voeten zeer deden. Het ongemak gaf me wel een vredig gevoel, het had wel iets weg van hoe mijn lichaam pijn deed na een flink aantal baantjes in het zwembad.

Uiteindelijk vertrokken de gasten en Charlotte belde een taxi voor me.

'Was dat een prettige ervaring, meis?' vroeg ze, met een arm liefkozend om mijn schouder geslagen.

'Ja,' antwoordde ik. 'Ik vond het eigenlijk wel leuk.'

'Mooi,' zei ze.

Ze stond op de stoep bij de voordeur, met een laken omgeslagen, haar enige bescherming tegen de nieuwsgierige blik van de taxichauffeur, en bleef kijken hoe ik in de nacht verdween.

De volgende dag belde Dominik om onze afspraak te bevestigen.
'Je stem klinkt anders,' zei hij.
'Ja,' antwoordde ik.
'Vertel.'
Ik dacht dat hij een beetje bezorgd klonk, maar ik wist het niet zeker. Of hij zich echt zorgen om mij had gemaakt, of dat dit gewoon een nieuw element was in zijn spel, ik hoefde hem net zomin antwoord te geven dan ik had moeten reageren op zijn bel. Ik vertelde hem over het korset, en over Charlotte, en hoe ik me had gevoeld toen ik moest toekijken hoe ze van achteren werd gevuld.
De avond voor onze afspraak ontving ik een sms'je van hem: 'Kom morgen om 22.00 uur. Er zal publiek zijn. Meer dan één toeschouwer.'

8

Een man en zijn gast

HET WAS EEN KAMER IN HET HUIS van Dominik die Summer nog niet eerder had gezien. Op de bovenste verdieping. Misschien was het ooit een zolder geweest, maar er was uitgebreid gerenoveerd en verbouwd. Hier en daar boog het plafond af, in de richting van het erboven gelegen dak. Slechts twee van de muren waren bedekt met boekenplanken, de meeste waren gevuld met rijen vergeelde tijdschriften, over literatuur en films. De bovenste plank links werd voornamelijk in beslag genomen door een verzameling oudere, in leer gebonden boeken, waarvan de meeste Franse titels droegen. Summer kreeg niet de tijd om de boekenplanken van dichtbij te bekijken en ze verder te onderzoeken. Er waren geen ramen en het enige licht kwam van twee vierkante daklichten die in het plafond waren uitgespaard.

Verder was er niets in de kamer, alsof Dominik met opzet alle meubilair had verwijderd, of alles wat de aandacht zou kunnen afleiden.

Ze had de opdracht gekregen zich om 22.00 uur te melden. Dit zou een avondvoordracht worden. Het was haar eerste op zo'n laat uur van de dag, want al hun eerdere ontmoetingen, die deel uitmaakten van de ongeschreven overeenkomst tussen hen, hadden overdag of in de vroege avond plaatsgevonden.

Dominik had haar bij de deur begroet en haar een kus op

haar wang gedrukt. Zoals altijd was zijn gezicht ondoorgrondelijk en Summer besefte dat ze van hem geen antwoorden zou krijgen, dus ze vroeg niets. Hij nam haar mee naar boven en opende de deur die naar de bovenste verdieping van het huis leidde.

'Hier,' zei hij.

Summer zette haar vioolkoffer neer op de houten vloer.

'Nu?' vroeg ze aan Dominik.

'Ja, nu,' knikte hij.

Ze wilde dolgraag vragen wie er behalve hij nog meer aanwezig zou zijn, maar bedacht zich. Ze voelde een prikkelende opwinding in haar binnenste bij de gedachte aan de toeschouwers die haar voordracht zouden gadeslaan, de dienst die zij bewees, dat ze al haar bewegingen en gebaren zouden gadeslaan.

Ze kleedde zich uit. Ze was naar Dominiks huis gekomen in een oude spijkerbroek en een strak wit T-shirt. Hij had haar verteld dat ze zich vandaag niet mooi hoefde aan te kleden. Geen kousen of hoge hakken, had hij aangegeven. Ze moest volledig naakt zijn. Hij leek te genieten van diverse variaties van aan- en uitkleden in het voortdurende proces van de ontwikkeling van haar voorstellingen, de manier waarop hij haar opvolgende optredens orkestreerde als een vakidioot, maar een bedachtzame dirigent.

Ze trok snel de paar kledingstukken uit en stond naakt, met haar gezicht naar hem toe. Een moment lang wenste ze dat hij haar gewoon ter plekke zou nemen, op handen en voeten op de houten vloer, maar ze realiseerde zich dat dat vandaag niet zijn bedoeling was, of in elk geval niet voordat ze de muziek tevoorschijn had getoverd waarvan hij zo opgewonden werd. Ook deze keer waren ze van tevoren overeengekomen welk stuk ze zou spelen: de solo uit het laatste gedeelte van het vioolconcert van Max Bruch.

Zijn ogen bleven haar doorboren. Het was warm in de kamer; de laatste zonnestralen werden gefilterd door de daklichten.

'Is dat een nieuwe lippenstift?' wilde hij weten, toen hij naar haar mond keek. Hij was opmerkzaam. Meestal wisselde ze van lippenstift afhankelijk van het uur van de dag, waarbij ze een donkerder rood koos als de avond viel. Dat had ze al jaren zo gedaan. Op die manier was voor haarzelf de overgang van de dag naar de nacht duidelijker.

'Niet echt nieuw,' antwoordde ze. 'Ik draag meestal een donkerdere, warmere kleur lippenstift 's avonds,' antwoordde Summer.

'Intrigerend,' merkte hij op, voor zijn doen ongewoon bedachtzaam. Toen: 'Heb je die lippenstift bij je?'

'Natuurlijk, ik heb ze allebei bij me,' zei Summer, gebarend naar haar handtasje, dat op de vloer lag naast haar uitgetrokken spijkerbroek en T-shirt.

Dominik liep ernaartoe, opende het tasje en haalde er de twee kleuren uit die ze erin had zitten. Hij bekeek ze aandachtig, beoordeelde de twee verschillende tinten.

'Dag en nacht,' zei hij.

'Ja,' bevestigde Summer.

Hij gooide een van de twee terug en nam de andere tussen zijn duimen. Hij draaide eraan, waardoor de donkere, glanzende, vingervormige lippenstift tevoorschijn kwam uit de plastic huls. Hij had de nachtkleur gekozen.

'Kom eens,' droeg hij haar op.

Summer gehoorzaamde, niet zeker wat hij van plan kon zijn.

'Hou je rug recht,' zei hij.

Summer gehoorzaamde, waarbij ze haar borsten tegelijk een beetje naar voren duwde.

Dominik kwam naar haar toe, en de hand waarmee hij de lippenstift vasthield ging naar haar tepels, waarvan hij zorgvuldig de harde toppen begon te kleuren. Summer hapte naar adem. Eén tepel. Twee tepels.

Beschilderd. Versierd. Verfraaid. Ze keek naar beneden. Ze zag er schaamteloos uit. Ze glimlachte, in bewondering vanwege zijn perverse voorstellingsvermogen.

Maar hij was nog niet klaar.

Hij deed een stap naar achteren, keek Summer diep in de ogen en zei: 'Spreid je benen wijd uit elkaar.' Hij ging op een knie zitten, nog steeds met de lippenstift in zijn handen. Toen hij haar blik zag, droeg hij haar op recht vooruit te kijken, niet naar beneden.

Ze voelde hoe hij met een vinger haar lippen spreidde, de vinger gleed in haar vochtige vagina, kneep beurtelings in elke lip en hield die toen vast terwijl de andere hand met de lippenstift verticaal langs haar vulva tekende, en vervolgens over de twee schaamlippen.

Summer voelde een rilling door haar hele lichaam trekken en heel even wankelde ze op haar gespreide benen. Ze kon zich alleen maar proberen voor te stellen hoe ze er nu uitzag.

Dominik stond op.

Nu was ze opgemaakt voor haar aanstaande optreden.

'Geschilderd als de grote Hoer van Babylon,' merkte Dominik op. 'Getooid. Perfect.'

Nog steeds in shock door wat er zojuist was gebeurd, zocht Summer naar woorden.

Dominik haalde een stuk zwarte stof uit een van zijn broekzakken en bevestigde de blinddoek om haar hoofd, zodat voor Summer ineens alles donker was.

'Ik mag niet weten wie er aanwezig is?' protesteerde ze zwakjes.

'Nee.'

'Ook niet of er een of meer personen zijn?'

'Dat is voor jou een vraag en voor mij een weet,' antwoordde Dominik.

Weer een nieuwe variatie op het ritueel.

Terwijl de mogelijke consequenties van deze situatie in haar hoofd over elkaar heen tuimelden, haalde Summer diep adem.

'Ik laat je nu alleen,' zei Dominik. 'Je kunt nog even oefenen, als je dat wilt. Ik kom straks terug met mijn gast... of gasten...' Ze hoorde de licht ironische klank in zijn stem. 'Als ik over een kwartier of zo terugkom, zal ik niet alleen zijn. Ik klop drie keer op de deur en kom dan binnen. Dan zul je voor ons spelen. Begrijp je de regels volledig?'

Summer knikte instemmend.

Dominik verliet de kamer.

Ze pakte haar viool en begon warm te spelen.

Dominik had Victor gevraagd om zijn schoenen beneden te laten staan. Op die manier kon Summer, als ze de kamer op de bovenste verdieping binnenkwamen, aan het zachte schuifelen van hun sokken op het hout niet afleiden hoeveel bezoekers er precies waren.

Toen hij Summer in volle glorie zag staan, met de viool in haar handen, hier en daar geaccentueerd door de donkerrode kleur van de lippenstift, begon Victor van oor tot oor te stralen. Hij draaide zich om naar Dominik, alsof hij hem wilde feliciteren. Hij wist dat het hem niet was toegestaan om te spreken.

Al sinds hij Dominik had geholpen met het samenstellen van het incomplete strijkkwartet van Lauralynn had hij hem steeds aan zijn hoofd gezeurd om informatie over waar hij nu precies mee bezig was. Dominik vermoedde ook dat Victor meer was dan een toevallige kennis van Lauralynn, en dat ze elkaar door en door kenden. Victor had altijd wel ergens rondgehangen op de campus en in Dominiks sociale leven. Hij had een ontzettend ingewikkelde, Oost-Europese herkomst die hij telkens moeiteloos aanpaste aan wie hij zijn verhaal vertelde. Hij was gastdocent filosofie en stond bekend als muziekliefhebber. Hij verplaatste zich van universiteit naar universiteit als een supergeleerde en bleef nergens lang hangen waardoor hij onder de radar bleef. Hij deed volle collegezalen versteld staan van zijn ongekende briljantheid, bestudeerd enthousiasme en obscure theorieën, die hij ook nog eens gepubliceerd wist te krijgen in exclusieve vakbladen. Victor was van gemiddelde lengte, met asblond haar en een kort, satanisch baardje, dat hij met fanatieke precisie trimde.

Dominik luisterde niet vaak naar roddels, maar hij wist dat er over Victor allerlei geruchten de ronde deden, en vaak bijzonder ingenieus verzonnen. Hij was de man die je moest hebben voor intriges en libertijnse zaken, met volgens zeggen een compleet spectrum aan affaires met studentes op zijn palmares. Een van de decanen had eens besmuikt gehint dat er gebruikelijk bepaalde buitenschoolse activiteiten werden verwacht van promovendi van het vrouwelijk geslacht van wie Victor het proefschrift begeleidde. En inderdaad nam hij maar weinig studenten aan die niet beeldschoon waren, dat moet gezegd worden.

Victor had Dominik nu al een tijdje proberen uit te horen over zijn 'project', zoals hij het noemde, en uiteindelijk had Dominik het bestaan van Summer onthuld en hem verteld hoe het spel dat hij met haar speelde zich had ontwikkeld, hoewel hij wel de meer intieme details voor zich hield.

'Ik moet haar zien,' had Victor gezegd. 'Ik wil haar absoluut zien.'

'Ze is echt fantastisch, dat moet ik toegeven,' had Dominik geantwoord. 'Misschien...'

'Niet misschien, vriend. Je moet het me toestaan. Al is het maar één keer. Dat vindt ze toch wel goed?'

'Tot nu toe heeft ze overal mee ingestemd, of ze is in elk geval akkoord gegaan met alle vreemde omwegen die ik heb genomen,' gaf Dominik toe aan Victor.

'Alleen als toeschouwer, dat begrijp je. Maar niet zonder interesse, uiteraard. Schuilt er niet in ieder van ons een voyeur?'

'Ik weet het,' zei Dominik.

'Wil je het aan haar vragen, alsjeblieft?'

'Soms geeft ze haar toestemming niet zozeer in woorden. Ik veronderstel het. Of ik zie het in haar ogen, of in de manier waarop ze beweegt.'

'Dat lijkt me logisch,' zei Victor. 'Dus je doet het, Dominik? Ik ben echt gefascineerd door het onderwerp van jouw experiment.'

'Mijn experiment?'

'Is het dat dan niet?'

'Ja, ik neem aan van wel, als je het zo stelt.'

'Mooi. Dus we begrijpen elkaar?'

'Je kijkt toe hoe ze speelt, daar blijft het bij, afgesproken?'

'Absoluut, vriend, absoluut.'

Tijdens het spel van Summer plukte Victor voortdurend in gedachten verzonken aan zijn korte baardje. Haar donkerrode tepels leken op schildjes in het ijle maanlicht dat door de vierkante daklichten naar binnen viel. Het licht omhulde haar met een stralenkrans die leek te echoën op de tonen van de muziek, naarmate de melodie zich ontvouwde, door allerlei ingewikkelde lanen en zijstraatjes trok, alvorens de uiteindelijke bestemming te bereiken.

Haar vingers gingen over de hals van het instrument en de soepele beweging van de strijkstok over de strakgespannen snaren deed denken aan een surfer op een golf. De muziek trok onderhuids door haar lichaam heen, voerde haar mee, en de mannen keken toe in een geluidloze eenheid, ondanks de muziek die de kamer omhulde. Zij wist dat ze bekeken werd, de mannen staarden naar haar en genoten van haar lichamelijke bekoring en kwetsbaarheid. Wie hier de controle had, dat was een heel andere zaak.

Dominik hoorde de ademhaling van de ander, en hij realiseerde zich dat Victor net zo betoverd was als hijzelf. De naakte verschijning van Summer had deze uitwerking, haar rug was zo verschrikkelijk recht dat het leek of ze zichzelf moedwillig aanbood voor gebruik, of onderzoek, of plundering. Er schoot een idiote gedachte door zijn brein. Nee toch? Of... misschien? Hij beet op zijn tong.

Met een zwierig, zelfvoldaan gebaar rondde Summer het stuk af. Nu de betovering verbroken was, was Victor geneigd te applaudisseren, maar Dominik gebaarde snel naar hem om dit te voorkomen. Hij legde zijn vingers op zijn lippen om aan te geven dat de stilte niet verbroken mocht worden. Summer mocht niet weten wie er aanwezig was, of hoeveel personen er waren.

Victor en Dominik keken even naar elkaar. Dominik had de indruk dat Victor hem aanmoedigde. Of was dat in zijn verbeelding? Summer wachtte af, met de Bailly nog in haar hand, trots in haar naaktheid. Zijn ogen vielen op haar middenrif, toen lager. Hij ontwaarde haar spleet achter een dun gordijntje van kleine krulletjes in het zwakke licht waarmee de kamer nu verlicht werd.

Hij deed een paar stappen naar voren, nam de viool uit Summers hand en legde hem voorzichtig op de grond achter hem, waar hij veilig lag.

'Ik wil jou,' zei hij. 'Je maakt dat ik jou wil, Summer,' ging hij verder.

Ze was nog steeds geblinddoekt, dus hij kon haar reactie niet in haar ogen zien. Zijn hand bleef op haar borst rusten. De tepel was keihard. Dat was voor hem antwoord genoeg.

Hij kwam met zijn mond dichterbij en fluisterde in haar oor: 'Ik wil je nu nemen, ter plekke.'

Hij dacht iets van een knikje te zien, maar was er niet helemaal zeker van.

'En er zal iemand toekijken...'

Haar borst kwam omhoog toen ze een diepe teug adem haalde. Hij voelde haar heel even rillen.

Hij legde zijn linkerhand op haar schouder en duwde lichtjes omlaag.

'Zakken, op handen en knieën.'

En toen neukte hij haar.

Victor keek in complete stilte toe, gefascineerd door het schouwspel van de dikke penis van Dominik die de opening van Summer in en uit gleed, haar lippen spreidde met ongenaakbare kracht, stotend in haar diepe binnenste. Hij keek hoe haar ademhaling op en neer ging terwijl ze genomen werd, hoe haar neerhangende borsten zachtjes heen en weer deinden, in beweging gebracht door de regelmatige voorwaartse beweging van Dominiks lichaam tegen dat van haar, het ketsen van zijn ballen tegen haar kont.

Victor veegde zijn voorhoofd af en streek terloops langs zijn kruis, door het materiaal van zijn groene corduroy broek.

Terwijl hij zichzelf bij Summer in en uit bleef pompen, zag Dominik uit zijn ooghoeken hoe opgewonden zijn collega was. Hij zag hoe hij wild naar hem grijnsde, maar toen was hij weer afgeleid door hoe haar anale opening wijder werd door de impact van zijn pik in haar, als een golf die ontstond in haar vagina en naar buiten uitwaaierde in concentrische cirkels, eerst haar anus in beweging bracht en vervolgens de rest van haar lichaam, zodat het hele oppervlak van haar huid tot leven kwam door de golf van genot die over haar heen spoelde.

Het achterste gaatje gaapte microscopisch en Dominik kon het niet helpen om zich voor te stellen dat hij haar daar op een dag zou willen neuken. Terwijl hij dat deed, had hij niet gezien dat Victor zich had verplaatst. De hoogleraar filosofie had zichzelf voor hem gepositioneerd, bij het gebogen gezicht van Summer. Heel even dacht Dominik dat Victor van plan was om zijn eigen pik eruit te halen en die in Summers mond te stoppen, de klassieke sandwich, zoals het in ordinaire kringen werd genoemd. Hij wilde net protesteren, maar Victor haalde alleen een zakdoek tevoorschijn uit zijn broekzak en veegde, heel voorzichtig, het zweet van Summers voorhoofd. Hij schonk Dominik een soterische glimlach terwijl hij dat deed.

Toen ze zich realiseerde dat het niet Dominik was die haar voorhoofd aanraakte, hoe voorzichtig ook, verstrakte Summer even. Hij voelde hoe haar vaginale spieren zijn pik ongewoon stevig vastgrepen. Er schoten allerlei gedachten door hem heen, onmogelijkheden, onfatsoenlijkheden en allerlei herinneringen. Hij bedacht opgewonden dat hij ooit gelezen had – was het in de Markies De Sade? – dat bij vrouwen die stierven bij het bedrijven van seks de vaginale spieren zich aanspanden en dat de penis van de man daar dan in vast kon blijven zitten, als in een bankschroef. Of was het in andere pornografische verhalen, iets met vrouwen en K9s, zoals het in contactadvertenties minder dan eufemistisch werd genoemd? De schokkende gedachte raakte hem als een bliksemstraal en hij kwam heftig klaar, bijna walgend van zijn eigen gedachten.

Toen hij weer opkeek, had Victor de kamer verlaten. Onder hem leek Summer naar adem te snakken.

'Gaat het?' vroeg hij voorzichtig, terwijl hij zich uit haar terugtrok.

'Ja,' zei ze, een beetje onvast.

Ze liet zich in haar volle lengte op de vloer vallen, op haar eigen manier net zo uitgeput als hijzelf.

'Wond het je op om te weten dat je bekeken werd?' vroeg Dominik.

Ze deed haar blinddoek af en draaide zich om om hem aan te kijken. Ze gloeide helemaal.

'Verschrikkelijk,' bekende ze, en ze liet haar blik zakken.

Dominik wist nu hoe ze in elkaar stak, hoe haar lichaam reageerde op de blikken van een voyeur, maar ze wist nog steeds niet zeker waar hij haar hierna mee naartoe zou nemen.

*

De studenten hadden een korte pauze tussen de semesters en Dominik had al lang geleden een uitnodiging geaccepteerd om een congres bij te wonen in Italië, waar hij een van meerdere belangrijke sprekers zou zijn. Hij had geregeld dat hij nog wat extra vrije tijd had in het buitenland, na zijn officiële praatje.

Toen Summer hem vroeg wanneer ze elkaar weer zouden zien, had hij haar geïnformeerd over zijn afwezigheid. De teleurstelling stond op haar gezicht te lezen. Ze waren in zijn keuken op de begane grond en aten wat geroosterd brood met boter na de neukpartij op zolder. Summer had haar T-shirt weer aangetrokken, ze lekte nog steeds overduidelijk, en op verzoek van Dominik had ze haar spijkerbroek niet weer aangetrokken en zat ze nu met haar blote kont op een metalen stoel aan het granieten aanrecht, waarop hij de borden en glazen grapefruitsap had uitgestald.

Ze was zich zeer bewust van haar gedeeltelijk ontklede toestand, omdat het kriskraspatroon van de stoel in haar achterste sneed. Ongetwijfeld zou hij straks weer een nieuw stel markeringen op haar kont zien staan, als ze opstond, en hij zou duidelijk zichtbaar genieten van dat schouwspel als ze uiteindelijk de trap weer op moest lopen om haar spijkerbroek op te halen, waarbij Dominik perfect zicht zou hebben op haar achtersteven.

Dominik was weer helemaal de afstandelijkheid zelve en kennelijk niet in staat om over iets wezenlijks te praten, laat staan iets te zeggen over wat hij op de lange duur van haar verwachtte. Maar Summer was pragmatisch ingesteld en liet zich meevoeren op de stroom. Hij zou het wel uitleggen als de tijd daar was, verwachtte ze. Op dit moment beperkte hij zich tot koetjes en kalfjes. Ze wilde hem zo graag iets vragen over hemzelf, zijn verleden, in een poging om hem te 'lezen', om deze intrigerende man beter te begrijpen, maar misschien was deze reserve, deze afstand, wel een onmisbaar onderdeel van het spel. Aan de ene kant voelde ze zich enorm tot hem aangetrokken, maar aan de andere kant schuilde er iets nachtelijks in Dominik, iets duisters waar ze behoefte aan had, maar dat haar tegelijk ook afschrikte. Het leek erop dat elke stap in deze vreemde relatie een langzame progressie was in een reis naar een plaats die ze zich nu nog niet kon voorstellen.

'Ben je ooit in Rome geweest?' vroeg hij haar terloops.

'Nee,' antwoordde Summer. 'Er zijn nog zo veel plaatsen in Europa die ik nog niet heb bezocht. Toen ik uit Nieuw-Zeeland naar Europa kwam, heb ik mezelf beloofd om elke kans aan te grijpen om rond te reizen, maar ik had nooit genoeg geld, dus ik heb nog niet veel kans gehad. Ik ben een keer een week naar Parijs geweest met een rockband waarin ik soms vioolspeel, maar dat was het wel.'

'Vond je het leuk?'

'Het was geweldig. Het eten was heerlijk, de musea waren enorm, de sfeer was zinnenprikkelend, maar omdat ik speelde met mensen die ik nog niet goed kende – ik moest op het laatste moment iemand vervangen – heb ik veel tijd besteed aan repeteren, dus ik had niet de kans om alle plekken te bezoeken die ik had gehoopt. Ik heb mezelf beloofd dat ik nog een keer terugga om meer te zien en te doen. Ooit. Parijs fatsoenlijk leren kennen.'

'Ik heb begrepen dat Parijs ook veel goed gedijende privéclubs heeft.'

'Fetisjclubs?' vroeg Summer.

'Niet echt,' antwoordde Dominik. 'Ze noemen het *clubs échangistes*, wat vrij vertaald parenclubs betekent. Daar is bijna alles mogelijk.'

'Heb jij wel eens zo'n club bezocht?'

'Nee. Ik had nooit de juiste persoon om mee te nemen.'

Was dit een verkapte uitnodiging? vroeg ze zich af.

'Er is een heel beruchte club, die Les Chandelles heet, de kaarsen. Het is er superelegant, er is niets vuigs aan,' benadrukte hij met een kleine glimlach.

Daarna liet hij het onderwerp varen.

Onhebbelijke man. Net toen er allerlei vragen in haar opkwamen. Dacht hij erover om haar daar mee naartoe te nemen en moest ze er dan optreden? Alleen muziek? Of ook een seksuele voorstelling? Misschien in het openbaar bestegen worden? Zelfs door anderen? Summers voorstellingsvermogen sloeg volledig op hol.

'En, heb jij nog plannen voor de tijd dat ik weg ben? Meer fetisjavonturen misschien?' vroeg Dominik.

'Niet echt,' antwoordde Summer, hoewel ze ook wel wist dat het onwaarschijnlijk was dat er niets zou gebeuren. Dat was onvermijdelijk. Elke zenuw in haar lichaam was nu aangestoken als een lantaarn en ze wist dat haar opwinding en nieuwsgierigheid zich op een gladde helling bevonden, de snelheid waarmee het zich ontwikkelde nam elke dag toe.

Dominik was zich hier duidelijk van bewust.

Zijn gezichtsuitdrukking werd iets serieuzer. 'Je begrijpt toch dat je me niets schuldig bent?' zei hij. 'Je bent vrij om je eigen leven te leiden in mijn afwezigheid, maar ik zou nog wel één ding van je willen vragen.'

'En dat is?'

'Wat je ook doet, waar je je ook mee bezighoudt, buiten de gewone dagelijkse dingen zoals werken, slapen, met je band spelen, ik wil dat je me op de hoogte houdt. Schrijf me. Met alle details. Breng verslag aan mij uit. Per e-mail, of sms, of zelfs per ouderwetse brief als je daar tijd voor hebt. Wil je dat voor me doen?'

Summer stemde daarmee in.

'Kan ik je nog een lift terug naar je appartement aanbieden?'

Dat sloeg ze af. Zijn huis was maar een paar minuten van de metro en ze had even tijd nodig om na te denken, even een stukje vrije tijd dat Dominik niet beheerste.

**

Dominik had beleefd geweigerd toen de Sapienza Universiteit in Rome hem had aangeboden om een kamer voor hem te regelen in een hotel dat dicht bij de campus lag. Hij had liever zijn eigen accommodatie en had een kamer geboekt in een viersterrenhotel aan de Via Manzoni, op tien minuten per taxi vanaf het Stazione Termini, waar de trein vanaf het vliegveld hem zou brengen.

Hij zou deelnemen aan het congres, zijn verhaal houden over vergelijkende literatuurwetenschap, over 'Aspecten van wanhoop in de literatuur van de jaren dertig tot vijftig', met de nadruk op de Italiaanse schrijver Cesare Pavese. Die maakte deel uit van een lange traditie schrijvers die zelfmoord hadden gepleegd, om allerlei verkeerde redenen. Het was een onderwerp, hoewel enigszins luguber, waarin hij ongemerkt een soort autoriteit was geworden. Hij zou wat netwerken met zijn internationale collega's, maar hij had ook tijd voor zichzelf nodig, om te kunnen nadenken over de afgelopen weken met Summer. Hij moest hoognodig zijn gedachten op een rijtje zetten, zijn gevoelens analyseren en besluiten hoe hij nu wilde dat het verderging. Hij had het gevoel dat hij een overdaad aan innerlijke conflicten moest oplossen. Te veel. Het zou wel eens een zooitje kunnen worden.

Na zijn praatje op de tweede dag van zijn verblijf in Rome, had hij zich aangesloten bij een groepje andere congressprekers en -deelnemers voor een diner in een restaurant bij het Campo dei Fiori. De *fragole di bosco*, wilde bosaardbeitjes, hadden precies het juiste effect en waren precies goed gerijpt, en de poedersuiker waarmee ze waren bestrooid maakte de smaak compleet op het moment dat het fruit zijn tong beroerde.

'Is lekker, *no?*'

Tegenover hem aan de smalle rechthoekige tafel zat een donkerharige vrouw, aan wie hij nog niet was voorgesteld, naar hem te glimlachen. Dominik keek op, zijn ogen rukten zich los van het sappige concert van primaire kleuren op zijn bord.

'Goddelijk,' beaamde hij.

'Ze groeien in de bergen, op hellingen,' ging ze verder. 'Niet in het bos, zoals de naam doet vermoeden.'

'O.'

'Ik heb genoten van uw lezing, erg veel. Is interessant onderwerp.'

'Dank u.'

'Ik vond ook uw boek goed, van drie jaar geleden, over Scott Fitzgerald. Is romantisch onderwerp, *no?*'

'Nogmaals bedankt. Het is altijd een aangename verrassing om een echte lezer tegen te komen.'

'Kent u Roma goed, professor Dominik?' vroeg de vrouw, terwijl de ober langs de tafel manoeuvreerde met een blad vol kopjes gloeiend hete espresso.

'Niet bijzonder,' zei hij. 'Ik ben hier al een paar keer eerder geweest, maar ik ben bang dat ik niet zo'n geweldige toerist ben. Geen grote fan van kerken en oude stenen, ziet u. Ik houd wel van de sfeer, en van de mensen. Je kunt de geschiedenis hier voelen, zonder dat je op een culturele safari hoeft.'

'Beter zelfs,' merkte ze op. 'Is goed om eigen keuzes te maken, en niet de gebaande paden te volgen. Mijn naam is Alessandra, overigens,' zei ze. 'Ik woon in Pescara, maar ik werk aan Universiteit van Florence. Ik geef colleges in klassieke literatuur.'

'Interessant onderwerp.'

'Hoe lang blijft u in Rome, professor Dominik?' vroeg Alessandra.

'Ik heb nog vijf dagen.' Het congres zelf eindigde de volgende avond en daarna had hij nog geen plannen. Hij wilde gewoon wat ontspannen, genieten van het eten, het weer, wat tijd nemen om na te denken.

'Als u wilt, ik kan u wel wat van de stad laten zien. Het echte Rome, niet de toeristische dingen. Geen kerken, ik beloof het. Wat zegt u daarop?'

Waarom niet? dacht Dominik. Haar warrige zwarte haar was één grote massa losse krullen en haar zongebruinde huid hield een belofte van warmte in. Hij had Summer, toen hij nog in Londen was, toch duidelijk gemaakt dat wat zich tussen hen ontwikkelde niet exclusief was? Of toch niet? Hij wist dat hij haar niet om beloften had gevraagd, en zij had hem ook geen eisen gesteld. Noem het een avontuur, geen relatie in dit stadium.

'Ik zeg: goed plan,' zei hij tegen Alessandra. 'Wat een geweldig idee.'

'Kent u Trastevere goed?' vroeg ze.

'Binnenkort vast wel,' glimlachte Dominik.

Verleiding is meestal een spel tussen volwassen mannen en vrouwen, waarbij geen van beide partijen zich ervan bewust is wie de verleider is en wie er verleid wordt. Zo bleek het ook te gaan met Alessandra uit Pescara. Het feit dat ze in haar hotelkamer belandden was gewoon geografisch gezien het meest praktisch, omdat de nachtkroeg waar ze hun laatste drankjes nuttigden (zoete martini voor haar en voor Dominik zijn gebruikelijke glas cola zonder ijs – hij was geheelonthouder vanwege de smaak en niet uit principe, hij had de smaak van alcohol eigenlijk nooit lekker gevonden, ook niet toen hij jonger was en het spul regelmatig nuttigde) dichter bij haar huiselijke en idyllische *pensione* was dan bij zijn spartaanse, onpersoonlijke, dure ketenhotelkamer.

Zijn telefoon trilde net toen hij haar kamer binnenkwam, terwijl hij Alessandra bij de hand hield. In de lift had hij haar al gezoend en ze had hem toegestaan om achteloos haar achterwerk te strelen door de dunne katoenen jurk die ze droeg.

Hij verontschuldigde zich bij Alessandra, met een smoesje over niet-academische, zakelijke beslommeringen, en las het sms'je dat zojuist binnengekomen was. Het was van Summer.

'Ik voel me leeg,' stond er. 'Ik denk steeds aan jouw complexe verlangens. Verward, geil, een beetje verloren.' Het was slechts ondertekend met 'S'.

Toen Alessandra zich even terugtrok in de badkamer van de suite om zich wat op te frissen, liep Dominik naar het balkon, vanwaar hij de heuvels van Rome zag die in een kring om het omringende landschap heen lagen in de hete avondlucht. Hij stuurde haar een sms'je terug.

'Doe wat je moet doen, maar vertel me er alles over als ik weer terug ben. Doe wat je natuur je ingeeft. En dat is een advies, geen opdracht. D.'

Hij liep langs de kamerhoge gordijnen die het balkon afschermden de kamer weer in. Alessandra wachtte hem op en had twee glazen ingeschonken. Dat van haar leek witte wijn te bevatten, dat van hem mineraalwater.

Ze had de bovenste twee knoopjes van haar witte blouse losgemaakt, zodat de mollige heuvels van haar riante boezem zichtbaar waren, en ze zat op een rechte stoel. De deur naar de slaapkamer rechts van haar stond halfopen, de duisternis was een uitnodiging. Dominik liep naar haar toe, ging achter de stoel staan en nam haar haar in zijn handen, hij greep het oerwoud van woeste krullen vast. Terwijl hij zijn grip verstevigde en het haar daardoor aan haar hoofdhuid begon te trekken, kreunde Alessandra zachtjes als reactie. Dominik liet weer los, boog zich voorover en kuste de achterkant van haar nek, terwijl hij zijn handen om haar hals legde.

'*Sí*,' zei Alessandra, duidelijk hoorbaar buiten adem.

Hij stond nog achter haar en voelde de hitte van haar lichaam opstijgen.

'*Sí*? Dat betekent?' vroeg hij.

'Betekent wij neuken, *no*?'

'Precies,' bevestigde Dominik, terwijl zijn handen verder naar beneden schoven, onder de stof van haar blouse gleden en haar borsten betastten. Haar hart ging als een razende tekeer, het ritme rolde als een drumroffel over het oppervlak van haar huid.

Zijn duim wreef over de vulkanische structuur van haar tepels. Hij vermoedde dat die donkerbruin zouden zijn, gebaseerd op de kleur van haar huid. Hij herinnerde zich de verfijnde symfonie van beige en roze die de contouren van de tepels van Kathryn hadden omlijnd en het feit dat ze zelden hard werden. Vervolgens dacht hij aan de lichtbruine, ruwere structuur van de dopjes van Summer, en toen aan de borsten van nog meer vrouwen die zijn verleden bevolkten, degenen die gekomen waren, degenen die gegaan waren, degenen die hij had liefgehad, had begeerd, verlaten, bedrogen en zelfs pijn gedaan.

Hij trok Alessandra's blouse nogal ruw van haar af, alsof hij boos was dat zij degene was die nu bij hem in de kamer was, en niet een van de anderen. Dat haar huid de verkeerde tint had en niet veel bleker was. Dat haar stem een vreemd, buitenlands accent had, dat hem alleen maar herinnerde aan het Nieuw-Zeelandse accent van Summer. Hij wist dat hij het Alessandra niet kwalijk kon nemen dat haar lichaam zo wulps was en dat ze geen smalle taille had die haar brede heupen goed liet uitkomen. Ze was gewoon het verkeerde lichaam op de juiste tijd, maar daarom was zij nog niet de vijand. Ze stak een hand uit naar zijn broek en haalde zijn half opgeheven penis uit zijn ondergoed tevoorschijn. Vervolgens nam ze hem in haar warme, vochtige mond. Shit, realiseerde hij zich, Summer had zijn pik nog niet gezogen. Betekende dat iets, of had hij haar gewoon nog nooit uitgenodigd om dat te doen? Alessandra's tong begon met zijn eikel te spelen, ze dartelde eromheen in een sluwe, opwindende dans, ze plaagde hem, ging expres met haar scherpe tanden over de hypergevoelige huid. Met een snelle beweging stootte hij hard in haar mond, hij dwong zich naar binnen, zo ver als ze hem kon verdragen, bleef diep in haar keel. Heel even had Dominik het gevoel dat hij haar zou laten stikken en door de blik van angst en afkeuring in Alessandra's ogen toen ze naar hem opkeek vanuit haar onderdanige positie aarzelde hij even, maar hij hield niet op. Hij wist dat het alleen uit boosheid was, dat hij daarom zo ruw was. Diepgewortelde irritatie over het feit dat zij niet de vrouw was met wie hij nu samen wilde zijn: Summer.

Dominik ontspande, kleedde zich uit terwijl Alessandra stilletjes hetzelfde deed. Ze ontdeed haar mond van zijn schacht en ging achterover op het bed liggen in afwachting van hun samenspel. De blik in haar ogen maakte duidelijk dat ze allebei wisten dat dit een ruige neukpartij zou worden, keihard, een mechanische samensmelting die niets te maken had met romantiek of verfijning. Dat kwam hun beiden prima uit. Dit zou hun enige neukpartij zijn. Misschien was het een vergissing. Twee onbekenden die zich vastklampten aan dezelfde boei. Misschien verlangde ook zij naar de armen en de penis van een ander, stelde Dominik zich voor, en daarom betekende hun samenkomen vannacht niets.

Ze zouden 's morgens weer uit elkaar gaan met een paar aardige woorden, ieder weer zijns weegs gaan. Dominik had geen plannen om binnenkort weer naar Rome af te reizen. Toen ze allebei helemaal naakt waren, gooide hij zichzelf tegen haar aan, huid tegen huid, zweet tegen laagje zweet, hij trok haar benen uit elkaar en drong bij haar binnen. Zonder een woord.

Op de achtergrond zoemde Dominiks mobiele telefoon weer, maar hij zou het bericht van Summer niet eerder lezen dan de volgende ochtend.

'Het zij zo. S.'

Summer maakte zich zorgen om haar financiën. Nu ze niet langer op straat speelde in het metrostation, kon ze maar amper leven van haar magere inkomen en de fooien die ze kreeg bij haar parttimebaantje bij het restaurant. De band hield ook even een pauze, omdat Chris druk was met uitwerken van nieuw materiaal, in een goedkope thuisstudio net buiten Londen in het huisje van een vriend. Ze had zelf haar vioolgedeelten een paar weken geleden al opgenomen, maar ze zou pas betaald worden voor haar werk als de opnamen daadwerkelijk geld gingen opleveren. Ze zou haar zeer bescheiden spaarrekening moeten aanspreken. Te veel taxiritten naar afgelegen locaties: Hampstead, fetisjclubs, enzovoort. Opdrachten en bestemmingen waar ze nu eenmaal niet met het openbaar vervoer naartoe kon, omdat ze zich dan niet op haar gemak voelde. En ze ging absoluut niet aan Dominik vragen om haar te steunen. Of wie dan ook, trouwens.

Ze had gehoord dat er een mededelingenbord was met vacatures voor eenmalig studiowerk of lessen bij het conservatorium in Kensington. Toen ze er aankwam, was de entreehal bijna verlaten en ze realiseerde zich dat het vakantie was. Balen. Als er nog wat op het bord zou hangen, zou het allemaal oud en achterhaald zijn!

Ze liep naar de overkant van de hal om de opgehangen berichten en kaartjes op het bord te bestuderen, nam een klein notitieboekje uit haar handtas en krabbelde er een paar nummers in. Ze lette op de datum waarop de berichten waren opgesteld, zodat ze niet afging op iets wat té oud en achterhaald was.

Tussen allerlei verzoeken voor vioollessen van kinderen uit de voorsteden, en een hele rits goedbetaalde uitnodigingen voor strijkensembles (neem zelf zwarte kleding en make-up mee), om mee te fiedelen op de achtergrond bij tv-opnamen van rockbands op zoek naar een beetje klassieke geloofwaardigheid, zag ze een kaartje dat haar bekend voorkwam. Nu realiseerde ze zich hoe Dominik de drie muzikanten had gevonden die haar hadden vergezeld in de crypte. Ze glimlachte. Alle wegen leidden echt wel naar Rome... Maar ze twijfelde even toen ze zag dat het nummer dat op het kaartje stond niet dat van Dominik was. Misschien gebruikte hij een ander nummer, afhankelijk van de gelegenheid of zijn behoefte. Ze stopte de informatie weg.

'Ben je op zoek naar een schnabbel?' zei de zoetgevooisde stem van een meisje in haar oor. Summer draaide zich om om haar gesprekspartner aan te kijken.

'Ja, maar er zit niet echt veel tussen, denk ik.'

De jonge vrouw was ongebruikelijk lang, bijna als een Amazone, ze had geblondeerd haar en zag er nogal spectaculair uit in een donker leren bomberjack en een zwarte skinny spijkerbroek, onderstreept door glimmende laarzen met vervaarlijke hakken. Ze kwam haar ergens bekend voor. Het was het spottende lachje om haar mondhoeken en de manier waarop ze Summer bestudeerde, een beetje geamuseerd en met een natuurlijk overwicht.

'Die ziet er wel interessant uit,' zei de nieuwkomer, wijzend op het kaartje dat ook al Summers aandacht had gewekt.

'Vind ik ook. Een beetje mysterieus en geheimzinnig,' merkte Summer op.

'Ik denk dat het inmiddels achterhaald is,' zei de ander, 'maar iemand is vergeten om het van het bord te verwijderen.'

'Misschien,' zei Summer.

'Herken je me niet?' zei de blondine.

Op dat moment kwam alles weer bij haar boven en Summer voelde hoe ze bloosde. Het was de celliste van die eerste sessie in de crypte.

'O, Laura, was het toch?'

'Lauralynn, om precies te zijn. Het spijt me dat ik zo weinig indruk op je heb gemaakt, maar goed, ik vermoed dat je met je gedachten ergens anders zat. Bij de muziek, natuurlijk.'

Haar stem sprak boekdelen en Summer herinnerde zich die dag en hoe ze zich even had afgevraagd of Lauralynn vanonder haar blinddoek op de een of andere manier haar naaktheid had kunnen zien.

'We speelden goed samen, vond ik. Zelfs al konden we jou niet zien,' benadrukte Lauralynn uitdagend.

'Dat vond ik ook,' bevestigde Summer. Ze hadden elkaar muzikaal al snel goed aangevoeld, ondanks de bijzondere eisen die aan het optreden werden gesteld.

'Waar ben je naar op zoek?' vroeg Lauralynn.

'Een klus. Klussen. Maakt eigenlijk niet uit. Liefst iets met muziek. Ik kom op het moment echt geld tekort,' gaf Summer toe.

'Oké. Maar de betere baantjes worden hier niet geadverteerd. Je volgt hier geen les, of wel? De betere klussen gaan meestal via mond-tot-mondreclame.'

'O.'

'Zullen we anders even ergens koffie gaan drinken?' stelde Lauralynn voor. 'Op de eerste etage is een leuke kantine, en vanwege de vakantie zal het er vast rustig zijn. Daar kunnen we ongestoord praten.'

Summer stemde daarmee in en volgde haar naar boven, via het ronde trappenhuis waar Lauralynn rechtstreeks naartoe liep. De contouren van haar achterwerk waren aan de stof van haar spijkerbroek vastgeplakt alsof die een tweede huid was. Summer had zich nooit aangetrokken gevoeld tot vrouwen, maar deze blonde vrouw had onmiskenbaar een aura om zich heen, een houding van gezag en zelfvertrouwen die ze zelfs in mannen niet vaak was tegengekomen.

Ze konden het goed vinden samen, kwamen erachter dat ze in dezelfde periode een paar jaar in Australië hadden gewoond, maar wel in verschillende steden. Ze kenden allebei dezelfde plaatsen, dezelfde muzikale trefpunten. Summer voelde hoe ze zich ontspande en Lauralynn aardig begon te vinden, ondanks de dubbelzinnige, manipulerende ondertoon die ze instinctief in haar aanvoelde. Na twee rondjes koffie hadden ze besloten om de cafeïnestoot iets te beperken en waren ze overgegaan op prosecco. Lauralynn had erop gestaan om te betalen voor de fles bubbels.

'Hoe flexibel ben je?' vroeg Lauralynn haar plotseling, na een kletspraatje over de akoestiek van diverse locaties in Sydney.

'Hoe bedoel je flexibel?' wilde Summer weten. Ze was er niet helemaal zeker van wat Lauralynn bedoelde, of er een dubbele betekenis aan haar woorden moest worden toegekend.

'Ik bedoel waar je woont.'

'Redelijk flexibel, denk ik,' antwoordde Summer. 'Hoezo?'

'Ik weet dat er een vacature is bij een klassiek ensemble uit de tweede divisie. Ik denk dat je goed genoeg bent. Je zou de auditie met vlag en wimpel doorstaan, daar twijfel ik niet aan. Zelfs geblinddoekt,' lachte ze.

'Dat klinkt fantastisch.'

'Het is alleen wel in New York. En ze willen iemand die voor ten minste een jaar wil tekenen.'

'O.'

'Ik heb contact met de headhunter in Bishopsgate die de werving doet. Zij komt ook uit Nieuw-Zeeland, dus jullie hebben iets gemeen. Ik zou zelf wel een poosje in New York willen wonen, maar er is op dit moment geen vraag naar een celliste.'

'Ik weet het niet.'

'Aarzel je vanwege hem?'

'Hem?'

'Die vent van je, je weldoener, zullen we het zo noemen? Of is hij jouw meester?'

'Absoluut niet,' protesteerde Summer. 'Zo werkt het echt niet.'

'Je hoeft het niet te ontkennen hoor. Ik kon wel raden wat er aan de hand was, wat jullie samen deden, in die crypte. Je moest poedelnaakt optreden, of niet? Dat wond hem op, om jou zo te zien optreden, terwijl wij allemaal volledig gekleed waren, of heb ik ongelijk?'

Summer moest even hard slikken.

'Volgens mij liet het jou ook absoluut niet koud,' ging Lauralynn verder.

Summer hulde zich in stilzwijgen. Ze nam nog een slokje van haar bubbels, die inmiddels niet meer erg bruisten.

'Hoe wist je dat?' vroeg ze.

'Niet,' antwoordde Lauralynn. 'Ik raadde het. Maar een vriend van mij die goed thuis is in kinky dingen heeft de advertentie opgehangen op verzoek van jouw vent – ze zijn bevriend – dus ik had een sterk vermoeden dat het hele gebeuren niet echt koosjer was. Dat wil niet zeggen dat ik het afkeur, absoluut niet. Ik heb er zelf ook wel wat mee.' Ze glimlachte samenzweerderig.

'Vertel,' vroeg Summer.

9

Een meisje en haar nieuwe vriendin

'IK WEET HET GOED GEMAAKT,' zei Lauralynn. 'Ik zal het je laten zien.'

We zaten nog steeds in de kantine van de universiteit te praten over Lauralynns betrokkenheid bij het kinkyseksgebeuren.

Ze reikte met een van haar lange, dunne armen over tafel en pakte mijn hand, met haar nagels ging ze zachtjes over de achterkant van mijn pols.

Ik slikte.

Ik wist niet helemaal zeker of ze iets vast wilde stellen of dat het een uitnodiging was, en waarvoor?

'Heb je wel eens een "domme" te werk gezien?' vroeg ze.

Haar nadruk op de dubbele 'm' maakte het overduidelijk dat ze doelde op de vrouwelijke variant, die buiten de kinky kringen meestal 'dominatrix' genoemd werd.

'Een paar keer,' antwoordde ik, 'maar alleen in clubs. Niet eh… in besloten kring.'

Inmiddels zaten we aan de tweede fles prosecco en ik wist vrijwel zeker dat ik het grootste deel ervan genuttigd had. En anders had Lauralynn een buitengewone tolerantie voor alcohol, want ik was onderhand behoorlijk aangeschoten, terwijl zij nog steeds broodnuchter leek.

'Je zou je breder moeten oriënteren door ook eens te proeven van die andere kant. Het draait niet allemaal om mannen, weet je.'

Ze trok een wenkbrauw op toen ze 'proeven' zei en ik bloosde. Ik was het niet gewend om met vrouwen te flirten en het ging me een beetje boven mijn pet. De hele situatie deed me denken aan mijn eerste ontmoeting met Dominik, in het koffiehuis bij St Katharine Docks. Tegenover elkaar aan een tafel, elkaar bestuderend, een onuitgesproken strijd tussen dominantie en onderwerping, aantrekking en trots.

'Eh, wat zou dat precies inhouden?'

'Dat is voor jou een vraag en voor mij een weet. Ik wil het niet voor je verzieken door de verrassing te bederven.'

Ze had haar hand weer van de mijne gehaald en leunde nu met haar elleboog op de tafel. Met haar wijsvinger ging ze rond over de rand van haar wijnglas, met langzame cirkelbewegingen. Ze zag hoe ik keek naar het spoor van haar vingertop, de stevige druk, onverzettelijk tegen het glas, en ze grijnsde ondeugend.

'Denk je nu aan je vent,' vroeg ze, 'of aan mij?'

Ik dacht even aan Dominik. We hadden inderdaad afgesproken dat we allebei vrij waren om onze verlangens te ontdekken, en ik had hem op de hoogte gehouden van alle details van mijn ontdekkingen, zoals hij had gevraagd, maar ik wist niet zeker wat hij ervan zou vinden als ik me doelbewust zou laten domineren door een ander. Dat was iets anders dan gewoon met iemand neuken, of in een club wat uitproberen. Dit leek anders, op een of andere manier. Dat kwam ook omdat het uitging van Lauralynn, die nog niet zo lang geleden in contract was geweest met Dominik, en misschien nog steeds, veronderstelde ik, omdat ze zich nog altijd moest houden aan de geheimhouding rond onze voordracht.

Ik zou Dominik hier gewoon niets over kunnen vertellen. Ik

kon hem niet vertellen over mijn ontmoeting met Lauralynn zonder haar in de problemen te brengen. Hij had niet gewild dat we na het gebeuren ooit nog contact zouden hebben, daar was ik zeker van. Ik zou tegen zijn instructies in moeten gaan als ik het aanbod van Lauralynn zou willen accepteren.

Die gedachte vervulde me met een golf van opstandigheid. Ik was geen eigendom van Dominik. Zijn macht over mijn gedrag ging sowieso niet verder dan ik zelf wilde. En overigens had hij me nooit specifiek verboden om seks te hebben, of wat ze dan ook van plan was, met Lauralynn.

Ik herinnerde me hoe haar spijkerbroek om haar achterwerk heen geboetseerd leek, en hoe ze voortdurend om zich heen spiedde met een lachje om haar mond. Ze was vast lekker vuig.

Behalve een paar tongzoenen en wat voorzichtig gefriemel was ik nog nooit met een vrouw geweest. Dat was iets wat ik altijd al had willen proberen, maar ik was nog nooit dapper genoeg geweest om een van de situaties waarin ik me bevond naar een volgend niveau te tillen, hoe veelbelovend het op dat moment ook had geleken.

Ik zweefde op de prosecco, en op het overduidelijke seksuele zelfvertrouwen van Lauralynn. Zij had daar voldoende van voor ons allebei.

'Hij is niet mijn vent,' protesteerde ik, terwijl ik haar in de ogen keek.

'Mooi.'

Tien minuten later zaten we achter in een zwarte taxi, op volle snelheid op weg naar haar flat in South Kensington.

Ze had het behoorlijk goed voor elkaar, bedacht ik, toen we aankwamen en ik het interieur van haar appartement kon bekijken. Uiteraard was het oud, zoals bijna alles in Londen, maar het was veel groter dan de meeste studio's die ik had gezien. Het had twee verdiepingen. Het interieur was zoals ik had verwacht, netjes, met strakke lijnen, alles wit, geen tierlantijntjes. Dat had koud kunnen lijken, maar er zat een humoristische ondertoon in de mysterieuze rol die Lauralynn speelde en ik dacht dat haar hele houding van ijskoningin een act was. Daaronder bevond zich een warmer iemand, durfde ik te wedden.

Ze keek toe hoe ik alles in me opnam.

'Geluiddemping,' zei ze, 'daarom ben ik hier komen wonen.'

'Geluiddemping?'

'Het is goed geïsoleerd.'

'O.'

'Houdt het geschreeuw tegen.'

Daar was die ondeugende grijns weer.

'Mijn vorige buren bleven klagen, dus daar moest ik vertrekken,' ging ze verder, met een schouderophalen.

Ik onderdrukte een glimlach. Ik moest altijd lachen als het gewone in aanvaring kwam met het obscene. Deze wereld, waarvan ik nu deel uitmaakte, leek van buitenaf zo duister en zo moeiteloos betoverend, maar perverse mensen moesten, net als alle andere mensen, hun buitenschoolse activiteiten inpassen in de routine van alledag. Ze moesten ook gewoon de huur betalen, of aan nieuwsgierige huisgenoten of huurbazen uitleggen wat die bijzondere voorwerpen in huis deden. Ze moesten hun kunstvorm soms op heel alledaagse plekken beoefenen.

Lauralynn verdween de keuken in en ik hoorde het rinkelen van ijsblokjes in een glas en het geluid van een fles die werd opengedraaid.

'Ga zitten,' zei ze, terwijl ze me een zwaar kristallen glas aanreikte en gebaarde naar een enorme crèmekleurige leren hoekbank, die zo ongeveer twee muren van de woonkamer in beslag nam. 'Ik ga even iets... toepasselijkers aantrekken.'

Ik knikte en nam een slokje. Mineraalwater. Misschien had ze in de gaten gehad dat ik door de prosecco een beetje licht in het hoofd was geworden. Het combineren van alcohol met lichamelijk veeleisende seksuele perversies is geen goed idee, een van de redenen waarom ik zo gemakkelijk vertrouwen stelde in Dominik en het gebruik dat hij van mijn lichaam maakte: ik wist dat hij niet dronk.

Ze draaide zich nog een keer om toen ze onder aan de trap stond.

'Trouwens, Summer?'

'Ja?'

'Er komt nog iemand langs.'

Daar liet ze me een minuut of twintig over peinzen. In die tijd bleef ik aandachtig luisteren of ik de deurbel hoorde en ik vroeg me af wat ik moest doen als dat gebeurde voordat zij weer beneden was. Ik maakte meteen gebruik van de gelegenheid om de kleine badkamer beneden te gebruiken om me even op te frissen.

Zou ze me beffen? vroeg ik me af, en ik waste me even snel, voor het geval dat. Of zou ze verwachten dat ik haar befte? Ik was behoorlijk bedreven in pijpen, een taak waar ik zelf ook erg van genoot. Ik verlustigde me in de macht die ik voelde als ik een man helemaal kon doorgronden, hem zo veel genot kon bezorgen dat hij al het andere leek te vergeten, dat hij een gevangene was van mijn mond, zelfs al was ik degene die op haar knieën lag. Maar ik had mijn tong nog nooit gebruikt bij een vrouw, en ik was er niet helemaal zeker van hoe ik dat moest aanpakken. Ik kreunde even toen ik erover nadacht hoe moeilijk het voor een partner was om mij een orgasme te bezorgen, dat lukte alleen bij een perfect georkestreerde combinatie van aanrakingen en mentale suggestie, en zelfs dan was het nog geen voldongen feit. Zou ik in staat zijn om Lauralynn te laten klaarkomen? Ik was er niet eens zeker van of dat wel de bedoeling was.

Volgens het kleine beetje dat ik ervan begreep, was de relatie tussen onderdanigen, of slaven, en hun meesteressen niet seksueel, maar meer een uitwisseling van macht, een complexe dans tussen dienstbaarheid en aanbidding aan de ene kant en een welwillend, theatraal soort machtsbeoefening aan de andere kant. Zoals bij al dit soort scènes leek het alsof de dominatrix de baas was, maar in feite deed ze vaak bijzonder veel moeite om de psychologische kant van iedere klant te doorgronden en gaf ze ieder precies wat hij of zij nodig had.

Dat was zeker geen makkelijke taak, hoewel het waarschijnlijk wel iets was voor Lauralynn, wat zou verklaren hoe ze zich dit dure appartement kon veroorloven en waarom het zo onpersoonlijk was ingericht, waarom alles zo makkelijk schoongemaakt kon worden.

Ik hoorde haar hoge hakken weer op de trap en ik haastte me om mijn reinigingsritueel af te ronden. Lauralynn deed net de deur open toen ik uit de badkamer tevoorschijn kwam.

Ze droeg nu een lichaamsbedekkende latex bodystocking, zonder hoofdbedekking, en ze zag er indrukwekkend uit. Ze had ook andere laarzen aangetrokken, met nog hogere hakken, het waren zulke hoge wolkenkrabbers dat het een wonder was dat ze erop kon lopen zonder om te vallen. Haar haar was glad geföhnd en glansde in het licht – het leek een zwaar blond gordijn, dat heen en weer zwaaide als ze bewoog. Ze zag eruit als iemand uit een film over superhelden.

Ze was gewoon een godin. Ik begreep meteen, zonder enige aarzeling, hoe een man Lauralynn zou willen aanbidden. Zelfs bloemen zouden hun kopjes voor haar buigen als ze langsliep, dacht ik.

'Marcus,' zei ze tegen de man bij de deur.

Ze ging iets opzij, zodat ik hem kon zien.

Hij was van een gemiddelde lengte en bouw, met donkerbruin haar, redelijk knap, maar niet opvallend. Zijn kleding was nietszeggend, een normaal gesneden spijkerbroek en een wit shirt met korte mouwen en een kraagje, keurig gestreken. Hij was volkomen uitwisselbaar met iedere willekeurige man op straat, het soort man dat nooit met zekerheid kon worden geïdentificeerd in een politieconfrontatie.

'Meesteres,' antwoordde hij, met een duidelijk ontzag in zijn stem, toen hij zijn hoofd liet zakken om haar hand te kussen.

'Kom binnen.'

Ze draaide hooghartig haar rug naar hem toe en hij volgde haar het appartement in, zoals een puppy zijn baas volgt. Ze stelde ons aan elkaar voor en hij kuste ook mijn hand. Dat was voor mij een totaal nieuwe ervaring en ik werd meteen in verlegenheid gebracht door zijn vertoon van onderdanigheid. Ik wilde hem uitleggen dat ik geen 'domme' was, maar de uitdrukking op het gezicht van Lauralynn voorkwam dat. Dit was haar enscenering en die zou ik respecteren, welke rol ze me ook wilde laten spelen.

Marcus en ik volgden Lauralynn zonder iets te zeggen en stopten toen ze onder aan de trap stond.

'Op je knieën,' zei ze tegen Marcus, die zich onmiddellijk achter mij liet zakken. 'En niet onder haar rok kijken.'

Er was dus iets van een rangorde bepaald, met Lauralynn aan de leiding, mij als een soort handlanger, en Marcus als Lauralynns onderdanige – slaaf of dienaar, ik wist er nog niet voldoende van om dat onderscheid te kunnen maken, als dat er al was.

'Ga zitten, Summer,' zei ze tegen mij, en ze wuifde met een hand naar haar bed, helemaal in het zwart getooid, een dramatisch contrast met al het wit beneden. Misschien mochten de mannen van haar hier geen orgasme krijgen, overwoog ik, anders zou het lastig zijn om de lakens schoon te houden.

Ik ging zitten.

'Was haar voeten,' instrueerde ze Marcus, die nog steeds geknield zat, met zijn lichaam rechtop, wachtend op Lauralynns instructies met het enthousiasme van een hond die een bot verwacht.

Ik boog voorover en begon mijn schoenen uit te trekken.

'Nee,' zei ze tegen me. 'Daar is hij voor.'

Marcus kroop naar de aangrenzende badkamer, waar ze kennelijk een kom had klaargezet met een washandje. Ik vermoedde dat hij dit al eens eerder had gedaan.

Hij kwam terug, nog steeds op zijn knieën, met de kom balancerend in zijn ene hand en het washandje over zijn arm, elegant, zoals een ober dat doet.

Hij tilde een van mijn voeten op, verwijderde mijn schoen en begon met zijn karwei, terwijl hij de hele tijd zorgvuldig van mij wegkeek, naar de vloer, over zijn schouder, hij vermeed zorgvuldig dat hij ook maar een toevallige blik onder mijn rok zou kunnen werpen. Zijn aanraking was voorzichtig, ervaren, te oordelen naar zijn kunde, zeker gezien het feit dat hij zijn taak blind moest vervullen; hij had wel een schoonheidsspecialist kunnen zijn, en misschien was hij dat ook wel, in zijn andere leven.

Het was prettig genoeg, maar de hele situatie gaf me een ontzettend ongemakkelijk gevoel. Ik probeerde tevreden te kijken, ik wilde Marcus geen enkel signaal geven dat ik niet blij was met zijn werk, hoewel hij daar misschien van had genoten. Lauralynn bekeek me met argusogen, terwijl ze gestroomlijnd als een panter door de kamer beende in haar bodystocking. Het latex glansde zo hevig, dat ik er mijn eigen spiegelbeeld in kon zien als ze dichtbij genoeg kwam. Ze hield nu een rijzweep in haar hand, die ze af en toe behendig voor ons heen en weer zwaaide, ofwel als dreigement, ofwel als belofte.

Uiteindelijk was hij klaar. Ik slaakte een zucht van opluchting.

'Dank je,' zei ik vriendelijk tegen de man die aan mijn voeten zat.

'Bedank hem niet,' kwam Lauralynn tussenbeiden. Ze zette de rijzweep onder zijn kin en tilde zijn hoofd iets op. 'Sta op.'

Dat deed hij.

'Trek je kleren uit.'

Hij pelde zijn shirt en zijn spijkerbroek af, volgzaam. Ogenschijnlijk was het een niet onaantrekkelijke man. Alles klopte aan hem. Alle onderdelen op de juiste plaats, een redelijk slank lichaam, maar op de een of andere manier was er niets aan hem wat ik ook maar enigszins aantrekkelijk vond.

Lauralynn benam me de adem en joeg mijn hart op hol, maar mijn gevoelens voor Marcus zweefden ergens tussen tegenstrijdigheid en weerzin. Hij zag er zo kwetsbaar uit, zoals hij daar stond met zijn kleren uit, onder haar controle, naakter dan naakt, als een leeuw die zojuist geschoren is door jagers.

Was dat wat mensen zagen als ze toekeken hoe ik gedomineerd werd? vroeg ik me af. Misschien was dat wel zo. Misschien was het ook afhankelijk van de specifieke eigenaardigheden van de toeschouwer. Het was wel duidelijk dat mijn eigen seksuele voorkeur niet uitging naar onderdanige mannen. Dat was waarschijnlijk, gezien mijn relaties in het verleden, geen grote verrassing. Andere mensen zouden vermoedelijk ook hun eigen handleiding hebben en door bepaalde dingen geprikkeld worden.

'Op het bed!' blafte Lauralynn. Ze cirkelde nu om hem heen, zoals een kat om zijn prooi heen sluipt.

Marcus wist niet hoe snel hij moest gehoorzamen.

Ze leunde over hem heen en bond een blinddoek om zijn hoofd, controleerde met een zachte streling of die strak genoeg zat, zoals je een huisdier geruststelt voordat het bestraft wordt.

'En nu wacht je tot wij terugkomen.'

Ze liet hem op het bed achter en wenkte naar mij, dat ik haar moest volgen naar de badkamer. Ze deed de deur dicht en knielde vervolgens. Ze deed het kastje onder de wastafel open en toverde twee grote zwarte dildo's tevoorschijn uit afgesloten plasticzakken. Ze waren allebei bevestigd aan een gordel. Voorbindpenissen. Nog zo'n artikel dat ik wel eens had gezien in seksshops en pornofilms, maar nog nooit in het echt. Ik had natuurlijk wel interactie tussen twee vrouwen gezien bij de seksparty's die ik had bezocht, maar neuken compleet met penetratie was, nu ik er nog eens over nadacht, toch uitsluitend heteroseksueel geweest. Best jammer eigenlijk – ik zou wel eens twee vrouwen, of twee mannen, op die manier verenigd willen zien.

Lauralynn gaf er een aan mij en toen viel het kwartje.

'Bind deze voor,' zei ze.

'O mijn god, ik kan hem niet neuken hoor!'

'Je zou er nog versteld van staan wat je kunt. En hij vindt het heerlijk. Je doet de man een plezier, geloof me.'

Ze keek nog een keer naar mijn gezicht en haar gezichtsuitdrukking verzachtte.

'Oké,' zei ze. 'Jij mag kiezen welke kant je wilt. Wat wil je, voorkant of achterkant?'

'Ik wil de voorkant graag,' antwoordde ik, er zeker van dat ik liever geen van beide had, maar ik pakte de gordel die ze me voorhield toch aan. Die was verbazend zwaar en het geheel zag er niet erg comfortabel uit. Dit zou hard werken worden.

'Moet ik mijn kleren uittrekken?'

'Nee. Het is hem niet toegestaan om een vrouw naakt te zien. Houd je kleren maar aan, voor het geval dat zijn blinddoek af glijdt.'

Ik vroeg me af wat dat nu voor zin had. Ik veronderstelde dat het Lauralynn nog onbereikbaarder maakte, als hij nooit ook maar een glimp mocht opvangen van haar kwetsbare zelf, haar naakte vlees.

Inmiddels aangegord keerden we terug naar de slaapkamer, waar Marcus op handen en knieën zat te wachten, zichzelf geduldig aan ons aanbiedend, zodat wij hem konden gebruiken. Ik slikte een keer. Ik was er niet zeker van dat ik hiermee door kon gaan, maar ik was nu zo ver gekomen en ik wilde Lauralynn niet voor gek zetten door me nu terug te trekken.

Ze zag er geweldig uit, helemaal ingegesp in haar dildo. Ze droeg hem met een houding van iemand die daadwerkelijk een pik had. Op een bepaalde manier was dat ook zo, dacht ik. Plotseling wilde ik dat ik Marcus was. Ik wilde daar op handen en knieën zitten, voor haar neergeknield, ik wilde voelen hoe haar enorme zwarte pik de omheining van mijn kut binnendrong. Hij zou ook eeuwig hard blijven, dacht ik met een steek van jaloezie, en toen van kwaadheid. Hij had mijn plaats ingenomen en ik vond het maar niets.

Ik kon mezelf niet in de spiegel zien, maar ik voelde me onhandig en lelijk, met die gordel over mijn kleren heen. Hij was te lomp, en de gordel was te groot voor mij, waardoor het ding heel raar op en neer stuiterde als ik liep.

Lauralynn bevond zich al achter hem. Ze had zijn kont naar zich toe gedraaid, en ik keek toe hoe ze een chirurgische handschoen aantrok en vervolgens haar wijsvinger en middelvinger insmeerde met een glijmiddel. Bij het geluid dat de handschoen maakte toen ze hem om haar pols trok, kreunde Marcus vanwege het genot dat zou komen en hij tilde zijn kont alvast helemaal omhoog, als een loopse teef die wacht tot ze bestegen wordt.

Ze stak eerst één en toen beide vingers in zijn anus, met zichtbaar genoegen.

'Wat zeg je nu, ondankbare slaaf!' riep ze.

'O, dank u wel, meesteres, dank u wel!'

Hij begon heen en weer te bewegen, naar voren en naar achteren tegen haar vingers, waarbij zijn ballen hard tegen haar handpalm aan ketsten.

Ze gebaarde naar mij dat ik voor zijn gezicht plaats moest nemen.

'Doe je mond open en zuig op de pik van deze dame, slaaf.'

Ik ging iets verder naar voren, zodat hij me kon bereiken en keek toe hoe hij gretig aan het uiteinde van mijn pik begon te likken. Ik begon te stoten.

'Ben je al klaar voor mijn pik?' zei Lauralynn, terwijl ze haar vingers uit zijn anus terugtrok en voorzichtig de handschoen uitdeed, waarbij ze hem voorzichtig met een tissue aan de kant legde. Ik zag dat ze een kleine handdoek onder hem neergelegd had, precies in het pad van zijn nu volledig opgerichte penis. Dus dat was hoe ze de lakens schoonhield.

Marcus kreunde zachtjes, een zachte keelklank van pijn en genot die aan zijn lippen ontsnapte toen Lauralynn zijn anus binnendrong, ze reeg zijn meest ranzige lichaamsopening aan haar paal, pompte op en neer als een zuiger.

Ze ving mijn blik op, hield die vast.

'Neuk hem,' zei ze.

Ik was zowel opgewonden als woest. Ik wilde dat Lauralynn mij neukte, niet deze zielige, kreunende man op haar bed. Ik zou degene moeten zijn die met gespreide benen voor haar zat, niet hij.

Ik greep hem bij zijn blinddoek en duwde hem over mijn

schacht heen, ik verstikte hem met de top van mijn pik. 'Zo voelt het!' wilde ik schreeuwen. 'Vind je dat lekker, of niet, miezerig klein mannetje?'

Ik kon horen dat hij begon te kokhalzen en liet mijn greep op zijn hoofd los, maar hij liet zijn grip op mijn pik niet los, en bleef de dildo zo ver mogelijk zijn keel in drijven.

Aan het andere eind reikte Lauralynn naar voren en ze greep mij bij de schouders, terwijl ze dat deed ramde ze zijn anus binnen met een laatste keiharde stoot.

Hij scheurde zijn mond los van mijn pik en kwam klaar met een schreeuw, stralen wit sperma schoten uit zijn eikel op de handdoek, misten nauwelijks mijn rokje. Lauralynn bevrijdde zichzelf voorzichtig uit de omklemming van zijn sluitspier en keek toe hoe hij op het bed in elkaar zakte. Ze leunde voorover en haalde zijn blinddoek weg, waarbij ze hem een lieve aai over zijn hoofd gaf.

'Braaf,' zei ze. 'Vond je dat lekker?'

'O ja, meesteres.'

'Meesteressen,' zei ze streng, duidelijk het meervoud benadrukkend.

Ik fronste, en volgde haar toen naar de badkamer, waarbij we Marcus achterlieten om bij te komen.

'Dus, Summer Zahova,' zei ze tegen mij met een grijns, terwijl ze haar gordel losmaakte, 'toch niet zo onderdanig, of wel?'

Twee uur later was ik weer thuis, ik lag opgekruld op mijn bed en staarde uit mijn raam naar het niet erg panoramische uitzicht van de bakstenen muur van het naastgelegen gebouw, alsof ik iets kon afleiden uit die alom aanwezige zekerheid van bakstenen en cement.

De Nieuw-Zeelandse headhunter die Lauralynn me had aanbevolen, had een bericht achtergelaten op mijn voicemail, om een auditie te regelen voor de vacature in New York. Ik had niet gesolliciteerd. Lauralynn moest haar mijn informatie hebben gegeven, meteen nadat ik vertrokken was.

Ik had New York al zo lang willen bezoeken, zolang ik me kon herinneren, en ik had er jaren van gedroomd om zo'n grote kans te krijgen, maar ik begon me nu net thuis te voelen in Londen. Ik had eindelijk een manier van leven gevonden waarin ik me thuis voelde, al was ik nog wat verward, eerst door Dominik en nu weer door Lauralynn.

Ik wist niet goed meer wie ik was, of wie ik wilde zijn. Het enige waar ik zeker van was, was mijn viool, mijn prachtige Bailly, en zelfs die was niet helemaal mijn eigendom. Ik zou haar nooit kunnen vasthouden zonder aan Dominik te denken.

Mijn vioolkoffer stond in de hoek, zijn aanwezigheid was nu niet alleen een plezier, maar ook een beschuldiging.

Ik voelde me verschrikkelijk schuldig over mijn avontuur met Lauralynn. Het enige wat Dominik van me gevraagd had was dat ik eerlijk tegen hem zou zijn, en dat was ik niet, of tenminste, dat was ik bewust niet van plan. Hoe kon ik hem ooit vertellen over mijn ervaring met de slaaf van Lauralynn en de voorbinddildo? Dat was zo wezenlijk anders dan alles wat hij over mij wist. Hij zou gaan denken dat hij me helemaal niet kende.

Over een paar uur zou mijn dienst beginnen, en ik kon me niet veroorloven om me te laten afleiden. Ik wist dat ik niet mijn gewone, opgewekte zelf was geweest de afgelopen paar weken, zozeer was ik opgegaan in alles wat er in mijn privéleven gebeurde. Een paar weken geleden had ik al een informele waarschuwing gehad, de dag na de laatste opvoering bij Dominik thuis, daardoor was ik zo van mijn stuk geweest dat ik een paar glazen stuk had laten vallen en kennelijk iemand te veel wisselgeld had gegeven, want na sluitingstijd zat er twintig pond te weinig in de geldlade, en ik had die hele dag voornamelijk de kassa gedraaid.

Om in een betere stemming te komen, trok ik mijn joggingschoenen en trainingspak aan en ging een eindje hardlopen, van mijn huis tot aan de Tower Bridge en verder langs de Thames, vervolgens stak ik de Millennium Bridge over om het circuit aan de overkant af te ronden. Vandaag had ik iets Amerikaans op staan, om me te helpen bij mijn beslissing, het laatste album van The Black Keys. Dat was een van de favoriete bands van Chris. Chris en ik hadden elkaar ontmoet op de eerste rij van hun concert in het Hackney Empire, tijdens mijn eerste week in Londen.

Ik belde Chris toen ik terugkwam van mijn rondje, alleen om zijn stem even te horen, maar hij nam niet op. Ik had hem niet meer gezien sinds het feest bij Charlotte, en hoe dieper ik wegzonk in de fetisjwereld, hoe meer ik me zorgen maakte dat ik de kloof niet meer zou kunnen overbruggen, de twee uiterste kanten van mijn leven bij elkaar kon brengen, en onze vriendschap in stand zou kunnen houden zonder voor hem delen van mijn leven te verbergen omdat ik dacht dat hij die zou afkeuren.

Het joggen had me wel een beetje gerustgesteld, maar ik was toch nog behoorlijk uitgeput toen ik op mijn werk aankwam. Ik probeerde alles uit te schakelen, alles buiten mijn aandachtsveld te houden behalve het gestage zoemen van het koffieapparaat, het klikken van de koffiehouder toen ik die op zijn plek draaide en het zachte sissen van de melk die opgestoomd werd in de melkkan.

Al snel nam mijn eigenaardige kracht van zelfhypnose het over, waarna ik volledig in beslag werd genomen door een lange rij bestellingen voor koffie verkeerd en cappuccino, toen er een groep mannen binnenkwam die ging zitten zonder te wachten tot iemand hun een plek toewees. Bankiers of verkopers, gokte ik, toen ik ze zag zitten, in hun strakke pakken en met hun arrogante houding.

'Summer, kun je even helpen, alsjeblieft?'

Ik schrok op uit mijn dagdroom en realiseerde me dat een van de andere bedienden nog pauze had en dat mijn baas bezig was af te rekenen bij een andere tafel. Hij gebaarde naar de tafel met de nieuwkomers en ik liet de koffiebestellingen even voor wat ze waren, zodat ik ze hun menukaarten kon brengen. Een aantal van hen waren al behoorlijk dronken, merkte ik, gealarmeerd door bulderend gelach en bezwete gezichten. Misschien alvast een lading champagne op kantoor, om een of andere grote deal te vieren.

De kennelijke leider van de groep greep me bij mijn pols toen ik me omdraaide om bij de tafel weg te lopen.

'Zeg snoezepoes, onze vriend hier is jarig,' zei hij, met een gebaar naar een nuchtere man aan de andere kant van de tafel, die een beetje beschaamd keek. 'Misschien kun je ons iets heel speciaals brengen, als je begrijpt wat ik bedoel?'

Ik trok behoedzaam mijn arm los uit zijn greep en schonk hem mijn liefste glimlach. 'Natuurlijk,' zei ik. 'Jullie bediende komt zo meteen langs om jullie alles te vertellen over onze speciale gerechten.'

Ik begon achteruit weg te lopen. Ongetwijfeld stapelden de koffiebestellingen zich op, en de meeste mensen waren behoorlijk ongeduldig als het ging om hun cafeïneshot, en al helemaal als ze kwamen afhalen.

'Ach nee,' antwoordde hij, 'waarom blijf jíj niet hier? Dan kun jij ons over de specialiteiten van het huis vertellen, snoes.'

De jarige job zag dat ik in verlegenheid was en probeerde tussenbeide te komen.

'Dit is niet haar tafel,' siste hij naar zijn dronken vriend.
'Laat dat arme kind met rust.'

Het geluid van zijn stem riep een vage echo van een herinnering in me op, die moeite deed om uit het diepste van mijn brein naar boven te komen.

Ineens wist ik het. De jarige job was de anonieme persoon die me had afgeranseld bij de fetisjclub in Oost-Londen, waar ik alleen naartoe was gegaan, na die eerste keer dat ik naakt voor Dominik had gespeeld. Ik zou die stem uit duizenden herkennen, die klank had zich onuitwisbaar voor eeuwig in mijn brein gehecht, samen met de rest van die ervaring, die op dat moment nog zo nieuw voor me was geweest.

Een blik van herkenning trok over zijn gezicht, op hetzelfde moment dat ik die over mijn eigen gezicht voelde trekken, en we wisselden een blik uit, hielden elkaars blik net iets te lang vast, waardoor zijn metgezel doorhad dat we geen vreemden voor elkaar waren.

'Wacht eens even. Kennen jullie elkaar?'

Hij sprak nu echt erg luid, en de andere gasten waren stiller geworden als reactie op wat zich voor hen afspeelde, hoewel ze wel zo beleefd waren om te proberen om niet te staren.

De kleur van het gezicht van de jarige job werd dieprood en de andere man kromp ineen, misschien had hij net onder de tafel een schop gekregen.

'Kappen, Rob.'

Rob deed precies het tegenovergestelde, verbolgen om mijn kennelijke onwil.

'O, ik weet het al!' riep hij, waarbij hij met zijn vette handpalm zo hard op de tafel sloeg dat zijn vork de lucht in vloog. 'Jij bent dat meisje uit die maffe club waar we zijn geweest! Lekker kontje heb je hoor, pop.'

Hij stak zijn hand uit om snel even aan mijn kont te zitten

en ik schoot weg voordat hij me raakte, waarbij ik zijn arm opzij mepte. Zijn zware manchetknoop bleef hangen aan het tafelkleed van de tafel ernaast, en toen hij zijn arm terugtrok, trok hij het tafelkleed mee, zodat de fles wijn die op de tafel stond omviel en op schoot viel bij de vrouw die daar zat.

Het was rode wijn en, te oordelen aan de elegante kleding van de gast die er nu onder zat, een prijzige. Ze sprong geschokt op uit haar stoel, en ik nam deze gelegenheid te baat om ervandoor te gaan, ik nam haar mee naar de toiletten, zodat ze haar kleding een beetje kon afdeppen.

Ik verstopte me zo lang mogelijk in de toiletten, en de vrouw was erg aardig.

'Was niet jouw schuld,' zei ze, terwijl ze moedeloos haar blouse met zeep bewerkte. 'Ik ken die vent via mijn werk. Het is een rasechte eikel.'

Toch niet zo chic, dacht ik, terwijl ik de vrouw nog eens goed bekeek.

Mijn baas was naar de tafel toe gegaan toen ik op de toiletten afgerend was, en ik wist dat hij de situatie onder controle zou hebben, maar waarschijnlijk ging hij ervan uit dat 'de klant altijd gelijk heeft'. Hij zou ten minste de fles wijn in mindering hebben gebracht op de rekening van de vrouw van wie de kleren verpest waren, en waarschijnlijk de maaltijden ook, al met al zeker een paar honderd pond.

Ik was er niet zo zeker van dat ik er deze keer mee weg zou komen.

Toen ik het toilet uit liep om de gevolgen onder ogen te zien, stonden de mannen net op het punt te vertrekken. Rob zag er nogal vergenoegd uit, en mijn manager probeerde met samengeklemde kaken een beleefde uitdrukking op zijn gezicht te toveren, terwijl hij vanbinnen kookte.

'Summer,' zei mijn baas, nadat ze vertrokken waren, 'kom eens hier.' Hij gebaarde naar de personeelsruimte.

'Luister,' ging hij verder, toen we eenmaal binnen waren, 'wat je in je privéleven doet, is jouw zaak, en ik weet dat die vent een klootzak is...' Ik deed mijn mond open om iets te zeggen, maar hij hield zijn hand omhoog om me het zwijgen op te leggen. '...maar als jouw privéleven openbaar wordt, in mijn restaurant, dan is dat mijn zaak. Je kunt hier gewoon niet blijven werken, Summer.'

'Maar het was niet mijn schuld! Hij werd handtastelijk. Wat had je dan verwacht?'

'Tja, als je misschien wat meer... discreet was geweest, dan zou dit niet zijn gebeurd.'

'Hoe bedoel je, discreet?'

'Zoals ik al zei, Summer, waar jij je mee bezighoudt buiten het werk is jouw zaak, niet de mijne, maar wees voorzichtig, wil je? Je kunt jezelf een hoop problemen op de hals halen.'

'En mijn baan kwijtraken is geen probleem?'

'Het spijt me, echt.'

Ik pakte mijn tas en liep rechtstreeks naar buiten.

Verdomme! Die stomme hufter met zijn vette grijphanden. Nu had ik echt een probleem. Ik liep al een maand huur achter, en ik wist dat ik het appartement sowieso voor een koopje had. Ik wilde de huurbaas geen enkele reden geven om mij op straat te zetten. Als ik nog een keer te laat zou betalen, zou dat de druppel zijn.

Shit.

Ik kon Chris niet bellen, want dan zou ik hem moeten vertellen wat er was gebeurd, en ik wilde hem niet nog meer reden geven om mijn levensstijl af te keuren. Ik kon mijn ouders in Nieuw-Zeeland bellen, maar ik wilde niet dat zij zich zorgen zouden maken. Trouwens, ik had hun steeds verteld hoe goed het hier met me ging, zodat ze me niet aan mijn kop zouden zeuren dat ik naar huis moest komen. Charlotte zou wellicht kunnen helpen, maar ik was te trots om haar om geld te vragen. Bovendien had ik het idee dat ze die informatie over mijn financiële rompslomp tegen me zou kunnen gebruiken. Er was natuurlijk die baan in New York, met een gegarandeerd salaris, maar dan zou ik eerst moeten slagen voor de auditie, en ik wist dat de concurrentie fors zou zijn.

Dan bleef alleen Dominik nog over.

Ik zou hem niet om een lening vragen – absoluut niet – maar ik wilde hem wanhopig graag zien. Zijn stem zou mijn zorgen verlichten, me helpen om een uitweg te bedenken. Mijn zenuwen stonden strak, mijn spieren waren tot het uiterste gespannen, mijn brein worstelde met alle zorgen. Niets kon deze druk beter wegnemen dan Dominik, die mijn geest en mijn lichaam overnam, die me zou neuken met die absurde combinatie van drift en zachtheid waardoor ik me zo ontspannen en levenslustig voelde.

Ik wist niet of ik hem onder ogen kon komen, nu het gedoe met Lauralynn nog zo levendig in mijn geest aanwezig was.

Ik zou het moeten opbiechten, met hem praten. Er zat niets anders op. De gedachte maakte me misselijk, maar het was dat of er eeuwig over blijven piekeren, en ik kon niet toestaan dat het schuldgevoel tussen mij en mijn viool in kwam. Als de muziek niet meer stroomde, zou ik gewoonweg ophouden te bestaan.

Ik maakte vanuit mijn nu voormalige werkplek een snelle tussenstop bij mijn appartement, om me snel te douchen en om te kleden. Ik trok iets aan wat geschikt was voor de campus en waardoor Dominik zich zou realiseren dat ik de zijne was. Ik trok dezelfde kleding aan die ik de laatste keer voor hem had gedragen, een spijkerbroek en een T-shirt, met een paar ballerina's en mijn lichter gekleurde dag-lippenstift. Ik hoopte dat het hem zou herinneren aan de laatste keer dat we samen waren, toen ik mezelf volledig aan hem gegeven had.

Ik startte mijn laptop op om te googelen naar universiteiten in Noord-Londen en vond een cursus literatuur bij een ervan, waar Dominik werd genoemd als de hoogleraar. Ik had bedacht dat er vast een lijst van colleges hing op een mededelingenbord van de letterenfaculteit, net zoals dat bij het conservatorium het geval was geweest. Ik zou hem wel vinden.

Het duurde even voordat ik de juiste locatie had gevonden, maar uiteindelijk lukte dat, net voordat zijn college zou beginnen.

Het was een populair college, vol vrouwen, van wie de meeste erg aantrekkelijk waren. Toen Dominik zijn keel schraapte om te beginnen, begonnen hun ogen wellustig te glanzen. Ik voelde een scherpe steek van jaloezie en ging ergens vooraan zitten, direct in zijn gezichtsveld. Ik wilde opstaan en schreeuwen: 'Hij is van mij!', maar dat deed ik niet. Ik wist dat hij net zomin aan mij toebehoorde als ik aan hem, of net zomin als iemand ooit aan een andere persoon toebehoort.

Het duurde even voordat hij me in de gaten kreeg, omdat hij druk was met zijn eigenlijke taak, het geven van het college. Toen hij me zag, flitsten zijn ogen heel even – was het boosheid? Lust? – maar daarna ontspanden zijn trekken zich en hij ging verder alsof ik niet bestond. Ik had het boek waarover hij sprak niet gelezen, toch volgde ik het ritme van zijn woorden, de muzikaliteit van zijn taal. Hij deed denken aan een dirigent – vanuit een zacht begin bouwde hij op naar een crescendo, waarna hij het weer voorzichtig afbouwde. Geen wonder dat zijn colleges populair waren. Hij keek af en toe even naar mij, en als hij dat deed reageerde ik op geen enkele manier, ik bleef stilzitten, maar hoopte dat hij zich de laatste keer zou herinneren dat ik deze kleding had gedragen, en met de donkerdere lippenstift mijn tepels en mijn schaamlippen had beschilderd, me op die manier markerend als zijn eigendom.

De les was afgelopen en de studenten liepen naar buiten. Ik hield mijn adem in. Als hij ervoor koos om me eenvoudig te negeren, kon ik hier niet de hele dag blijven rondhangen.

'Summer,' zei hij zachtjes tegen mij, boven het geluid van het geschuif met tassen en boeken.

Ik stond op en liep de trap af naar de voorkant van de collegezaal, waar hij bezig was om zijn papieren bij elkaar te rapen achter de lessenaar.

Hij rechtte zijn rug en keek me dreigend aan. 'Waarom ben je hierheen gekomen?'

'Ik wilde je zien.'

Zijn uitdrukking verzachtte enigszins, misschien zag hij hoe overstuur ik was. 'Waarom?' vroeg hij.

Ik ging op de laatste tree zitten, zodat hij boven me stond, en vertelde hem alles. Lauralynn, de slaaf en de manier waarop ik een kunstpik had gedragen die ik woest in zijn mond had geramd en dat ik ervan genoten had, maar dat ik, ondanks dat alles, wilde dat ik Dominik toebehoorde. Ik wilde de zijne zijn.

Ik vertelde hem alles, behalve over de mogelijke baan in New York, en dat ik op dit moment zonder werk zat. Zelfs toen ik daar zat, in het hart van zijn wereld, aan zijn voeten, was ik daar te trots voor.

'Je had hier niet moeten komen, Summer,' zei hij.

Hij pakte zijn tas op en liep weg, door de deur.

Zijn bericht kwam later, toen ik alweer thuis was. Ik lag op mijn bed met de vioolkoffer in mijn armen, hoopte tegen beter weten in dat hij, wat er ook was voorgevallen tussen mij en

Dominik, me de Bailly zou laten houden. Ik voelde de schaamte door me heen trekken, alweer, dat ik iets van deze man kon aannemen.

Toen piepte mijn telefoon. Het was een verontschuldiging. 'Het spijt me. Ik was volledig overdonderd. Vergeef me.'
'Oké,' stuurde ik terug.
'Wil je nog een keer voor mij optreden?'
'Ja.'

De details over tijd, datum en plaats volgden in een ander bericht. Morgen, op een andere, nieuwe locatie, niet bij hem thuis.

Deze keer verzocht hij mij om voor toeschouwers te zorgen. Die te selecteren. Een beproeving van mijn veerkracht?

Ik zou weer voor hem spelen, nam ik aan, zodat we de opzet van onze laatste, succesvolle afspraken konden herhalen, als je onze ontmoetingen tenminste zo kon noemen. Hij probeerde de tijd terug te draaien, wilde ons weer op het spoor zetten waar we ons eerder op hadden begeven.

Ik dacht erover na wie ik zou kunnen uitnodigen. Niet Lauralynn. Dat zou de situatie alleen maar erger maken.

Dan bleef eigenlijk alleen Charlotte over, hoewel ik aarzelde of ik haar wel moest betrekken bij deze toch wat netelige situatie. Zij had er een handje van om het geheel over te nemen en was niet empathisch genoeg om aan te voelen dat de betrekkingen tussen mij en Dominik gespannen waren, maar ze was mijn enige optie. Ik had wel andere mensen ontmoet in de clubs, maar zoals gebruikelijk bij dat soort party's waren we eigenlijk nooit verder gekomen dan gedeeld genot, er was nooit iets uit voortgekomen wat je een vriendschap zou kunnen noemen.

'O, geweldig,' zei Charlotte. 'Mag ik nog iemand meenemen?'
'Dat denk ik wel,' antwoordde ik. Hij had gezegd dat ik toe-

schouwers moest meenemen, en het zou een beetje gek zijn als ik alleen met Charlotte aankwam. Als ze alleen was, zou ze zeker in de weg lopen.

Het enige wat ik wilde doen, was neuken met Dominik, maar ik wilde hem bewijzen dat we ons wonderlijke deelgenootschap konden laten slagen, en hij had gevraagd om toeschouwers, dus dan kreeg hij ook toeschouwers.

Ik droeg mijn lange fluwelen jurk weer, die ik ook had gedragen die dag in de muziektent, en ik nam de Bailly mee. Hij had me niet specifiek opgedragen om dat te doen, bedacht ik met een frons, maar hij had me gevraagd om voor hem op te treden, dus dan moest ik spelen. En bovendien voelden mijn armen leeg aan zonder de viool.

Het was een adres in Noord-Londen, weer een anonieme locatie, maar deze keer was het een grote, woonkamerachtige ruimte, met een keuken en badkamer. Het was behoorlijk chic, maar een beetje neutraal ingericht, met een stel leren banken aan weerszijden, een paar kleden op de vloer en een glazen tafel in het midden. Achter in een hoek stond een enorm bed.

Bijna elke beschikbare plek zat vol, want Charlotte was komen opdagen met een man of vijftien, waaronder de schitterend mooie escort Jasper. Zou hij per uur betaald worden?

En Chris.

O mijn god, wat had ze nu gedaan?

Dominik zag er redelijk tevreden uit, constateerde ik opgelucht. Hij kwam meteen naar me toe en kuste me warm op de lippen, waarbij hij een hartelijk kneepje in mijn schouder gaf.

'Summer,' zei hij zachtjes, hij leek wel net zo opgelucht als ik was. Misschien had hij gedacht dat ik niet zou komen opdagen.

Chris en Charlotte waren diep in gesprek aan de andere kant

van de kamer, met Jasper. Ze babbelden in een klein kringetje en geen van hen had mij nog gezien. Mooi. Dat gaf me de kans om even met Dominik te praten.

Maar net voordat ik de mogelijkheid kreeg om mijn mond open te doen, om voor te stellen dat we even een rustig plekje konden opzoeken, met zijn tweeën, al was het maar heel even, kwam Charlotte naar ons toe en ze sloeg haar armen om me heen.

'Summer!' riep ze uit. 'Nu kan het feest beginnen.'

Chris sloeg zijn armen vanaf de andere kant om me heen en gaf me een warme kus op mijn wang.

Ik was omsingeld. Op het gezicht van Dominik zag ik een blik van frustratie, maar die werd snel weer vervangen door zijn gebruikelijke kalmte. Hij verdween de keuken in, en Charlotte liep achter hem aan, haar gezichtsuitdrukking nog ondeugender dan normaal. Wat was ze van plan? Ik keek de kamer rond, naar alle stellen die daar zaten; de meesten van hen waren schaars gekleed, maar er was nog niemand daadwerkelijk aan het vrijen, ondanks de zinderende sfeer die de kamer vulde. Dit leek me totaal niet Dominiks stijl. Ik vroeg me af hoeveel hiervan van hem uitging en hoeveel van Charlotte. Hoofdzakelijk die laatste, vermoedde ik.

Het maakte niet uit – binnenkort zou ik beginnen met spelen en dan zou ik hen allemaal vergeten.

Chris leek blij om me te zien en probeerde me in een gesprek te betrekken, maar ik kon alleen maar denken aan Charlotte en Dominik in de keuken. Ze hadden een of ander wonderlijk gesprek en waar zouden ze het over moeten hebben, behalve over mij? Het was altijd al lastig om Dominiks gezicht af te lezen, maar ik kon aan de harde lijn van zijn mond zien dat hij ergens niet blij mee was, en Charlotte bleef er maar over doorgaan, wat het ook was.

'Aarde aan Summer... zullen we even gaan inspelen?' Chris schudde aan mijn schouder.

'O, dat is goed,' antwoordde ik. Ik pakte mijn vioolkoffer op en liep naar een plek aan de andere kant van de ruimte, waar hij zijn altviool had neergelegd. Ik nam aan dat dat ons geïmproviseerde podium was.

Toen riep Dominik mijn naam.

'Summer, kom eens.'

Ik zette mijn koffer naast die van Chris neer en liep naar Dominik.

'Je zult vanavond niet spelen. Niet op die manier, in elk geval.'

Hij boog zich naar me toe en kuste me vol op mijn lippen. Ik ving de blik van Charlotte op vanuit mijn ooghoek, op het moment dat Dominik zich terugtrok. Ze zag er zelfvoldaan uit. Wat voor discussie ze ook hadden gehad, zij had gewonnen. Dominik was warm en opgewonden. Ik kon de warmte voelen die van zijn lichaam af kaatste. Het zou me niet verbaasd hebben als ik stoom van hem af had zien komen.

Ergens in de kamer klonk het geluid van een aansteker die dichtsloeg.

Ik kromp in elkaar.

Charlotte had een tas tevoorschijn gehaald, met een soort touw en diverse attributen erin. Ze had me verteld dat ze erover gelezen had, herinnerde ik me. Ik hoopte wel dat ze er een behoorlijke cursus in had gevolgd en dat ze niet zomaar iedereen vastbond die haar haar gang liet gaan.

Ze schoof de glazen tafel een stuk opzij en klom er toen bovenop, zodat de hele kamer een goed zicht had op haar lange, gebruinde benen en haar achterwerk. Ze was gekleed in een lange witte jurk, die in dit licht volledig transparant bleek. Ze droeg geen ondergoed, maar ja, dat deed ik zelf ook niet. En ik moest toegeven, Charlotte had fantastische benen.

Dominik kneep geruststellend in mijn hand. Ik was niet gerustgesteld. Charlotte stond weer op de vloer en duwde de tafel aan de kant. Ze had een lang stuk touw vastgemaakt aan een metalen ring in het plafond.

'Wil je dit voor mij doen?' zei Dominik.

Tja, ik wist nog steeds niet wat hij wilde dat ik zou doen, maar wat het ook was, ik zou het doen. Ik vertrouwde Charlotte niet als ze zich op deze manier gedroeg, maar ik vertrouwde Dominik, zelfs als hij zich vreemd gedroeg.

Charlotte pakte me bij mijn schouders en trok me mee totdat ik onder de touwen stond.

'Steek je handen omhoog, en maak je geen zorgen – je zult het heerlijk vinden.'

Ze zou me laten zweven, nam ik aan.

'Trek eerst haar jurk uit,' riep een stem, speels, vanaf een van de banken.

Charlotte voldeed aan dat verzoek, schoof de dunne schouderbandjes omlaag en trok de rits aan de achterkant naar beneden voordat ik de kans had gekregen om mijn armen in de lucht te steken. De jurk viel meteen op de vloer. Ik stond weer naakt voor een publiek, hoewel ik inmiddels redelijk goed aan het gevoel gewend was.

Gelukkig zag ik Chris nergens. Misschien had hij geen zin meer om te wachten, of was hij geschrokken van de meute, die met de minuut wellustiger werd, en was hij vertrokken.

Ik tilde mijn armen op en voelde hoe ze het touw langs mijn polsen schoof, ertussendoor en eromheen, zodat het een ingewikkeld stel handboeien vormde. Ze stak een vinger tussen mijn pols en het touw, om te controleren of het niet te strak zat. Misschien had ze toch een hart.

'Zit dat oké?' vroeg ze. 'Niet te strak?'

'Het zit goed,' antwoordde ik. Mijn voeten stonden nog stevig op de grond en hoewel ik mezelf niet kon bevrijden, had ze mijn armen nog wat ruimte gegeven, zodat de houding niet te snel ongemakkelijk zou worden.

'Ze is helemaal van jou,' zei Charlotte tegen Dominik, op een samenzweerderige toon.

In een andere kamer hoorde ik water lopen, vervolgens ging er een deur open en weer dicht.

Chris.

Hij was alleen naar het toilet geweest.

Shit.

'Hé,' zei hij tegen Dominik, 'wat ben je in gódsnaam aan het doen?' Zijn stem klonk boos.

Hij vroeg niet aan mij wat ik aan het doen was, maar alleen wat Dominik aan het doen was. Kon hij niet zien dat ik niet tegenstribbelde, dat ik ervoor had gekozen om dit te doen, dat ik het uit vrije wil deed, niet alleen maar omdat degene met wie ik was dit toevallig wilde?

Ik was plotseling boos op hem omdat hij me niet begreep, omdat hij wilde dat ik aan zijn verwachtingen voldeed.

'O, rot alsjeblieft op, Chris! Ik voel me prima! Iedereen voelt zich prima. Je begrijpt het gewoon niet.'

'Summer, kijk eens goed naar jezelf, joh! Het is niet om aan te zien! Jullie mogen van geluk spreken dat ik jullie je gang laat gaan met je zieke spelletjes en dat ik niet de politie bel.'

Hij pakte zijn altviool en zijn jas en stormde de deur uit, gooide die met een klap achter zich dicht.

'Wauw,' zei de stem vanaf de bank, die eerder ook gesproken had, 'en dat is dus precies waarom je geen groentjes moet uitnodigen op een kinky feestje.'

Een aantal mensen schoten in de lach, waardoor de spanning werd gebroken.

Laat hem het heen en weer krijgen. Het was míjn lichaam en ik zou ermee doen wat ik zelf wilde, en daar hoorde ook bij wat Dominik ermee wilde doen.

Dominik streelde mijn haar, kuste me weer zachtjes en betastte mijn borst.

'Weet je zeker dat alles oké is?' zei hij.

'Ja, het is goed, beter dan oké.'

Ik wilde nu alleen nog maar dat hij ermee doorging, dat hij me zou neuken en me zou bevrijden, zodat mijn armen niet meer pijn deden en dat hij me op mijn Bailly zou laten spelen.

En op dat moment haalde Dominik een scheermes tevoorschijn.

10

Een man en zijn duistere kant

DE HITTE WAS VOELBAAR.
In de rokerige kamer. In hun hoofden.
Chris was vertrokken, maar zijn woorden weergalmden nog steeds in Summers oren. Een deel van haar voelde de pijn van zijn beschuldigingen, terwijl een ander, ondeugender en onverantwoordelijker deel van haar boos op hem was, omdat hij brutaal genoeg was om haar te bekritiseren en te denken dat hij haar haaks op elkaar staande impulsen kon begrijpen.
Summer zuchtte diep, verschoof haar voeten om haar gewicht anders te verdelen. Ze keek op en zag hoe Dominik aan de andere kant van de kamer, in een hoek, diep in gesprek was met Charlotte. Hij betastte ongehinderd het nu vrijwel volledig ontklede lichaam van haar vriendin. Naast hen stond Jasper, compleet naakt en met een imposante erectie. Hij streelde zichzelf met zijn ene hand, terwijl zijn andere hand druk bezig was in de duisternis van Charlottes kruis. De gecombineerde strelingen van de twee mannen waartussen ze zo ongeveer gesandwicht stond leken Charlotte niet uit haar evenwicht te brengen. Ze leek de bizarre situatie volledig onder controle te hebben. Dominik, nog steeds van top tot teen in het zwart gekleed, had zijn jasje uitgetrokken, als enige concessie aan het hele gebeuren. De soepele wol van zijn kasjmier coltrui wreef

ongetwijfeld zachtjes tegen Charlottes borsten terwijl ze zich tegen hem aan drukte.

In het gedimde licht kon Summer zien en horen hoe er een waar palet aan lichamen verspreid was over de vloer, over de andere hoekbank aan de overkant van de kamer en zelfs op de rechthoekige tafel, waarvan nu alle borden en glazen waren afgeruimd. Ze waren allemaal bezig met een of andere seksuele activiteit – kreunen, gefluister, strelingen. De vingers van iemand die achter haar langs sloop raakten even haar haar, maar ze draaide zich niet om en wie het ook was bleef niet staan en ging verder naar een andere kluwen lichaamsdelen. Haar ogen waren gekluisterd aan het trio dat gevormd werd door Dominik, Charlotte en Jasper. Waar kon hij het over hebben? Over haar?

Summers gedachten gingen alle kanten op.

Wat luchtig was begonnen als een nieuw stadium in het spel met Dominik waar ze met haar volle verstand aan begonnen was, bevond zich nu in een vrije val.

Met korte tussenpozen keken alle drie de leden van het samenzweerderige trio haar kant op, en het scheen Summer toe dat ze lachten, alsof ze nu het achtergelaten achterste deel van het paard uit een pantomimegezelschap was.

De herinneringen dreven haar hoofd binnen: spelen voor Dominik alleen in de muziektent op de hei, vervolgens naakt met het geblinddoekte strijkkwartet, toen naakt voor hem, solo, in de crypte, wat erop was uitgedraaid dat ze eindelijk hadden geneukt, en vervolgens het hoofdstuk, dat nog steeds in haar geheugen gegrift stond, waarbij hij haar had geblinddoekt en ze had opgetreden voor een ongeziene toeschouwer (inmiddels was ze ervan overtuigd dat er niet meer dan één andere persoon aanwezig was geweest en haar instinct vertelde haar dat het een man was), waarna ze achteloos was genomen door Dominik in het volle zicht van de nog steeds onbekende buitenstaander. Wat weer had geleid tot vanavond.

Waar had ze op gehoopt, wat had ze verwacht? Een vorm van wrede ontwikkeling in het ritueel van hun ongebruikelijke relatie? Ze had hem echt gemist toen hij naar dat congres in Italië was. Zijn kalme geruststelling, zijn zachte, maar onverbiddelijke opdrachten. Haar lichaam had dat duidelijk gemaakt, en ze had het gevoel willen compenseren met haar eigen avonturen in de fetisjclubs.

Ze had gewild dat vanavond bijzonder zou zijn, niet weer een of andere nieuwe variatie, een of andere perverse toneelvoorstelling.

Summer rilde even, ze voelde nog het scherpe pad van het scheermes langs haar vulva, ze keek naar beneden en zag weer de naakte gladheid van haar geslachtsdeel. Ze huiverde; er was toch iets schokkends aan het zien van zo'n extreme naaktheid. Zou ze er ooit aan gewend raken, zich niet meer onbehaaglijk voelen omdat ze geschoren werd terwijl anderen toekeken? Hoe ze op de meest vernederende manier werd ontbloot? Ze had nog vaag gehoopt, nadat ze op die manier was tentoongespreid, dat Dominik haar handen zou losmaken en haar op zijn minst zou toestaan om op haar kostbare nieuwe Bailly te spelen voor dit uitgenodigde publiek, maar op de een of andere manier had Charlotte de teugels van deze avond in handen gekregen en Summer was hier achtergelaten, niet echt hangend, maar naakt en nutteloos, slechts een toeschouwer terwijl de eb en vloed van de lust die ze onwillekeurig had veroorzaakt moeiteloos door de meute heen vloeiden, naarmate verlangens meer de ruimte kregen. In Summers hoofd gilde een klein stemmetje: 'Dominik, neuk me, neem me, waar al die mensen bij zijn, nu, nu direct,' maar de woorden kwamen niet voorbij het bolwerk van haar gesloten, gesprongen lippen. Omdat het, ondanks alles wat ze al met hem had gedaan, toch vernederend zou zijn om dat te zeggen. Diep vanbinnen had ze het gevoel dat zij niet degene moest zijn die moest vragen, moest smeken, dat de opdracht van Dominik moest komen. Niet van haar.

Ze zag hoe Charlotte haar hoofd liet zakken naar de lippen van Dominik om hem te kussen. Jasper kwam nog dichterbij, begon te zuigen aan Charlottes oorlelletje. Het geluid van een stel dat ze niet kon zien, dat op het vloerkleed de liefde bedreef, vibreerde door de ruimte.

Gewekt door de zachte geluidjes, maakte Dominik zich los uit de omhelzing van Charlotte en liep hij naar Summer toe. Zonder iets te zeggen maakte hij haar handen los. Ze liet haar armen zakken, dankbaar dat hij eindelijk aan haar had gedacht voordat ze kramp kon krijgen. Hij kuste haar op haar voorhoofd, zo voorzichtig als hij kon, en meteen stond Charlotte naast hen.

'Je deed het geweldig, lieverd,' zei haar vriendin, terwijl ze haar wang streelde. 'Echt geweldig.'

Summer hoopte dat Dominik zijn aandacht nu volledig op haar zou richten, maar Charlotte, gevolgd door de immer erecte Jasper, nam Dominik bij de hand alsof ze hem weg wilde leiden.

Zoals ze daar stond, naakt, terwijl de normale circulatie in haar armen weer op gang kwam, voelde Summer een steek van jaloezie omdat haar vriendin Dominik niet los wilde laten, hem niet met rust wilde laten. Wist ze dan niet dat Dominik van háár was, op een bijzondere manier die ze niet echt kon verklaren? Van Summer? Waarom kon ze hem niet met rust laten? Charlotte had het recht niet en moest zich er gewoon buiten houden.

Uiteindelijk zei Dominik: 'Ik denk dat ik wat te drinken ga halen. Wil iemand anders nog iets? Summer, een glas water misschien?' Summer knikte en Dominik liep bij hen weg, hij moest zich een pad naar de keuken toe banen tussen de verstrengelde lichamen door, slalommend tussen de diverse vleselijke activiteiten die in volle gang waren.

Toen hij verdween, fluisterde Charlotte in Summers oor: 'Ik vind die vent van jou echt leuk, lieve Summer. Mag ik hem lenen?'

Geschokt door haar verzoek, viel Summer stil, maar haar woede borrelde onder het oppervlak. Als de omstandigheden anders waren geweest, in een kroeg, bij een normaal feestje, alles behalve hier in deze ruimte vol stellen die elkaar neukten en betastten en wild tekeergingen als resultaat van de gedwongen vertoning van haar ceremoniële scheerbeurt, zou ze luidkeels hebben geprotesteerd, maar op de een of andere manier werd dat verhinderd door de verwrongen aard van deze losbandige omgeving. Misschien was het de wonderlijke etiquette van orgiën, wie zal het zeggen?

Maar vanbinnen kookte ze. Van woede. Hoe kon Charlotte? Ze was toch haar vriendin?

Summer kookte nog steeds toen Dominik terugkwam en zich voorzichtig een weg naar hen toe baande, met een stel glazen in zijn handen.

Hij gaf Summer een glas water, dat ze in één teug achteroversloeg, langs haar droge lippen. Charlotte, nog steeds geschaduwd door Jasper, legde haar handen bezitterig om Dominiks middel.

'Hebben jullie het ook zo naar jullie zin?' zei Charlotte.

En dat lokte bij Summer een absurde reactie uit.

Of was het rancune?

Ze overhandigde het lege glas aan Dominik, draaide zich om zodat ze Jasper aankeek en liet nadrukkelijk haar linkerhand omlaag zakken, waarbij ze brutaalweg zijn penis vastpakte.

'Ja, echt wel,' zei ze, 'en lekker onder elkaar, toch?'

'Zo gezellig,' merkte Charlotte op, die het gebaar van Summer had gadegeslagen met een geamuseerde glimlach op haar gezicht. Ergens in de ruimte kwam iemand klaar met een kreun van overgave.

De warme schacht van Jasper voelde ongelooflijk hard in Summers hand. Harder dan elke andere penis die ze ooit had mogen vasthouden, vond ze. Terwijl ze hem vastpakte, zag ze een vlaag van een glimlach over zijn gezicht trekken en ze voelde een golf van warmte en verlangen. Summer durfde niet naar Dominik te kijken om te zien hoe hij reageerde.

Ze liet zich op haar knieën zakken en nam de lange, fluwelen pik van Jasper in haar mond. Ze voelde hoe de omvang nog meer toenam.

'Laat je lekker gaan, meid,' hoorde ze Charlotte zeggen, en ze voelde hoe de ogen van Dominik in haar rug boorden.

Heel even vroeg Summer zich af hoe de penis van Dominik zou smaken. Ze had hem nog niet gepijpt en vroeg zich af waarom die gelegenheid zich nog niet had voorgedaan. Ze concentreerde zich weer op de taak die voor haar lag, haar tong en lippen speelden met de pik van de escort, ze zoog, likte, knabbelde voorzichtig, en paste het ritme van haar activiteiten aan aan de hartslag die rechtstreeks vanuit zijn hart naar het randje van zijn paal leek te komen, als een omfloerste drum in een exotische jungle. Vanuit haar ooghoek zag ze hoe Charlotte met haar handen naar Dominiks riem tastte, ongetwijfeld met de bedoeling om haar naar de kroon te steken.

Summer voelde een scherpe steek van jaloezie. Ze was vastbesloten om Jasper tot een hoogtepunt te brengen. Maar de beste plannen kunnen net zo makkelijk de mist in gaan en net toen Summer een lichte trilling door Jaspers atletische lichaam voelde gaan, op weg naar een ontlading die waarschijnlijk in haar mond zou eindigen, maakte de escort zich voorzichtig van haar los. Haar mond bleef openstaan in een grote O van verbazing en teleurstelling. Hij trok haar met een hand overeind en zette haar voorzichtig neer op de inmiddels verlaten bank die naast hen stond. Anders dan Dominik en Charlotte, die vlakbij stonden in hun halfontklede toestand, zij in haar korset en kousen, hij met zijn broek naar beneden, maar met zijn ondergoed nog aan, waren Jasper en Summer beiden naakt, hun lichamen waren elkaars spiegelbeeld, in verlangen en bleekheid. Summer knielde neer, toonde zichzelf aan iedereen. Summer hoorde het geluid van een condoomverpakking, waarna het kloppende lid van Jasper vakkundig werd bedekt. Daarna spreidde hij haar benen wijd en positioneerde zichzelf achter haar, zijn pik danste plagerig bij de poorten van haar naakter-dan-naakte opening.

Summer haalde een grote teug adem, keek achter Jasper en zag het diepe duister van Dominiks ogen, terwijl hij naar het schouwspel staarde dat zij met Jasper opvoerde. Toen voelde ze de dikke penis van Jasper binnendringen met een enkele voorwaartse stoot, hij spreidde haar onverwacht wijd open en belegerde haar met zijn mannelijkheid. Jezus, hij was enorm. Summer ademde weer uit, alsof alle lucht uit haar longen werd verdreven door de brute kracht en vastberadenheid van die eerste stoot van Jasper. Toen hij in en uit begon te bewegen, schakelde Summer zichzelf uit, ze liet haar lichaam zweven op een zee van niets, gaf zichzelf over aan het moment, gaf al haar verdedigingslinies op, gedachteloos, ze stond open voor wat er ook mocht gebeuren, was bewust weerloos, een gewillig speeltje op de golven van grenzeloos verlangen.

Ze sloot haar ogen. Haar vlees was een supergeleider, haar gedachten waren als vluchtige wolken, haar grijze cellen verhuisden naar beneden zolang dit duurde, ze gaf haar vrije wil volledig op aan het machtige vuur van verlangen.

In een verborgen deel van haar brein (of was het haar ziel?) stelde Summer zich voor dat ze zich nu in Dominiks lichaam bevond, niet om toe te kijken hoe Charlotte hem waarschijnlijk een vakkundige pijpbeurt gaf, maar om te zien hoe zijn ogen gebiologeerd waren door hoe zij door Jasper geneukt werd. O, hij moest wel toekijken hoe de penis van de escort haar diepste diepten doorboorde, tegen haar aan spatte, het zweet op haar lippen veroorzaakte en haar ademhaling onregelmatig maakte. Kijk toe, Dominik, kijk toe – dit is hoe een andere man mij neukt, en zou je nu niet willen dat jij diegene was? O, hij is zo hard. Hij neemt me helemaal in beslag. O, hij maakt me aan het trillen, rillen, huiveren. O, wat neukt hij me hard. En nog harder. Door, en door. Hij houdt niet op. Als een machine. Als een krijger.

Er ontsnapte haar een rauwe kreet van genot, en ze realiseerde zich dat het niet alleen de meedogenloze, mechanische bewegingen van Jasper in haar waren die ze zo opwindend vond, maar eerder de wetenschap dat Dominik toekeek.

En toen kwam ze klaar.

Ze schreeuwde.

Direct daarna voelde ze hoe Jasper op zijn beurt ook klaarkwam, hoe hij haar binnenste verzoop, de warmte van zijn hete zaad in het dunne latex omhulsel dat hij had omgedaan, en ineens werd ze bevangen door een idiote gedachte die haar kwelde, en vanuit het niets verscheen – Ben ik gek? Ben ik niet wijs? – toen ze zich afvroeg hoe het zaad van Dominik zou smaken als ze hem zou hebben gepijpt tot hij klaarkwam, en of dat ooit nog zou gebeuren. Absurde gedachten hebben de gewoonte om aan de horizon van je gedachten te verschijnen op de meest ongelegen momenten, realiseerde Summer zich.

Ze ademde zwaar toen Jasper zich uit haar terugtrok, hij stond boven haar, zijn penis was nu slap maar nog steeds indrukwekkend, zowel qua omtrek als qua lengte. Ze sloot haar ogen, voelde een golf van spijt vermengd met haar genot. Nu wilde ze niet meer weten waar Dominik en Charlotte mee bezig waren.

Ze was moe, ontzettend moe.

Ze draaide haar uitgeputte lichaam om, begroef haar gezicht in het geurige leer van de bank en begon zachtjes te snikken.

In de kamer om haar heen, waarin Summer het middelpunt van de zwaartekracht was, kwam de orgie tot een einde.

'Ik ben teleurgesteld,' zei Dominik.

'Was dit dan niet wat je wilde?' vroeg Summer. Het was de volgende dag en ze zaten in het koffiehuis waar ze elkaar voor het eerst hadden ontmoet, bij St Katharine Docks. Het was avond en de zwoegende forensen vochten zich door de avondspits, ze hoorden de auto's razen over de nabijgelegen brug. 'Wilde je niet zien hoe ik geneukt werd door een andere man en...'

'Nee.' Dominik onderbrak haar boze woordenvloed. 'Absoluut niet.'

'Maar wat wilde je dán?' Ze schreeuwde het hem bijna toe, de pijn en verwarring stonden op haar gezicht te lezen. Voordat hij kon antwoorden ging ze verder, de duivel vanbinnen moedigde haar aan, in al haar woede en smart. 'Ik weet zeker dat het je opwond, of niet soms?'

Hij keek even weg. 'Ja,' gaf hij met een zachte stem toe, alsof hij schuld bekende aan een licht vergrijp.

'Kijk,' zei Summer, met toch een kleine triomf, ze had haar punt gemaakt.

'Ik weet niet meer wat ik wil,' zei Dominik.

'Dat geloof ik niet,' antwoordde Summer, terwijl haar brein nog steeds door een storm van kwaadheid zwierf.

'Ik dacht dat we een verstandhouding hadden.'
'Dacht je dat?'
'Voor mijn zonden, ja.'
'Nou, dat zal wel een hele verzameling zonden zijn, ongetwijfeld. Een hele kudde zonden.'
'Waarom ben je zo offensief?' vroeg hij aan Summer, aanvoelend dat hun gesprek helemaal de verkeerde kant op ging.
'Dus nu ben ik degene die schuldig is, die te ver is gegaan, wil je dat zeggen?'
'Dat is niet wat ik zei.'
'En wie was het die zich door Charlotte liet betasten, alsof ik niet eens bestond en daar niet als een idioot stond toe te kijken, zo naakt als op de dag dat ik geboren ben, geschoren als een ordinaire slaaf?'
'Ik heb je nooit beschouwd als een slaaf, in het verleden niet, nu niet en in de toekomst niet,' merkte hij op.
'Maar je hebt er geen probleem mee om me als zodanig te behandelen.' Ze verslikte zich bijna in die woorden. 'Ik ben géén slaaf en dat zal ik ook nooit zijn.'
Met een zinloze poging om het initiatief weer aan zijn kant te krijgen, onderbrak Dominik Summer. 'Ik vond alleen dat je, door jezelf te verlagen met die… die gigolo, dat je ons allebei hebt teleurgesteld, dat bedoel ik ermee.'
Summer zweeg, tranen van schaamte en woede prikten achter haar ogen. Ze had even de neiging om het glas water dat ze vasthield in zijn gezicht te gooien, maar bedacht zich.
'Ik heb je nooit iets beloofd,' zei ze uiteindelijk tegen Dominik.
'Ik heb dat ook nooit gevraagd.'
'Het was een… impuls. Ik kon mezelf gewoon niet in bedwang houden,' zei ze als een soort excuus, maar toen viel ze hem weer aan. 'Jij hebt me in die positie gebracht en me toen

in de steek gelaten. Het was alsof je mijn demonen had wakker geschud en er opeens vandoor was, en me alleen gelaten had met... God mag weten wat. Ik weet gewoon niet hoe ik het moet uitleggen, Dominik.'

'Ik weet het. Voor een deel was het ook mijn schuld. Ik kan alleen maar mijn excuses aanbieden.'

'Excuses aanvaard.'

Ze nam een slok uit het glas. Het ijs was allang gesmolten en het water was lauw. Er viel weer een stilte tussen hen.

'Dus...' zei Dominik uiteindelijk.

'Dus.'

'Wil je verdergaan?'

'Waarmee?' vroeg Summer.

'Mij.'

'Als wat?'

'Een geliefde, een vriend, een partner in genot. Jij mag het zeggen.'

Summer aarzelde. 'Ik weet het niet,' zei ze. 'Ik weet het gewoon niet.'

'Ik begrijp het.' Dominik knikte berustend. 'Echt.'

'Het ligt zo ingewikkeld,' merkte Summer op.

'Dat is zo. Aan de ene kant wil ik jou. Serieus, Summer. Niet alleen als een geliefde, of een speeltje, maar als iets meer. Aan de andere kant vind ik het lastig te begrijpen wat me aantrekt en waarom het zo snel zo'n puinhoop is geworden.'

'Hmm,' zei Summer. 'Geen huwelijksaanzoek dus?' Ze grijnsde van oor tot oor.

'Nee,' bevestigde hij. 'Misschien een soort van overeenkomst?'

'Ik dacht dat we die al hadden.'

'Misschien,' zei hij.

'En het is wel duidelijk dat het niet werkt, toch? Er zijn zo veel onbekende factoren in het spel.'

Ze zuchtten precies tegelijk, waardoor ze moesten lachen. Ze konden tenminste de humor van alles nog inzien.

'Misschien moeten we elkaar een tijdje niet zien?'

Het maakte niet uit wie van hen tweeën de woorden precies uitsprak; het lag ook bij de ander al op het puntje van de tong.

'Wil je de viool terug?' vroeg Summer.

'Natuurlijk niet. Die was altijd voor jou bestemd. Onvoorwaardelijk.'

'Dank je. Dat meen ik. Het is het meest fantastische cadeau dat ik ooit heb gekregen.'

'En je verdient het honderdvoudig. De muziek die je voor me hebt geproduceerd is onvergetelijk.'

'Mét en zonder kleren aan?'

'Ja, met en zonder kleren.'

'Dus?'

'Dus nu wachten we af; we denken erover na; we zien wel wat er verder gebeurt, en wanneer, als er iets gebeurt.'

'Geen beloften?'

'Geen beloften.'

Dominik legde een briefje van vijf pond op de tafel en met een zwaar hart zag hij Summer het koffiehuis uit lopen, haar gedaante verdween langzaam in het duister.

Hij keek op zijn horloge, een zilveren Tag Heuer die hij zichzelf jaren geleden cadeau had gedaan om te vieren dat hij zijn aanstelling had gekregen.

Hij keek niet naar de tijd, die net op dat vage, wazige moment tussen avond en nacht lag, maar naar de datum. Het was precies veertig dagen geleden dat hij Summer voor het eerst had gezien, toen ze optrad in het Tottenham Court Road Station met haar oude viool, een datum om niet te vergeten.

De afspraak met de headhunter die de vacatures voor het orkest in Amerika moest vullen ging bijzonder goed en nauwelijks een week later landde Summer op JFK Airport. Haar appartement in Whitechapel had ze gewoon achtergelaten, zonder haar borgsom terug te vragen. Ze had geen afscheid genomen van Charlotte of andere bekenden. Alleen van Chris, aan wie ze alles zo goed mogelijk had proberen uit te leggen, omdat ze wilde dat hij het zou begrijpen.

Ze had Dominik niet gebeld, hoewel de verleiding om het laatste woord te hebben groot was geweest, en dat was niet de enige reden.

Het bureau had tijdelijke accommodatie geregeld in een gedeeld appartement met andere buitenlandse leden van het orkest, vlak bij The Bowery. Ze was gewaarschuwd dat die allemaal deel uitmaakten van de koperblazers, alsof het instrument dat ze bespeelden ook invloed had op hun persoonlijkheid. De opmerking – of was het een waarschuwing geweest? – maakte haar aan het lachen.

Voor Summer was het de eerste keer in New York, en toen de gele taxi bijna de Midtown Tunnel binnenreed, zag ze de eerste glimp van de skyline van Manhattan. Hij was net zo indrukwekkend als in bijna elke film die ze ooit had gezien. Hij benam haar bijna letterlijk de adem.

Dit was echt de beste manier om een nieuw leven te beginnen, vond Summer. Tijdens het eerste deel van de trage rit door de verkeerschaos van Queens en Jamaica, na het vertrek vanaf het vliegveld, had ze alleen maar gewone, saaie buitenwijken gezien, maar nu namen haar ogen, door de smerige ruiten van de taxi, gretig de verafgelegen skyline in zich op, de hoge gebouwen en de herkenningspunten, en ze voelde zich blij en hoopvol.

Tijdens haar eerste week in de stad had ze niet echt veel vrije tijd. Ze moest de nodige spoedrepetities inplannen, allerlei papieren invullen voor haar tijdelijke verblijf, vertrouwd raken met het mysterie van de wonderlijke plattegrond van de Lower East Side en leren haar weg te vinden in deze onbekende, fantastische, nieuwe stad.

Haar huisgenoten waren erg op zichzelf, maar dat vond ze geen probleem. In het appartement in Londen had ze haar medebewoners ook nauwelijks gekend, van sommigen alleen de voornaam.

Al snel diende de dag van haar eerste openbare optreden zich aan, met haar nieuwe orkest, de Gramercy Symphonia. Het begon met een reeks herfstconcerten in een locatie in de buurt die onlangs in haar oude glorie was hersteld. Ze speelden een symfonie van Mahler, die haar niet echt aansprak, waardoor ze het lastig vond om veel gevoel in de muziek te leggen. Gelukkig was ze een van zes violisten in de strijksectie en was ze technisch voldoende onderlegd om zich tussen de andere violen te kunnen verstoppen, zonder de aandacht te vestigen op haar gebrek aan inlevingsvermogen.

Over een week of twee zouden ze vooral een meer klassiek repertoire spelen: Beethoven, wat van Brahms en een reeks stukken van Russische romantici. Hier keek Summer wel naar uit, maar niet naar het laatste concert van het seizoen, want daar stonden voorlopig enkele stukken van Penderecki ingepland, die voor strijkers nogal een nachtmerrie waren. Het was ook totaal niet haar persoonlijke voorkeur: snerpend, onpersoonlijk en naar haar smaak nogal bombastisch. Maar dat duurde nog wel even, en de repetities daarvoor waren pas later in de herfst gepland. Tot die tijd ging ze haar best doen om zich te vermaken.

Het weer in New York was ongewoon zacht, hoewel Summer er een gewoonte van leek te maken om midden in de grootste stortbuien te belanden, als ze zich heel af en toe eens buiten haar gebruikelijke plekjes in Greenwich Village of SoHo waagde. De manier waarop haar dunne katoenen jurkjes, eenmaal doorweekt, aan haar huid vastplakten als ze probeerde ergens te schuilen of op weg naar huis was in de regen, deed haar denken aan de late lente thuis in Nieuw-Zeeland. Het was een vreemde gewaarwording, zeker geen heimwee, maar alsof het in een ander leven was geweest.

Ze had geen zin om gezelschap te zoeken, mannen te ontmoeten of seks te hebben. Een vakantie, dat was wat dit was. Terug in de eenzaamheid van haar schaars gemeubileerde kamer, 's nachts, lag ze te luisteren naar de geluiden van de straat, sirenes die de hele nacht door te horen waren, tussen relatief rustige perioden, elk geluid was onderdeel van de ademhaling van deze nieuwe stad. Een dunne tussenmuur scheidde haar kamer van een van de andere slaapkamers van de woning, die ingenomen was door een stel waarvan ze dacht dat ze daadwerkelijk getrouwd waren, koperblazers uit Kroatië. Soms hoorde ze door de dunne tussenmuur hoe ze de liefde bedreven. Een miniconcert van stemmen in een vreemde taal, van onderdrukt gefluister en het onvermijdelijke geluid van krakende beddenveren en zware ademhaling. Gevolgd door het onvermijdelijke klaroengeschal van de fluitspeelster, als ze klaarkwam met een waterval van Kroatische vloekwoorden, althans, zo klonk het in Summers oren als ze aandachtig luisterde naar hun bewegingen en zich probeerde voor te stellen hoe de pik en kut zich in liefde en in oorlog tussen de lakens bewogen en hoe de trompetspeler zijn penis als een meedogenloze hamer gebruikte om zijn vrouw te neuken. Summer had hem vaak in het appartement zien rondlopen in zijn ondergoed, zich niet bewust van haar aanwezigheid. Hij was kort en flink behaard, en zijn penis leek zijn onderbroek tot het uiterste op te rekken. Ergens vermoedde ze dat hij niet besneden was en ze stelde zich voor hoe het topje tevoorschijn zou komen vanuit de plooien van vlees, als hij zich tot zijn volle lengte ontrolde in opgewonden staat. Al die tijd probeerde ze alle gedachten uit haar hoofd te bannen aan al die andere penissen die ze had gekend, besneden of onbesneden.

Daarna masturbeerde ze, haar gevoelige vingers spreidden haar schaamlippen uiteen en speelden daar hun gebruikelijke virtuoze melodie. O ja, er waren zeker voordelen aan het muzikantenleven... De muziek van haar lichaam zwierde door de verder lege kamer van het appartement als een wervelwind en bracht haar zowel genot als vergetelheid, het verdreef de nog steeds aanwezige pijn die ze voelde als haar brein haar gedachten weer op Dominik bracht.

De tijd begon te dringen naarmate het orkest dichter bij het eerste optreden van het seizoen kwam, en Summer en haar collega's brachten de meeste weekenden door in de krochten van de repetitieruimte vlak bij Battery Park, steeds weer hun stukken herhalend, totdat ze het idee had dat ze zou moeten overgeven als ze nog een arpeggio uit haar Bailly tevoorschijn moest halen.

Ze had even haar gezicht onder de koude kraan gehouden in de toiletruimte op de begane vloer van het repetitiegebouw en was een van de laatsten die het gebouw verliet. De laatste stralen van de zon vervaagden boven de Hudsonrivier. Nu had ze alleen nog behoefte aan een hapje eten, misschien een afhaalportie sashimi van Toto op Thompson Street, gevolgd door een fatsoenlijke nachtrust.

Eenmaal buiten op de stoep, wilde ze net richting het noorden lopen, toen een stem haar riep. 'Summer? Summer Zahova?'

Ze draaide zich om en zag een aantrekkelijke man van middelbare leeftijd met asblond haar en een kort, perfect getrimd baardje in dezelfde schakeringen. Hij droeg een katoenen jasje met dunne blauwe streepjes, een zwarte broek en zware, donkere schoenen die spiegelglad gepoetst waren.

Niet iemand die zij kende.

'Ja?'

'Het spijt me dat ik je lastigval, maar ik mocht van een aantal mensen die ik ken in het management van het orkest toekijken en luisteren naar je repetitie. Ik was bijzonder onder de indruk.' Zijn stem was rijk en diep, met een ongebruikelijk accent. Hij was geen Amerikaan, maar ze kon het accent niet thuisbrengen.

'We zijn nog niet zo lang bezig,' zei Summer. 'De dirigent laat ons nog onze oefeningen doen, om wat meer samenhang te bewerkstelligen.'

'Ik weet het,' zei de oudere man. 'Daar is tijd voor nodig. Ik heb wel vaker bij orkesten toegekeken, maar ik vond dat je goed in het geheel paste, zelfs in dit vroege stadium.'

'Hoe wist je dat ik een nieuwkomer ben?'

'Dat had ik vernomen.'

'Van wie?'

'Laten we zeggen dat we gemeenschappelijke vrienden hebben,' grijnsde hij.

'O,' reageerde Summer, van plan om weer verder te lopen.

'Het is zo'n prachtige viool,' zei de man, met zijn ogen gericht op de vioolkoffer die ze in haar rechterhand hield. Ze droeg een kort leren rokje dat hoog boven haar knieën ophield, een strakke riem met een grote gesp, geen panty en een paar bruine, halfhoge laarzen. 'Een Bailly, vermoed ik.'

'Dat klopt,' bevestigde Summer, met een glimlach om haar lippen nu ze eindelijk een medeliefhebber herkende.

'Hoe dan ook,' zei hij, 'ik wist dat je niet bekend was in de stad en ik vroeg me af of je met mij en een paar vrienden zou willen afspreken voor morgenavond. Ik geef een klein feestje. De meesten zijn muziekvrienden, dus je zult je er vast thuis voelen. Ik weet hoe groot de stad is, en je hebt vast nog niet veel vrienden gemaakt, is het wel? Het is niets bijzonders, gewoon een paar drankjes in een kroeg en daarna gaan een aantal van ons misschien naar het huis dat ik huur om verder te praten. Je kunt op elk moment weer afhaken.'

'Waar woon je?' wilde Summer weten.

'Het is een loft in Tribeca,' zei de man. 'Ik woon maar een paar maanden per jaar in New York, maar ik hou hem altijd aan. Normaal gesproken woon ik in Londen.'

'Mag ik erover nadenken?' zei Summer. 'Ik vermoed dat de repetities morgen niet voor zeven uur afgelopen zijn. Waar ontmoeten jullie elkaar?'

De man gaf haar zijn kaartje. 'Victor Rittenberg, Ph.D.' stond erop. Hij kwam waarschijnlijk uit Oost-Europa, concludeerde ze.

'Waar komt u vandaan?' vroeg ze.

'O, dat is een ingewikkeld verhaal. Misschien vertel ik je dat nog wel een keer...'

'Maar van origine?'

'Oekraïne,' gaf hij toe.

Op de een of andere manier was dat stukje informatie een kleine troost.

'Mijn grootouders van vaderskant kwamen daarvandaan,' lichtte Summer toe. 'Ze emigreerden naar Australië en vervolgens naar Nieuw-Zeeland. Daar komt mijn naam vandaan. Ik heb ze nooit gekend.'

'Dan is dat nog iets wat we gemeenschappelijk hebben,' zei Victor, terwijl een brede, sympathieke glimlach over zijn bebaarde gezicht trok.

'Ik denk het,' zei Summer.
'Ken je de Raccoon Lodge in Warren Street in Tribeca?'
'Nee.'
'Daar komen we allemaal bij elkaar. Morgen vanaf halfacht. Kun je dat onthouden?'
'Dat gaat wel lukken,' zei Summer.
'Fantastisch.' Hij draaide zich om met een groetend gebaar en wandelde de straat uit, in de tegenovergestelde richting van haar weg naar huis.
Waarom niet, dacht Summer. Ze kon niet eeuwig als een kluizenaar blijven leven, en ze was best wel benieuwd wie hun gezamenlijke vriend zou kunnen zijn.

Victor beschouwde het verleiden van Summer als een geleidelijk proces, waarvoor hij geslepen te werk moest gaan. Met de kennis die hij al over haar bezat uit Londen, en uit wat Dominik had losgelaten toen hij hem terloops had ondervraagd, had hij zich al snel gerealiseerd dat Summer, of ze zich daar nu wel of niet van bewust was, alle karakteristieke eigenschappen bezat van een onderdanige vrouw. Wat een fantastisch toeval was het geweest dat ze in haar grootste wanhoop de baan in New York had geaccepteerd, waar Lauralynn, zijn aloude handlanger, haar op had gewezen. Dat was samengevallen met zijn eigen verhuizing naar de Big Apple, iets wat al veel eerder in kannen en kruiken was, toen hij de aanstelling bij Hunter College had geaccepteerd, waar hij nu doceerde in post-hegeliaanse filosofie.
Als libertijn van de oude stempel, was Victor ook een echte kenner van onderdanigen. Hij kende de vele methodes om hen op de meest doortrapte wijze te manipuleren en voor hem te laten zwichten, hij misbruikte hun zwakheden en maakte gebruik van hun behoeften.

Door de manier waarop Summer gewillig in de armen van Dominik was beland, en door wat hij had waargenomen bij die ene gelegenheid waarop hij haar in actie had gezien, en had zien spelen, kende hij nu de juiste knoppen om te bedienen, de prikkels die hij moest geven, de onzichtbare snaren waaraan hij kon trekken. Door haar eenzaamheid als nieuwkomer in New York uit te buiten, kon Victor haar natuurlijke onderdanigheid tevoorschijn lokken, heel voorzichtig, stapje voor stapje, waarbij hij haar exhibitionistische kant af en toe even een zetje gaf. Ook gaf hij toe aan haar eigenwijze vorm van trots die haar af en toe spontaan in ongemakkelijke seksueel getinte situaties deed belanden.

Vergeleken met hem was ze een amateur, ze was zich er nooit van bewust dat er met haar werd gespeeld.

Victor wist dat Summers verlangens waren aangewakkerd en dat haar seksuele behoeften intenser waren geworden door haar ervaringen met Dominik. New York was een grote stad en het kon er eenzaam zijn. Dominik bevond zich aan de andere kant van de oceaan en Summer was hier, onbeschermd, alleen.

Tijdens hun eerste avond samen, bij het feestje dat hij hield in zijn loft in Tribeca, onthulde Victor voorzichtig zijn interesse in BDSM, hij stuurde het gesprek naar het onderwerp van bepaalde privéclubs in Manhattan en in de wat verder weg gelegen wildernis van New Jersey. Hij zag de reactie van Summer, het brandende verlangen in haar ogen, de onmogelijkheid om haar seksuele mores te ontkennen. De vlam was ontstoken, en ze dreef er snel op af, zoals een mot niet in staat is om zijn dans naar het licht te beheersen.

Hoezeer ze het ook probeerde, ze kon de roep van haar lichaam niet weerstaan, het complexe web dat Victor voor haar spon. Summer miste Dominik, zijn vreemde, opwindende spelletjes en de manier waarop ze ervan genoot om mee te spelen. Victors stem was anders, zijn toon was krachtig en gaf niet mee, had niet de zachtheid van Dominiks zangerige stem, maar als ze haar ogen dichtdeed kon ze zich bijna voorstellen dat het Dominik was die haar dingen opdroeg, die haar zijn wil oplegde.

Het werd Summer al snel duidelijk dat Victor meer van haar wist dan hij zou moeten weten, en ze begon te vermoeden dat Lauralynn hem die informatie verschafte. Ze was geen slachtoffer, maar wilde wel eens zien waar dit allemaal toe zou leiden. De verlokking van verdorven gedachten en het lied van de sirene in haar smachtende lichaam konden niet veel langer worden genegeerd.

Bij hun derde afspraak, in een donkere kroeg in Lafayette Street, voelde ze zich op haar gemak bij Victors subtiele voorbereidingen en ze was dan ook totaal niet verrast toen hij haar, midden in een normaal, beschaafd gesprek over de lelijkheid van modernere vormen van klassieke muziek (hoewel ze persoonlijk redelijk wat waardering kon opbrengen voor het werk van Philip Glass, die Victor niet kon uitstaan), draaide hij zich plotseling naar haar om en vroeg haar, volkomen onverwacht: 'Je was al eens eerder onderdanige, neem ik aan?'

Ze knikte als antwoord. 'Jij bent een dom, of niet?'

Victor glimlachte.

De tijd van psychologische spelletjes was voorbij.

'Dan begrijpen we elkaar denk ik, is het niet Summer?' zei Victor, waarbij hij zijn handpalm over die van haar legde.

Dat deden ze; de echte wereld, die geheime wereld waar ze nu als een kip zonder kop omheen had gedraaid, lonkte weer, verleidde haar met zoetgevooisde tonen.

Je slaat een weg in die doodloopt en dat weet je, maar je doet het toch, omdat je je niet compleet voelt als je het niet doet.

De volgende afspraak van Summer met Victor volgde op een lange repetitiesessie met de Symphonia, slechts twee dagen voor hun eerste officiële optreden van het nieuwe concertseizoen.

Ze dreef nog helemaal op wolken, door het stromen van de muziek en hoe het geluid van haar geliefde Bailly zich nu had ingebed in het geheel van het orkest. Haar harde werk wierp nu vruchten af. Met de adrenaline nog op volle kracht, voelde ze zich opgewassen tegen élke mogelijke perversie die Victor voor haar kon bedenken. Ze keek er zelfs echt naar uit.

Het was een geïmproviseerde kerker in de kelder van een imposant rood bakstenen gebouw in de stad, een straat verder dan Lexington. Hij had haar opgedragen zich om 20.00 uur te melden en ze had besloten om het korset te dragen dat ze had gedragen voor het dienstmeidenexperiment in Londen. Dat leek nu een eeuwigheid geleden. Door de outfit te dragen die Dominik voor haar had uitgekozen, kon ze zich inbeelden dat het een feestje was dat ze op zijn verzoek bijwoonde, dat ze zijn wens vervulde.

Toen ze zichzelf voorbereidde en het aantrok, verbaasde Summer zich weer over de zachtheid van het materiaal. Ze wreef er met haar vingers langs en kon het niet laten om even aan hem te denken. Waarom was het zo moeilijk voor haar om alle gedachten aan hem uit te bannen?

Hoe dan ook, de hardnekkige gedachte werd uit haar hoofd verdreven door het trillen van haar mobiele telefoon. De auto met chauffeur die Victor had gestuurd stond buiten te wachten. Ze trok haar lange, roodleren regenjas aan. Die was absoluut niet geschikt voor het warme weer, maar hij bedekte haar tot aan haar enkels, en verhulde op die manier het schokkende schouwspel van haar strak aangeregen korset, haar uitgestalde borsten en de zwarte kousen die ze moest dragen, die tot halverwege haar dijen reikten en een groot oppervlak melkwitte huid onthulden, helemaal tot aan haar nauwelijks zichtbare string. Ze had geconstateerd, tot haar eigen ongenoegen, dat haar schaamhaar weer begon te groeien, in dunne plukjes, en dat het daarbeneden een beetje een zooitje was, maar ze had nu geen tijd om daar iets aan te doen.

Victor droeg een elegante colbert, net als al zijn mannelijke gasten, terwijl de vrouwelijke metgezellen een visuele cocktail bleken van couturejurken in alle tinten van de pastelregenboog. Haar regenjas werd van haar schouders af genomen en Summer voelde zich enigszins verlegen, omdat ze de enige aanwezige was met ontblote borsten, waar iedereen stond te drinken en te roken. Er hing een dichte damp van sigaretten- en sigarenrook in de lucht.

'Onze laatste binnenkomer,' riep Victor uit. Hij wees naar haar en zei: 'Dit is Summer. Vanaf vandaag zal ze zich bij ons intieme groepje aansluiten. Ze is ons van harte aanbevolen.'

Aanbevolen door wie? vroeg Summer zich af.

Ze voelde de blikken van zo'n twintig onbekenden over zich heen gaan, haar onderzoeken, haar ondervragen. Haar tepels werden hard.

'Zullen we?' zei Victor met een zwierig gebaar naar de deur van de kelder.

Summer volgde de beweging van zijn hand en liep wat onvast op haar hoge hakken naar de deuropening. Ze voelde zich een beetje duizelig, nu het moment bijna daar was. Dit was haar eerste keer sinds de orgie in Londen die zo slecht was afgelopen en die haar en Dominik uit elkaar had gedreven.

Een stuk of twaalf treden brachten haar naar beneden in een grote, goed verlichte kelder, waarvan de wanden waren bedekt met exotisch uitziende tapijten van Arabische oorsprong. Ooit had ze de naam ervan geweten, maar het woord wilde haar niet te binnen schieten toen ze zag hoe er nog zes andere vrouwen in een cirkel stonden, in het midden van de geïmproviseerde kerker. Summer had ze daadwerkelijk geteld.

Ze waren allemaal naakt vanaf hun middel. Geen ondergoed, of zelfs maar kousen of schoenen. Daarboven droegen ze allerlei verschillende blouses of shirts of dunne zijden topjes, in allerlei gradaties van transparantie. Ze hadden allemaal hun haar opgestoken in een wrong, en hun haarkleur varieerde van bijna platina tot pikzwart. Zij was de enige roodharige. Twee van de vrouwen droegen fluwelen banden om hun nek, terwijl de anderen waren opgesierd met halsbanden, sommige van metaal, andere meer als een hondenriem met een rij metalen nagels, en nog weer een ander droeg een dunne leren riem met een zwaar metalen slot.

Slaven?

De gasten dromden de kerker binnen en stelden zich op langs de muren.

'Zoals je ziet, lieverd,' – Victor had haar zachtjes naar de zijkant gemanoeuvreerd en fluisterde nu in haar oor – 'ben je niet alleen.'

Summer wilde antwoorden, maar hij legde snel een vinger op haar lippen om haar tot stilte te manen. Het paste niet meer in haar rol om te spreken.

Zijn hand streek langs haar zij, trok speels aan het elastiek van haar minuscule string.

'Ontbloot jezelf,' droeg hij haar op.

Summer tilde een been op, trok het flinterdunne slipje naar beneden en stapte eruit.

'De rest?' ging hij verder.

Ze keek weer naar de andere vrouwen, die van onderen niets aanhadden en begreep wat hij bedoelde. Zich ervan bewust dat alle ogen in de kelder op haar waren gericht, en haar best doend om haar evenwicht te bewaren en niet om te vallen, rolde Summer haar kousen naar beneden en schopte ze haar schoenen uit. Victor bood haar geen ondersteuning. De grond voelde koud aan onder haar voeten. Steen.

Nu was ze van onderen net zo naakt als de anderen, alleen haar korset omvatte haar middel, door het subtiele, ingenieuze systeem werden haar borsten opgetild en uitgestald.

Ze keek naar de andere zwijgende vrouwen die in een cirkel stonden, op dezelfde manier uitgedost, en Summer realiseerde zich hoe afschuwelijk obsceen ze allemaal waren. Naaktheid was iets natuurlijks, zelfs in het openbaar, maar dit was meer, een parodie van seksuele realiteit, een ontwikkelde vorm van vernedering.

Ze voelde een duwtje tegen haar schouder en werd naar de tentoongespreide vrouwen toe geleid, die ruimte maakten om haar in hun midden toe te laten. Ze zag dat ze ook allemaal geschoren waren. Verschrikkelijk glad, vond ze, alsof de ontharing permanent was. Iets waar ze zich op een bepaald moment toe verplicht hadden, waardoor hun status als slavin werd bevestigd, het verlies van macht. Ze was zich bewust van haar eigen wanorde daarbeneden.

Net toen deze gedachte zich aandiende, zei Victor: 'Je had schoner moeten zijn, Summer. Je vagina is een zootje. In het vervolg moet je daar volledig kaal zijn. Ik zal je later straffen.'

Kon hij haar gedachten lezen?

Summer kleurde rood en ze voelde de hitte onder de huid van haar wangen.

Iemand streek een lucifer aan en haar hart trok samen, ze vreesde even dat dit het begin was van een pijnritueel, maar het was gewoon om een sigaret aan te steken.

'Dus, Summer, je voegt je bij ons,' zei Victor, die nu om haar heen liep en zijn vingers in haar haardos vlocht, waarbij hij zijn andere hand op haar achterwerk liet liggen.

'Ja,' fluisterde Summer.

'Ja, meneer!' bulderde hij en zijn hand landde met wrede kracht op haar rechterbil.

Summer kromp ineen. De toeschouwers haalden een diepe teug adem. De glimlach van een vrouw die het schouwspel gadesloeg had alle lelijkheid van de boze koningin uit een sprookje. Summer zag een andere vrouw haar lippen aflikken. In afwachting?

'Ja meneer,' zei ze gedwee, haar aarzeling onderdrukkend om zich zo beter in deze rol te voegen.

'Goed,' zei hij. 'Je kent de regels: je zult ons dienen; je zult geen vragen stellen; je zult ons respect schenken. Heb je dat begrepen?'

'Ja, meneer.' Ze had het nu wel een beetje onder de knie.

Zijn hand ging naar haar tepel en hij kneep er hard in. Summer hield haar adem in om de pijn onder controle te krijgen.

Victor stond nu achter haar, zijn woorden boorden zich in haar oren. 'Je bent een sletje.' Toen ze niet reageerde, voelde ze weer een harde mep van zijn hand tegen haar kont.

'Ik ben een sletje.'

'Ik ben een sletje, wát?' Weer bezorgde de vinnigheid van zijn handpalm haar een blikseminslag van pijn.

'Ik ben een sletje, meneer,' zei ze.

'Dat is beter.'

Het was een moment stil en vanuit haar ooghoek zag Summer hoe een van de andere slavinnen grijnsde. Lachten ze haar uit?

Victor vervolgde. 'Je vindt het lekker dat iedereen je lichaam kan zien, slet, of niet? Je vindt het fijn om gezien te worden, om te kijk te staan?'

'Ja, meneer, dat vind ik fijn,' antwoordde ze.

'Dan zul je het goed doen.'

'Dank u wel, meneer.'

'Vanaf dit moment ben je mijn eigendom,' verklaarde Victor.

Summer wilde protesteren. Aan de ene kant was er iets verschrikkelijk opwindends aan het idee, maar aan de andere kant kwam de kern van haar persoonlijkheid in opstand.

Voor nu, hoe ze hier stond in deze kerker, met haar borsten en haar ongelijk geschoren kut in het volle zicht, waarbij het vocht dat uit haar binnenste liep ongewild bevestigde hoe opgewonden ze was, waren het maar woorden.

Summer voelde zich sterk genoeg om te trotseren wat de toekomst voor haar in petto had.

11

Een meisje en haar meester

DE EERSTE KLAP WAS ZO HEFTIG dat ik wist dat de afdruk van zijn hand nog uren op mijn achterste te zien zou zijn, roze vegen, als een door een kind gemaakte versie van een abstract schilderij.

Ik slikte de pijn weg.

Alle ogen waren op mij gericht, in afwachting van mijn reactie. Ze hoopten dat ik een kik zou geven. Ik knarsetandde alleen. Ik gunde ze dit pleziertje niet. Nog niet, tenminste.

Victors stem had iets wreeds, wat ik daarvoor niet had opgemerkt. Alsof zijn ware aard nu naar boven kwam. En nadat ik me op zijn bevel had ontdaan van het weinige dat ik aanhad, op het korset na, was ik eindelijk bloot genoeg naar zijn zin. 'Meester' voor en 'meester' na, autoritair, dwingend. Ik deed wat hij me opdroeg, hoe vervelend ik het ook vond. De manier waarop ik hem moest aanspreken. Dominik had me nooit gevraagd hem 'meester' te noemen. Ik had dat altijd een raar woord gevonden, omdat ik het gevoel had dat het een situatie van riskant in lachwekkend veranderde. Ik probeerde mijn waardigheid te behouden ondanks de volslagen smakeloosheid van de situatie.

Onbeweeglijk stond ik daar, als een van een hele stoet slavinnen, allemaal op een rij, als eendjes opgelijnd op een schietbaan. De tengere blondine met kleine borsten, de gedrongen brunette met haar olijfkleurige huid, de vrouw met asblond haar, weelderige vormen en een opvallende moedervlek op haar rechterdij, de grote, de kleine, de ronde. En ik, de roodharige met haar nauwsluitende korset, de vrouw van wie de kleding nog meer aandacht vestigde op haar seksualiteit, met harde tepels en een nat, afwachtend geslachtsdeel.

'Knielen,' zei een stem. Deze keer was het niet Victor. Die had zich teruggetrokken en was opgegaan in de menigte. In de kluwen van donker geklede mannen en vrouwen was hij niet meer te onderscheiden.

We gingen allemaal op onze knieën.

'Hoofd omlaag.'

De vrouwen aan weerszijden van mij gehoorzaamden. Hun kin schraapte bijna over de stenen vloer. Als dit totale onderwerping was, voelde ik me er niet prettig bij. Ik liet mijn hoofd zakken, maar net niet tot op de grond. Ik voelde een voet in mijn lende, die me naar beneden dwong en de welving in mijn ruggengraat vergrootte om mijn kont omhoog te brengen en aan te bieden.

'Dat ziet er sappig uit,' zei een vrouw. 'Ze heeft zo'n smalle taille dat haar landschap er nauwelijks door wordt bedwongen.'

De voet trok zich terug. Donkere, glimmende gepoetste schoenen en minstens twaalf centimeter hoge hakken begonnen om mij en de andere slavinnen heen te draaien. De gasten koersten tussen ons door. Ze beoordeelden ons, schatten in wat we te bieden hadden. Vanuit een ooghoek zag ik een knie in een broekspijp de grond naast mij raken; onder mij verscheen een hand, die mijn hangende borsten woog. Een andere onzichtbare deelnemer liet een vinger over de spleet tussen mijn billen glijden, stak hem in mijn vagina om te voelen hoe nat ik was, trok hem terug en voelde toen hoe stevig mijn anus was. Ik kneep mijn aars dicht, zodat hij er niet in zou kunnen, maar hij schoof hem er toch in, al was het maar even. Het verraste me dat het hem was gelukt zonder glijmiddel. Maar ja, in de houding die ik had aangenomen, met mijn geheime delen op een presenteerblad, was het een stuk makkelijker.

'Daar is niet buitensporig veel gebruik van gemaakt,' was zijn commentaar, waarna hij een speelse klap op mijn kont gaf en naar een ander tentoongespreid lichaam ging.

Opeens voelde ik Victors adem in mijn oor. 'Je vindt het fijn om op je voordeligst gezien te worden, of niet Summer?' merkte hij op met iets geamuseerds in zijn stem. 'Het geeft je een kick. Ik zie het, want je bent nu al flink nat. Je kunt het niet verbergen. Schaam je je dan nergens voor?'

Het voelde me klam daarbeneden en mijn wangen kleurden waarschijnlijk rood terwijl hij maar naar me bleef kijken, van heel dichtbij.

'Mogen we gebruik van haar maken?' vroeg iemand – een man.

'Niet helemaal,' zei Victor. 'Alleen haar mond. Vandaag tenminste. Ik ben interessantere dingen met haar van plan.'

'Dat is voor mij voorlopig voldoende,' zei de ander.

'Ze vindt het fijn vertoond en in het openbaar genomen te worden,' voegde Victor eraan toe. Daar was het weer, het zachte vegen van zijn voet die hij over de vloer liet slepen, een paar centimeter van mijn neus vandaan. Hij sleepte zijn voet een heel klein beetje en daar herkende je hem aan. Eigenlijk was ik woedend, maar daar mocht ik niets van laten merken. Victor duwde zijn hand onder mijn kin en dwong me mijn hoofd op te heffen. Hij bracht me op ooghoogte met de broek van de andere gast. De rits ging open, de onbekende trok zijn pik tevoorschijn en bracht hem naar mijn mond. Een vage geur van urine dreef in mijn richting en ik kokhalsde bijna, maar

Victors hand greep me nu bij de schouders en legde me zijn wil op. Ik deed mijn lippen van elkaar.

De penis van de onbekende was kort en dik. Hij begon wild te stoten en hield me vast aan mijn haar. Ik moest hem wel helemaal naar binnen laten gaan, alsof ik daar heel veel zin in had.

Hij kwam snel klaar. De straal sperma sloeg tegen de achterkant van mijn keel. De man hield mijn hoofd vast en weigerde zijn pik terug te trekken tot ik, met weerzin, slikte om zijn kwak uit mijn mond te krijgen. Toen liet hij me los. De bittere smaak bleef en ik wilde het liefst naar een badkamer rennen om zijn zaad van mijn tong te schrobben. Ik zou mijn mond met een bijtend zuur omgespoeld hebben, als het nodig was, om die smaak kwijt te raken.

Ik keek vluchtig om me heen en merkte op dat alle andere ongelukkige slavinnen 'in gebruik' waren. Beurtelings werden ze door de mannelijke gasten in het gezicht geneukt of van achteren genomen, als teven. Op die ene na, die me aan een huisvrouw uit een voorstadje deed denken. Zij befte een van de vrouwelijke gasten, van wie de vuurrode zijden jurk was opgeschort tot het middel. Telkens wanneer de tong van de slavin haar klit of een ander gevoelig plekje beroerde, gaf ze een gilletje, als een tjilpend vogeltje.

Ik had geen tijd om een en ander nader te bekijken, omdat Victor naar me toe kwam en me beval op mijn rug te gaan liggen, nadat hij een dikke deken op de stenen vloer had gelegd. Met mijn benen wijd zag ik hem op me afkomen, met zijn broek op de enkels. Zijn pik, van respectabele afmeting, was al verpakt. Het viel me op dat hij er, anders dan Dominik, voor had gekozen een condoom te dragen. Vertrouwde hij mij niet of mijn gezondheid? Of was Dominik gewoon onverantwoordelijk bezig geweest?

Hij drong met kracht in me en begon me te neuken. Plotseling besefte ik dat mijn geest nog altijd van mij was, al had ik besloten mijn lichaam aan Victors wil te onderwerpen. In gedachten kon ik doen wat ik wilde. Ik zocht naar die plek in mijn hoofd, naar de deur waardoor ik aan dit alles kon ontsnappen. Even later vervaagde alles om me heen. De mannen en vrouwen en de slavinnen gingen over in een andere, niet-bestaande dimensie, inclusief hun lichamen en hun gegrom, en ik liet mijn greep op de werkelijkheid los en liet de golven van opwinding over me heen gaan, met mijn ogen dicht. Algauw had hij zich bevredigd en deed hij een paar stappen achteruit.

Ik had amper tijd om met mijn ogen te knipperen, voordat de penis van een andere man werd gepresenteerd aan mijn mond, die eigenlijk nog moest bijkomen. Een andere tint roze en bruin, een grote eikel, een andere vage geur, deze keer van kruidige zeep. Ik keek niet op om het gezicht te zien waar deze pik bij hoorde. Wat deed het ertoe? Ik overbrugde de ruimte tussen de penis en mijn lippen en haalde met mijn tong zijn warmte naar binnen, alsof ik er trek in had.

De rest van de avond bleef alles wazig.

Mannen zo anoniem als maar kan. Vrouwen met iets wreeds in hun bevelen en iets zoetigs in al hun geurtjes, waar je misselijk van werd. Ik had me algauw losgekoppeld van mijn denkende ik; mijn lichaam en geest gingen op de automatische piloot.

De volgende keer dat ik mijn ogen echt opendeed en om me heen keek, was de menigte aanzienlijk uitgedund. De achterblijvers, met verhitte koppen, fatsoeneerden hun kleren. Alleen wij, de slavinnen, zaten nog in een kring midden in de kamer. Besmeurd, vermoeid, berustend.

Iemand gaf me een aai over de bol, zoals je een schoothondje streelt.

'Goed gedaan, Summer. Dat zag er echt veelbelovend uit.'
Het was Victor.
Zijn commentaar verbaasde mij. Ik wist dat ik onverschillig, afwezig, mechanisch, totaal onbetrokken was geweest. Gewoon een actrice op een set. Voor een pornofilm welteverstaan.

'Kom,' zei hij, met zijn arm naar mij uitgestrekt, met zijn hand naar mij uitgestoken om me overeind te helpen vanuit mijn ongemakkelijke knielende houding. Hij had mijn regenjas uit de garderobe gehaald, waar ik hem bij aankomst had moeten achterlaten, en hielp me erin.

Voor de deur van het huis stond de auto met chauffeur op ons te wachten.

Hij liet mij eerst thuis afzetten. Tijdens de rit naar de binnenstad werd er geen woord gesproken.

*_**

Van louter vermoeidheid, lichamelijk en geestelijk, word je een zombie. De hele dag repeteren, gemiddeld twee optredens per week, en als ik vrij was, belde Victor me.

Natuurlijk had ik nee kunnen zeggen, nee moeten zeggen, hem moeten vertellen dat hij te ver ging en ik niet meer mee wilde doen met de spelletjes die hij zo doortrapt op touw zette, maar ik besefte dat iets in mij op zoek was, met een morbide soort nieuwsgierigheid, en steeds verder wilde gaan. Alsof ik mijn eigen grenzen verkende. Elk treffen was een brug verder stroomafwaarts, een uitdaging waar mijn lichaam naartoe werd getrokken.

Ik verloor de controle.

Zonder Dominik als anker was ik een zeilboot zonder motor, op drift in volle zee, een prooi van de wind en de woeste golven. Met een lied als gebed – maar geen lied dat ik op mijn viool kon spelen.

We hadden een gastdirigent uit Venezuela voor een programma van postromantische werken van Russische componisten en hij legde de zweep erover. Zoals we in het begin speelden, was niet naar zijn zin. Hij wilde meer gedrevenheid en klankkleur. Vooral de strijkers kregen het zwaar te verduren. De koperblazers, vrijwel allemaal mannen, konden zich vrij goed aanpassen, maar wij, arme strijkers, hadden het er moeilijk mee, gewend als we waren aan een zachtere benadering van de muziek. Velen van ons waren van Oost-Europese herkomst en oude gewoonten bleken hardnekkig, als het erop aankwam meer bravoure te leggen in stukken die we door en door kenden.

De repetitie van die middag was bagger geweest en Simón, de dirigent, had erg veel kritiek op ons gehad. Alles moest opnieuw en tegen het eind waren we op van de zenuwen.

Toen ik over West Broadway liep, op weg naar huis, zoemde mijn mobieltje. Het was Chris. Hij was op doorreis in Manhattan. De band was geboekt voor een korte tournee langs rockclubs aan de Oostkust en hij was op weg naar Boston. Kennelijk had hij me de dag daarvoor proberen te bellen om me als gastspeler uit te nodigen voor een jamsessie aan Bleecker Street. Ik herinnerde me dat ik mijn mobieltje een paar dagen niet had opgeladen of gewoon uit had gelaten, in beslag genomen als ik was door de repetities met de man uit Venezuela en de opdrachten van Victor.

'We hebben je gemist,' zei Chris, nadat we elkaar hartelijk hadden begroet.

'Vast niet,' antwoordde ik. Ik had nooit met alle nummers meegespeeld, als de band optrad. Een viool voegt een speciale sound toe aan een rockband, maar als er te veel gebruik van wordt gemaakt, wordt de rockmuziek te countryachtig.

'Echt wel,' zei Chris. 'We hebben je gemist om wie je bent en om je muziek.'

'Het vleien ben je nog niet verleerd.'

Hij was maar voor één avond in de stad. We spraken af elkaar te ontmoeten. Maar eerst ging ik douchen en iets anders aantrekken. Daar was ik wel aan toe na die enerverende repetitie.

We waren allebei gek op Japans eten. Rauw. Soms beoordeel ik mensen op wat ze graag eten. Wie beweert niet van rauwe vis of tartaar of oesters te houden, hoeft niet op mijn goedkeuring te rekenen. Culinaire lafaards, denk ik dan.

De sushibar was een tentje aan Thompson Street. Er zaten vaak maar een paar mensen te eten, want het was voornamelijk een afhaalzaak. Daarom bereidde de sushikok, die niet veel te doen had, royale porties.

'En, hoe is het in de klassieke wereld?' vroeg Chris, toen we aan onze eerste sake van die avond nipten.

'Ik moet op mijn tenen lopen, kan ik je zeggen. De dirigent die we momenteel hebben, is nogal tiranniek. Veeleisend en temperamentvol.'

'Heb ik je niet altijd gezegd dat wij rock-'n-rollers een stuk beschaafder zijn dan die ouwe sokken?'

'Dat klopt, Chris.' Hij zei het bijna elke keer. Dit grapje tussen ons was allang een soort cliché geworden, maar ik deed mijn best een glimlach op mijn gezicht te toveren.

'Je ziet er moe uit, Summer.'

'Ik ben ook moe.'

'Gaat het wel goed met je?' vroeg hij met een bezorgde blik.

'Gewoon moe. Druk met muziek maken. En ik slaap niet zo goed,' bekende ik.

'Is dat alles?'

'Wat zou er nog meer moeten zijn? Heb ik zwarte kringen onder mijn ogen?'

Chris glimlachte. Mijn ouwe makker, een vriend tegen wie ik niet kon liegen.

'Je weet wat ik bedoel. Ben je... heb je... iets uitgevreten? Ik ken je, Summer.'

Ik spietste een plakje tonijn met mijn eetstokjes.

Chris wist van bijna alles wat er in Londen was gebeurd, met Dominik. Nou ja, niet tot in alle detail: een meisje heeft haar trots. Hij had vast wel door dat mijn komst naar New York, zo kort daarna, een soort vlucht was geweest.

'Hij is je toch niet achterna gekomen, mag ik hopen?' Hij doopte zijn loempiaatje in het kommetje sojasaus met wasabi.

'Nee,' zei ik, 'hij niet.' En toen gooide ik het eruit. 'Was hij het maar.'

'Wat bedoel je, Summer?'

'Ik ben een andere man tegen het lijf gelopen. Ook zo'n type... maar erger, denk ik. Het is niet makkelijk uit te leggen.'

'Wat trekt je toch zo aan in foute mannen, Summer? Ik had nooit gedacht dat jij je graag laat straffen.'

Ik gaf geen antwoord.

'Luister, ik weet dat Darren een slappe zak was, maar de kerels op wie je nu kennelijk valt, om de een of andere bizarre reden, zijn bloedlink.'

'Dat zijn ze zeker,' zei ik.

'Waarom doe je het dan?' Voor de zoveelste keer begon hij zijn geduld met mij te verliezen. Waarom gebeurde dat toch telkens weer?

'Je weet dat ik geen drugs gebruik. Gewone drugs, bedoel ik. Misschien heeft dit wel iets van een drug. Ik krijg er een kick van. Alsof ik mijn vinger in een vlam steek, om te proberen hoe ver ik kan gaan, balancerend op de grens tussen pijn en genot.

Maar weet je, Chris, het is niet door en door slecht... al weet ik dat het er voor jou zo uit moet zien. Ieder wat wils. Wijs het niet af, voordat je het hebt geprobeerd.'

'Hmm... ik denk niet dat het iets voor mij is. Je bent niet goed bij je hoofd, meisje.'

'Je hebt gelijk, Chris, maar je kent me, je moet me maar nemen zoals ik ben.'

'Maar ben je gelukkig?' vroeg hij op het laatst, toen het oosterse meisje dat ons bediende de borden en de kommetjes weghaalde en de blokjes ananas, ons nagerecht, neerzette.

Weer gaf ik geen antwoord, maar ik vrees dat de manier waarop ik keek mij verraadde.

We verkasten naar een café daar in de buurt en dronken een paar biertjes, voordat we met een ongemakkelijk gevoel afscheid namen van elkaar.

'Hou contact,' zei Chris. 'Je hebt mijn nummer. Bel me, als je er zin in hebt. Of als er iets is. Eind volgende week gaan we terug naar Engeland, maar ik zal er altijd voor je zijn, Summer. Daar kun je op vertrouwen.'

Het was nacht. Greenwich Village zinderde. Er stroomde muziek door de smalle straten. Met onbekende melodieën en een vleugje kakofonie. De geluiden van de grote stad.

Ik viel om van de slaap.

De uitvoering van Prokofjev op een van de meer chique trefpunten van Manhattan was een triomf. Het perfecte resultaat maakte alles goed – de kwelling van de repetities en de verhitte gemoederen aan beide kanten van het podium. De paar maten die ik solo speelde in het tweede deel waren vloeiend, als in een droom, en ik kreeg zelfs een goedkeurende knipoog van Simón, de jonge maestro, toen we bogen om het applaus in ontvangst te nemen.

Mijn stemming zakte snel, toen ik Victor bij de uitgang aantrof. Hij had op me staan wachten.

'Waar bleef je nou? Het concert was ruim een uur geleden al afgelopen,' merkte hij op.

'We hadden iets te vieren,' zei ik. 'Het ging verrassend goed. Veel beter dan we hadden verwacht,' zei ik.

Victor fronste.

Hij gebaarde dat ik met hem mee moest lopen. We gingen Third Avenue in, in noordelijke richting. Het kwam misschien doordat ik op hoge hakken liep, maar ineens leek Victor kleiner dan ik eerder dacht.

'Waar gaan we heen?' vroeg ik hem. Ik was nog een beetje draaierig door de glazen vermout waarmee we op het succes hadden geklonken en door de opwinding die de bijna volmaakte uitvoering bij mij had teweeggebracht.

'Maak je geen zorgen,' zei Victor kortaf.

Wat was hij van plan? Ik had nog steeds de zwartfluwelen jurk aan waarin ik had opgetreden en mijn normale ondergoed. Niet eens kousen, alleen een panty. En een vestje, dat ik de vorige dag bij Anna Taylor Loft had gescoord. Het korset van Dominik, dat ik van Victor vaak moest dragen, was veilig weggestopt in een la naast mijn bed.

Misschien zou het gewoon een gezellig samenzijn worden.

Wat ik betwijfelde, Victor kennende.

'Heb je lippenstift in je handtas?' vroeg Victor, terwijl we verder liepen door Third Avenue.

'Ja.' Ik had altijd lippenstift bij me. Zo zijn meisjes nu eenmaal.

En toen schoot door me heen wat er was met lippenstift, nog niet zo lang geleden. Opeens wist ik het. Victor moest de geheimzinnige toeschouwer zijn geweest die avond op de zolderkamer van Dominik. Hij had me gezien, opgeschilderd als de Hoer van Babylon, zoals Dominik me had betiteld.

De plaats van bijeenkomst was een groot hotel, van een keten, in de buurt van Gamercy Park. De bovenverdieping reikte naar de hemel. Neonlichten schitterden boven de overkapping en talloze kleine ramen, als van een poppenhuis, boorden lichtgaatjes in het donker. Het kwam op mij over als een afschrikwekkend fort. Een fort of een kerker? O, mijn hemel, kon ik dan aan niets anders denken?

De nachtportier lichtte zijn hoed, toen we de hal in liepen en op de liften afgingen. We namen de lift aan de linkerkant, die helemaal naar het penthouse ging. Deze lift was niet toegankelijk voor iedereen. Je moest er een sleutel voor hebben. Victor haalde hem uit zijn zak en stak hem in het slot naast de knop voor de bovenste verdieping.

We zoefden omhoog in gespannen stilzwijgen.

De liftdeuren gaven toegang tot een grote, lege foyer, waarin niets anders stond dan een vrij grote leren bank, waar mensen die eerder waren gekomen hun jassen en tassen op hadden gelegd. Ik liet het gebreide topje van mijn schouders glijden en zette, met enige aarzeling, mijn vioolkoffer neer. Vanuit de foyer stapten we een kamer van gigantische proporties binnen. De zaal was voorzien van erkers, waardoor je half Manhattan kon zien en zijn duizelingwekkende skyline met duizenden lichtjes. Er liepen talloze gasten rond met een glas in de hand. In een uithoek van de ronde zaal was een kleine verhoging, een soort podium, en links daarvan een paar deuren, die ongetwijfeld toegang boden tot de rest van de suite.

Ik stond op het punt naar de kleine bar te lopen, waar allerlei flessen, glazen en ijsemmers op stonden, maar Victor hield me tegen.

'Vanavond mag je niet drinken, Summer. Ik wil dat je op je best bent,' zei hij.

Ik wilde protesteren – sinds wanneer dacht hij dat ik een

soort zuiplap was? – maar op dat moment kwam er een onbekende op ons af. Hij droeg een smoking, waardoor hij meer op een ober leek dan op een man van de wereld. Hij gaf Victor een stevige handdruk.

Onbeschaamd nam de man me op, van top tot teen. Hij negeerde me volledig, draaide zich om naar Victor en gaf als commentaar: 'Heel aardig, beste Victor. Echt heel aardig. Een bijzonder opvallende slavin.'

Mijn eerste opwelling was hem tegen zijn schenen te schoppen, maar ik hield me in. Had Victor mij zo voorgesteld?

Ik was geen slavin en zou het ook nooit worden. Ik was ik, Summer Zahova, een individu met een eigen geest, iemand die zich onderwierp, maar geen slavin. Dat begrip zei me niets. Ik wist dat andere mannen en vrouwen zich helemaal wilden weggeven, maar zo was ik niet.

Victor glimlachte naar de andere man, duidelijk heel tevreden met zichzelf. De hufter. Hij gaf een klap op mijn billen, op een afschuwelijke, neerbuigende manier. 'Precies. Of niet dan?'

Ze negeerden me allebei, alsof ik er niet meer was of slechts bij het interieur hoorde.

'Ze zal veel opbrengen,' zei een van hen, maar ik was zo laaiend dat me ontging wie het had gezegd.

Ik voelde Victors hand om mijn pols. De mist in mijn hoofd trok op en ik keek hem aan.

'Je gaat doen wat je wordt opgedragen, Summer. Begrijp je me? Ik weet dat je innerlijk een strijd voert over wat er gebeurt en dat begrijp ik volkomen. Maar ik weet ook dat je worstelt met je eigen natuur en er zal een dag komen waarop je er vrede mee zult hebben. Het vurige verlangen om tentoon te staan, om en public de hoer te spelen, is een deel van jou. Het is je werkelijke ik. Het brengt je tot leven, stelt je in staat sensaties te beleven die je nooit eerder hebt beleefd. De weerstand die je voelt, is niets anders dan ouderwetse normen, opvoeding. Je bent geboren om te dienen. En dan ben je op je mooist. Alles wat ik wil is die schoonheid naar buiten laten komen, je te zien bloeien, te zien dat je helemaal jezelf bent.'

Wat Victor zei, was erg verontrustend, maar er zat een kern van waarheid in, dat moest ik toegeven. Wanneer er iets buitensporigs gebeurde, verraadde mijn lichaam mij. De drug van onderwerping lonkte en het was alsof de ware Summer verscheen, wellustig, brutaal, onbeschaamd, een kant van mij waar ik van genoot, maar ook bang voor was, bevreesd dat ik op een dag te ver zou gaan, dat de aantrekkingskracht van gevaar groter zou zijn dan mijn behoefte aan veiligheid. De zinnelijke kant van mij zocht vergetelheid in seks, terwijl het rationele deel wilde weten waarom. Er wordt vaak gezegd dat mannen hun lul achterna lopen; bij mij was het zo dat ik door de honger in mijn kut werd geleid, maar vreemd genoeg zat die honger ook in mijn geest. Het was niet zo dat ik een man of bepaalde mannen nodig had om me te bezitten, te misbruiken; het was die zucht naar iets anders, naar het nirwana, de gelukzaligheid die ik bereikte op die momenten van onzinnige seks en zelfs verloedering of vernedering, waardoor ik meer, veel meer dan anders, het gevoel had dat ik leefde. Misschien was bergbeklimmen een beter idee geweest.

Ik was me bewust van die tegenstrijdigheid in mij en accepteerde die ook, wat het overigens niet makkelijker maakte de weg te vinden die ik moest gaan.

Toen de mist in mijn hoofd optrok, werd het stil in de zaal. Onuitgesproken woorden maakten duidelijk dat de tijd daar was.

Met Victor aan de ene kant en de vreemdeling in smoking aan de andere werd ik naar het kleine podium geleid, waar ik snel van mijn kleren werd ontdaan. Ik herinner me dat ik dacht aan hoe onelegant ik eruit moest zien, toen ze mijn weinig aantrekkelijke panty naar beneden rolden, maar het ging allemaal zo snel, te snel om te kunnen protesteren.

De onbekende, die de ceremoniemeester voor deze eigenaardige avond was, spreidde zijn armen in een zwierig gebaar en kondigde aan: 'Dit is slavin Summer, het eigendom van meester Victor. Jullie zijn het vast met mij eens dat ze een prachtig exemplaar is. Een bleke huid' – hij wees naar me – 'en een bijzonder mooi afgeronde kont.' Hij gebaarde naar me dat ik me moest omdraaien om mijn achterste aan de toeschouwers te tonen. Ik hoorde ze diep ademen. Ik had weer nieuwe bewonderaars.

Een tik op mijn schouder beduidde dat ik me weer om moest draaien, zodat ik oog in oog met de groep kwam te staan. Het waren bijna allemaal mannen, zag ik, maar er waren ook een aantal vrouwen in avondkleding. Ze zagen er allemaal normaal uit – kennelijk waren er die avond geen andere slavinnen.

De hand van de circusdirecteur gleed over mijn linkerborst en tilde hem een beetje op, om hem goed te laten uitkomen, om de vorm ervan te tonen. 'Tenger, maar wulps, op haar eigen manier,' wees hij, terwijl zijn vingers verder naar beneden gingen en lieten zien hoe mijn smalle taille de rondingen van mijn borsten en billen accentueerde.

'Een prachtig ouderwets – of moet ik zeggen klassiek? – lichaam.'

Ik slikte.

Hij bespaarde me een rood hoofd door zijn hand niet door te laten glijden naar mijn opnieuw onberispelijk geschoren kutje. Hij weidde er ook niet over uit. Ze konden het toch wel zien en nader commentaar had geen verschil gemaakt onder deze omstandigheden.

'Een prachtig exemplaar. En onze complimenten aan meester Victor, die ons weer eens van een volmaakt en erg uniek lichaam heeft voorzien. Ik heb gehoord dat ze nog niet echt getemd is, wat de aantrekkingskracht zou moeten verhogen.'

Getemd? Waar had hij het in godsnaam over?

Van achteren wrong zich een hand tussen mijn benen en dwong me ze te spreiden. Het was de hand van Victor. Ik voelde het aan de manier waarop hij me aanraakte.

Ik was nu open en bloot en kon de blikken van minstens vierentwintig ogen over mijn huid voelen gaan om elk plekje te verkennen, om me te taxeren en te genieten van het schouwspel van mijn totale kwetsbaarheid.

O, Dominik, wat heb je losgemaakt?

Maar ik besefte dat het er vóór hem al was. Hij had het bespeurd en tot leven gewekt. Mij tot leven gewekt.

De gedachten tuimelden door mijn hoofd.

In een waas volgde ik de 'veiling' alsof ik alleen een toeschouwer was.

Beelden schoten door me heen, van slechte films die ik een eeuwigheid geleden had gezien, van voorvallen in romans over seksuele uitbuiting die ooit mijn fantasie hadden geprikkeld. Mezelf zag ik dan op een Arabische of Afrikaanse markt in wolken van opstuivend zand, terwijl potige, donkere slavenmeesters mijn waren aanprezen, vingers voelden hoe strak ik was, anderen me ruw openhielden voor de ogen van de menigte om het parelmoeren sap van mijn roze binnenste en het contrast met mijn bleke huid te laten zien. In die waakdromen droeg ik misschien een sluier, misschien ook niet, maar in elke warreling die over de horizon van mijn verbeelding vloog, was ik naakter dan naakt, zo ontzettend blootgesteld, mijn geheime delen open en bloot, zodat iedereen ze kon zien. Of ik werd uit een kooi van bamboe gesleurd op de brug van een piratenschip nadat ik op volle zee was gekaapt. De een of andere oriëntaalse prins zou me kopen voor zijn plezier en me opnemen in zijn overvolle harem. Was dit het wat een slavin worden inhield?

De bieding begon bij vijfhonderd dollar. Een vrouw was de eerste die bood. Ik wist niet of ik een vrouw kon dienen. Ik had Lauralynn wel leuk gevonden, maar op basis van wat ik tot nu toe had gezien, gaf ik de voorkeur aan de mannelijke versie van overheersing.

Algauw mengden mannenstemmen zich in de bieding. De inzettingen volgden elkaar snel op. Telkens wanneer iemand het bedrag verhoogde, vlogen mijn ogen van de een naar de ander om te zien wie de bieder was, maar de veiling ging te snel. Binnen de kortste keren werd het een wirwar van stemmen en onbekende gezichten.

Eindelijk liep de strijd af tussen de twee die het vaakst hadden geboden. Alle anderen waren afgevallen. De winnaar bleek er inderdaad Arabisch uit te zien, oosters in elk geval. Hij droeg een ouderwets tweedpak van goede snit en had een bril op. Hij was kalend, getaand en zijn krullende lippen verrieden een wereld van wreedheid.

Mijn nieuwe eigenaar?

Waarom zou Victor mij door willen geven? Vast niet om het geld. Ik had net iets meer dan vijfentwintighonderd dollar opgeleverd. Een bedrag waardoor ik me gevleid kon voelen, maar zeker niet wat een vrouw in deze tijd echt waard was.

Victor overhandigde de gelukkige winnaar een halsband met een riem eraan, die hij vervolgens om mijn hals deed. 'Het komende uur is ze van jou,' hoorde ik hem zeggen.

Dit was dus alleen een tijdelijke transactie, voor één keer. Ik zou weer bij Victor terugkomen. Een onderdeel van het spel dat we speelden tijdens het verkennen van onze duistere kanten.

De man die het hoogste bod op mij had uitgebracht, wenste geen gebruik te maken van de riem die nu naast mij bungelde.

Hij nam me bij de hand, als zijn buit, en leidde me naar de deur. Die gaf toegang tot een ruime slaapkamer. Hij duwde me op het bed, sloot de deur achter hem en begon zich uit te kleden.
Hij neukte me.
Hij gebruikte me.
En toen hij klaar was, verliet hij de kamer, zonder een woord te zeggen. Hij liet me achter, open en bloot, verdoofd door zijn meedogenloze gebeuk. Hij negeerde me volledig.
Ik probeerde weer op adem te komen.
Achtergelaten als een lappenpop in een speelhoek.
Vanachter de deur kon ik de gedempte geluiden van het besloten feestje horen, het getinkel van glazen, het geroezemoes van luchthartige gesprekken. Zouden ze het over mij hebben? Over mijn optreden en het bedrag dat ik had gescoord?
Was dit het? Of zou een andere onbekende de slaapkamer binnenkomen en het estafettestokje overnemen in de wedren om de nieuwe slavin?
Maar er gebeurde niets.
Ik voelde een golf van opluchting vermengd met een onverklaarbaar gevoel van teleurstelling. Er was weer een fase voltooid in mijn verkenning van perversiteit. Hier was ik, nog steeds onbevredigd en, alles welbeschouwd, betrekkelijk onverstoord. Hoe ver zou ik gaan, voordat het genoeg was?
Victor kwam binnen. Hij gaf me geen complimentje. Hij zei helemaal niets over wat er was gebeurd.
'Sta op,' zei hij en ik gehoorzaamde braaf. Ik had geen zin om tegen hem in te gaan.
In zijn hand had hij de lippenstift, die hij uit mijn tas had gevist. Hij liep op me af, zwaaiend met de lippenstift, alsof het een onschuldig wapen was.
'Blijf rechtop staan,' beval hij, terwijl hij op me afkwam. Ik voelde zijn warme adem op mijn naakte huid.

Hij begon op me te schrijven.

Ik probeerde omlaag te kijken, maar hij siste 'ts', alsof het mij niet aanging.

De lippenstift danste over mijn voorkant; vervolgens liet hij me om mijn as draaien, met een beweging van zijn andere hand, en trok over de rondingen van mijn achterwerk het vervolg van het raadselachtige schrift.

Toen hij klaar was, deed Victor een stap naar achteren om zijn creatie te bewonderen, haalde een digitaal cameraatje uit zijn jaszak en schoot de ene foto na de andere. Het resultaat leek hem te bevallen.

Hij wees naar de deur. Ik moest me voegen bij de mensen die daarachter rondliepen. Ik voelde me zwak, uitgeput door het gebeuk van daarnet en absoluut niet in de stemming om me te verweren.

Toen ik de ronde zaal met al dat glas en dat schitterende uitzicht op Manhattan betrad, zag ik hoofden naar mij omdraaien. Glimlachend, waarderend, verlekkerd. Ik wist niet wat ik moest doen. Doorlopen? Waarheen? Blijven staan?

Victors hand op mijn schouder deed me stilstaan.

Eindelijk, toen iedere aanwezige het volle zicht had op mij en op mijn beschilderde lichaam, zei hij: 'Je mag je aankleden. Voor vanavond is het genoeg.'

In een soort verdoving trok ik het weggeslingerde jurkje van zwart fluweel weer aan. En, het is bijna niet te geloven, ik vergat mijn vioolkoffer bijna!

Buiten hield hij een taxi aan, duwde me erin en gaf de chauffeur mijn adres. Hij ging niet mee. Hij riep alleen: 'Ik neem contact met je op. Wees voorbereid.'

Het eerste wat ik deed toen ik thuiskwam, was me uitkleden en naar mijzelf kijken in de lange spiegel in de badkamer. Gelukkig was geen van mijn Kroatische flatgenoten in de buurt.

De dikke rode letters liepen kriskras over mijn huid, als golven van schande. Dwars over mijn buik had hij SLET geschreven, boven mijn pubis SLAVIN en op mijn achterste, wat ik alleen met de grootste moeite kon ontcijferen, omdat ik mijn lichaam moest draaien om het in beeld te krijgen en het ook nog van achteren naar voren moest lezen, had hij in vette rode letters EIGENDOM VAN DE MEESTER gezet.

Ik werd misselijk.

Het zou me drie dagen douchen, baden en schrobben kosten, voordat ik me weer schoon zou voelen.

Victor belde me de volgende ochtend.

'Je hebt ervan genoten, of niet?'

Ik ontkende het.

'Dat zeg je nu wel, maar van je gezicht kon ik het tegendeel aflezen, Summer. En ik zag het aan de manier waarop je lichaam altijd reageert.'

'Ik ben...' protesteerde ik zwakjes.

'Je bent ervoor gemaakt,' verklaarde Victor, 'en we gaan een heerlijke tijd tegemoet. Ik zal je opleiden. Perfect zul je worden.'

Mijn maag draaide zich om. Ik proefde gal. Ik had het verschrikkelijke gevoel dat ik in een op hol geslagen trein zat, die doordenderde zonder dat ik er iets aan kon doen, gekluisterd als ik was.

'En de volgende keer,' – aan de andere kant van de lijn kon ik horen dat hij smulde van elk woord – 'maken we het officieel. We zullen je registreren.'

'Registreren?' vroeg ik.

'Op internet is een slavenregister te vinden. Maak je niet druk – alleen ingewijden zullen weten wie je bent. Je krijgt een nummer en een naam. Het zal ons geheimpje zijn. Ik dacht aan Slavin Elena. Dat klinkt goed.'

'Wat houdt het in?' Ik was in tweestrijd – verontwaardigd en nieuwsgierig tegelijk.

'Het zal betekenen dat je volledig accepteert dat je mijn eigendom bent, dat je voortdurend mijn band om je nek zult voelen.'

'Ik weet niet of ik daar al aan toe ben,' zei ik.

'O, dat ben je zeker wel,' vervolgde hij. 'Je mag kiezen tussen een ring of een tatoeage op je meest intieme plekje, met je nummer of streepjescode, ter aanduiding van je status en je eigenaar. Uiteraard zullen alleen de ingewijden die te zien krijgen.'

Terwijl ik naar zijn woorden luisterde, voelde ik een gevoel van schaamte en opwinding in me opkomen. In de eenentwintigste eeuw gebeurden zulke dingen toch niet meer?

Maar de verleiding was sterk – een sirenenzang prikkelde mijn zintuigen en mijn verbeelding al, getemperd door de harde realiteit van het besef dat ik ook de onafhankelijkheid zou verliezen waaraan ik hechtte en waar ik jarenlang voor had gestreden.

'Wanneer?' vroeg ik.

Victor bromde tevreden. Hij kon mij lezen als een open boek. 'Ik zal het je laten weten.'

Hij hing op en liet mij volledig beduusd achter.

Ik liet me terugvallen op mijn smalle bed. Een week lang zouden er geen repetities zijn. Een zee van tijd om door te komen, te veel tijd om na te denken. Ik probeerde te lezen, maar de woorden van elk boek dat ik pakte, liepen door elkaar heen en ik kon me niet concentreren op het onderwerp of het verhaal.

Ook de slaap wilde maar niet komen om de storm die in mij raasde te bedaren.

Twee dagen wachtte ik op Victors telefoontje. Ik doodde de tijd door in Greenwich Village rond te dolen. Ik zocht afleiding door winkels af te struinen en af en toe een bioscoopje te pakken. Ik keek naar stompzinnige actiefilms om niet te hoeven denken, maar het hielp niet. Het telefoontje bleef uit. Het was duidelijk dat Victor me expres kwelde, zodat ik zou branden van verlangen tegen de tijd dat hij contact met me zou opnemen. Telkens wanneer ik een gehoorzaal binnenging, zette ik mijn mobiel in de trilstand, in de hoop op nieuws tijdens de filmvertoning, maar er kwam niets.

Ik werd bang voor mijn eigen gedachten, bang dat het onvermijdelijk zou zijn dat ik de weg opging die Victor voor me had uitgestippeld.

En toen, om drie uur 's morgens tijdens een zwoele nacht, met de ramen wijd open naar de hitte van New York en de loeiende sirenes van ambulances en politiewagens die door de afgronden van de avenues raasden, bedacht ik het.

Een laatste gok.

Om de beslissing aan een ander te laten, misschien.

Londen liep vijf uur achter, geen onredelijke tijd om te bellen.

Ik toetste het nummer van Chris in. In de hoop dat hij zijn mobiel niet had uitgezet en niet midden in een jamsessie in Camden Town of Hoxton zat.

De telefoon bleef overgaan. Net toen ik wilde ophangen, nam hij eindelijk op.

'Hallo, Chris!'

'Hai, lief. Ben je weer terug?'

'Nee, ik ben nog steeds in de Big Apple.'

'Hoe gaat het met je?'

'Ik ben op van de zenuwen,' bekende ik.

'Geen verbetering in de situatie?'

'Nee. Het wordt misschien nog erger. Je kent me – soms ben ik de ergste vijand van mezelf.'

'Dat weet ik maar al te goed.' Het bleef even stil. 'Summer?

Kom terug naar Londen. Kap ermee en kom hierheen. Ik zal je helpen als je iets nodig hebt, dat weet je.'
'Ik kan niet weg.'
'En dus?'
Ik aarzelde. Elk woord overwoog ik, voordat ik zei, met een droge mond: 'Zou je iets voor me willen doen? Iets belangrijks.'
'Natuurlijk. Kom maar op.'
'Kun je contact opnemen met Dominik? Hem vertellen waar ik ben?'
'Is dat alles?'
'Ja, dat is alles.'
Een worp met dobbelstenen. Zou Dominik reageren?

12

Een man en zijn verdriet

ZE HADDEN GEREGELD SEKS op een werktuiglijke manier.
Dominik had een sterk libido, hoewel hij, als er aanleiding toe was, makkelijk van vleselijke lusten kon afzien om zich op iets anders te concentreren. Op onderzoeksprojecten of op de verschillende literaire bezigheden waaraan hij zich geregeld moest wijden.

Nu Summer weg was had Dominik genoeg andere, interessante dingen te doen. Zijn colleges had hij allang nauwkeurig afgestemd, maar hij varieerde de stof die hij behandelde, zodat zijn lessen niet sleets werden. Hij had voldoende aantekeningen gemaakt en was flexibel genoeg. Voor de voorbereiding van deze dagen had hij dan ook niet veel tijd nodig. Hij hield er ook meer van te improviseren, over welk onderwerp ook.

De huidige lichting studenten was saai als het ging om wat er buiten de collegezaal gebeurde. In geen van hen was hij geïnteresseerd. Hij was trouwens niet uit op een relatie met een studente. Dat was te riskant. Dat liet hij over aan docenten die het niet zo nauw namen, zoals Victor, die snel van de campus was verdwenen om in New York een aanstelling te aanvaarden, die kort daarvoor was vrijgekomen. Maar hij was en bleef een man en hij zag heus wel de meisjes die zijn blik vingen, die uitnodigend glimlachten als hij hun kant op keek, zelfs als hij er niet op inging, tenminste niet tot het college afgelopen was.

Dominik had zich voorgesteld dat hij een sekspauze in zou lassen, 'droog' zou staan, om Summers plotselinge vertrek te verwerken, en in bepaalde opzichten had hij dat fijn gevonden. Hij verheugde zich op avonden alleen, zodat hij de stapel leesmateriaal die op hem lag te wachten eindelijk kon doornemen. Een nieuwe serie boeken die hem veelbelovend hadden geleken, toen ze een paar weken geleden waren bezorgd, maar die hij stof had laten verzamelen, terwijl hij al zijn energie richtte op het bedenken van nieuwe scènes voor Summer.

Maar toen was Charlotte in beeld gekomen. Ze was komen opdraven bij een van de werkcolleges die hij 's avonds hield. Dominik had geen seconde geloofd dat ze daar toevallig was beland. Dat ze van de ene dag op de andere een vurige belangstelling voor de literatuur van het midden van de twintigste eeuw had gekregen. Hij wist dat ze hem had opgespoord. Ze was vast gekrenkt door zijn weinig enthousiaste reactie op haar geflirt op het feestje waarop hij Summer had geschoren. Hij was verrast dat Charlotte een van zijn boeken was gaan lezen, maar gevleid was hij niet. Dominik zag alleen dat ze iets wilde en er alles aan had gedaan om het te krijgen.

Ze waren zomaar een relatie aangegaan, gewoon door toe te geven aan hun zin in seks. Ze hadden een soort zwijgende afspraak. Soms vroeg hij zich af wat ze eigenlijk van hem wilde. Geen geld: ze had geld genoeg. Geen seks: hij wist dat ze Jasper nog wel eens ontmoette en, dacht hij, ook geregeld met andere mannen naar bed ging. Het kon hem niet schelen. Het scheen hem bijna toe dat Charlotte hem alleen maar wilde treiteren, tergen, om ervoor te zorgen dat Summer in zijn gedachten bleef.

Het viel hem op dat ze haar schaamhaar was gaan harsen.

Elke keer dat hij haar naakt zag, werd hij automatisch herinnerd aan Summers pas geschoren genitaliën, aan het ritueel dat hij zo volmaakt had gevonden, het ultieme crescendo in hun orkest van wellust, een daad van verdorvenheid, die op de een of andere manier aan zijn controle was ontglipt. Zijn fantasie had zich tegen hem gekeerd, met als gevolg dat ze niet nader tot elkaar waren gekomen, maar juist uit elkaar waren gedreven.

Des te ruwer neukte hij met Charlotte. Hij nam haar wanneer hij er zin in had. Zij had er trouwens ook altijd zin in en leek ervan te genieten. Hij befte haar zelden, een taak die hij anders maar al te graag op zich nam. Summers vagina had hij dagenlang kunnen likken, tot ze hem smeekte op te houden, maar Charlotte beroerde hij nooit met zijn tong en hij was het ook niet van plan. Ze had het er nooit over en bleef hem verrassend vaak pijpen. Soms wachtte hij met klaarkomen, alleen om haar te treiteren, haar te laten zuigen en zuigen tot haar kaken pijn deden, te trots als ze was om op te geven, om toe te geven dat ze een man niet klaar kon laten komen met haar mond.

Ze was best wel aantrekkelijk, vond hij, in de meer dan symbolische betekenis van het woord, maar hoewel zijn pik willig reageerde op haar vleselijke nabijheid, bleef zijn geest onberoerd. In fysieke zin vond hij haar saai, een pop. Er was niets origineel, uniek of verrassend aan haar. Het was alsof haar persoonlijkheid haar had verlaten. Misschien voelde hij zich gewoon aangetrokken tot vrouwen die gecompliceerder waren. En ze rook naar kaneel, een geur waar hij koppijn van kreeg.

Dominik zuchtte. Hij moest niet zo wreed zijn. Charlotte kon er niets aan doen dat ze Summer niet was, dat hun seksuele voorkeuren niet helemaal op één lijn lagen. Zij mocht de vlam hebben ontstoken die hun relatie aanwakkerde, hij had er evengoed zijn aandeel in gehad.

Charlotte draaide zich om, zuchtte zacht in haar slaap, schurkte haar billen tegen zijn kruis. Dominik voelde heel even iets van genegenheid voor haar. De enige keer dat Charlotte volkomen oprecht leek, zonder vooropgezette bedoelingen, was in haar slaap. Hij sloeg een arm om haar heen en zonk weg in een onrustige slaap.

Hij werd achtervolgd door de meest verdorven dromen. In al die dromen kwam Summer voor, Summer vooral, en ook Jasper of een andere man zonder gezicht, die haar diepten peilde, waarbij haar geslacht op een afschuwelijke manier tentoon werd gespreid en de schacht van een onbekende pik tegen de binnenwanden van haar vagina beukte, haar gezicht een en al extase verried, haar lichaam kronkelde in een orgasme, terwijl hij toekeek, machteloos, erbuiten gehouden, afgedaan, verteerd door jaloezie. Soms stelde hij zich voor dat ze volgepompt werd door een legioen van verschillende mannen, de een na de ander, die allemaal hun zaad in haar achterlieten, terwijl Dominik op de achtergrond bleef, hulpeloos, vergeten.
Na een nacht met zulke dromen dacht hij de hele morgen aan haar. Hij vroeg zich af waar ze was en tot op welke hoogte ze haar verlangens najoeg zonder hem. Dominik wist dat hij het in gang had gezet; hij had het deksel gelicht van die sudderende poel van onderwerping, die diepe kuil van duisternis binnen in haar.
Hij miste haar e-mails en sms'jes waarin ze hem over haar avonturen vertelde. Daardoor had hij zijn jaloezie kunnen bedwingen – hij bezat haar niet, al wilde hij dat graag – maar ook een oogje in het zeil kunnen houden, terwijl zij in haar nieuwe huid groeide. Kunnen nagaan of ze zichzelf nog in de hand had, terwijl ze de controle uit handen gaf, of ze niet gedwongen was te ver te gaan.

Hoe ver zou ze gaan? vroeg hij zich af. Zou ze ooit een streep in het zand trekken? Waar zou Summers grens liggen?

Na een van deze dromen, toen hij bijzonder chagrijnig was, begon Charlotte hem verwijten te maken.

'Je bedenkt nooit eens iets voor mij,' zei ze. 'Geen uitvoeringen zonder kleren aan, geen neukpartij voor toeschouwers, geen touwen, geen publiek vertoon. We doen nooit iets.'

Ze had gelijk. Hij organiseerde nooit zoiets voor haar, omdat ze hem er niet toe inspireerde, zoals Kathryn of Summer.

Hij haalde zijn schouders op. 'Wat wil je dat ik doe?'

Ze tierde: 'Het maakt niet uit! Als het maar iets anders is dan dat stomme neuken. Wat voor dom ben je eigenlijk?'

Spatten spuug vlogen over haar lippen. Met een eigenaardige onthechtheid keek hij toe hoe haar mond bewoog. Hij moest denken aan een natuurprogramma dat hij onlangs had gezien. Er kwam een dier in voor met een abnormaal grote mondholte. Ook toen al had hij aan Charlotte moeten denken.

Ze schreeuwde vaak tegen hem. Haar opvliegende aard werd geprikkeld door zijn onverschilligheid. Elke keer dat ze haar zelfbeheersing verloor, haar waardigheid waar ze zo aan hechtte, ging er een lichte huivering door Dominik, een tinteling van triomf.

Uiteindelijk had hij erin toegestemd met haar naar een parenclub te gaan, deels omdat hij zich altijd had afgevraagd hoe het er daar aan toeging. Hij had nooit iemand gehad die geschikt was om ermee naartoe te nemen. Behalve die ene keer in New York, jaren geleden, toen deze vorm van groepsseks nog in de kinderschoenen stond. De meisjes die hij had waren ofwel te preuts en zouden van het idee alleen al gegruwd hebben, of maakten romantische gevoelens bij hem los die zo sterk waren dat hij de gedachte niet kon verdragen ze aan anderen te moeten afstaan. Misschien was Charlotte wel de juiste persoon om met hem naar zo'n avond te gaan.

Bovendien had de gedachte aan openbare seks Charlotte afgebracht van haar wens dat hij haar zou overheersen. Zulke gevoelens had Dominik niet bij Charlotte. Hij verlangde er niet naar haar te spanken of haar te dwingen zich aan hem te geven. Charlotte zocht genot, om het even met wie; ze fladderde van de een naar de ander. Ze gaf toe aan een gril, zonder zich aan hem te onderwerpen, en dat inspireerde hem niet. Ze wond hem niet op zoals Summer had gedaan.

De club lag in een industrieterrein in Zuid-Londen, weggestopt tussen allerlei bedrijfjes en verouderde kantoorgebouwen. Je kon amper zien waar het was. Het enige licht aan de buitenkant van het gebouw kwam van de koplampen van de taxi's die af en aan kwamen rijden om klanten af te leveren of op te halen.

Aan de deur kwam de manager hen tegemoet, een zelfvoldaan type in volledig kostuum, met colbert, ondanks de smoorhitte in de kleine ontvangstruimte. Charlotte scheen hem te bevallen. Hij bekeek haar van top tot teen, als een renpaard, en wierp een snelle blik op Dominik, van wie hij de aanwezigheid slechts tolereerde.

Dominik betaalde het entreegeld, een behoorlijk hoog bedrag. Het lidmaatschap voor een jaar, dat ook recht gaf op vroegboekkorting voor een Middellandse-Zeecruise, wees hij af. Hij werd toch altijd zeeziek.

Hij moest er niet aan denken een week op een cruiseschip te moeten vertoeven in een vergelijkbare situatie, waaraan je alleen kon ontsnappen door overboord te springen. Een optie die hij nu ook zou kunnen overwegen, dacht hij, toen een andere man, in net zo'n kostuum, hun jassen en mobiele telefoons meenam. Dominik wilde net zeggen dat hij zijn mobiel nodig had om na afloop een taxi te bellen, toen de man een gebaar maakte naar een bordje aan de muur waarop stond dat het gebruik van elk apparaat dat van een camera was voorzien was verboden.

Ze werden naar de eigenlijke club gebracht en voorgesteld aan Suzanne, een gastvrouw, die beloofde hen wegwijs te maken.

'Hallo!' zei ze, met een vrolijkheid die niet gemaakt leek.

Charlotte reageerde door haar even enthousiast te groeten. Dominik knikte alleen, één keer.

Ze was jong, net in de twintig, gokte Dominik. Aan de korte kant en een beetje dik. Het was jammer dat het uniform voor de gastvrouwen zo weinig flatteus was. Het korte roze naveltruitje en het tutu-achtige minirokje maakten Suzanne er niet aantrekkelijker op.

'Is dit jullie eerste keer, luitjes?' vervolgde ze wat onzeker. Ze leek niet goed te weten of ze haar vragen aan Dominik of Charlotte moest richten. Meestal, veronderstelde hij, was het in situaties als deze wel duidelijk wie van het stel de drijvende kracht was. In hun geval misschien niet.

'Ja,' antwoordde Charlotte vlot, om de gastvrouw niet in verlegenheid te brengen. 'We kunnen niet wachten.'

Suzanne wuifde met een van haar mollige handjes naar de bar, om aan te geven waar ze op de benedenverdieping iets te drinken konden halen. Ze volgden haar de trap op, naar een andere, kleinere bar en een 'speelruimte', een doolhof van donkere gangen met een serie aangrenzende kamers van verschillende afmetingen. Sommige waren duidelijk bestemd voor orgieachtige ontmoetingen – er konden makkelijk twintig mensen tegelijk in. Andere hadden meer weg van hokjes, voor twee paren of drie misschien, als het moest. De meeste waren helemaal open, zodat iedereen toe kon kijken of mee kon doen, maar een aantal kamertjes waren aan de binnenkant van grendels voorzien, zodat een paar dat even ongestoord bezig wilde zijn, zich kon opsluiten.

Hun gastvrouw wees hen op de eigenschappen van alle kamers, zonder ook maar één keer te blozen. Het leek haar niets te kunnen schelen hoe ze eruitzag of welke rol ze in de club speelde.

Dominik liet zijn ogen ronddwalen. Hij merkte de palen op in de buurt van de bar. Ze nodigden de klanten uit zich als amateurstrippers te gedragen als ze eenmaal genoeg gedronken hadden. Vrouwelijke gasten, mocht hij hopen. Een rij banken omzoomde een loungezone, naast de bar, en in een hoek hing een wijdmazig net aan het plafond, als een soort schommel. Wie erin ging liggen, kon met boeien om de armen en benen worden vastgebonden, zodat ze zichzelf niet kon bevrijden, terwijl anderen vrijelijk om haar lichaam konden draaien.

Overal waar maar een plekje vrij was, stond een grote, doorzichtige kom met condooms in kleurige verpakkingen. Genoeg condooms, gokte Dominik, om een club vol copulerende stellen een maand lang te voorzien. Ze boden een vrolijke aanblik, op een eigenaardige manier, als potten snoep in de spreekkamer van een dokter.

Langs de kamers was een dun, zwart gordijn aan het plafond bevestigd. Het hing tot op de vloer en aan de ene kant zat een spleet, zodat het als een tent gebruikt kon worden. De tent zat vol gaten, sommige zo groot als een oog, andere zo groot als een vuist, zodat de toeschouwers konden gluren naar wie er in de tent bezig waren en konden graaien naar wat ze te pakken konden krijgen. Dominik tuurde door een gaatje. De tent was leeg.

'Zo stil is het altijd, tot middernacht,' zei Suzanne verontschuldigend, 'maar dan gaat het hard. Over een uur of zo gaat het hier flink tekeer.'

Dominik onderdrukte een grijns.

Hij had nooit helemaal begrepen wat er aan was naar de hitsigheid van anderen te kijken en de gedachte aan zulk stompzinnig geneuk deed hem denken aan Summer en Jasper, een beeld dat hij maar niet van zich af kon schudden.

Dominiks persoonlijke vorm van voyeurisme vereiste een soort verbondenheid met het onderwerp, een ongeschreven contract, een stilzwijgende afspraak waardoor hij mocht toekijken of ertoe werd aangemoedigd. Zonder enige verbinding met de deelnemers deed het schouwspel dat ze boden hem niet meer dan het paren van dieren in een natuurfilm.

Maar Charlotte keek er heel anders tegenaan. Zij genoot van de fysieke sensatie van seks op zich. Ze genoot ervan te laten zien wat ze durfde en hoe goed ze het kon. Ze vond het heerlijk. Neuken met de een na de ander was voor haar een favoriet tijdverdrijf.

Ze was al naar de bar gedrenteld en liet haar blikken gaan over het groepje dat er was verzameld: een jonge man en een jonge vrouw, die alleen maar oog voor elkaar hadden, een dikke oudere man in een poloshirt en met een goedkope nepleren riem om, die kennelijk alleen was en verlekkerd naar de gastvrouw in haar roze tutu keek, en een bejaard Indiaas echtpaar, dat eruitzag alsof ze hier elke week kwamen.

Charlotte bestelde drankjes voor hen beiden, een ingewikkelde cocktail voor haar en een cola voor hem.

Hij zat naast haar aan zijn cola te lurken, terwijl zij een gesprekje aanknoopte met iedereen die in de buurt van de bar kwam.

Suzanne, de gastvrouw, had gelijk: de club begon vol te stromen.

Tot nog toe had hij niemand gezien tot wie hij zich aangetrokken voelde. Er waren wel een paar mooie dames bij, maar ze waren bijna allemaal sletterig gekleed, in goedkope minijurkjes van kunststof, en hadden te veel make-up op en zelfbruinende smeersels gebruikt. Er was er niet één bij die hem interesseerde. En de andere gasten verveelden hem of wekten zijn weerzin.

'Blijf je hier gewoon zitten?' siste Charlotte in zijn oor.

Dominik had geen zin naar haar te luisteren. 'Ga maar; amuseer jezelf,' zie hij. 'Ik kom later wel, misschien.'

Hij hoefde het geen twee keer te zeggen. Charlotte verdween in de menigte, nadat ze Dominik een glimp van haar billen had laten zien, toen ze zich van de hoge barkruk had laten glijden. Haar lange, gebruinde benen staken af tegen haar korte witte jurk. Nauwelijks was ze van zijn zijde geweken, of er zwermden mannen om haar heen, als vliegen om een pot honing.

Dominik bleef zwijgen toen ze naar hem omkeek, met een boosaardige uitdrukking op haar gezicht, en eerst één man en toen een andere man bij de hand pakte. Geen van beiden was erg aantrekkelijk. De ene was de man met het poloshirt en de goedkope riem, de man alleen die aan de bar had gezeten. De andere was jonger, maar begon al veel te dik te worden; hij had onderkinnen en zijn pens paste nog maar net in zijn overhemd.

Charlotte ging met hen naar de schommel in de hoek en klauterde in het net. Ze ging op haar rug liggen, met haar benen wijd. Het werd erg snel duidelijk dat ze geen ondergoed droeg. Wat intiem aan haar was, was voor iedereen te zien.

Dominik liep erheen, meer uit nieuwsgierigheid dan om een andere reden.

De twee mannen snoerden de boeien om Charlottes benen. Ze sloeg haar handen om de touwen die van het plafond neerhingen. Meer dan gewillig deed ze mee.

De man in het poloshirt had zijn riem nu losgemaakt en was

begonnen zijn nog slappe geslacht te strelen. De dikke had zijn pik ook tevoorschijn gehaald. Zijn broek lag in een slordige bundel om zijn enkels en de uiteinden van zijn overhemd vormden een vreemde omlijsting van zijn blote kont. Hij greep een van de kleurige pakjes en deed een condoom om zijn schacht. Toen deed hij een stap naar voren, tussen de lange benen van Charlotte, en trok de schommel naar zich toe, zodat hij haar kon binnendringen.

Dominik kwam dichterbij. Hij keek toe, zag de penis in Charlottes kut gaan. Ze keek naar hem op. De boosaardige uitdrukking op haar gezicht was verdwenen. Wellust was ervoor in de plaats gekomen, behoefte, een behoefte die groter was dan haar behoefte iets te bewijzen, hem te kwetsen.

Kwetste ze hem? Dat was haar bedoeling misschien, maar hij voelde zich totaal niet betrokken. Het liet hem volledig koud.

Hij keek toe terwijl beide mannen haar volpompten, eerst de ene en toen de andere, waarbij hun schachten in en uit gingen, overdekt met Charlottes sappen. Hij luisterde naar haar gekreun, haar luide kreten. Ze deed geen enkele moeite om uit respect voor zijn gevoelens te verbergen dat ze genoot.

Er had zich een kleine menigte verzameld; verschillende mannen hadden hun broek losgegespt en stonden vlak bij haar met hun geslacht te spelen. Sommigen stapten naar voren om haar aan te raken. Handen floepten door de mazen van het net en grepen de gelegenheid aan als er een plekje vrijkwam om te bevingeren.

Dominik deed geen poging om ze tegen te houden. Charlotte had nog steeds haar handen vrij om ongewenste attenties af te slaan. En ze had een stem, kon gaan schreeuwen, als ze wilde. Ze leek trouwens te zwelgen in al die aandacht. Haar mond vormde een grote O en op haar gezicht was louter lust en wellust te lezen.

Hij riep een beeld op, probeerde zich voor te stellen dat Summer daar lag en zich overgaf aan de aanrakingen van onbekenden, zonder acht te slaan op zijn verlangens, met haar benen wijd, zodat andere mannen haar konden naaien. Hij herinnerde zich hoe ze zich had opengesteld voor Jasper, zijn pik in haar mond had genomen, op de bank knielde met haar benen gespreid, gewillig, als een dier dat gedekt moet worden.

Door aan Summer te denken voelde hij tenminste iets, niet die doffe afwezigheid van bewustzijn, de onverschillige leegheid die hem vulde als zij er niet was.

Dominik had geen zin nog langer naar Charlotte te kijken. Hij wrong zich langs de hitsige toeschouwers die samengedromd waren om een glimp van het liederlijke gedoe op te vangen en strompelde de trap af naar de bar beneden. Daar wachtte hij tot ze klaar was. Hij negeerde de pogingen van de gastvrouwen een gesprek met hem te beginnen en het gelonk van de paar vrouwen die puur op een potje neuken uit waren.

Eindelijk kwam Charlotte naast hem zitten. Toen ze zich op de barkruk hees, kroop haar rok op. Ze deed geen poging om haar intieme delen te verbergen, die vulgair naakt, gezwollen en nog steeds glibberig van lichaamssappen waren. Loom spreidde ze haar benen, zodat hij haar nog beter kon zien.

'Dat is nergens voor nodig,' zei Dominik, die zijn hoofd afwendde.

'Jezus christus, wat is er verdomme met jou? Hoe dacht jij dan dat het zou zijn?'

'Charlotte, het kan me niet schelen met wie je neukt. Je mag doen wat je wilt. Ik dacht dat je dat wel wist.'

'Het kon je wel schelen wie je dierbare Summer naaide.'

'Jij bent Summer niet.'

'En ik wil haar ook helemaal niet zijn! Dat slappe sletje. Ze geeft om niets anders dan om die kostbare viool van haar. Ze gebruikte jou ervoor, ze speelde met je. Zie je dat dan niet? Denk je dat het haar kon schelen met wie ze neukte? Dat ze ook maar iets om je gaf?'

Dominik kreeg opeens zin om haar te slaan, om haar gezicht van pijn te zien vertrekken, maar hij had nog nooit een vrouw geslagen en zou dat ook nooit doen, niet op die manier.

Hij stond op en beende weg.

De volgende dag excuseerde ze zich, per sms.

'Kom je naar me toe?'

Tja, dichter bij een verontschuldiging zou Charlotte waarschijnlijk nooit komen.

Meer of minder was hij haar ook niet verschuldigd.

De voorwaarden van hun relatie waren helder: ze neukten en deden elkaar pijn. Summer stond er altijd tussenin. Ze was uit hun leven verdwenen en was er toch altijd, elke dag. Haar afwezigheid was als een open wond waar ze allebei maar aan bleven peuteren.

Hij ging naar haar toe.

Neukte haar weer, wreder dan ooit. Weer deed hij zijn ogen dicht en verbeeldde zich dat Charlottes haar rood was in plaats van bruin, haar middel slanker en haar benen korter, haar huid roomwit en niet gebruind, haar kont gewelfd, dat ze sidderde onder zijn aanraking. Hij voelde zijn pik groeien, hard worden binnen in haar, terwijl hij aan Summer dacht. Woedend werd hij, omdat Charlotte niet de vrouw was die ze eigenlijk moest zijn. Hij hief zijn hand en liet hem hard neerkomen op haar kont, luisterde naar haar gegil, dat eerst verrast en toen wellustig klonk. Hij hief zijn andere hand en liet hem aan de andere kant neerkomen, keek toe hoe de huid rood kleurde, sloeg haar nog eens en nog eens... Ze duwde zichzelf naar achteren, tegen hem aan, zo heerlijk vond ze het. Ze stak haar kont in de lucht, tochtig.

Hij keek hoe ze tegen hem op reed en herinnerde zich weer hoe uitnodigend Summers anus eruit had gezien, hoe ze voor de eerste keer had gemasturbeerd voor hem en was klaargekomen toen hij had gezegd dat hij haar nog eens haar eigen aars zou laten vingeren.

Het speet Dominik dat hij die maagdelijke zone van Summer niet had verkend voordat ze was verdwenen. Hij had ermee gewacht, omdat hij die ingang wilde bewaren voor een ritueel, net zoals hij het scheren van haar kutje voor hem alleen had bewaard.

Hij boog naar voren, spuugde op Charlottes anus om het gaatje te smeren, duwde zijn duim zachtjes tegen het rondje van de sluitspier en wrikte het wat verder open, verrast door de stevigheid. Ze bewoog snel naar voren, weg van die aanraking. Maar hij had zijn hand nog niet weggehaald, of ze bewoog weer naar achteren, tastte naar zijn piemel en stuurde hem weer naar haar nog steeds natte vagina.

Dominik was verbaasd. Charlotte mocht heel open zijn als het om seks ging, van anale seks moest ze kennelijk niets hebben.

Hij dreef zijn pik weer in Charlotte, zo hard als hij kon, tot hij de eikel tegen de hals van haar baarmoeder voelde stoten. Hij ging op in zijn gedachten, terwijl zij terugstootte, en luisterde naar haar geschreeuw toen ze klaarkwam.

Voorzichtig trok hij zijn pik uit haar, stroopte het condoom af en stopte het weg, voordat zij kon merken dat het leeg was. Hij was niet klaargekomen.

Charlotte liet zich loom op het bed vallen en Dominik ging naast haar liggen. Hij liet zijn hand over de gladde huid van haar bovenlichaam gaan.

'Dat heb je nooit eerder gedaan,' zei ze, zacht en vleiend, vervuld van het genot van het orgasme dat ze zojuist had beleefd.

'Nee,' was het enige wat hij erover wist te zeggen.

'Ik wil niet dat je dit verkeerd opvat...'

'Zal ik niet doen. Wat is er?'

'Wat voor dom ben jij eigenlijk? Normaliter lijk je mij niet te willen... overheersen.'

Dominik dacht na. 'Ik ben nooit iemand geweest voor die scene,' antwoordde hij, 'met boeien en zo. Ik heb er ook helemaal geen zin in iemand pijn te doen.' Met een schuin oog naar haar nog steeds rode achterwerk voegde hij eraan toe: 'Meestal, tenminste.'

'Zou je het willen proberen?' vroeg ze. 'Om mij een plezier te doen.'

'Wat wil je dan?' vroeg hij, een beetje ongeduldig nu.

'Een touw. Spanken. Verras me.'

'Is het niet bij je opgekomen dat het niet van onderwerping getuigt als je je dom vertelt dat hij je moet domineren?'

Charlotte haalde haar schouders op. 'Maar jij bent toch ook geen echte dom, wel?' Ze tartte hem nu.

'Goed dan.'

'Goed?'

'Ik zal je geven wat je wilt.'

Dominik dacht na. Hij wilde Charlotte geen pijn doen. Hij gebruikte haar, maar zij gebruikte hem ook. Hij had er ook geen zin in iets raars te doen waar hij zelf niets voor voelde. Toneel te spelen. Hun relatie was ridicuul geworden, armzalig, een parodie, een bespotting van wat hij met Summer had gedeeld.

Maar toch: ze zat hem op zijn nek en als zij zo deed, zou Dominik iets terugdoen.

Hij wachtte tot ze onder de douche stond en dook toen in

haar megadesignerhandtas om haar mobiel eruit te vissen. Ze had geen wachtwoord. Dat had hij wel gedacht – Charlotte was in alles open. Vluchtig nam hij alle berichtjes van andere mannen door. Ongeïnteresseerd. Ze begonnen allemaal met 'hé schat' of 'hé lekker ding'.

Hij vond Jaspers nummer en noteerde het. Eenmaal thuis belde hij.

'Hallo?'

'Jasper?' vroeg Dominik.

'Eh... Ja?'

Jasper klonk onzeker. Dominik glimlachte inwendig. Dit was duidelijk de telefoon die Jasper voor zijn werk gebruikte; hij vroeg zich misschien wel af of hij een mannelijke klant had.

'Dominik hier. We hebben elkaar onlangs op een feestje ontmoet. Charlotte was erbij. En Summer.'

'O ja.'

Dominik voelde iets van irritatie toen hij merkte dat Jaspers stem een stuk vrolijker klonk, nu haar naam was gevallen.

'Wat kan ik voor je doen?'

'Ik wil iets speciaals organiseren voor Charlotte. Ik denk dat ze het fijn zou vinden als jij erbij bent. Betaald natuurlijk.'

'Dan kom ik graag. Had je een datum in gedachten?'

'Morgen?'

Aan het geritsel van bladzijden hoorde hij dat Jasper in zijn agenda keek.

'Morgen kan ik. En ik verheug me erop.'

Dominik rondde de afspraak af.

En toen stuurde hij Charlotte een sms'je.

'Morgenavond. Bij jou. Zorg dat je er klaar voor bent.'

'Ooh, jippie,' antwoordde ze. 'Wat zal ik aandoen?'

Dominik vocht tegen de aandrang 'kan me niet schelen' te antwoorden.

En toen besloot hij, in een opwelling van pijn en woede, voor een zo groot mogelijke vernedering te kiezen: 'een schooluniform,' antwoordde hij.

Hij ontmoette Jasper bij Charlottes flat. Hij besprak de basisregels met hem. Dominik had de leiding, op verzoek van Charlotte.

'Moet je horen, jij betaalt,' zei Jasper. 'Wat jullie ook voor bizars bedenken, ik vind het allemaal best.'

Ze stonden samen voor de deur. Samen zouden ze Charlotte onderwerpen. Ze drukten op de bel. Dominik had Charlotte nog steeds niet bij hem thuis uitgenodigd. Hij wilde haar daar niet hebben. Het was zijn domein en zij hoorde daar niet.

Ze deed open. Ze droeg een geruite minirok, een witte blouse, kniekousen en zwarte dichte schoenen met een lage hak. Charlotte had zijn opdracht tot in detail uitgevoerd, besefte Dominik, toen hij haar glad naar achteren getrokken en in een hoge paardenstaart opgebonden haar en haar bril met dikke zwarte randen zag. Hij had dat niet verwacht en was verrast door zijn eigen reactie. Hij kreeg een stijve. Zijn pik werd zo hard dat het pijn deed. Misschien zou het toch niet zo'n grote opgave worden.

Ze grijnsde van oor tot oor, toen ze Jasper voor zich zag staan, en Jasper grijnsde ook naar haar. Twee samenzweerders, handlangers. Net als Summer en ik, dacht Dominik. Er ging een steek van jaloezie door hem heen.

'Dag, heren,' zei Charlotte ingetogen, met een lichte buiging.

'We zijn gekomen om je te straffen,' zei Dominik. 'Omdat je zo'n stout meisje bent.'

Dominik trok een gezicht bij het geluid van zijn eigen stem en de eigenaardige woorden die hij sprak. Charlottes ogen gingen stralen.

Hij liep haar voorbij, de flat in, draaide haar rond en legde zijn hand op haar onderrug. 'Buig voorover,' zei hij. 'Laat me je kont zien.'

Charlotte giechelde, maar deed snel wat hij haar opdroeg.

Dominik liep om haar heen. Herinnerde zich, voordat hij die gedachte kon verdringen, hoe Summer voor hem had gestaan in de crypte, voorovergebogen, onwillig bijna, bang misschien, en toch had gedaan wat hij van haar vroeg, omdat hij het haar had gevraagd. Waarom ze zich verplicht voelde het te doen, zou hij niet kunnen zeggen. Misschien was de motivatie die haar dreef niet zo verschillend van de motivatie die hem dreef, het krachtige element van dominantie in zijn karakter dat onweerstaanbaar werd aangetrokken tot het tegenovergestelde bij haar.

Charlotte begon met haar knieën te wiebelen. Anders dan Summer, die verstarde, als in beton gegoten, niet in staat te bewegen als haar eenmaal was bevolen zich te onderwerpen, speelde Charlotte een rol. Ze was ongedurig en wachtte ongeduldig op de volgende fase in dit absurde spel. Hij dacht erover toe te kijken hoe Jasper haar neukte. Dat was toch het enige wat ze leek te willen.

Maar nee. Ze had om dominantie gevraagd en dat zou ze krijgen ook.

Hij haakte een vinger door haar slipje en trok het met een ruk omlaag. Charlotte droeg gewoonlijk geen ondergoed. Maar vandaag droeg ze een gewone witte onderbroek, van katoen. Dat paste in het plaatje.

'Benen wijd.'

Ze verplaatste haar gewicht en probeerde haar rug te strekken, maar Dominik stond het niet toe. Telkens wanneer ze overeind probeerde te komen, drukte hij zijn hand tegen haar onderrug en duwde hij haar weer naar beneden.

Hij gebaarde naar Jasper. 'Neuk haar. Nu meteen. Zonder voorspel. Geen tijdverspilling. Gaan.'

Hij keek toe terwijl de jongeman zijn enorme erectie produceerde en een condoom omdeed.

Charlotte zuchtte van genot, en was onmiddellijk vergeten hoe ongemakkelijk ze erbij stond, toen ze Jaspers enorme penis haar poort voelde binnenstoten.

Dominik liet ze even alleen. Hij doorzocht Charlottes slaapkamer tot hij een flesje glijmiddel vond. Met kaneelgeur. Natuurlijk.

Hij liep terug naar de huiskamer, waar hij zag dat Jasper Charlotte naar de bank had verplaatst, zodat ze op de kussens kon steunen. Hij dirigeerde hen beiden terug naar het midden van de kamer. Charlotte jammerde. Van pijn? Dominik merkte dat zijn eigen pik stijf was geworden bij die gedachte.

Hij spoot wat glijmiddel op zijn vingers en legde zijn hand toen zachtjes op haar kont, duwde haar billen uit elkaar met zijn handpalm en stak zijn wijsvinger in haar anus. Charlotte schrok op en hij voelde dat haar sluitspieren verstrakten. Ze omklemden zijn vinger krampachtig, maar zij protesteerde niet. Zijn erectie groeide, breidde zich uit in reactie op het inkrimpende rondje van haar gaatje. Zijn piemel was nu keihard en barstte bijna uit zijn broek.

Door de dunne wand die de wanden van Charlottes anus en haar vagina scheidde, kon Dominik Jaspers dikke schacht in en uit haar kut voelen gaan, als een stormram die een bolwerk aanvalt. Hij stak nog een vinger in haar anus en begon te bewegen in het ritme van de escort. Hij neukte haar kont nu – steeds wilder.

Charlotte begon te kronkelen. Haar handen konden geen houvast vinden op de vloer, terwijl zij beiden tekeergingen in haar lichaam.

Dominik trok zijn vingers terug, heel langzaam, uit de greep van haar anus. Hij voelde haar spieren pulseren en ontspannen. Hij gebaarde naar Jasper dat hij zijn piemel uit haar kut moest halen.

Dominik trok Charlotte overeind. Haar ogen stonden vol tranen.

'Goed zo, meisje,' zei hij. 'Nu wij die fijne, stevige gaten van jou losgemaakt hebben, kan het echte werk beginnen.'

Charlotte boog haar hoofd en knikte één keer.

Hij tilde haar op en droeg haar naar de slaapkamer. Hij moest denken aan die keer dat hij Summer mee naar huis had genomen en naar zijn studeerkamer had gedragen, waar ze voor hem had gemasturbeerd op zijn bureau.

'Op handen en voeten,' beval hij Charlotte. Ze deed het, met gebogen hoofd en zonder om te kijken. 'Wacht hier,' voegde hij eraan toe.

Dominik draaide zich om naar Jasper, die bezig was het condoom van zijn pik af te rollen en er een nieuwe om te doen. 'Raak haar niet aan.'

Dominik ging terug naar de huiskamer, haalde het glijmiddel op en liep de badkamer in om zijn handen te wassen. Hij wierp een blik in de spiegel, staarde even naar zijn spiegelbeeld.

Wat was er van hem geworden?

Hij verdrong die gedachte en ging terug naar de slaapkamer, waar Charlotte en Jasper op hem wachtten. Charlotte droeg nog steeds haar schooluniform. Haar kousen lagen verfrommeld om haar enkels en het geruite rokje sneed in haar billen. Jasper stond naast haar. Hij was nu helemaal naakt. Zijn jeans en t-shirt had hij netjes opgevouwen en op Charlottes kledingkast gelegd.

Dominik liep op haar af, greep een handvol haar en trok

haar hoofd naar achteren. 'Ik ga je in je kont neuken,' zei hij zachtjes in haar oor.

Ze zei niets. Hoewel op haar gezicht duidelijk te lezen was dat ze het gevoel had dat ze te grazen was genomen, zou ze voor geen goud aan Dominik bekennen dat anale seks bijzonder laag op haar verlanglijstje stond en dat ze er normaliter niets van moest hebben.

Hij sloeg haar rok terug en duwde haar benen uit elkaar.

Charlotte had zulke lange benen dat het was alsof je een pony bereed als je haar van achteren nam. Hij liet zijn vinger door de plooien van haar schaamlippen glijden en doopte hem in haar kut. Ze was nat, glibberig nog van het naaien met Jasper, die nu doodstil naast haar stond, met zijn lid in de aanslag.

Dominik spoot een royale dosis glijmiddel op Charlottes anus. Het koude spul deed haar rillen, waardoor hij weer een stijve kreeg.

Hij gespte zijn riem los. Dominik had nog steeds al zijn kleren aan.

Hij trok zijn pik tevoorschijn en bracht hem tot vlak onder haar opening, zodat hij de hitte uit haar gat kon voelen stralen. Hij dacht even na, rolde een condoom uit over zijn schacht en duwde zijn eikel zachtjes tegen haar sluitspier, zoekend naar een aangrijpingspunt.

'Ontspan je, lieve Charlotte,' zei hij.

Jasper boog voorover en streelde haar haren. 'Het is oké, liefje,' zei hij.

Dominik keek naar hen, over haar rug heen. Charlotte had haar hoofd tegen hem aan gelegd. Haar gezicht was ontspannen, nu ze tegen zijn borst aanleunde. Hij streek haar zachtjes door de haren.

Romantisch, dacht Dominik. Hij besefte dat ze hem helemaal waren vergeten. Hij voegde niet veel toe aan het scenario, niets meer dan welke andere pik ook. Hij had net zo goed een dildo kunnen zijn of iemand anders, wie dan ook, met een voorbindpenis om zijn middel.

Hij kon het haar niet kwalijk nemen. Hij gaf ook niets om haar.

Dominik trok het condoom eraf en gespte zijn broek dicht. Op weg naar de deur keek hij om naar Jasper. Hij wilde de escort zeggen dat hij bij Charlotte mocht blijven, als hij wilde, maar dat zijn opdracht was vervuld. Maar Dominik was de slaapkamer nog niet uit, of Jasper lag al met Charlotte in bed. En even later hoorde hij ze hijgen.

Toen hij door haar woonkamer liep, keek hij rond. Hij was zich er sterk van bewust dat Summer hem nooit bij haar thuis had gevraagd. Het was haar privédomein, de enige plaats waar ze zich nog kon verschansen. Dergelijke scrupules bezat Charlotte niet; ze was een entertainer en liet allerlei gasten bij haar over de vloer komen. Haar appartement was vrijwel leeg. Een behoorlijk grote kamer met alleen een bank, een hangstoel en, in de hoek, een bureautje met een computer. Ze had een keukenblok, waarop een dure koffiemachine stond te blinken. Die lui van down-under maakten altijd zo'n drukte om hun espresso's en hun cappuccino's, meer nog dan de Italianen, terwijl die het hadden uitgevonden.

Dominik zag een lichtje knipperen op de koffiemachine. Het zou toch niet...? Nee, vast niet. Hij liep erheen om het nader te bekijken.

Het was Charlottes mobiel. Hij lag op zijn kant en was ingeschakeld op video. Hij was opnames aan het maken.

Dominik pakte hem op, stopte de opname en spoelde terug. Ze had de scène gefilmd – of tenminste het deel ervan dat zich in de woonkamer had afgespeeld. Dat schaamteloze kutwijf.

Het was een raar gevoel naar zichzelf te kijken op film. Het was hem wel eens overkomen dat hij lag te vrijen in een kamer met een spiegel en een glimp van de uitdrukking op zijn gezicht had opgevangen. Hij had altijd weggekeken. Hij hoefde zichzelf niet te zien neuken.

Charlotte was erin geslaagd bijna alles vast te leggen. Ze had de camera op het midden van de vloer van de woonkamer gericht. Niet op een verder gelegen punt, op de bank of in de slaapkamer. Ze had geraden waar het een en ander zich zou afspelen. Misschien was hij toch niet zo geheimzinnig of verrassend geweest als hij had gedacht.

Dominik wiste de film en zette de camera zorgvuldig weer in dezelfde positie, met de opnameknop uit. Ze zou natuurlijk merken dat er iemand aan had gezeten. Aan de andere kant: die apparaatjes gingen vaak vanzelf uit. In elk geval wilde hij niet gefilmd worden, terwijl hij van de camera vandaan liep. Hij pakte zijn colbert, dat over de leuning van de bank lag. Hij had de escort al betaald, dus dat was geregeld. Mocht Jasper meer willen hebben, voor wat hij zou uitvoeren nadat Dominik het pand had verlaten, dan was dat Charlottes probleem.

Toen bedacht hij ineens: wat had ze nog meer gefilmd?

Hij liep terug naar de koffiemachine, pakte Charlottes mobiel en zocht door de opgeslagen video's. Ze stonden op volgorde van datum. Eén ervan was van de laatste avond die hij met Summer had doorgebracht, vlak voor hun ruzie in het koffiehuis. De avond waarop hij haar had geschoren en Jasper haar had geneukt waar hij bij was.

Met pijn in zijn hart drukte Dominik op 'play'. De videobeelden waren klein, maar helder. Charlotte had inderdaad Jasper en Summer gefilmd, terwijl ze aan het neuken waren. Had ze geweten wat er zou gebeuren? Had ze hem ervoor betaald? Alles georganiseerd? De camera moest tussen de kussens van de bank geklemd zijn geweest of was misschien op de vensterbank erboven gezet. De beelden waren geschoten in een hoek waarin Summers gezicht goed te zien was en de uitdrukking erop, die het midden hield tussen genot en pijn. Misschien was de pik van de escort te groot geweest voor haar. Een paar keer keek ze achterom. Zocht ze hem, zocht ze Dominik?

Hij draaide de film weer af en nog eens en nog eens. Hij kon zich niet losmaken van het schouwspel dat Charlotte had opgenomen – zonder Summers toestemming, daar was hij zeker van. Hij drukte een paar toetsen in, stuurde de video naar zijn e-mailadres en wiste hem toen van Charlottes mobiel. Zorgvuldig legde hij het apparaatje terug. Het kon hem trouwens niet schelen of ze merkte dat hij haar had betrapt. Hij wilde Charlotte nooit meer zien.

Dominik liep de deur uit zonder om te kijken.

Het was laat in de avond. Hij schoof achter het stuur van zijn BMW en haalde diep adem, voordat hij behendig uitparkeerde. De straat was bijna verlaten geweest toen hij aankwam, maar stond nu vol auto's. Alle bewoners van de rustige buurt waren thuisgekomen. Hij was ingesloten – voor hem stond een BMW en achter hem ook. Drie op een rij. Een van hun koplampen of achterlichten aan diggelen rijden was het laatste waar hij behoefte aan had.

Dominik tuurde in de ramen van de huizen, terwijl hij langzaam naar de hoofdweg reed, waar hij de A41 zou opgaan en Finchley Road zou volgen naar Hampstead. Hij keek naar de lichten die een warme gloed verspreidden in slaap- en woonkamers, zag een slank silhouet, een vrouw, dacht hij, even naar buiten kijken en vervolgens de gordijnen dichttrekken.

Hij moest nog steeds aan Summer denken, zag telkens weer voor zich hoe ze naar hem omkeek, over haar schouder, terwijl Jasper haar nam. Ondertussen stuurde hij langs de weinige tegenliggers op de smalle straat en overreed hij bijna een kat, die naar de veilige overkant rende.

Terloops vroeg hij zich af of Charlottes huis het enige was dat vanavond minder gebruikelijke genoegens bood. Of zouden er in deze hele buitenwijk mannen en vrouwen zijn die hun eigen geheimen hadden en zich er in het verborgene aan overgaven?

Thuisgekomen trok hij snel zijn kleren uit en rolde in bed. Hij had niet eens gedoucht.

De volgende morgen moest hij zijn nakijkwerk af hebben.

13

Een man en een meisje

DE DAG DAAROP BELDE VICTOR.
'Summer?'
'Ja?'
'Zorg dat je over een uur klaarstaat. Om twaalf uur 's middags word je opgehaald door een auto.'
Hij hing op zonder mijn antwoord af te wachten.
Ik reageerde bijna precies zo op zijn woorden als ik op zijn andere telefoontjes had gereageerd. Als een opwindbaar soldaatje. Een stukje speelgoed, dat in een bepaalde richting werd geduwd. Gedwongen een pad te volgen, waar ik schijnbaar niet meer van af kon wijken.
Een slavenregister? Het idee was absurd – het kon niet waar zijn. Algauw zou ik wakker worden, dacht ik, en merken dat dit alles een droom was geweest.
Toch ging ik onder de douche en schoor ik me zorgvuldig, zoals Victor me had opgedragen. Ik wilde hem geen enkele aanleiding geven die taak van me over te nemen. Met een scheermes in zijn hand zou hij vast niet zo zachtzinnig zijn als Dominik was geweest.
Dominik. Zou hij me bellen? Mijn hart deed pijn bij de gedachte aan hem. Hij zou dit alles begrijpen. In de kern waren ze gelijk, Victor en Dominik, maar Victor was zo anders. Do-

minik wilde mij niet breken. Hij wilde niet dat ik hem zou dienen als een ledenpop. Hij wilde iets anders. Hij wilde meer. Dat ik voor hem zou kiezen.

De auto reed voor. Weer zo'n gigantische, gestroomlijnde slee met getinte ramen, van het type dat je in maffiafilms ziet. Ik deed geen moeite uit het raam te kijken om te zien welke route we volgden en waar Victor me nu weer naartoe liet brengen. Het zoveelste anonieme adres, de zoveelste geïmproviseerde kerker. Wat maakte het uit? Ik ging uit vrije wil. Ik hoefde de politie niet te bellen om mijn eigen ontvoering te melden.

In mijn tas trilde mijn mobiel. Zijn gezoem kwam amper boven het gesnor van de motor uit. Ik was altijd verschrikkelijk bang dat Victor zou bellen tijdens een repetitie en daarom stond mijn mobiel altijd in de stille of trilmodus. De dirigenten of orkestleiders zouden woedend worden, als het schrille geluid van een mobiel een van onze uitvoeringen onderbrak. En al helemaal als Victor me zou opdragen onmiddellijk te komen en ik me verplicht voelde mijn viool weg te zetten en zijn bevelen op te volgen.

Ik begon in mijn tas te rommelen, op zoek naar mijn mobiel, om te zien wie er had gebeld. Was het Dominik? Mijn vingers bevroren van angst. Had Victor camera's in de auto laten installeren? Een microfoon, zodat hij kon horen met wie ik belde? Ik leunde naar voren en probeerde een glimp van de chauffeur op te vangen, maar mijn zicht werd verduisterd door de glazen plaat die de stoelen achterin scheidde van de stoelen voor in de wagen. Misschien zat Victor zelf wel achter het stuur; dat soort geintjes haalde hij graag uit.

De auto ging langzamer rijden en door de donker getinte ruit kon ik Victors gedrongen figuur op het trottoir zien verschijnen. Hij was dus niet de chauffeur. Elk moment kon mijn portier openzwaaien. Er was geen tijd om te bellen, te sms'en en zelfs niet om te kijken of het Dominik was die had gebeld. Het enige wat ik kon doen was met mijn duim op 'uitzetten' drukken, zodat het toestel niet weer zou gaan trillen en Victor er opmerkzaam uit af zou leiden dat wij contact met elkaar hadden.

Ik kon alleen maar hopen dat Dominik, als hij het was, het zou blijven proberen en dat ik tijdens het bizarre spel, wat het ook mocht zijn dat Victor deze keer op touw had gezet, op enig moment een manier zou vinden om hem te bereiken.

Victor trok het portier aan mijn kant open en stak me zijn hand toe. Ik legde mijn hand in de zijne en liet me door hem uit de auto helpen. Was het zo ver met mij gekomen? Vreemd genoeg kwetste het idee dat Victor me van de achterbank hielp, als een belachelijk schepsel dat niet zelf op kan staan, me meer dan de geslachtsdaden waaraan hij mij had onderworpen, waaraan ik mij had onderworpen. Ik wilde oprijzen, boven hem uittorenen en hem neerdrukken op de stoep, maar ik deed het niet, ik kon het niet. Ik pakte gewoon zijn hand en liep als een schaap achter hem aan.

We waren bij zijn loft in Tribeca aangekomen. Voor deze gelegenheid was de woning in een soort harem veranderd. Het geheel had iets van een parodie, met overal versierde kussens en flarden kleurige dunne zijde, gedrapeerd langs de plafonds. Mannen en vrouwen, meesters en meesteressen, uitgedost in kostuums die ze kennelijk bij hun 'rang' vonden passen, maar die ik volslagen belachelijk vond.

'Buig je hoofd, slavin,' siste Victor in mijn oor. Ik gehoorzaamde, maar er ging een golf van voldoening door me heen. Ik leek dus te veel zelfvertrouwen te hebben, met het hoofd omhoog en de schouders recht. Goed zo.

Victor haalde mijn handtas van mijn schouder.

'Uitkleden!' beval hij.

Mijn kleine daad van opstandigheid had hem duidelijk geergerd. Ik trok mijn jurk uit en overhandigde het kledingstuk aan hem. Ik droeg er niets onder. Waarvoor ook? Ik kon vrij elegant een jurk van me af laten glijden, maar voelde me zo dwaas als ik me uit een slip wurmde, dat ik die de laatste tijd maar niet meer aandeed.

'Bezittingen zul je hier niet nodig hebben,' zei hij, terwijl hij de jurk weglegde en mijn tas ook.

Godzijdank had ik mijn viool thuisgelaten. Mijn armen voelden leeg, nu ze de koffer niet konden omklemmen, maar mijn Bailly was tenminste veilig. Ik was doodsbang dat Victor zou zien hoezeer ik aan de viool was gehecht en zou proberen hem te vernietigen. Op geen enkele andere manier kon hij me breken, dacht ik. Maar als hij me mijn viool zou afpakken...

Met mijn hoofd gebogen kon ik alleen de vloer zien. Van de andere figuren in de kamer ving ik alleen glimpen op. Ik spitste mijn oren om zoveel mogelijk op te pikken van wat er werd gezegd.

'Zij is Victors laatste vangst,' zei een kleine vrouw met donker haar, die lui tussen de kussens vlak bij mij lag uitgestrekt. Vanuit een ooghoek kon ik haar net zien. Ze was opgemaakt als een filmster uit de jaren veertig. Haar lippen waren felrood gestift en haar haren waren in een stijlvolle bob geknipt.

'Ziet er echt pittig uit,' was de reactie van haar metgezel, een lange, magere man met een dun snorretje, dat een smal streepje op zijn bovenlip vormde, als iets wat hij vergeten was weg te wassen.

'Victor zal een manier vinden om haar te breken. Dat lukt hem altijd.'

Ik keek tersluiks toe, terwijl Victor mijn tas, met mijn mobiel erin, en mijn jurk in zijn schenkkast opborg. Hij deed de deur op slot met een piepklein sleuteltje, dat hij in zijn zak stopte.

Toen kwam hij bij mij terug met een triomfantelijke glimlach van oor tot oor op zijn gezicht.

'Vanavond beginnen de voorbereidingen. De ceremonie zal morgen worden gehouden.'

O, Dominik, dacht ik, met een zijdelingse blik op de buffetkast waarin mijn mobiel zat – achter slot en grendel. Dominik, waar ben je?

***

Dominik wist dat Chris altijd een goede vriend van Summer was geweest. Ze kenden elkaar sinds hij vanuit Nieuw-Zeeland naar Londen was gekomen. Ze maakten allebei muziek en zij had, als het zo uitkwam, riedeltjes op de viool gespeeld in zijn bandje. Toch was Dominik nooit op het idee gekomen contact op te nemen met Chris, nadat Summer zo plotseling was verdwenen. Natuurlijk had hij geprobeerd haar te bellen, maar het nummer leek opgeheven, en toen hij naar haar flat in Whitechapel was gegaan, had de huisbaas hem mopperend verteld dat ze was vertrokken zonder de huur op te zeggen.

Misschien had iets in hem, zijn trots, zijn pijn, hem ervan weerhouden verder te zoeken.

Nog nooit was hij zo in de war geweest door een vrouw.

Ze had zich ter beschikking gesteld aan hem en gewillig meegedaan aan de spelletjes die hij verzon en de vaak buitensporige seksuele activiteiten waar ze allebei zichtbaar veel voor voelden. Dat was het niet. Maar hij had altijd het gevoel gehad dat ze zich inhield. Haar duistere binnenste beheerste en hem vanuit de diepte overtrof op manieren die hij niet helemaal begreep.

Het telefoontje van Chris verraste hem dan ook totaal. Kon ze hem zelf niet bellen?

'In New York?' vroeg hij.

'Ja, dat zei ze.'

'En wat wilde ze?'

'Hoe moet ik dat nou weten? Ze wilde je laten weten waar ze is, denk ik. Als haar kameraad ben ik hier helemaal niet blij mee, dat mag je gerust weten,' zei Chris. Bij elk woord groeide zijn ergernis. 'Al haar problemen leken te beginnen toen ze jou ontmoette. Ik heb het dus niet zo op jou, Dominik. En als ik er iets over te zeggen had, zou ik willen dat ze ver van je vandaan bleef.'

Dominik sloeg alle informatie op, met de telefoon aan zijn oor. Zijn ogen schoten heen en weer door de studeerkamer, waar hij een recensie voor een universiteitsblad zat te schrijven, toen de telefoon was overgegaan. Het bed vlak bij zijn bureau lag vol boeken en papieren.

'Gaat het goed met haar?' vroeg hij aan Chris.

'Nee, het gaat niet goed met haar, om het ronduit te zeggen. Ze zit in de knoei. Dat is het enige wat ik weet. Ze wilde me niet meer vertellen. Zei alleen dat ik contact met je moest opnemen en je moest laten weten waar ze was.'

New York, een stad waarvan hij altijd had gehouden en die een Sargassozee van herinneringen aan vrouwen en affaires was geworden. Er kwam een stortvloed aan beelden terug: Hotel Algonquin met zijn kleine kamers en zijn ouderwetse meubels, waar je je kont niet kon keren, laat staan een gewillige kont kon afranselen; de Oesterbar onder het Centraal Station; Hotel Iroquous, waar de kamers groter waren, maar waar een sfeer van vergane glorie hing en je niet zelden een kakkerlak over de muur zag rennen. Hij herinnerde zich een sushibar aan 13th Street, waar het Japanse voedsel een openbaring was geweest, maar de wc's naar de Middeleeuwen stonken en nooit goedgekeurd zouden worden door een Britse

GGD; de Trapeze Club in de wijk Flatiron, waar hij Pamela, de bankier uit Boston, mee naartoe had genomen en had toegekeken terwijl zij aan haar diepste fantasieën had toegegeven; hotel Gershwin, vlak bij de Club, waar op de muur van zijn kamer een schilderij van Picasso was geklodderd, achter het bed, zodat hij er telkens weer mee werd geconfronteerd, wanneer hij daar iemand neukte en bovenop lag. New York, New York.

En nu was Summer daar, uit eigen beweging. Niet eens omdat hij haar ermee naartoe had genomen als beloning of om er even uit te zijn.

Dominik kwam weer bij zijn positieven en hoorde Chris zwaar ademen aan de andere kant van de lijn.

'Heb je een telefoonnummer van haar? Wil je mij dat geven?'

Chris voerde duidelijk een innerlijke strijd, maar somde toen de cijfers op en Dominik noteerde ze in een hoekje van zijn blad met aantekeningen.

Er viel een ongemakkelijke stilte tussen de twee mannen. Ze waren allebei ongelooflijk opgelucht toen de ander eindelijk ophing.

Dominik ging in zijn zwartleren bureaustoel zitten, tegenover het computerscherm waarop hij aan het werk was, en keek met een afwezige blik naar de cursor, die hij halverwege een woord had laten knipperen toen de telefoon had gerinkeld.

Na een tijdje haalde hij diep adem en toetste hij het nummer in dat hij van Chris had gekregen. Hoewel New York mijlen en vijf uur ver weg was, klonk de beltoon alsof het toestel in de aangrenzende kamer overging.

Het bleef maar overgaan en niemand nam op.

Dominik keek op zijn horloge om het tijdsverschil te controleren. Het was daar nog steeds dag. Misschien was ze aan het werk en kon ze nu op dit moment geen telefoontjes aannemen. Zou ze daar werk gevonden hebben in de muziek? Dankzij de Bailly misschien.

Hij legde de telefoon neer, overspoeld door tegenstrijdige gevoelens.

Hij probeerde zich te concentreren op zijn werk, maar de subtiele veranderingen in de verhoudingen tussen de Engelse en Amerikaanse schrijvers die in de jaren van het existentialisme op de Parijse Rive Gauche leefden, konden zijn aandacht niet vasthouden. Hij gaf het op en begon te ijsberen door zijn studeerkamer.

Nadat hij naar zijn idee voldoende minuten had laten verstrijken, toetste hij Summers nummer opnieuw in. De telefoon ging over. Het was alsof het steeds langer duurde voordat er weer een nieuwe beltoon kwam. Een eeuwigheid leek het uiteindelijk. Hij wilde net ophangen, toen er een berichtje van de provider kwam: 'Tijdelijk niet bereikbaar.'

Dominik liet een bericht na. Hij wist de paniek die hij vanbinnen voelde te beheersen en sprak rustig in de hoorn: 'Summer... ik ben het... Dominik... Bel me terug. Alsjeblieft. Geen spelletjes meer. Ik wil je alleen maar horen.' En toen, in een ingeving: 'Als je er om de een of andere reden niet doorheen komt, laat dan een berichtje na, een sms'je of wat dan ook. Ik mis je verschrikkelijk.'

Weifelend hing hij op.

Een uur later ijsberde hij nog steeds door de kamer. Maar toen ging hij online om te kijken wanneer de eerstvolgende vluchten naar New York waren en of er nog plaats was. Vroeg in de morgen zouden er verscheidene vliegtuigen opstijgen, die allemaal omstreeks het middaguur in New York zouden aankomen. In een opwelling boekte hij voor de eerstvolgende vlucht – businessclass.

Hopelijk zou ze contact opnemen voordat hij wegging, want

hij had geen idee wat hij na aankomst kon doen als hij niet wist waar zij was.

Hopen om de wanhoop te verdrijven.

Ik verroerde geen vin en wachtte op de volgende stap die Victor zou zetten.

Omdat hij aanvoelde, misschien, dat ik brandde van nieuwsgierigheid, nam Victor alle tijd voordat hij het volgende item uit zijn arsenaal van trucs tevoorschijn haalde. Het was een bel, ongeveer net zo een als Dominik had geregeld voor de avond waarop ik het dienstmeisje speelde, maar groter. Het heldere geluid van de bel weerklonk door de kamer als een doodsklok. Het kwam van alle kanten terug. Het was een hol geluid, dat me door merg en been ging.

Na het luiden van de bel ging er een deur open vanuit de hal. Er kwam een vrouw binnen. Ze was gekleed, als je het zo kon noemen, in een volledig doorzichtig wit gewaad, dat min of meer als een toga was gesneden. Haar haren waren opgestoken in een losse wrong, waaruit slierten hingen die haar gezicht omlijstten en haar het aanzien gaven van een hedendaagse Medusa.

Ze negeerde mij volkomen en boog haar hoofd voor Victor, toen ze naderbij kwam. Ze was heel lang, over de een meter tachtig schatte ik, en liep op blote voeten. Zo zag hij zijn vrouwen het liefst, schijnbaar. Door ons te verlagen hoefde hij er minder over in te zitten, dacht ik, dat hij zelf aan de korte kant was.

'Cynthia zal de voorbereidingen vanavond treffen, slavin. Kniel voor haar.'

Ik knielde. Zo diep dat mijn gezicht bijna tegen de vloer werd gedrukt. In die beweging merkte ik op dat er rond de enkel van Cynthia een dunne zilveren band was gelegd. Sierlijk. Het had wel iets weg van een bedelarmbandje. Met maar één bedeltje: een piepklein hangslotje. Het zag er echt heel mooi uit. Als dit een optie was, in plaats van een piercing of een tatoeage, zou het misschien niet zo erg zijn.

Maar toen bedacht ik dat Victor mij waarschijnlijk geen keuze zou laten. In de stemming waarin hij nu leek te zijn zou hij vast kiezen voor het meest vernederende en blijvende teken dat hij kon bedenken: een tatoeage.

'Victor,' riep de bekoorlijke donkerharige vrouw die achteroverleunde tegen de kussens op de vloer.

'Ja, Clarissa?' vroeg hij. Zijn gelijken noemde hij geen 'mevrouw', 'meesteres' of 'meester', behalve als hij tegen een slavin over hen sprak.

'Heb je vanavond geen slaven in de bediening? Waar blijven ze? Ik zit hier al een eeuwigheid met een leeg glas in mijn handen. Het lijkt wel of ik voor geen goud champagne bijgeschonken kan krijgen.'

Een seconde of drie daarvoor had ik haar de laatste teug zien nemen.

'O wee,' antwoordde hij. 'Ik zal de schuldigen opsporen en ze later afranselen.'

'Mooi,' zei Clarissa. 'Ik hoop dat je me zult toestaan toe te kijken. Zou ik ondertussen misschien een drupje kunnen krijgen om mijn zere keel te verzachten? En zou je jouw nieuwe meisje willen vragen het me te brengen? Ik vind dat ze er heel goed uitziet.' Clarissa keek naar mijn naakte, knielende gestalte en glimlachte zelfgenoegzaam.

De man met het snorretje, die naast haar lag, richtte zich op en liet ook zijn blik over mij heen glijden.

'Eigenlijk,' zei hij lijzig, 'zou ik ook nog wel een drankje lusten. Heb je toevallig iets sterkers? De dames schijnen dol te zijn op deze champagne, maar ik heb liever... iets straffers.' Hij

hield zijn blik op mij gericht, toen hij die laatste woorden sprak, en ik ging nog dieper door de knieën.
 Victors voorkeuren, in lichamelijke zin tenminste, waren tot nog toe vrij normaal geweest. Niets wat ik niet aankon. Ik kon er zelfs van genieten, als ik me inbeeldde dat iemand anders dan Victor aan de touwtjes trok. Maar ik besefte dat hij misschien ook doms met een gewelddadiger inslag had laten komen, of regelrechte sadisten, die dingen wilden waar ik niet voor in was, die me echt pijn zouden doen of me verwondingen zouden toebrengen. Tot nu toe had ik het geluk gehad dat alle tekenen die Victor en zijn vrienden hadden nagelaten niet al te ernstig waren, schrammen en blauwe plekken die ik met lange mouwen kon bedekken of waar ik een oorzaak voor kon verzinnen. Misschien zou ik niet altijd zo veel geluk hebben.
 'Zeker,' zei Victor. Hij beheerste zich, maar ik voelde dat het verzoek van zijn gasten zich door mij te laten bedienen, zijn plannen in de war had gestuurd en dat hij geërgerd was. Hij trok me overeind. 'Schenk meesteres Clarissa een glas champagne in en haal wat whisky voor meester Edward.'
 Ze kozen altijd van die belachelijke schuilnamen. Victor kon je het misschien niet kwalijk nemen, dacht ik, dat hij op de klassieke toer ging; hij was tenslotte van Oekraïense afkomst.
 Hij viste het sleuteltje van het buffet uit zijn zak en gaf het aan mij.
 'Als je iets anders aanraakt dan de whisky,' fluisterde hij in mijn oor, 'dan mag je niet kiezen waar ik het teken zal aanbrengen.'
 Ik schonk eerst een glas champagne in en bracht het naar Clarissa.
 'Vergeef me, meesteres, meester,' zei ik, 'dat ik niet beide drankjes tegelijk breng, maar de meesteres ziet er dorstig uit en ik wilde niet riskeren dat de champagne warm werd.'

'O, wat is ze goed,' zei Clarissa tegen Victor. 'Wanneer zal ze beschikbaar zijn voor iets anders?'

'Vanavond nog,' zei hij kortaf.

'O,' zei ze. 'Ik dacht dat je haar morgen van een merkteken zou voorzien, tegelijk met de anderen?'

'Dat was ik van plan,' antwoordde hij, 'maar deze is speciaal.' Hij onderbrak zichzelf en keek op zijn horloge. 'Over twee uur. Om zes uur. Dan hebben we nog tijd genoeg. Hou even een oogje op haar, als je wilt, Clarissa. Ik moet een paar dingen regelen.'

Victor haalde zijn mobiel uit zijn zak en liep naar beneden.

'Als u me wilt excuseren,' zei ik. 'Ik kom terug met de whisky.'

Zoals ik verwachtte, lette Clarissa niet op mij, terwijl ik in het buffet tastte en stiekem mijn mobiel weer aandeed. Ik liep de 'gemiste oproepen' na. Dominik had twee keer gebeld en een berichtje nagelaten. Ik kon er niet naar luisteren en ook geen lang antwoord intoetsen: Victor kon elk moment terug zijn. Ik tikte een sms'je in: 'Sms ontvangen. Ben in NYC. Bel me opnieuw. S.'

Ik kon alleen maar hopen dat hij het zou blijven proberen.

Ik legde mijn mobiel weer in de kast en deed het deurtje zorgvuldig dicht, zonder het op slot te doen.

Victor kwam de kamer weer in en ik gaf hem het sleuteltje terug.

'Goed zo, meisje,' zei hij. 'Je zult een voortreffelijke dienares worden, slavin Elena.'

'Ik kijk ernaar uit, meester,'

'Het zal al heel gauw zover zijn. Je gaat nu eerst in bad.'

Hij knipte met zijn vingers en Cynthia verscheen weer aan zijn zijde. Ze stak haar hand naar mij uit. Ik volgde haar door de hal, naar een slaapkamer, waar een grote, rijk versierde badkuip stond, die met heet water was gevuld. De damp sloeg eraf.

Je zou denken dat er een geurtje bij moest, maar dat was niet zo. Geen zeep of badolie langs de rand. Ik denk dat hij mij wilde zoals ik was, alleen schoner.

Ik liet me in het hete water zakken en Cynthia zat stil te wachten in een hoek van de kamer. Moest ze me bewaken? Had ik een bewaker nodig? Was ik een gevangene?

Ik dacht van niet. Ik was hier uit vrije wil gekomen. Victor had mijn kleren en mijn telefoon, maar er was niets wat me ervan weerhield de deur uit te lopen en de politie te bellen. Ik kon heel hard gaan gillen, waarop er vast wel buren kwamen om te kijken wat er aan de hand was. Geen van de andere 'slavinnen' die hier waren, werd fysiek in bedwang gehouden; ze waren hier allemaal uit vrije wil, speelden rollen in een seksueel toneelstuk en leefden net zo goed als hun meesters en meesteressen hun (niet zo heel) eigen fantasieën uit.

Ik herinnerde me wat Victor had gezegd – dat ik hier op mijn plaats was en hier op mijn mooist was. Zijn woorden hadden pijn gedaan, maar ik kon niet ontkennen dat er een kern van waarheid in zat. Ik werd misselijk van zijn gedrag, maar tegelijkertijd wond het me op. Hoe hij mij zover wist te krijgen dat het me allemaal niets meer kon schelen. Lichamelijk gebonden, maar geestelijk vrij.

De deur ging open. Victor. Hij had een keurig pak aangetrokken, een smoking. Hij deed me heel even denken aan Danny DeVito in zijn rol van de Penguin in *Batman Returns*. Ik onderdrukte een lach.

'Slavin Elena,' zei hij, 'je tijd is gekomen.'

Het vliegtuig met Dominik aan boord landde onder een heldere hemel op JFK International. Door het tijdsverschil was het in New York net na twaalf uur 's middags. De rijen bij de immigratie- en paspoortcontrole waren afschuwelijk lang. Het duurde heel lang voor je erdoor was. Ik heb misschien wel het slechtste moment van de week getroffen, dacht hij. Tientallen internationale vluchten vanuit Europa waren een paar minuten na elkaar aangekomen en hadden hun vracht aan mensen uitgespuugd, die opstuwden in de terminal. 90 procent van de inkomende passagiers waren buitenlandse staatsburgers en moesten alles afhandelen met slechts drie geüniformeerde immigratiebeambten, die zich helemaal niets leken aan te trekken van het ongeduld dat hen allen beving.

Dominik had alleen handbagage, maar dat maakte geen verschil, want waar de bagagebanden rolden, was helemaal geen grenscontrole.

Toen hem werd gevraagd of hij voor zaken in de vs was of voor zijn plezier, aarzelde hij even om voor het laatste te kiezen.

Waarop de beambte vroeg: 'Wat is uw beroep?'

Had ik maar gezegd dat ik op vakantie ben, dacht Dominik.

'Ik ben hoogleraar,' zei Dominik ten slotte. 'Ik ben hier om colleges te geven op Columbia University,' loog hij.

Hij werd doorgelaten.

Even later zat hij eindelijk achter in een taxi. Hij keek toe, terwijl de auto zich voegde bij de stroom voertuigen die van de Van Wijck Expressway in de richting van Jamaica en Queens racete. De chauffeur, die van hem was afgeschermd door een rooster, droeg een tulband. Zijn naam was Mohammad Iqbal, scheen het. Maar dat kon ook zijn neef zijn of iemand anders met wie hij zijn vergunning deelde.

De airco van de taxi deed het niet en dus moest zowel de chauffeur als de passagier het met de open raampjes doen. Het temperatuurverschil met Londen, waar Dominik vroeg in de morgen was vertrokken, was aanzienlijk en hij zat dan ook behoorlijk te zweten. Hij deed zijn grijze linnen colbert uit.

Na het ziekenhuis op Jamaica loste de file op. De chauffeur gaf gas en scheurde naar de binnenstad. Hij reed de weg naar de Midtown Tunnel op.

Plotseling herinnerde Dominik zich dat hij zijn mobiel had uitgezet, zoals hem was gevraagd, toen hij in de rij voor de immigratiebalie stond. Hij deed hem weer aan en wachtte tot het schermpje oplichtte. Hij hoopte op een berichtje, maar verwachtte het niet echt.

Er was er een.

Van Summer.

'Sms ontvangen. Ik ben in NYC. Bel me opnieuw. S.'

Verdomme! Hij wist al dat ze in New York was. Dit hielp helemaal niets.

Hij belde haar nummer. Weer geen gehoor. Weer die vreselijke voicemail.

Zonder nadere aanwijzingen zou hij naar de bekende speld in de hooiberg moeten zoeken.

Hij wilde net een sms'je intikken, toen de auto de tunnel in dook. Hij had een kamer geboekt in een hotel aan Washington Square en de chauffeur gevraagd hem daar af te zetten. Toen ze eenmaal uit de tunnel waren, besloot hij te wachten tot hij op zijn kamer was, voordat hij opnieuw zou proberen Summer te bereiken.

Hoewel de officiële inchecktijd pas om drie uur 's middags was, mocht hij eerder inchecken, omdat er een kamer vrij was. Hij was toe aan een douche en schone kleren.

Door het raam zag hij de triomfboog op het plein stralen in de zon. Het schitterende uitzicht was als balsem op zijn ziel. Hij hoorde zachte jazzmuziek, van een groepje dat bij de fontein stond te spelen.

Een poos later, zijn huid nog vochtig onder de donzige witte badjas, probeerde hij Summers nummer opnieuw. Weer kon hij haar niet bereiken. Wat was er toch aan de hand, vroeg hij zich af. Waarom nam ze contact met hem op en was ze onmiddellijk daarna onbereikbaar?

Op het moment dat hij een schoon overhemd met korte mouwen uit zijn weekendtas haalde, rinkelde zijn telefoon eindelijk.

Hij rende naar het bureautje en nam op.

'Summer?'

'Nee, niet Summer. Je spreekt met Lauralynn.'

'Lauralynn?' Dominik wist niet zo gauw wie dat was. Hij wilde eigenlijk al ophangen, uit angst het verwachte telefoontje van Summer te missen.

'Ja, Lauralynn. Weet je nog? Ik speelde in dat... bijzondere strijkkwartet. Blond. Cello. Weet je het nu weer?'

Ja, Dominik wist het weer. Wat wilde ze van hem? Hij werd ongeduldig. 'Ja,' zei hij kortaf.

'Mooi,' zei Lauralynn. 'Ik zou het verschrikkelijk vinden een van die meisjes te zijn die mannen zich niet meer herinneren,' zei ze, zachtjes gniffelend.

'Ik ben in New York,' vertelde hij haar.

'Werkelijk?'

'Net gearriveerd.' Toen kwam hij tot bezinning. 'Wat wilde je eigenlijk?'

'Een beetje moeilijk op deze afstand,' merkte Lauralynn op. 'Ik wilde je vertellen hoe ik heb genoten van dat avondje. Ik vroeg me af of je nog eens zoiets zou willen organiseren, maar dat wordt misschien een tikje ingewikkeld, nu je in het buitenland bent.' Haar stem klonk erg ondeugend.

'Je hebt gelijk. Misschien kunnen we het er nog eens over hebben als ik in Londen terug ben.' Dominik zei dit uit beleefdheid. Hij was niet van plan nog eens zoiets te organiseren.

'Ik begrijp het,' zie Lauralynn. 'Jammer. Nu Victor ook in New York is, is er weinig te doen op dat gebied.'

'Ken jij Victor?' vroeg Dominik.

'Natuurlijk. Hij is een oude – hoe zal ik het zeggen? – vriend,' zei ze.

'Ik dacht dat hij jou en de andere musici die toen meededen op het spoor was gekomen door een kaartje op het prikbord in de universiteit.'

'Nee, dat is niet zo,' zei Lauralynn. 'Victor bracht me op de hoogte van het eigenaardige karakter dat de voordracht zou hebben en hij was het ook die de locatie uitzocht. Wist je dat niet?'

Dominik vloekte binnensmonds. Er kwam een donkere wolk in zijn hoofd opzetten en zijn borst verkrampte.

Victor, die liederlijke libertijn, en Summer, allebei in New York? Dat kon toch geen toeval zijn?

Hij vermande zich.

'Lauralynn? Weet je misschien hoe ik contact met hem kan opnemen? Ik ben hier nu toch.'

'O, jawel hoor.'

'Fijn.' Hij noteerde het adres dat zij hem gaf.

'Had je het niet over Summer? Heeft je reis naar New York iets met haar te maken? Ik ben gewoon nieuwsgierig,' merkte Lauralynn op.

'Ja,' zei Dominik en hij hing op.

Hij trok zijn jasje aan en besloot in het park daar vlakbij te gaan wandelen om zijn hoofd leeg te maken en zijn gedachten bij elkaar te rapen, voordat hij zou proberen Victor te bereiken. Hij liep langs de speeltuin en de hondenkennel en keek naar de tientallen eekhoorns die door het gras renden en in de bomen klommen, waarna hij een bank zag staan en ging zitten.

Cynthia stond op, hielp me uit het bad en wikkelde me in een grote handdoek. Het water was inmiddels koud. Ik had het niet eens gemerkt.

Victor nam me bij de hand en leidde me naar weer een andere kamer. Hoe groot was het hier wel niet? Een geïmproviseerde tatoeagesalon. Ooit had ik overwogen een tattoo te nemen, voordat ik uit Nieuw-Zeeland wegging. Iets om me aan thuis te herinneren. Uiteindelijk had ik het niet gedaan, gewoon omdat ik niets kon verzinnen wat ik altijd op mijn huid zou willen hebben. Misschien zou dat probleem nu opgelost worden: ik zou een tatoeage krijgen en het aan een ander overlaten hoe ze eruit zou komen te zien.

Ik ging liggen op de bank die Victor me had aangewezen. Ik was nog steeds helemaal naakt. Hij gaf een kneepje in mijn hand, het enige blijk van tederheid dat hij me ooit had gegeven.

Ik deed mijn ogen dicht. Ik had gelijk. Mijn vermoedens werden bewaarheid. Hij zou mij niet de keuze laten.

Bijna vanzelf gleed ik weg in een gelukzalige toestand. Ik bereidde me voor op de pijn van de naald, die ik nu elk moment verwachtte. Het geluid van het verkeer dat in een lange stroom langskwam, verflauwde tot een zacht gegrom. De mensen in de kamer, die zich vast hadden verzameld om toe te kijken, werden onbelangrijk. Schimmen op de achtergrond, meer niet. Ik dacht aan mijn viool, aan de heerlijke reizen die ik had mogen maken. Seks en onderwerping gaven me een gevoel van vrede, van rust, maar haalden het niet bij de visioenen die zich ontvouwden als ik op de Bailly speelde.

Ik herinnerde me de eerste keer dat ik voor Dominik speelde, zonder me bewust te zijn van zijn aanwezigheid. En de tweede keer, op de hei. Beide keren was hij er getuige van geweest dat ik opging in mijn dromen en schepte hij er kennelijk genoegen in te zien welk effect de muziek had op mij.

Dominik. Ik zou mijn sms'je bijna vergeten. Zoemde mijn mobiel maar door in de buffetkast? Onhoorbaar voor iedereen? Had hij geprobeerd me opnieuw te bereiken?

Een hand gleed over mijn navel, over mijn geschoren venusheuvel, bleef even boven me zweven, misschien om mijn landschap te overzien en te bepalen waar het merkteken moest komen. Zou Victor zelf de tatoeage aanbrengen?

'Slavin Elena,' zei hij, op een lage, formele toon, 'het moment is gekomen om je van een merkteken te voorzien.'

Hij haalde adem en liet een stilte vallen, alsof hij een redevoering zou gaan afsteken. Had hij geloften voorbereid, zoals voor een huwelijksvoltrekking? Wat raar.

'Nu moet je je vroegere leven achter je laten en beloven dat je mij, Victor, zult dienen, in alles wat ik van je zal vragen, tot ik verkies je van je verplichtingen te ontslaan. Stem je erin toe je aan mij te onderwerpen, slavin, en jouw wil in mijn handen te leggen?'

Ik stond aan de rand van een afgrond, vlak voor zo'n moment waarop je leven kan kantelen, waarop je in een fractie van een seconde een beslissing moet nemen.

'Nee,' antwoordde ik.

'Nee?' fluisterde Victor ongelovig.

'Nee,' zei ik weer. 'Ik wens me niet aan jou te onderwerpen.'

Ik deed mijn ogen open en ging rechtop zitten. Plotseling was ik me bewust van mijn naaktheid. Ik probeerde zo veel mogelijk gezag uit te stralen, al was ik bloot. Met Dominik had ik die houding vaak genoeg geoefend.

Victor keek me verbijsterd aan en leek opeens zo klein. Hoe kon het dat ik me ooit in zijn macht had gevoeld? Hij had zich gewoon een rol aangemeten, net als al die anderen.

Ik drong door de menigte heen. Op hun gezichten was een mengeling van ontzetting, gêne en bezorgdheid te lezen. Sommigen fluisterden elkaar toe dat dit vast bij de door Victor georganiseerde vertoning hoorde.

Ik haalde mijn jurk uit de kast en trok hem over mijn hoofd.

Ik pakte mijn tas en mijn mobiel en liep naar de deur. Die zat niet op slot.

Victor stak zijn voet uit toen ik de deur achter me dicht wilde slaan. 'Hier krijg je spijt van, slavin Elena.'

'Ik denk van niet. Mijn naam is Summer. En ik ben je slavin niet.'

'Je zult nooit iets anders dan een slavin zijn, meisje. Het zit in je aard. Uiteindelijk zul je je eraan overgeven. Je kunt niet anders. Kijk eens naar jezelf – heb je jezelf niet gezien? Vanaf het ogenblik waarop je je kleren uittrok, was je nat, drijfnat. Je geest mag ertegen vechten, maar je lichaam zal je altijd verraden, slavin.'

'Neem geen contact meer met me op. Ik bel de politie als je het weer probeert.'

'En wat zeg je dan tegen hen?' sneerde hij. 'Denk je dat ze een slet als jij zullen geloven?'

Ik draaide hem mijn rug toe en liep de kamer uit, met opgeheven hoofd, hoewel zijn woorden nog in mijn oren klonken. Ik wilde alleen nog maar naar huis. Naar huis en op mijn viool spelen.

Ik liep Gansevoort Street in en hield een taxi aan. Zodra ik was ingestapt, begon ik aan mijn mobiel te friemelen, zodat de chauffeur niet zou proberen een praatje met me aan te knopen of zou vragen waarom ik van streek was. Van taxichauffeurs in New York kun je van alles verwachten. Sommige zeggen geen woord en andere kletsen maar door. Ik toetste het nummer van mijn voicemail in en zonk weg in de stoel, terwijl Dominiks stem me overspoelde.

Hij had me gemist. Zoiets had hij nooit eerder gezegd. Ik had hem ook gemist, vreselijk gemist.

Ik staarde door het raam naar het razende verkeer, naar wat er allemaal in de stad te zien was en me zo had gefascineerd toen ik pas in New York was, maar me nu alleen nog maar bizar toescheen, anders, en me eraan herinnerde dat ik niet thuis was, dat ik geen thuis meer had.

De schemering viel toen we langs Washington Square Park reden. De bomen wierpen sombere schaduwen over het gras, als lange armen met lange handen, een koor van groen. Het zou nog wel even duren voordat het echt donker werd. Er was nog tijd om te spelen.

Ik had Dominik beloofd dat ik de Bailly niet mee naar buiten zou nemen, dat ik er op straat niet op zou spelen. Dat was te gevaarlijk met zo'n kostbaar instrument. Maar ik dacht dat hij het voor deze ene keer wel goed zou vinden. Dat hij het zou begrijpen.

Ik rende de trap op met twee treden tegelijk, en liet de zwarte jurk op de vloer glijden zodra ik binnen was. Ik wist niet of ik hem ooit weer zou willen dragen. Misschien zou ik voor volgende concerten iets anders uitzoeken, waar niet zo veel herinneringen aan vastzaten. Haastig trok ik gewone kleren aan, zodat ik niet meer aandacht zou trekken dan nodig was, pakte de Bailly en ging naar het park.

Washington Square Arch leek mij de ideale plek om te spelen. De boog deed me denken aan de Arc de Triomphe in Parijs en aan andere plaatsen waar ik graag naartoe wilde, aan de foto's die Dominik me had laten zien van zijn bezoek aan Rome.

Ik stond bij de grote fontein, met uitzicht op de boog, en zette de Bailly tegen mijn kin, greep haar hals stevig vast en trok de strijkstok langs de snaren. Wat zou ik spelen? Daarover besliste mijn lichaam, nog voordat ik erover na had kunnen denken.

Ik sloot mijn ogen en concentreerde me op het eerste deel, het allegro van de 'Lente' van Vivaldi's *De vier jaargetijden*.

De tijd verstreek. Hoe lang het duurde, merkte ik niet, totdat ik de laatste noten speelde, mijn ogen opende en me realiseerde dat het bijna donker was.

Toen hoorde ik handgeklap. Niet het luide applaus van een schare toehoorders, maar het heldere geluid van iemand die stevig in zijn handen klapte.

Ik draaide me om. De Bailly hield ik dicht tegen me aan, voor het geval een psychopaat zich op me wilde storten om er met het instrument vandoor te gaan.

Het was Dominik. Hij was voor mij gekomen.

Dominik sloeg zijn ogen op.

Het was het spookuur. Door het raam van zijn hotelkamer kwam alleen een streepje licht van de boog op Washington Square. Het vredige suizen van de airco trok door de slaapkamer, als een verzachtende koele wind.

Naast hem sliep Summer. Ze ademde rustig, in het ritme van haar hart. Het laken was van haar schouder gegleden. Door het raampje dat haar gebogen arm tussen haar kin en het kussen vormde, was een glimp van de onderkant van haar borst te zien.

Hij hield zijn adem in.

Hij herinnerde zich hoe haar lippen voelden toen ze hem voor het eerst in haar mond had genomen, haar fluweelzachte streling en de fijngevoeligheid waarmee haar tong zich rond de stam van zijn penis krulde. Het was bijna alsof ze ermee speelde. Ze proefde hem en verkende de structuur ervan, centimeter voor centimeter, door heel zacht, heel licht, over de huid en zijn vallei van aderen en minuscule heuveltjes te gaan.

Hij had het haar niet gevraagd, laat staan bevolen. Het was gewoon gebeurd, vanzelf, als iets wat goed was om te doen, nu ze zich allebei volledig blootgegeven hadden, aan elkaar. Het verleden hadden ze afgezworen. De vergissingen die ze hadden gemaakt en de verkeerde wegen die ze waren opgegaan, wilden ze vergeten.

De wellust die hij voor Summer had gevoeld, golfde nog na, door zijn hele wezen, en Dominik treurde om alle dagen die hij had verspild. Voor haar en na haar. Die dagen die hij nooit over zou kunnen doen.

Hij keek naar hoe ze lag te slapen.

Zuchtte.

Van geluk en van verdriet.

Buiten het raam kwamen vrolijke stemmen langs, op hun trektocht van de kroegen aan Bleecker en MacDougal naar de duurdere wijken. Even was Dominik echt dolblij dat hij Summer had teruggevonden.

De momenten die ze die nacht hadden gedeeld, waren normaal geweest, geen onderdeel van wat voor spel ook.

Hij viel in slaap, gesust door haar aanwezigheid naast hem, door de warmte die van haar naakte lichaam afstraalde, terwijl ze zich tegen hem aan nestelde.

Hij werd weer wakker toen de dag aanbrak. Aan de horizon van Manhattan was nog een streepje licht te zien. Summer was nu ook wakker. Haar ogen waren op hem gericht, met een nieuwsgierige en tedere blik.

'Goedemorgen,' zei ze.

'Goedemorgen, Summer.'

Ze vielen weer stil, alsof ze elkaar al te snel niets meer te zeggen hadden.

'Je zult merken dat ik ook een man van stiltes ben,' zei Dominik om zich te verontschuldigen voor het feit dat hij niet wist wat hij moest zeggen.

'Daar kan ik wel mee leven,' antwoordde Summer. 'Zo belangrijk zijn woorden niet. Ze worden sterk overschat, vind ik.'

Dominik glimlachte.

Misschien zou het toch kunnen. Met elkaar iets hebben wat meer was dan seks. Wat uitging boven het duister dat diep in hun binnenste school. In hen allebei, zoals hij maar al te goed wist. Misschien kon het.

Ze strekte haar hand naar hem uit en kwam iets overeind. Een van haar borsten floepte brutaal tussen de lakens vandaan. Haar vingers landden op zijn kin.

'Je baard voelt hard aan. Je hebt een scheerbeurt nodig,' merkte ze op, terwijl ze zijn gezicht streelde.

'Ja,' bevestigde Dominik. 'Het is een baard van minimaal twee dagen,' voegde hij eraan toe.

'Ik hou niet van alle markeringen,' grinnikte Summer.

'Markeringen zijn ook niet altijd nodig,' betoogde Dominik.

'Nee, daar heb je gelijk in,' zei ze. 'We vinden vast wel een soort evenwicht.'

Dominik glimlachte. Zo fijngevoelig als hij kon, raakte hij haar blote borst aan. 'Bedoel je dat we even goede…'

'Vrienden kunnen blijven,' zei Summer. 'Misschien ook niet.'

'Meer dan vrienden,' voegde hij eraan toe.

'Ik denk van wel,' zei ze.

'Het zal niet makkelijk zijn.'

'Dat weet ik.'

Behoedzaam trok Dominik het laken van haar af, zodat ze bloot kwam te liggen, tot haar bleke dijen aan toe.

'Ik zie dat je nog steeds geschoren bent,' merkte hij op.

'Ja,' zei Summer. 'Het voelde raar en viezig toen het haar weer aangroeide. Ik vind het fijner zo.' Ze vertelde Dominik niet dat Victor haar had bevolen glad te blijven. Het was wel waar dat ze de kwetsbaarheid die haar gladde venusheuvel haar gaf naar haar idee had leren waarderen en dat ze ervan was gaan genieten zich zo naakt te voelen daarbeneden, als ze zichzelf beroerde.

'En als ik je zou vragen het zo te laten of het haar weer te laten aangroeien, zou je dat dan doen?' vroeg Dominik. 'Naar mijn wens of, misschien, op mijn bevel?'

'Daar moet ik over nadenken,' zei Summer.

'En als ik je zou opdragen viool te spelen voor mij, zou je dat dan weer doen?'

Haar ogen glansden in het zwakke ochtendlicht.

'Ja,' zei ze. 'Wanneer je maar wilt, waar je maar wilt, met kleren aan of zonder kleren, elk wijsje, elke melodie...' Ze glimlachte.

'Een geschenk van jou voor mij?'

'Onderwerping. Op mijn eigen wijze,' zei Summer.

Dominiks hand gleed naar haar vulva, treuzelde boven haar schaamlippen, schoof ze uit elkaar en liet langzaam en weloverwogen een vinger in haar glippen.

Summer kreunde zacht.

Ze had het altijd heerlijk gevonden 's morgens te vrijen, loom ontwakend uit de armen van Morpheus.

Hij trok zijn vinger terug, verplaatste zijn hele lichaam, liet zich naar het voeteneind glijden en bracht zijn mond naar haar toe. Summer trok haar vingers zacht door zijn verwarde krullen om hem te houden waar hij was en haar genot in banen te leiden.

Ik opende de deur naar mijn appartement, zette mijn vioolkoffer voorzichtig op de vloer en liep naar mijn kledingkast. Ik was even naar huis teruggegaan om iets anders aan te kunnen trekken.

Dominik zou nog maar één nacht in New York blijven en hij had me uit eten gevraagd. Daarna zouden we naar een musical gaan op Broadway. Want we hadden iets te vieren.

Het zou een wonderlijke festiviteit zijn. Bitterzoet. Onze

laatste nacht samen tot wie weet wanneer in de toekomst. Met daartussen de tijd die we zouden doorbrengen in de greep van twee gescheiden continenten.

Zou het werken? vroeg ik me af, terwijl ik mijn zwarte jurkje uit de kast trok, het jurkje dat ik voor hem had gedragen, eventjes tenminste, tijdens een van onze eerste ontmoetingen.

Ik dacht van wel. We waren twee helften van één geheel, Dominik en ik. Zelfs een oceaan kon ons niet voorgoed van elkaar gescheiden houden.

Ik stopte de kleding voor die avond in een weekendtas, wierp een laatste blik op de Bailly en ging de deur uit.

Dominik was nog steeds niet bij mij thuis geweest.

Misschien zou ik hem de volgende keer binnen vragen.

Woord van dank

GRAAG WILLEN WE ALLEN BEDANKEN die het schrijven van de serie *Tachtig dagen* niet alleen mogelijk, maar ook hoogst plezierig maakten. Met name Sarah Such van Sarah Such Literary Agency, Jemima Forrester en Jon Wood van Orion, die steeds in ons geloofd hebben, en Matt Christie, die de fotografie verzorgde – www.mattchristie.com.

In het bijzonder willen we alle niet met naam en toenaam genoemde personen bedanken die het project begeleidden met hun onderzoek, vioollessen en niet-aflatende steun. Onze dank gaat ook uit naar de Groucho Club en de restaurants in Chinatown die de ruimte boden voor onze verdorven ideeën. En naar onze partners, die dag en nacht voor ons klaarstonden, terwijl wij maar bleven typen en hen verwaarloosden.

De ene helft van Vina Jackson wil haar werkgeefster graag bedanken voor haar steun, begrip en onbevooroordeelde geest.

Tot slot danken we de spoorwegmaatschappij First Great Western, die het toeval de kans gaf ons bij elkaar te brengen door de loterij van online reservering.

Als *Tachtig dagen geel* je ademloos doet verlangen naar meer, wees gerust: er komen nog twee delen in de boeiende nieuwe trilogie van Vina Jackson:

Tachtig dagen blauw

en

Tachtig dagen rood.